Franz Herre
Joséphine

SERIE PIPER

Zu diesem Buch

Sie werde bald heiraten und »mehr sein als eine Königin«, in ihrer Ehe jedoch unglücklich und bald Witwe werden – das wurde der jungen Joséphine, Tochter eines Gutsbesitzers aus Martinique, prophezeit. Alexandre Beauharnais, der erste Gemahl der schönen Kreolin, starb in den Wirren der Revolution unter der Guillotine. Joséphine lernte den viel versprechenden General Napoleon Bonaparte kennen, der sie 1796 heiratete und mit dem sie zur »Gemahlin des Konsuls« und 1804 zur ersten Kaiserin der Franzosen aufstieg. Während Napoleon I. erfolgreich Feldzüge bestritt, führte Joséphine in Frankreich ein mit korrupten Machenschaften finanziertes, verschwenderisches Leben und verstrickte sich in zahlreichen Affären. Weil es ihr nicht gelang, Napoleon einen Erben zu schenken, erfolgte 1809 die Scheidung. – Ein schillerndes Porträt eines der ungewöhnlichsten und dramatischsten Frauenleben zur Zeit des Empire.

Franz Herre, geboren 1926, ist promovierter Historiker und war von 1962 bis 1981 Chefredakteur der Deutschen Welle. Er hat sich einen Namen als »angesehener und vorzüglicher Biografien-Schreiber« (Die Zeit) gemacht, und die Kritik hat seinen zahlreichen, für einen breiten Leserkreis geschriebenen historischen Büchern eine gelungene Verbindung von wissenschaftlicher Fundierung mit hervorragender Lesbarkeit bescheinigt. Seine Bücher wurden in mehrere Sprachen übersetzt.

Inhalt

Stationen eines Lebens

Paris, 9. März 1796, Mairie des II. Arrondissements im von den Revolutionären beschlagnahmten Hôtel des Marquis de Mondragon. Im Goldenen Salon, unter einem Basrelief mit der Vulkan betörenden Venus, steht ein Brautpaar: General Napoleon Bonaparte, geboren auf Korsika, und Joséphine, geborene de Tascher de la Pagerie, verwitwete Vicomtesse de Beauharnais, geboren auf Martinique. Der sechsundzwanzigjährige Bräutigam ist ein kleiner, dürrer Mann mit blitzenden Augen und temperamentvollen Gesten, den seine zweiunddreißigjährige Braut ihren „gestiefelten Kater" nennt. Sie besitzt die Grazie und die Geschmeidigkeit einer Kreolin, eine sanfte, schmeichelnde Stimme und ein hübsches Gesicht, in dem sich Spuren eines Lebenswandels zeigen, welche die Unschuld signalisierenden blauen Augen dementieren. Das weiß einer der Trauzeugen besser als der Bräutigam: Paul Barras. Das mächtigste Mitglied des Frankreich regierenden Direktoriums ist eine seiner Mätressen an den nach oben strebenden Bonaparte losgeworden, wofür er ihn mit dem Oberkommando der Italienarmee belohnt hat. Joséphine bringt aus ihrer ersten Ehe zwei Kinder mit, den Sohn Eugène und die Tochter Hortense. Von Napoleon erhält sie als Hochzeitsgeschenk einen Ring mit der Inschrift: „Au destin!" Beide gehen ihrer Bestimmung entgegen, die sie auf den Kaiserthron führen und von ihm stürzen wird.

Paris, 2. Dezember 1804, Kathedrale Notre-Dame. Im gotischen Kirchenschiff sind Empire-Dekorationen angebracht, um zu demonstrieren, dass Napoleon, der sich zum Kaiser krönt, das Reich Karls des Großen in aufgeklärtem Geist, in nationaler Gesinnung und aus eigener Macht erneuert. Seine Gemahlin Joséphine, zur Impératrice des Français erhoben, bricht unter der Last des mit goldenen Bienen übersäten und mit Hermelin besetzten Krönungsmantels aus purpurnem Velours fast zusammen. Als „die Personifizierung von Eleganz und Majestät" – so eine Augenzeugin – schreitet sie zum Altar, kniet vor dem Kaiser nieder, blickt „zum Himmel oder vielmehr zu Napoleon auf". Er ergreift ihre, die kleinere Krone, setzt sie ihr auf, rückt sie hin und her, nimmt sie wieder ab und setzt sie ihr wieder auf. Will er ihr zeigen, dass sie unschwer zu tragen sei? Oder will er ihr bedeuten, dass er ihr das, was er ihr verliehen hat, auch wegnehmen könnte? Das „Vivat Imperator in aeternum" schallt durch die Kirche, findet ein Echo im ganzen Reich. Niemand ahnt, dass der Empereur seine Krone nur ein Jahrzehnt und die Impératrice die ihre nur neun Jahre tragen werden.

Paris, 14. Dezember 1809, 9 Uhr abends, Grand Cabinet der Tuilerien. Auf Anordnung des Empereurs versammelt sich die kaiserliche Familie, die Bonapartes und die Beauharnais. Der Saal ist von zahlreichen Kerzen wie zu einem Ball erhellt. Eher an Pompes funèbre, ein Leichengepränge, denkt die Kaiserin Joséphine. Sie ist fast so blass wie ihr weißes Kleid. Kaiser Napoleon verkündet die Scheidung von seiner Gemahlin: Da er nicht sein persönliches Wohl, sondern die Wohlfahrt Frankreichs zu verfolgen habe, müsse er sich von der Frau trennen, die ihm keinen Sohn und Erben zu schenken vermag. „Ich habe sie mit eigener Hand gekrönt", erklärt Napoleon, der ihr nun die Krone wieder abnimmt, um sie einer anderen aufzusetzen, die imstande sei, die erste Pflicht und Schuldigkeit einer Monarchengattin zu erfüllen. Joséphine ist so erregt, dass sie nur den Anfang der ihr aufgesetzten Erklärung selbst verlesen kann, die mit den Worten schließt: „Wir rühmen uns beide des Opfers, das wir dem Vaterlande darbringen". Am nächsten Tag verlässt sie weinend die Tuilerien. Sie nimmt den Titel Impératrice und eine jährliche Pension von drei Millionen Franc mit. Die neue Kaiserin, die Habsburgerin Marie-Louise, schenkt Napoleon einen Sohn, den König von Rom.

Malmaison, 24. Mai 1814. Joséphine empfängt in dem ihr gebliebenen Landschloss den russischen Zaren Alexander I. und dessen Brüder Nikolaus und Michael. Am Tag zuvor ist König Friedrich Wilhelm III. von Preußen mit seinen beiden Söhnen Friedrich Wilhelm und Wilhelm da gewesen. Die Monarchen, die den Kaiser der Franzosen besiegt und nach Elba versetzt haben, erweisen seiner Exgemahlin ihre Reverenz. Der sechsunddreißigjährige Herrscher aller Reußen fühlt sich zu der fast Einundfünfzigjährigen hingezogen. Joséphine, die das zu schätzen weiß, veranstaltet für ihn einen Ball. Sie erscheint, wie einst in den Tuilerien, in einer vom Hofcouturier Leroy gelieferten Robe aus leichtem Stoff und mit tiefem Ausschnitt. Sie tanzt mit dem Zaren, erhitzt sich, geht mit ihm im nachtkühlen Park spazieren. Mit einer schweren Erkältung legt sie sich zu Bett, aus dem sie nicht wieder aufsteht.

Malmaison, 29. Mai 1814. Joséphine stirbt in ihrem Schlafzimmer, dessen pompöser Empirestil sie die verloren gegangene Kaiserherrlichkeit nicht vergessen ließ. „Bonaparte – Elba – der König von Rom" sollen, wie eine Kammerfrau gehört haben will, ihre letzten Worte gewesen sein.

ERSTES KAPITEL

Karibisches Vorspiel

Auf der französischen Antilleninsel Martinique wütete in der Nacht vom 13. auf den 14. August 1766 ein Wirbelsturm. Schiffe sanken, Häuser wurden weggerissen, Zuckerplantagen vernichtet, über vierhundert Menschen, schwarze Sklaven und weiße Kreolen, getötet.

Bisweilen zerstörten Naturgewalten die Vermutung, die Vulkaninsel wäre ein Tropenparadies. Der Mont Pelé spuckte manchmal Feuer und Lava, mitunter bebte die Erde und immer wieder litt die „Insel über dem Wind" unter Sturmwinden, die Sturmfluten auslösten und unter das Eiland verheerenden Zyklonen.

Der besonders heftige Wirbelsturm im August 1766 traf auch die Domaine La Pagerie. Sie lag in Trois-Îlets, im Süden der Bucht von Fort-Royal, erstreckte sich über fünfhundert Hektar zwischen den Mornes genannten Hügeln und der Küste, vor der drei Inselchen lagen, nach denen die Ortschaft benannt worden war. Die Zuckerplantage hieß ursprünglich La Petite-Guinée, in Anspielung auf die aus Afrika eingeführten Sklaven, von denen es auf Martinique 16 000 und auf der Domaine 150 gab. Sie wurde in Habitation de la Pagerie umbenannt, nachdem 1761 Joseph-Gaspard de Tascher de la Pagerie die Besitzerin Rose-Claire des Vergers de Sannois geheiratet und sich die Vermählten hier niedergelassen hatten.

Fünf Jahre später brach die Katastrophe über sie herein. Der Wirbelsturm verwüstete die Zuckerrohrfelder, die wirtschaftliche Basis der Plantage, und machte die Hütte der Sklaven wie das aus Holz gebaute Herrenhaus dem Erdboden gleich. Verschont blieb die aus Steinen errichtete Zuckersiederei. In sie hatten sich, mit ihren Schwarzen, die La Pagerie geflüchtet: Der einunddreißigjährige Vater, die dreißigjährige Mutter, die zum dritten Mal schwanger war, und die beiden Töchterchen, die am 11. Dezember 1764 geborene Catherine-Désirée und die am 23. Juni 1763 geborene Marie-Joseph-Rose, die als Joséphine in die Geschichte einging. Der Wirbelsturm war der erste Paukenwirbel ihres Schicksals, dem noch viele folgen sollten.

Für die La Pagerie, die es schon vorher nicht leicht gehabt hatten, brachen schwere Zeiten an. Die Plantage, die nur noch über zwanzig Sklaven verfügte, trug kaum mehr etwas ein. Da das Geld für den Wiederaufbau des Herrenhauses fehlte, richtete sich die Familie im ersten Stock der Zuckersiederei ein. Der einzige Luxus, den sie sich leisten konnte, war die Galerie, die sie an zwei Seiten des düsteren Gebäudes als dürftigen Ersatz für die Veranda des Herrenhauses errichten ließ.

Joseph-Gaspard de Tascher de la Pagerie trug wenig dazu bei, die Situation der Seinen zu verbessern. Als Kreole war er 1735 auf Martinique geboren worden. Sein Vater, Gaspard-Joseph war 1726 nach Martinique gekommen, wo sich seit 1635 Franzosen niedergelassen hatten. Das Glück, das ihm in der Alten Welt versagt geblieben war, suchte er in der Neuen Welt zu erlangen, indes ohne es zu finden. Da er nur einen wohlklingenden, aber bescheidenen Adelstitel trug und nicht die erforderlichen Geldmittel besaß, gelang es ihm nicht, die erwünschte Rolle in der Kolonie zu spielen.

Durch die Heirat mit Marie-Françoise Boureau de la Chevalerie kam er ein Stück nach oben. Die Gemahlin brachte einen angesehenen Adelstitel und ein nicht unbeträchtliches Vermögen mit, von dem der Gemahl nicht allzu viel übrig ließ. Immerhin konnte er das älteste seiner fünf Kinder, Joseph-Gaspard, den Vater Joséphines, nach Frankreich schicken, wo er ein paar Jahre der Dauphine Marie-Josèphe de Saxe, der Mutter Ludwigs XVI., als Page diente.

Die Allüren, die er am Hofe von Versailles angenommen hatte, brachte er nach Martinique mit. Der Leutnant heiratete in das Besitztum seiner Gemahlin Rose-Claire des Vergers de Sannois ein, ohne sich um die Domaine in Trois-Îlets wie auch um seine Frau und seine drei Kinder – 1766 war eine weitere Tochter, Marie-Françoise, genannt Manette, hinzugekommen – hinreichend zu kümmern. Die meiste Zeit verbrachte er in der Inselhauptstadt Fort-Royal mit Beschäftigungen, die er seinem Herkommen wie seinen Bedürfnissen für angemessen hielt: mit Salongeplauder, Glücksspielen, Liebschaften und Schuldenmachen.

Fern von Trois-Îlets finde er mehr Vergnügen als daheim bei den Seinen, seufzte die Gattin, wobei dies vielleicht sogar eher ein Seufzer der Erleichterung war. Rose-Claire de Tascher de la Pagerie war eine Frau, die ihre Angelegenheiten, die Bewirtschaftung des Landbesitzes wie die Erziehung der Kinder, lieber selber in die Hand nahm, als sie dem Mann zu überlassen, der sich als Landwirt unfähig und als Familienvater untauglich erwies. Diese Kreolin war eine Aristokratin im wahren Sinne des griechischen Wortes: Sie zählte sich zu den Besten und benahm sich demgemäß, und die Herrschaft, zu der sie geboren war, übte sie in einer Weise aus, dass ihre Sklaven sie für eine gute Herrin und ihre Kinder für eine gute Mutter hielten.

Sie ließ es die Töchter nicht spüren, dass sie einen Sohn vermisste, dem sie Namen und Besitz hätte weitergeben können, nachdem sie ihn entsprechend erzogen hatte. Emanzipiert, wie sie war, suchte sie ihren Töchtern beizubringen, dass eine Frau sich einem Mann nicht unterlegen fühlen müsste, und sich schon gar nicht in die Abhängigkeit von einem Mann begeben dürfte, dem sie sich geistig und moralisch überlegen zeigte. Sie dachte dabei an ihren Gemahl wie ihren Schwiegervater, die nicht als Zierden ihres Geschlechts galten, blieb bestrebt, wie ihre Schwiegermutter die Oberhand in der Ehe zu behalten, und nahm sich vor, ihre Töchter auf ähnliche Hauptrollen vorzubereiten.

Diesbezügliche Anlagen meinte sie bei ihrer ältesten Tochter Marie-Joseph-Rose wahrzunehmen. Das Mutterkind wuchs unter selbstbewussten Frauen auf, der Mutter Rose-Claire und der Großmutter Marie-Françoise. Deren pädagogische Prinzipien wurden durch einige Einflüsse verwässert. Auch diese Mütter neigten zur Nachsicht gegenüber ihren Sprösslingen, vor allem, wenn sie sich so liebenswürdig und anschmiegsam wie die damals Yéyette genannte Joséphine erwiesen. Das tropische Klima, die schwüle, schwere Luft verführten zu Trägheit und Lässigkeit. Die Erzieherinnen fanden nicht immer die Kraft, die Zügel straff zu halten, sodass das Laisser-aller den Zögling zum Laisser-faire ermutigte.

Die Amme Marion, eine Mulattin, verwöhnte Yéyette, Sklavenkinder hofierten das Herrenkind, und die Seherin Eliama soll ihr geweissagt haben, dass sie einst „mehr als Königin sein werde". Jedenfalls fühlte sie sich schon jetzt als eine Herrscherin. In der zwischen zwei fächelnden Palmen angebrachten Hängematte, ihrem Lieblingsplatz, schaukelte sie sich in einschlägige Träume. Wenn sie von ihren schwarzen Höflingen mit Blumen bekränzt wurde, ging sie zum nahen Bach, um sich in seinem Spiegel wie eine Gekrönte zu bewundern.

Mit zehn wurde Yéyette mit dem à la Martinique gemilderten Ernst des Lebens konfrontiert, aus ihrem Kinderreich in Trois-Îlets nach Fort-Royal in die Klosterschule der Dames de la Providence versetzt. Gemäß der Vorsehung, an die sie glaubten, wollten sie den Mädchen Religion und die von ihr abgeleitete Moral lehren. Ausgehend von deren Vorbestimmung zu guten Ehefrauen und Familienmüttern suchten sie ihre Zöglinge zu jener Züchtigkeit und Bescheidenheit anzuhalten, die als der „schönste Schmuck ihres Geschlechts" galten und in ihnen „jene Sanftmut und Gutwilligkeit" zu entwickeln, die sie für ihre Rolle in der von Männern dominierten Gesellschaft benötigten. Diese Grundsätze waren von einem geistlichen Herrn festgelegt worden, der zudem Wert darauf legte, dass den Schülerinnen als künftige Stützen ihrer Hauswesen Arbeitsfleiß, Ordnungsliebe und Sparsamkeit beigebracht würden.

Wie sich herausstellte, war den diesbezüglichen Bemühungen der Damen der Vorsehung, was Joséphine betraf, kein nachhaltiger Erfolg beschieden. Was sie ihr ansonsten in vier Jahren zu lehren vermochten, ging über das, was man damals in der Mädchenerziehung für ausreichend hielt, nicht hinaus: Lesen und Schreiben, Singen und Tanzen sowie jene Umgangsformen, die einer künftigen Dame der Oberschicht anstünden. Beim Unterricht war sie nicht immer bei der Sache, konnte es kaum erwarten, bis er beendet war und sie die Klostertüre hinter sich zumachen konnte. Sie wohnte bei der Mutter ihres Vaters und verkehrte bei dessen Bruder Robert-Marguerite, Baron Tascher, der als Hafenkapitän in Fort-Royal ein großes Haus führte, dem der ehemalige Page am Königshof einen Abglanz von Versailles zu geben versuchte.

So begegnete Yéyette schon früh Herren, die in der Kolonie die Lebensart der Aristokraten im Mutterland kopierten, als unsichere Provinzler sich noch mehr als diese an die Etikette klammerten, doch als Bewohner einer üppigen Tropeninsel zu Eskapaden neigten. Sie lernte Damen kennen, wie sie der Kreole Thibault de Chanvallon beschrieb: „Sie verbinden eine extreme Lässigkeit und Gleichgültigkeit mit einer außerordentlichen Lebhaftigkeit und Ungeduld ... Ihr Herz ist auf Liebe gestimmt; es ist leicht zu entflammen".

Solchen Damen begann sie zu ähneln. Als die fast Fünfzehnjährige die Klosterschule verlassen hatte und im Haus des Onkels in die Schule des Lebens eingetreten war, konnte sie sich in der Inselgesellschaft sehen und bewundern lassen. Yéyette, der Kindername, war passé; nun wurde sie mit ihrem Taufnamen Rose angesprochen, und so mancher Kavalier dachte dabei an besagte Blume, das Sinnbild der Schönheit und der Liebe. Noch glich sie erst einer vielversprechenden Knospe. Sie hatte tiefblaue, von schweren Lidern halb verdeckte Augen und hellbraunes, wie Seide glänzendes Haar. Ihr Körper war geschmeidig, der Gang katzengleich, die Stimme sanft und melodisch – ihr ganzes Wesen einnehmend und gewinnend. Sie sei die Anmut in Person, meinte ein Verehrer, „eher verführerisch als eigentlich hübsch".

Rose konnte Männer bezaubern und bezirzen, und es ist – auch wenn Beweise fehlen – nicht auszuschließen, dass sie sich bereits in Fort-Royal diese Fähigkeit zu beweisen suchte. Ein seinerzeit auf Martinique stationierter Offizier namens Tercier deutete in seinen Erinnerungen eine nähere Bekanntschaft mit dem Fräulein Tascher de la Pagerie an: „Sie war jung, ich war es auch". Erwiesen ist, dass Rose in Fort-Royal den Leutnant Scipion du Roure kennen lernte, von dem sie sich hofieren ließ, aber den sie erst bei einer späteren Begegnung erhörte.

Zunächst kehrte sie nach Trois-Îlets, in das Wunderreich ihrer Kindheit zurück, in dem sie kleine Freuden wiederfand und auskostete. Sie gab sich dem Farniente hin, verließ ihre Hängematte nur ungern, selbst wenn Leibspeisen wie Meeresfrüchte in pikanter Sauce oder duftende und saftige Ananas lockten. Sie nippte am Anislikör, den die Amme Marion kredenzte, schnupperte an Blumen, die ihr die Sklavin Brigitte brachte, blickte über Tamarinden hinweg in den blauen Himmel und schaute den Vögeln nach, mit denen sie am liebsten fortgeflogen wäre, ihrem Traumziel entgegen: Paris.

Yéyette hatte an den Lippen des Vaters und des Onkels gehangen, wenn sie, die ehemaligen Pagen, zu schwärmen begannen: von Versailles, der Residenz des Königs, und von Paris, der Metropole Frankreichs. Rose war ganz Ohr, wenn die Marineoffiziere, die in Fort-Royal an Land gingen, das Amüsement, das die Provinzbühne bot, wehmütig mit jenem verglichen, das sie auf der Hauptstadtbühne gefunden hatten. Sie konnte nie genug davon hören, wie man sich für die Auftritte in Paris zurechtmachte, kleidete, schminkte und puderte, in welche Theater man ging, welche Musik man hörte, wo man die besten Tänzer und die reizendsten Kavaliere antraf.

Lieber noch heute als erst morgen wäre sie nach Paris aufgebrochen, hätte die etepetete Kolonialgesellschaft, über die sie sich zu mokieren, und das süße Nichtstun, das sie zu langweilen begann, hinter sich gelassen. Lange musste sie nicht auf die Erfüllung ihres Wunsches warten. Mit sechzehn durfte sie sich auf den Weg machen, ohne zu ahnen, dass sie nicht nur Freuden, sondern auch Leiden entgegenging.

Den Weg nach Paris bahnte ihr Tante Marie-Euphémie-Désirée, die älteste Schwester ihres Vaters. Mit neunzehn hatte sich Mademoiselle de Tascher de la Pagerie, deren Eltern das Geld ausgegangen war, in Fort-Royal bei Madame Marie-Anne de Beauharnais als Gesellschafterin verdingt. Monsieur François de Beauharnais, der seit 1757 als Generalgouverneur der französischen Antillen amtierte, schien der richtige Mann am rechten Platz zu sein. Seine Familie war dort begütert und angesehen, und dem Marinekommandanten wurde es zugetraut, dass er die französischen Besitzungen in der Karibik gegen die danach greifenden Engländer verteidigen könnte. Doch er enttäuschte die Schutzbefohlenen in den Kolonien wie seine Auftraggeber im Mutterland.

Zwar konnten die Engländer auf Martinique nicht landen, aber sie fassten Fuß auf Guadeloupe, dem Beauharnais nicht zu Hilfe gekommen war. Die Beschäftigung mit zwei Frauen schien ihn davon abgehalten zu haben: mit seiner Gattin, die ihm 1760 den Sohn Alexandre gebar, und seiner Geliebten, Marie-Euphémie-Désirée de Tascher de la Pagerie, der Gesellschafterin seiner Frau, die von dieser als Hausfreundin geschätzt und als Nebenbuhlerin geduldet wurde. Zudem kostete es dem Gouverneur einige Mühe, für seine Maîtresse einen Gemahl zu finden, der ihr einen ehrbaren Namen verschaffte und ihm die Fortsetzung des Verhältnisses ermöglichte.

Marie-Euphémie-Désirée wurde 1759 mit dem Adjutanten Alexis de Renaudin verheiratet. Seine Gemahlin blieb die Maîtresse von François de Beauharnais, im doppelten Sinne des Wortes: als Geliebte wie als Gebieterin. Sie dirigierte dessen Hauswesen und protegierte ihre Sippschaft, besorgte ihrem Vater, Gaspard-Joseph de Tascher de la Pagerie, ein Milizkommando, ihrer Schwester Marie-Paule einen reichen Gemahl, Louis-Jules Lejeune du Gué, ihrem Bruder Joseph-Gaspard eine vermögende Ehefrau, Rose-Claire des Vergers de Sannois, und nahm sich vor, deren Kinder zu fördern.

Zunächst stand ihr Ärger ins Haus. Monsieur de Renaudin durchschaute das Spiel, das mit ihm getrieben wurde, reiste nach Paris und reichte die Scheidung ein. Madame de Renaudin fuhr ihm nach, um bei der Trennung von ihrem vermögenden Gemahl finanziell nicht zu kurz zu kommen, und sie konnte mit dem Erlangten zufrieden sein. Es kam ihr zupass, dass François de Beauharnais, seines Gouverneurspostens enthoben, 1761 nach Frankreich zurückkehrte. Die Gemahlin begleitete ihn, zog sich jedoch auf ihr Familienschloss zurück und überließ – bis zu ihrem Tode im Jahre 1767 – ihr Eheheim dem zum Marquis ernannten Gemahl und der mit ihm zusammenlebenden Madame de Renaudin.

Auf Martinique war der einjährige Alexandre de Beauharnais zurückgeblieben. Hielten ihn die Eltern für zu klein, um in dieser gefährlichen Zeit – es herrschte Krieg zwischen Frankreich und England – auf die lange Seereise mitgenommen zu werden? Oder war Madame de Renaudin daran gelegen gewesen, den Sprössling der Beauharnais in der Obhut ihrer Mutter zurückzulassen, sozusagen als Unterpfand der Familienpolitik der Tascher de la Pagerie? Jedenfalls nahm sie sich des bei den Ihren auf Martinique aufgewachsenen und mit neun nach Frankreich gekommenen Alexandre an, überwachte seine Erziehung und führte den jungen Mann in das Leben ein.

Vielleicht hatte sie für den Sohn ihres Geliebten nicht nur mütterliche Gefühle. Die an der Schwelle der vierzig Stehende schwärmte von der „liebenswürdigen Erscheinung" des Siebzehnjährigen, der Esprit und Genie besitze, „alle Qualitäten der Seele und des Herzens" aufweise, weshalb er von allen geliebt würde, vornehmlich von Frauen. Madame de Renaudin gönnte ihm, ja förderte seine Liebschaften, wollte jedoch über jede Einzelheit in Kenntnis gesetzt werden, als suchte sie platonisch mitzugenießen. Alexandre hielt sie über seine galanten Abenteuer auf dem Laufenden, auch über die Affäre des Souslieutnants im Regiment der Sarre-Infanterie mit der um elf Jahre älteren Madame de Longpré, geborene Laure de Girardin, der er ein Kind machte, das wie sein leiblicher und sein gesetzlicher Vater den Namen Alexandre erhielt.

Die Libertinage ihres Schützlings, die ihr selber nicht ganz fremd war, hielt die Maîtresse seines Vaters nicht davon ab, für ihn eine Angehörige ihrer eigenen Familie als Gemahlin zu suchen. In dieser galanten Zeit, vornehmlich in aristokratischen Kreisen, galt die Ehe ja weniger als Lebensbund zweier Verliebter als eine Alliance, die den Partnern eine gesellschaftliche Stellung wie eine finanzielle Absicherung bot, und sie ansonsten das tun und lassen ließ, was ihren Neigungen entsprach. Madame de Renaudin, die geborene de Tascher de la Pagerie, war in erster Linie daran interessiert, ein weibliches Mitglied ihres niederen und verarmten Adelsgeschlechtes in ein höher stehendes und vermögendes Haus einzuführen und damit ihren eigenen Einflussbereich zu erweitern.

Zunächst dachte sie an ihre Nichte Catherine-Désirée, die 1764 geborene zweite Tochter ihres ältesten Bruders. Sie ließ den ihr in allem hörigen Marquis de Beauharnais einen Brief an Joseph-Gaspard de Tascher de la Pagerie schreiben, in dem er in erster Linie darauf hinwies, was sein Alexandre finanziell zu bieten hätte: Der Sohn verfüge schon jetzt über eine Jahresrente von 40 000 Livres, zu denen später noch 25 000 Livres kämen. Da er Madame de Renaudin achte und verehre, wünsche er sich eine Verbindung mit einer ihrer Nichten, und zwar mit Catherine-Désirée, die altersmäßig – er war siebzehn, sie dreizehn – gut zu ihm passe. Auch die vierzehnjährige Marie-Joseph-Rose wäre ihm als Vater recht gewesen, doch sein Sohn hielte den Altersabstand zu ihr für zu gering.

War es nur eine Frage des Alters? Oder war Madame de Renaudin, der Heiratsvermittlerin, einiges über die zur Rose erblühte Yéyette zu Ohren gekommen, das sie veranlasste, nicht sie, sondern Catherine-Désirée ins Spiel zu bringen? Ob nun die eine oder die andere – Vater Tascher war von der Aussicht entzückt, dass eines seiner Kinder eine so unerwartet gute Partie machen könnte. Sein Adelstitel war nicht berühmt genug, um einen jungen Mann aus besserem Hause anzuziehen, und seine Vermögenslage nicht so beschaffen, dass er eine verlockende Mitgift hätte aufbringen können, schon nicht für eine, geschweige denn für alle drei Töchter. Joseph-Gaspard fiel ein Stein vom Herzen, als er erfuhr, dass ein Beauharnais eine Tascher de la Pagerie ohne Heiratsgut zu nehmen gedachte.

Kaum war das Geschäft eingefädelt, drohte es schon zu platzen. Die dreizehnjährige Catherine-Désirée starb am 17. Oktober 1777 an Schwindsucht. Madame de Renaudin gab nicht auf, überging jedoch wiederum Rose und setzte auf ihre jüngste Nichte, die erst elfjährige Marie-Françoise, genannt Manette. Doch die Mutter, die ohnehin über eine Verbindung mit den Beauharnais nicht so beglückt war wie ihr Gemahl, wollte ihr Nesthäkchen, das sich an ihre Rockschöße klammerte, nicht hergeben.

Nun blieb nur noch Rose als Heiratskandidatin übrig. Sie sah darüber hinweg, dass sie nur als dritte Wahl in Frage kam. Sie wollte unbedingt nach Paris, die Stadt ihrer Träume, gedachte dazu jede Gelegenheit zu ergreifen und jeden Gemahl in Kauf zu nehmen. Wenn es ein Vicomte de Beauharnais wäre und sie Vicomtesse de Beauharnais würde, umso besser; denn das würde ihr jene Kreise öffnen, in denen sie zu reüssieren und sich zu amüsieren vermöchte.

Die Tante in Paris, Madame de Renaudin, entnervt von den Fehlschlägen ihrer Vermittlungsversuche, gab ihre Vorbehalte gegen Rose auf, drängte ihren Bruder in Trois-Îlets, endlich mit einer seiner Töchter nach Frankreich zu kommen: „Denn wir brauchen eines deiner Kinder." Joseph-Gaspard warb für ein letztes Aufgebot: Rose, die am 23. Juni 1778 ihren fünfzehnten Geburtstag feierte, sei sehr entwickelt für ihr Alter, sodass man sie für achtzehn halten könnte, habe eine schöne Haut, schöne Augen, schöne Arme, eine hübsche Stimme und „ein sehr liebenswürdiges Wesen". Wenn der Marquis meine, dass sie zu seinem Sohne passe, „wird sie auch unserem Wunsche entsprechen", ließ er François de Beauharnais wissen. Madame de Renaudin drängte ihren Bruder: „Kommt, kommt, Eure liebe Schwester bittet Euch flehentlich darum."

Die Post war lange zwischen dem Mutterland und der Kolonie unterwegs. Im April 1779 konnte endlich das Aufgebot in der Kirche Notre-Dame in Trois-Îlets verkündet werden. Rose triumphierte und schien beweisen zu wollen, dass sie, die zwei Monate später sechzehn wurde und sich wohl schon wie eine Neunzehnjährige fühlte, keineswegs zu jung für das Liebesleben sei. Jedenfalls meinten Mitglieder der Inselgesellschaft, die ihr die gute Partie missgönnten, Anlass zu Klatsch und Tratsch zu haben. So wurde behauptet, bei einem zweitägigen Ausflug am Himmelfahrtstag 1779 zum Mont-Pelé habe sie ein Techtelmechtel mit einem auf der Durchreise befindlichen englischen Offizier namens Williams gehabt, und dies sei nicht das erste gewesen und das letzte geblieben.

Im Juli 1779 segelte Rose mit ihrem Vater von Martinique nach Saint-Dominique, um in Cap-Français – englische Kriegsschiffe verunsicherten wieder einmal die Seewege – auf einen französischen Geleitzug zu warten. Ende August begaben sich Vater und Tochter auf dem von der Fregatte „La Pomone" eskortierten Frachtschiff „Île-de-France" auf die lange Seereise. Während der eineinhalbmonatigen Überfahrt fand Rose genügend Zeit, die Erinnerungen an ihre Jugend in der Karibik verblassen zu lassen und sich in rosigen Farben ihre Zukunft als Vicomtesse im leuchtenden Paris und seiner illustren Gesellschaft auszumalen. Selbst die Stürme auf dem Atlantik brachten sie nicht auf den Gedanken, dass sie nicht nur Günstiges in Frankreich erwarten könnte.

ZWEITES KAPITEL

Eine unglückliche Ehe

Die Kreolin fuhr einem Frankreich entgegen, in dem das Ancien Régime, die Herrschaft der absoluten Monarchie und der feudalen Gesellschaft, zu Ende ging. Ihre Sonne war in der Epoche Ludwigs XIV., des Sonnenkönigs, im Zenit gestanden, hatte unter Ludwig XV. einen langen Nachmittag beschienen und schickte sich nun zum Sinken an. Ludwig XVI. suchte vergebens in Versailles dem Genius Loci gerecht zu werden, und Marie-Antoinette, die ungeliebte Österreicherin, zog sich in das Idyll von Klein-Trianon zurück, in dem sie alle Widrigkeiten zu überstehen hoffte.

Aus einer royalistischen Familie kommend, war Rose de Tascher de la Pagerie eine Monarchistin, für die ein König wie eine Königin, auch wenn sie sich als unzulänglich erwiesen, als Herrscher von Gottes Gnaden Achtung gebietend und verehrungswürdig blieben. Für das 1778 begonnene Engagement Frankreichs an der Seite der um ihre Unabhängigkeit von Großbritannien kämpfenden Amerikaner brachte sie Verständnis mit. Den Franzosen auf Martinique galten die Engländer, die von 1762 bis 1763 ihre Insel besetzt hatten, als Erzfeinde. Sie konnten nicht wissen, dass der ein halbes Jahrzehnt andauernde Krieg die Finanznöte Frankreichs zum Staatsbankrott steigern würde, und erst recht nicht, dass die Amerikanische Revolution, die ihr König unterstützte, der Französischen Revolution gegen ihren König präludierte.

Die angehende Vicomtesse de Beauharnais brannte darauf, ihre Rolle in der Feudalgesellschaft zu genießen. Sie ahnte nicht, dass dies ein Tanz auf dem Vulkan werden würde. Denn eine Aristokratie, die politisch unverständig, sozial unverantwortlich und moralisch verkommen war, stellte ihre Existenz in Frage und beschwor die Katastrophe herauf, in der sie untergehen sollte. „Nach uns die Sintflut!", meinten Feudalisten, welche die Frivolität bis zum Exzess trieben und bis zur Neige auskosteten. Zu denen, die das drohende Ende vor Augen hatten, gehörte Rose nicht. Sie gab sich der Hoffnung hin, dass sie sine fine in den siebenten Himmel hineintanzen könnte.

Ihr Gelobtes Land betrat sie am 12. Oktober 1779 in Brest. Der erste Eindruck war enttäuschend. Rose war zwar froh, wieder festen Boden unter den Füßen zu haben, aber so hatte sie sich Frankreich nicht vorgestellt. Die Stadt war trostlos, die Herberge ungastlich. Das Leberleiden des Vaters hatte sich während der beschwerlichen Überfahrt verschlimmert, sodass sie sich Tag und Nacht um ihn kümmern musste. Sie wollte so schnell als möglich nach Paris, doch ihr Verlobter wie ihre Tante, die sie dorthin bringen sollten, waren nicht zur Stelle.

Sie kamen erst nach vierzehn Tagen. Madame de Renaudin schloss die Nichte in die Arme und nahm sie in ihre Obhut. Alexandre musterte seine Braut von oben bis unten und beließ es bei einer förmlichen Begrüßung. „Mademoiselle de la Pagerie wird Ihnen vielleicht weniger hübsch erscheinen, als Sie es erwarteten", schrieb er seinem Vater, doch er vermeinte auf den ersten Blick festgestellt zu haben, „dass ihr ehrliches und sanftes Wesen all das übertrifft, was man Ihnen gesagt hat".

Die Scherereien, die ihm der Empfang der Verlobten und ihres Vaters bereiteten, verschwieg Alexandre dem Marquis de Beauharnais nicht. Da sie wenig mitgebracht und vieles benötigt hätten, habe er mit Ärger verbundene Besorgungen machen müssen. Für vierzig Louis d'or habe er ein Kabriolett gekauft, die Abreise stehe unmittelbar bevor, „aber wir können noch nicht abschätzen, wie lange wir unterwegs sein werden".

Für die am 1. November angetretene Reise von Brest nach

Paris brauchten sie fast zwei Wochen. Die Kutsche war nicht besonders geräumig, doch dies hatte den Vorteil, dass die Insassen sich näher kamen. Madame de Renaudin stellte fest, dass sie der Nichte etliches beizubringen hätte. Rose hatte genügend Gelegenheit, die Vorstellung, die sie sich von ihrem Bräutigam gemacht hatte, mit der Wirklichkeit zu vergleichen, und dieser begann – aus Mangel an anderer Gelegenheit – Rose liebreizender als bei der ersten Begegnung zu finden. Jedenfalls schrieb er seinem Vater schon nach sechs Tagen von der Zwischenstation Rennes: Das Vergnügen, das ihm die Gesellschaft des Fräuleins de la Pagerie bereitet habe, sei der einzige Grund gewesen, warum er so lange nichts von sich hören ließ. Jedenfalls hatte er seine Schreibfaulheit mit einer Bemerkung entschuldigt, die ihm der Marquis gerne abnahm.

Als Rose endlich in Paris eintraf, war die Stadt ihrer Träume von Novembernebeln verhangen. Das Hôtel des Marquis de Beauharnais, in dem sie Wohnung nahm, lag in der Rue Thévenot, unweit der Rue Saint-Denis und der Fischhalle. Vor dem von schäbigen Häusern eingezwängten Palais, das sich seiner Umgebung angeglichen zu haben schien, floss ein stinkendes Bächlein, und auf der schmutzigen Straße fuhren mehr Karren als Kutschen vorbei. So wurde Rose zunächst mit der düsteren Seite von Paris konfrontiert, bevor sie die glänzende Seite ihrer Vorstellung kennen lernte.

Madame de Renaudin nahm sie mit in Straßen, in denen die elegante Welt verkehrte, und in Geschäfte, in denen es tausend Dinge anzuschauen und zu erstehen gab. Die Tante besorgte der Nichte eine Aussteuer für 20 000 Livres. Sie staffierte die angehende Vicomtesse mit modischen Kleidern und Accessoires aus und suchte der Provinzlerin beizubringen, wie man sich in der Hauptstadt, um standesgemäß aufzutreten, zurechtzumachen habe.

Das Aufgebot wurde zweimal publiziert: am 5. Dezember 1779 in Noisy-le-Grand, wo Madame de Renaudin ein Landhaus besaß, und am 6. Dezember in der Pariser Kirche Saint-Saveur, zu deren Pfarrei das Palais de Beauharnais gehörte. Dort wurde am 10. Dezember der Ehevertrag unterzeichnet. Alexandre de Beauharnais verfügte über eine Jahresrente von

40 000 Livres, Einkünfte aus dem auf 800 000 Livres geschätzten Besitz seiner Mutter und Großmutter in Saint-Dominique sowie jenem in La Ferté-Avrain bei Orléans. Rose de Tascher de la Pagerie brachte weniger mit: 5000 Livres Jahresrente, die ihr der Vater auszuzahlen versprach, wenn er dies könnte – was er aber kaum jemals vermochte. Seine Schwester, die Heiratsvermittlerin, überließ der Nichte ihr Landhaus in Noisy-le-Grand, dessen Wert auf 33 000 Livres geschätzt wurde, und überschrieb ihr den Schuldbrief eines Neffen von Monsieur de Renaudin über 120 000 Livres.

Am 13. Dezember 1779 fand in der Kirche von Noisy-le-Grand die Trauung statt. Nur wenige Gäste waren dabei, in erster Reihe der Marquis de Beauharnais und seine Maîtresse Renaudin, ferner der Abbé de Tascher, Prior von Sainte-Gauburge und Hausgeistlicher des Herzogs von Penthièvre, der seinen Vetter, den Vater der Braut vertrat, der krank in Paris darniederlag.

Die Mutter dachte im fernen Martinique an die Ihren und fragte sich, ob Rose in Paris wirklich ihr Glück finden würde. „Wie könnte ich ohne Besorgnis über das Schicksal meiner Tochter sein! Ich schaudere noch, wenn ich an all die Gefahren denke, denen sie ausgesetzt war“, schrieb sie der Schwägerin Renaudin. Zwar sei sie nun – dank deren Bemühung – unter die Haube gebracht, aber sie benötige die feste Hand der Tante, damit die noch sehr junge, erst sechzehneinhalbjährige Frau nicht schon bei den ersten Schritten auf dem glatten Pariser Parkett strauchele.

War aber Madame de Renaudin die richtige Mentorin? Sicher war sie geeignet, die ihr Anvertraute in die mondäne Gesellschaft einzuführen und ihr deren Manieren beizubringen. Aber gehörte zu deren Lebensart nicht auch ein Lebenswandel, den sie selber an den Tag legte und den ihr Rose abschauen könnte? Überdies wusste Madame de Renaudin, dass ihr Liebling Alexandre nicht zum guten Ehemann taugte. Schon der Neunzehnjährige hatte es – mit ihrer Kenntnis, ja Ermutigung – zu einem Leporello-Album gebracht, und gerade sie musste damit rechnen, dass er ihm auch als Verheirateter weitere Bildnisse seiner Eroberungen hinzufügen würde.

Warum hatte sie dann Alexandre und Rose zusammengebracht? Auch für diese Aristokratin war der Ehebund vorrangig eine Interessenverknüpfung, eine Alliance zweier Menschen fast wie eine Allianz zweier Staaten. Sie mussten sich nicht mögen und schon gar nicht lieben; nur die Vorteile zählten, die sie sich gegenseitig verschafften. Die Familie der geborenen de Tascher de la Pagerie wurde durch die Verbindung mit den Beauharnais gesellschaftlich wie finanziell aufgewertet, und ihr Schützling Alexandre bekam mit Rose eine Gattin, die zur Erweiterung seines Stammbaums beitragen könnte. Überdies ging die nicht ganz ehrliche Ehemaklerin davon aus, dass sie die Fäden beider Schicksale in der Hand behalten würde.

Warum hatte Alexandre de Beauharnais die Tascher de la Pagerie geheiratet? Nach den gesellschaftlichen Regeln war es eine Mesalliance zwischen dem Angehörigen eines reüssierten Adelsstandes mit dem Mitglied einer weniger angesehenen Adelsschicht. Aber Alexandre gab dem Wunsch von Madame de Renaudin nach, auf die zu hören und der zu folgen er sich angewöhnt hatte. Knapp bei Kasse, wollte er möglichst schnell, wenn es sein müsste, auch durch eine solche Heirat an das Erbteil seiner Mutter und Großmutter herankommen. Im Übrigen hatte er sich vorgenommen, auch als Ehemann das Lotterleben des Junggesellen weiterzuführen.

Und Rose? Natürlich war sie, heißblütig und genusssüchtig, ganz auf Liebe eingestellt. Doch nicht minder war sie darauf versessen, die ihrem neuen Rang entsprechende Stellung im gesellschaftlichen Leben einzunehmen. Wie die berühmt-berüchtigte Madame d'Houdetot hätte sie gestehen können: Sie sei Ehefrau geworden, um eine Dame von Welt zu werden, um „auf den Ball und die Promenade, in die Komödie und in die Oper zu gehen".

Das Hôtel de Beauharnais in der Rue Thévenot, in das die Jungverheirateten einzogen, war nicht das Liebesnest, das sich die Kreolin erträumt hatte. In das düstere Haus drang kaum ein Sonnenstrahl, kein süßer Duft und kein Vogelgezwitscher. Der Winter war kalt, die Heizung mangelhaft, die an das Klima Martiniques gewöhnte Rose fröstelte und fror. Wärme vermisste sie auch im Eheleben. Der Gatte erfüllte zwar seine Pflicht, aber mehr als eine Schuldigkeit denn ein Vergnügen. Vermisste er, bei aller Leidenschaftlichkeit seiner Gattin, jenes Raffinement, das ihm seine meist älteren und erfahreneren Gespielinnen boten? Jedenfalls schien er vornehmlich daran interessiert zu sein, dass sie ihm möglichst schnell zu einem Stammhalter verhelfe.

Immer häufiger ließ der Vicomte de Beauharnais seine Vicomtesse in der Rue Thévenot allein, führte sie nicht in das Gesellschaftsleben ein, nahm sie nicht mit auf Soirées, wozu sie ihm zu unpoliert erschien, und erst recht nicht in Salons, wo sie kaum den richtigen Ton getroffen hätte. So hatte sie keine Gelegenheit, den Schmuck, das traditionelle Geschenk des Bräutigams, anzulegen, konnte ihn nur in den Taschen ihrer Hauskleider mit sich tragen.

Immerhin nahm sich der Eheherr vor, der Landpomeranze aus Martinique einiges von dem beizubringen, was man in der Pariser Hautevolee in jener Zeit für Bildung hielt: etwas Geschichte, vor allem Hof- und Adelsgeschichte, damit man stets die Genealogie und die Titulaturen parat hätte, etwas Geographie, damit man die Stellung des Königreiches in der Welt zu würdigen wüsste, einige Kenntnisse in der französischen Literatur, um bei Salongesprächen mithalten zu können, sowie in der französischen Philosophie, soweit sie sich auf die Aufklärung der Menschheit beschränkte und nicht zur Unterrichtung des eigenen Volkes über die von seinen Alleinherrschern und Feudalherren zu verantwortenden Missstände ausartete.

Dies alles war zu viel von Rose verlangt, die, aufgrund ihrer mangelhaften Erziehung in Martinique, zunächst einen Nachholbedarf an Grammatik und Orthographie hatte. Aber der sich als Volksaufklärer fühlende Alexandre meinte den Laienpädagogen spielen, seiner Angetrauten zu jener Kultiviertheit verhelfen zu sollen, die man von einer Beauharnais erwartete. „Die Kenntnisse“, ließ er sie wissen, „die Du Dir verschaffst, werden Dich über andere erheben“ – und sie wenigstens soweit zu ihm emporheben, dass er sich mit ihr in seinen Kreisen nicht blamieren müsste.

Ein weiteres Motiv mochte ihn zu seinen Bemühungen veranlasst haben. Alexandre war mehr auswärts als daheim. In Paris galt er – wie man dort sagte – als „homme sans pantoufles", als Mann, der so oft aushäusig war, dass er kaum dazu kam, es sich in Hausschuhen bequem zu machen. Bereits acht Monate nach der Hochzeit kehrte er zu seinem Regiment in der Bretagne zurück. So schien er auch deshalb auf die Weiterbildung Roses Wert gelegt zu haben, dass ihr der Kopf dermaßen von Wissensstoff schwirrte, um sie nicht auf andere, gar abwegige Gedanken kommen zu lassen.

Doch die Kreolin, die von Haus aus daran gewöhnt war, dass ihr Früchte in den Mund wuchsen, raffte sich nicht auf, sich nach den für sie zu hoch hängenden Bildungsfrüchten zu strecken und sie mühsam zu pflücken. War ihr nicht schon, selbst bei ihren seltenen gesellschaftlichen Auftritten, bewusst geworden, dass sie es, um wahrgenommen zu werden, keineswegs nötig hatte, sich über Rousseau auszulassen? Sie wurde wegen ihres natürlichen Wesens, weil sie hübsch, anmutig und einnehmend war, hinreichend beachtet und zunehmend bewundert.

Der Gemahl hatte das Naturkind, das er zu urbanisieren suchte, darauf hingewiesen: Bildung schenke wahre Befriedigung, einen Genuss ohne Reue; wenn es Rose gelänge, ihre Natürlichkeit mit Kultiviertheit zu verbinden, wäre sie „eine vollkommene Gemahlin". Bald musste er feststellen, dass er sich vergebliche Liebesmüh gemacht hatte. Warum sich deshalb sein Verhältnis zu ihr abgekühlt habe, gestand er seinem Lehrer Antoine Patricol, der die besorgte Madame de Renaudin davon in Kenntnis setzte: Alexandre meine, es genüge nicht, dass eine Gattin „nur Frau sei, um die Liebe eines Gatten zu gewinnen und zu erhalten; sie müsse auch Qualitäten besitzen, um die langen Pausen zwischen den kurzen Momenten der Leidenschaft ausfüllen zu können".

Mit einem Resultat der Passion zeigte er sich zufrieden: Die Gattin gebar ihm am 3. September 1781 den Stammhalter, der am Tag darauf in der Pariser Kirche Saint-Saveur auf den Namen Eugène-Rose getauft wurde. Die Mutter gab sich vergebens der Hoffnung hin, dass das freudige Ereignis den schief hängenden Haussegen wieder ins Lot bringen würde. Der Vater hielt es nicht lange bei Kind und Frau aus. Bereits am 1. November 1781 brach Alexandre nach Italien zu einer Kavalierstour auf, und was dies bedeutete, war der Zurückgelassenen bewusst: Fern von ihr wollte er das Vergnügen suchen, das er bei ihr nicht finden zu können glaubte.

In seinen Briefen mischten sich unter die galanten Phrasen zunehmend Vorwürfe und Klagen. Er fand es unangebracht, dass sie in den ihren eine Missbilligung seiner Seitensprünge andeutete, wenn es ihm auch schmeichelte, dass daraus Eifersucht zu sprechen schien. Gebildet und eingebildet, wie er war, zitierte er eine Maxime der Alten: „Quod licet Jovi, non licet bovi", und interpretierte sie im Sinne der Gepflogenheiten seiner Zeit und seines Standes: Einem Ehemann gezieme, was sich eine Ehefrau nicht herausnehmen dürfe.

Alexandre gefiel sich in seinem Jupitergehabe und begriff nicht, dass Rose nicht alles hinnahm, was er sich in seiner Überheblichkeit herausnahm. Er wollte es nicht verstehen, dass ihm die Gemahlin immer seltener schrieb und sich immer weniger darüber äußerte, was sie fühlte und dachte. Ohnedies mehr auf ihr Ich als auf ein Du konzentriert, begann sie sich von ihm abzuwenden, aber noch nicht, sich einem anderen zuzuwenden. Das wäre ihr auch schwer gefallen, denn sie stand unter Aufsicht von Madame Renaudin, die im Prinzip, in Erinnerung an ihre Vergangenheit, dafür nicht ohne Verständnis gewesen wäre, wenn sie nicht primär die Interessen ihres Lieblings Alexandre im Auge behalten hätte.

Nach neun Monaten Saus und Braus in Italien kehrte der Gemahl am 25. Juli 1782 nach Hause zurück und nahm das Recht des Hausherrn und sein Anrecht auf Gattenliebe wieder in Anspruch. Doch schon am 6. September 1782 machte er sich wieder auf und davon, ohne ihr „Au revoir" zu sagen. Er hinterließ einen Brief, in dem er sie seiner Liebe versicherte, an die er selber und erst recht Rose nicht mehr glaubte. Als sie zögerte, ihm postwendend zu schreiben, warf er ihr vor, dass sie ihn nie geliebt habe und deshalb ihre Ehe Schiffbruch erleiden werde.

Das mehr von ihm als von ihr strapazierte Band zerriss und war nicht mehr zusammenzuflicken. Am 6. September 1782 hatte Alexandre Haus und Stadt in Richtung Brest verlassen, um sich nach Martinique einzuschiffen. Die Insel, auf der er geboren worden war, wollte er „aus Liebe zum Ruhm" gegen die Engländer verteidigen helfen. Aber erst am 18. November – britische Kriegsschiffe hatten den Hafen blockiert – konnte er an Bord der „Venus" gehen.

Der Name des Schiffes war nicht ohne Vorbedeutung. Auf die lange Reise, die ihn nicht nur zu einem Gestade der Gloire, sondern auch nach Kythera, der Insel der Liebe, führen sollte, ging mit dem Zweiundzwanzigjährigen die dreiunddreißigjährige Madame Laure de Longpré, seine ehemalige Geliebte, die ihm ein Kind geboren hatte, den jetzt dreijährigen Alexandre. Die Kreolin, eine geborene de Girardin, eine entfernte Verwandte Roses, fuhr nach Martinique, um dort die väterliche Erbschaft anzutreten. Inzwischen Witwe geworden, ließ sie sich die Gelegenheit der gemeinsamen Reise nicht entgehen, ihren Liebhaber, den sie ungern in den Hafen der Ehe mit der Tascher de la Pagerie hatte segeln sehen, für sich zurückzugewinnen.

Nach langer Seereise, auf der sie sich immer näher gekommen waren, landeten sie am 21. Januar 1783 in Fort-Royal. Lorbeer war auf Martinique für Alexandre nicht mehr zu pflücken, denn der Krieg zwischen Frankreich und England war zu Ende gegangen. Doch Liebe winkte ihm; Laure wusste ihn ganz für sich einzunehmen. Um ihn seiner Ehefrau vollends abspenstig zu machen, suchte sie ihm weiszumachen, dass die am 10. April 1783 in Paris geborene Tocher Hortense – was er nicht von Rose, sondern von ihrer Familie erfahren hatte – nicht von ihm sein könnte. Zwischen seiner Rückkehr aus Italien nach Paris und der Geburt des Kindes lägen nur acht Monate und sechzehn Tage. Bereits als Verlobte sei Rose fremdgegangen. Als Zeugen zitierte Laure einen Sklaven, den sie mit gutem Zureden und einigem Geld dazu gebracht hatte, zu behaupten: Die Tochter seiner Herrschaft habe mit einem Monsieur de Bertrix intim verkehrt.

Liebesaffären Roses vor und nach ihrer Heirat waren nicht

zu beweisen. Aber Alexandre traute ihr alles zu, nahm jedenfalls die Unterstellungen zum Anlass, seine Gemahlin loszuwerden. In Martinique, schrieb er ihr am 12. Juli 1783, seien ihm die Augen geöffnet worden, dass sie von Jugend auf sich die Falschheit und das Hintergehen anderer zur Gewohnheit gemacht habe, um ihren Lüsten frönen zu können. „Was soll man von diesem letzten Kind halten, das acht Monate und wenige Tage nach meiner Rückkehr aus Italien angekommen ist? Ich muss es anerkennen, aber ich schwöre beim Himmel, der mich aufklärt, es ist von einem andern, ein fremdes Blut fließt in seinen Adern." Hortense verdanke ihr Dasein einem Ehebruch. Ein zweites Mal werde er sich von „dieser verkommendsten aller Kreolinnen" nicht täuschen lassen, „und da Sie fähig dazu wären, alle Welt für sich einzunehmen und hinters Licht zu führen, wenn wir weiterhin unter einem Dach lebten, ersuche ich Sie, dass Sie sich sogleich nach Erhalt dieses Briefes in ein Kloster verfügen".

Dies sei sein letztes Wort, schrieb Alexandre. Ein Vierteljahr später fügte er weitere Worte hinzu. Er hatte erfahren, dass Rose im Palais de Beauharnais in der Rue Neuve-Saint-Charles im Faubourg Saint-Germain, in das sie mit Schwiegervater und Tante umgezogen war, geblieben war. Es wäre absurd, schrieb er, wenn sie nach allem, was er erfahren habe, im selben Haus wohnen würden. „Sie können zwischen der Rückkehr zu ihrer Familie nach Martinique und dem Kloster in Paris wählen."

Rose wurde von Tante Renaudin wie vom Schwiegervater zurückgehalten, die hofften, dass sich nach der Rückkehr Alexandres alles einrenken könnte. Als er am 26. Oktober 1783 wieder nach Paris kam, stieg er nicht im Palais, sondern in einem Hotel in der Rue de Gramont ab. Erst Ende November zog sich die verstoßene Ehefrau in die Abbaye de Panthemont in der Rue de Grenelle zurück.

Hatte Rose gehofft, ihren Gemahl doch noch umstimmen zu können? Doch sie war von ihm zu sehr gedemütigt worden, um sich noch ein Zusammenleben mit ihm zu wünschen. Schon hatte sie sich auf ein eigenes Leben eingestellt. Sie verkehrte im Verwandten- und Bekanntenkreis der Beauharnais und mit Offizierskameraden Alexandres. Kurz nach der Geburt ihrer Tochter Hortense schickte sie dem Chevalier de Bertrix ein Billet: Madame la Vicomtesse de Beauharnais empfange wieder und gebe sich die Ehre, Monsieur de Bertrix davon zu benachrichtigen, „dem sie stets mit Vergnügen ein Poulet (Hühnchen) anbiete".

Handelte es sich um denselben Bertrix, den Alexandre als früheren Geliebten Roses ausfindig gemacht zu haben glaubte? Wer es auch gewesen sein mochte: Die Kreolin war drauf und dran, wie ein Kolibri aus dem Käfig herauszufliegen und den Lichtern von Paris entgegenzuflattern, auch auf die Gefahr hin, dass er sich daran die Flügel verbrennen könnte.

Auf dem Wege zur Emanzipation, der Rose entgegenstrebte, kam sie in der Abbaye de Panthemont einen großen Schritt voran. Denn dieses Kloster war keineswegs eine Anstalt, in der verstoßenen Ehefrauen Zucht und Ordnung beigebracht werden sollten. Der von der Äbtissin de Béthisy de Mézières geleitete Konvent der Bernhardinerinnen war eine Art Hotelpension, in der Damen, die schlechte Erfahrungen gemacht hatten, sich auf ein neues, eigenständiges und ungebundenes Leben einstimmten.

Die Vicomtesse de Beauharnais bezog mit ihrem zweijährigen Sohn Eugène (die einjährige Tochter Hortense hatte sie in Noisy in Pflege gegeben) und mit Domestiken ein Appartement in der im vornehmen Faubourg Saint-Germain gelegenen Abbaye Royale de Panthemont. Bislang waren die Bekanntschaften Roses auf den Kreis der Beauharnais beschränkt gewesen, nun lernte sie Aristokratinnen kennen, die höfisches Flair und mondänen Geschmack in den Konvent mitgebracht hatten. Von ihnen konnte sie weit mehr erfahren, als sie bereits wusste und vermochte: Wie man in der großen Welt auftrat und sich bewegte, konversierte und sich amüsierte, Aufmerksamkeit erregte und – nicht zuletzt – wie man sich gab, um Kavalieren zu gefallen und Liebhaber zu gewinnen.

Zunächst lernte sie, sich nach der neuesten Mode anzuziehen und zurechtzumachen. Die Reifröcke waren passé.

Als Dernier Cri galt urbanisierte Natürlichkeit. Die schlichten, perfekt geschnittenen Kleider aus leichtem Musselin waren für die geschmeidige Figur Roses wie geschaffen, doch da sie kaum weniger als Brokatroben kosteten, begann sie sich in Schulden zu stürzen. Vorteilhaft für ihr anmutiges Gesicht war es, dass Schminke nicht mehr so dick aufgetragen wurde wie zur Rokoko-Zeit, als Mozart die Pariser Damen wie bemalte Nürnberger Puppen vorkamen. Die Frisuren waren nicht mehr aufgetürmt und mit Zierrat gesteckt. Rose ließ ihre wirren Locken ungebändigt, wobei es sie wenig scherte, dass daraus auf ihren Charakter geschlossen werden könnte.

Im Salon der Abtei wurde über alles gesprochen, was die Welt bewegte, am liebsten aber über das, was diese nach Ansicht galanter Damen im Innersten zusammenhielt: L'amour, womit weniger die seelische als die sinnliche Liebe gemeint war. Auch von denen, die sich nicht eingehend mit einschlägigen Schriftstellern der Zeit befasst hatten, war doch die eine oder andere frivole Maxime aufgelesen worden. Die Liebe, meinte der Literat Chamfort, „ist nur ein Austausch zweier Launen und die Berührung zweier Körper", und der Naturforscher Buffon fügte hinzu: „In der Liebe ist nur das Physische gut." Der Enzyklopädist Diderot erklärte: „On est lié à sa femme et attaché à sa maîtresse." Frauen drehten den Spieß um: Man ist dem Gemahl verpflichtet und dem Liebhaber verbunden. In seinem Roman „Le Paysan perverti" („Der verführte Landmann") ließ Restif de la Bretonne einen Freigeist bekennen, Moral sei ein Schwindel, alle Genüsse seien legitim, die Tugend eine ungerechtfertigte Einengung des natürlichen Rechts auf Ausleben der Begierden.

Weniger an Bücherweisheiten als an dem, was sie im Konvent von Mitbewohnerinnen zu hören bekam, begann Rose sich zu orientieren. Eine „Salonière" wurde sie nicht, eine jener Damen, die hinreichend gebildet waren, um in ihrem Zirkel über alles und jeden geistreiche Bemerkungen anbringen zu können. Das Beispiel der Comtesse Marie-Anne-Françoise de Beauharnais lockte sie nicht. Die Tante Alexandres und Patin von Hortense wurde unter dem Namen

„Comtesse Fanny" eine angesehene Femme de lettres, die einen von Schriftstellern wie Restif de la Bretonne und Claude-Joseph Dorat frequentierten Salon führte und selbst Gedichte, Romane und Lustspiele veröffentlichte, die – wie behauptet wurde – zumindest zum Teil von zu Ghostwritern avancierten Liebhabern stammten.

Comtesse Fanny hatte ihre amouröse und literarische Karriere begonnen, nachdem sie 1762 ihren Gemahl Claude de Beauharnais verlassen hatte. Auch Rose wollte sich von Alexandre trennen, um in der Abbaye de Panthemont Gehörtes und Erfahrenes ungebunden anzuwenden. Bereits am 8. Dezember 1783 hatte sie den königlichen Rat Louis Joron kommen lassen, damit er ihre Klage gegen den Gemahl entgegennehme. Gewichtiges konnte sie – außer dem Hinweis auf seine häufige Aushäusigkeit und seine beleidigenden Briefe vom 12. Juli und 20. Oktober 1783 – nicht vorbringen. Doch sie verstand es, den Rat und vornehmlich dessen Sekretär für sich einzunehmen. „Wenn man sie sieht und hört", wurde festgestellt, müsse man es für unverständlich halten, dass ihr Gemahl dieser reizenden Frau so übel mitgespielt habe.

Eine Scheidung nach heutigem Recht war damals, als die Kirche auf der Unauflöslichkeit der Ehe bestand, nicht möglich, doch eine Trennung von Tisch, Bett und Haus konnte erreicht werden. Diesen Antrag stellte Rose zwei Tage später, am 10. Dezember 1783. Die Mühlen der Justiz begannen zu mahlen. Währenddessen bemächtigte sich Alexandre seines Sohnes Eugène, ließ sich jedoch, als Rose mit einem Prozess drohte, schließlich herbei, die Vorwürfe zurückzunehmen, Hortense als sein Kind anzuerkennen und einem Arrangement zuzustimmen. So konnte am 5. März 1785 die Trennung der beiden Eheleute Beauharnais verbrieft und besiegelt werden. Rose erhielt von Alexandre eine jährliche Rente von 5000 Livres; Hortense blieb, mit einer jährlichen Rente von 1000 Livres, ganz in ihrer Obhut, Eugène bis zu seinem fünften Lebensjahr unter ihrer Aufsicht.

Noch nicht zweiundzwanzig, wollte Rose nun tun und lassen, was ihr beliebte. Große Sprünge konnte sie bei einem Gesamteinkommen von 11 000 Livres im Jahr nicht machen.

So blieb sie noch bis zum Herbst 1785 in der Abbaye de Panthemont und zog dann nach Fontainebleau zu Schwiegervater Beauharnais und Tante Renaudin. Sie waren von Alexandre – wohl aus Rache, dass sie zu Rose gehalten hatten – in finanzielle Schwierigkeiten gebracht worden, sodass sie das Palais im Faubourg Saint-Honoré aufgeben und ein weniger kostspieliges Domizil suchen mussten.

Fontainebleau war zwar nicht Paris, aber doch ein Ort, in dem die frei gewordene Vicomtesse de Beauharnais einiges von dem, was sie in der Abbaye de Panthemont von mondänen Damen gelernt hatte, ausprobieren konnte. Im Königsschloss pflegte im Herbst der Hof zu residieren, um im wildreichen Wald von Fontainebleau zur Jagd zu gehen und sich davor und danach im Château auf andere Weise zu vergnügen. Etliche Aristokraten besaßen im Ort und in der Umgebung Zweitsitze, und manche wohnten das ganze Jahr dort, so der Marquis de Montmorin, der Gouverneur des Schlosses, und François Hüe, ein Mitglied der Capitainerie des Chasses (Verwaltung der königlichen Jagden), mit denen die Beauharnais verkehrten.

Teilnahme an den königlichen Jagden und Empfängen konnten sie der Vicomtesse nicht verschaffen, denn die Beauharnais waren nicht bei Hofe zugelassen. Aber sie sorgten dafür, dass Rose dem Waidwerk aus der Distanz zuschauen durfte und ließen sie, vor der Ankunft des Hofes, an einer Wildschweinjagd teilnehmen. „Die Vicomtesse treibt sich auf Feld und Flur herum“, berichtete der Schwiegervater. „Sie war auch auf der Wildschweinhatz und hat tatsächlich ein Wildschwein zu Gesicht bekommen.“

Es konnte nicht ausbleiben, dass die aparte Frau ins Visier von Schürzenjägern geriet und sie, wie erzählt wurde, den Schützen nicht unbedingt auswich. Die Rede war von einem Comte de Crenay und einem Duc de Lorge, Männern Anfang vierzig, sowie dem jungen Chevalier de Coigny, der „Mimi“ genannt wurde.

Jedenfalls war die Geschiedene entschlossen, ein Leben zu führen, das der Ehefrau nicht möglich gewesen war, sich nun jenen harmlosen und weniger harmlosen Vergnügungen hinzugeben, die einer emanzipierten Frau in einer permissiven Gesellschaft geboten wurden. Sie merkte bald, dass dies nicht umsonst zu haben war, ihre Einkünfte nicht mit den Ausgaben Schritt hielten. So begann sie, die mit Geld nie umgehen konnte, Schulden zu machen, und gewöhnte sich so sehr daran, dass sie dies ihr Leben lang tun sollte.

Alexandre zahlte nicht pünktlich den Unterhalt, Schwiegervater und Tante waren knapp bei Kasse, und ihr Vater konnte die im Ehevertrag für sie festgesetzten Summen nicht aufbringen. Zum Glück fand sie einen reichen Gönner, den Bankier Denis de Rougemont du Löwenberg. Auf der Rückreise aus der Schweiz nach Paris schauten er und seine Frau in Fontainebleau bei den befreundeten Beauharnais vorbei. Auf Bitten Roses, die tief in materiellen Schwierigkeiten steckte, luden sie die Vicomtesse samt Tochter und Kammerfrau ein, umsonst in ihrem Haus in Paris zu wohnen. Ende November 1787 ließ sie sich dort nieder, speiste mit den Rougemonts, fuhr mit deren Kutsche aus, ging mit ihnen ins Theater und nahm an ihren Gesellschaften teil.

Die Vicomtesse de Beauharnais erregte Aufsehen „mit ihrer reizenden Erscheinung, ihrer geschmeidigen, graziösen kreolischen Figur, einer gefühlvollen, zu Herzen gehenden Stimme“. So schwärmte Monsieur de Rougemont, und er war nicht der Einzige, dem die junge Frau ausnehmend gut gefiel. Rose sonnte sich in der Bewunderung, genoss die Annehmlichkeiten, die ihr geboten wurden, fühlte sich nun als Pariserin, die sie werden und bleiben wollte.

Und doch verließ sie nach gut einem halben Jahr ihre Traumstadt, um sich mit der fünfjährigen Hortense und einer Zofe nach Martinique zu begeben. Warum? Wollte sie nicht länger den Rougemonts auf der Tasche liegen? Hatte sie Heimweh? Hoffte sie dort materieller Sorgen enthoben zu sein? War sie auf der Flucht vor Gläubigern? Suchte sie, wie gemunkelt wurde, sich fern von Paris einer Schwangerschaft zu entledigen? Oder wollte sie einen Freund wiedertreffen? Jedenfalls ließ sie sich jetzt und auch später nicht über die Gründe ihres plötzlichen Aufbruchs aus.

Monsieur de Rougemont streckte ihr das Fahrgeld vor.

Mitte Juni 1788 logierte sie in der Hafenstadt Le Havre bei den Dubuc, entfernten Verwandten aus Martinique. Machte sie sich Gedanken, wie gefährlich eine Seereise von Frankreich in die Karibik sein konnte? Wenige Jahre zuvor war das Schiff, mit dem Aimée Dubuc von Nantes nach Westindien unterwegs war, von algerischen Seeräubern gekapert worden. Die blutjunge Kreolin landete in Konstantinopel im Harem des Sultans Abdul Hamid I. Sie wurde dessen Favoritin und Mutter des Sultans Mahmud II.

Das Schiff, auf dem Rose und ihre Tochter am 2. Juli 1788 in Le Havre abfuhren, wäre beinahe kurz nach Verlassen des Hafens bei heftigem Wind gesunken. Die Reise schien unter keinem günstigen Stern zu stehen. Doch am 11. August landeten sie glücklich in Fort-Royal und wurden – wie sich Hortense erinnerte – von der Familie herzlich begrüßt. In den Freudenbecher mischten sich Wermutstropfen. Vater und Schwester Manette waren krank, und die Mutter, die ihre Tochter Rose nur allzu gut kannte, bedauerte zwar deren eheliches Missgeschick, aber hielt ihr vor, dass sie daran nicht ganz unschuldig gewesen sei.

Rose war froh, wieder festen Boden unter den Füßen zu haben und sich Erinnerungen an die Jugendzeit hingeben zu können. In Trois-Îlets umarmte sie ihre alten Dienerinnen und Vertrauten, ging unter Mangobäumen spazieren, genoss die Meeresfrüchte, pflückte Orangen, hielt Siesta in der Hängematte, erfrischte sich im Wasser des Flüsschens Croc-Souris, tauchte in ihr heimatliches Milieu ein.

Doch das Heimweh der Kreolin war rasch gestillt, und die Pariserin, die sie geworden war, hatte die Nostalgie bald satt. Aus der Idylle von Trois-Îlets flüchtete sie sich, so oft sie konnte, nach Fort-Royal, wo „la vie parisienne" in Provinzmanier nachgespielt wurde. Um in Salons und bei Soirées so erscheinen zu können, wie sie es sich jenseits des Ozeans angewöhnt hatte, bat sie Tante Renaudin, ihr fünf Paar Strumpfbänder, ein Dutzend Fächer und ein Ballkleid aus Musselin zu schicken.

Die kreolische Gesellschaft, deren männliche Mitglieder meist in festen Händen waren, wurde – sehr zur Begeisterung

Roses – durch Marineoffiziere der im Hafen liegenden französischen Schiffe bereichert. Der eine und andere war von der nach Martinique verschlagenen Pariserin angetan. Ohne eigentlich hübsch zu sein, sei sie wegen ihrer Munterkeit anziehend gewesen, erinnerte sich einer. Sie habe sich nicht um ihren Ruf gekümmert, und „da ihre finanziellen Mittel knapp bemessen waren, und sie gerne Geld ausgab, musste sie wiederholt auf die Geldbörsen ihrer Bewunderer zurückgreifen". Mindestens einer von ihnen wurde ihr Liebhaber: Graf Scipion du Roure, dessen Bewunderung wie Portemonnaie sie gewann.

Dennoch begann sie Paris zu vermissen, wo das Gesellschaftsleben abwechslungsreicher und die Auswahl an Kavalieren weit größer war als in Fort-Royal. Auch der Ausbruch der Revolution von 1789 schien daran nichts Grundlegendes geändert zu haben. Die Nachrichten, die aus Frankreich herüberdrangen, interpretierte sie so, dass sich zwar das Ancien Régime überlebt hatte, aber dessen Lebensart erhalten geblieben war.

Ein Jahr nach Erstürmung der Bastille wurde auch Martinique vom Revolutionssturm erfasst. Schwarze wie Mulatten beriefen sich auf die Parole „Freiheit, Gleichheit, Brüderlichkeit", Weiße der Unterschicht drängten nach oben, und in Fort-Royal schlossen sich französische Truppen der revolutionären Bewegung an, besetzten die Forts und begannen die Stadt zu beschießen.

Am 4. September 1790 verließ die Vicomtesse de Beauharnais Hals über Kopf Fort-Royal. Als sie mit ihrer Tochter zum Hafen eilte, schlug – wie Hortense sich erinnerte – eine Kanonenkugel in ihrer Nähe ein. Außer Atem gelangten sie an Bord der „Sensible", auf der sich Scipion du Roure befand. Die Fregatte und anderen Schiffe setzten die Segel, gelangten außer Reichweite der Küstenbatterien und nahmen Kurs auf Frankreich.

Rose sah ihre Heimat und ihre Eltern nie wieder. Der Vater starb wenige Monate später, die Schwester Manette im Jahr darauf, und die Mutter, eine entschiedene Royalistin, weigerte sich, ihre Tochter zu besuchen.

Die Überfahrt dauerte zweiundfünfzig Tage. In der Meerenge von Gibraltar wäre die „Sensible" beinahe an der afrikanischen Küste zerschellt. Am 29. Oktober 1790 landete Rose in Toulon. Scipion du Roure gab ihr das Geld für die Weiterfahrt nach Paris, das sie nicht mehr so vorfand, wie sie es verlassen hatte.

Drittes Kapitel

Revolutionsstürme

Schon auf der langen Reise durch das weite Land war zu sehen, wie sich Frankreich verändert hatte. Bauern hatten sich gegen ihre Grundherren erhoben, Schlösser gestürmt, geplündert und zerstört. Die aus den am 5. Mai 1789 zusammengetretenen Generalständen hervorgegangene Nationalversammlung hatte in der Nacht vom 4. zum 5. August 1789 das Feudalsystem abgeschafft; Adelige begannen das Land zu verlassen. Am 19. Juni 1790 beschloss die Nationalversammlung die Aufhebung des erblichen Adels; aus der Vicomtesse de Beauharnais war die Citoyenne, die Bürgerin Beauharnais geworden.

In Fontainebleau stieg sie mit Hortense beim Schwiegervater und Tante Renaudin ab. Deren finanzielle Situation hatte sich derart verschlechtert, dass sie den Ankömmlingen nicht weiterhelfen konnten. Gläubiger zu finden war in diesen unsicheren Zeiten, in denen jeder sein Geld zusammenhielt, nicht mehr so leicht wie früher. Rose sah schwarz für die Zukunft, und die Infektion, die sie aus Martinique mitgebracht hatte, verschlimmerte sich unter dem psychischen Druck; sie musste das Bett hüten. Wieder auf den Beinen, ließ sie Hortense in Fontainebleau zurück und begab sich nach Paris, wo sie bei Schwägerin und Schwager Beauharnais Unterkunft fand.

Paris glich Anfang 1791 einem brodelnden Kessel. Ludwig XVI., der von der Königsresidenz Versailles in die Nationalhauptstadt geholt worden war, saß in den Tuilerien wie ein

Gefangener. Die Verfassunggebende Versammlung hatte zwar eine konstitutionelle Monarchie anvisiert, aber schon wurde eine demokratische Republik angestrebt, von Radikalrevolutionären, die arbeitslose und hungernde Menschen in den Vorstädten zu mobilisieren verstanden. In den Klubs der Jakobiner und der Cordeliers wurden die Funken geschlagen, die einen Brand auslösten.

Im Juni 1791 weilte Rose in Fontainebleau. Wie ein Blitz schlug die Nachricht ein, dass die königliche Familie aus Paris geflohen war, um sich – wie Revolutionäre behaupteten – ins Ausland zu retten oder – wie Royalisten erklärten – sich an einen sicheren Ort im Norden des Landes zu begeben, um von dort aus Ruhe und Ordnung in Frankreich wiederherzustellen. Die in der Reitschule der Tuilerien tagende Nationalversammlung wurde aufgefordert, Maßnahmen zur Rückführung des Königs in seine Hauptstadt zu ergreifen.

An diesem 21. Juni 1791 hatte den Vorsitz der Nationalversammlung Roses geschiedener Gemahl Alexandre Beauharnais inne, der sich – sozusagen als oberster Repräsentant einer königlosen Nation – auf dem Höhepunkt seiner politischen Laufbahn angelangt sah. Sein Gönner, Herzog Louis-Alexandre de la Rochefoucauld, hatte ihm den Fortschrittsglauben eingeimpft. Von seinem Lehrer, Antoine Patricol, war er in die Geisteswelt der Aufklärung eingeführt worden. Deren liberale und republikanische Ideen sah er in den Institutionen des revolutionären Amerika Gestalt annehmen. Vom Ancien Régime in Frankreich hatte er sich aus persönlichen Gründen abgewandt: Da er als Vicomte nicht zum Hofadel gehörte, war ihm Versailles verschlossen und damit eine Aufstiegschance versagt geblieben.

Der siebenundzwanzigjährige Alexandre de Beauharnais war vom Adel der Baillage von Blois in die am 5. Mai 1789 eröffneten Generalstände entsandt worden. Nachdem sich der Dritte Stand zur Nationalversammlung erklärt hatte, gehörte Alexandre zu den ersten Mitgliedern des Adelsstandes, die sich der vom Bürgertum dominierten Volksvertretung anschlossen. Er wurde in das Militärkomitee berufen und zweimal zum Präsidenten der Verfassunggebenden Versammlung gewählt. Für dieses Amt hielt sich Alexandre, der lieber redete als handelte, wie geschaffen und – nach der Flucht des Königs – betrachtete er sich als Primus der Nation.

Auch andere schienen dieser Meinung gewesen zu sein. An der Rolle, die Alexandre Beauharnais an diesem Wendepunkt der Revolution spielte, partizipierte seine Familie. Sohn Eugène, der an diesem 21. Juni 1791 bei Mutter und Schwester in Fontainebleau war, erinnerte sich: Man habe in den Straßen auf ihn gezeigt und gerufen: „Das ist der Kronprinz!" Rose sah Licht am Ende des Tunnels, in den sie nach der Rückkehr aus Martinique geraten war. Ohne sich mit dem geschiedenen Gemahl auszusöhnen, begann sie von seinen Lorbeeren zu zehren. Der Name Beauharnais öffnete ihr Türen von Salons wie Kassen von Gläubigern. Sie konnte sich komfortabel einrichten, à la mode – so mit Roben in den blau-weiß-roten Nationalfarben – einkleiden und sich in einer Gesellschaft bewegen, die zwar politisch verschiedener Meinung war, aber sich in puncto Lebenslust kaum unterschied.

Rose Beauharnais verkehrte mit Vertretern der alten, dahingehenden Welt, so im royalistischen Zirkel der Kreolin Hosten-Lamotte. Sie lernte konstitutionelle Monarchisten kennen, die einen Brückenschlag zwischen Rechts und Links versuchten, so den Marquis de La Fayette und den Prinzen Friedrich von Salm-Kyrburg. Und sie begegnete radikalen, die Monarchie ablehnenden Revolutionären, so Jean-Baptiste Cloots, der sie beglückwünschte, alte Vorurteile abgelegt zu haben und eine Republikanerin geworden zu sein.

Progressive wie Konservative wusste Rose für sich einzunehmen, ohne sich für deren politische Meinungen zu interessieren oder gar sich für sie zu engagieren. Sie sei zu träge, um Partei zu ergreifen, gestand sie Tante Renaudin, und auch zu klug, wie Talleyrand bemerkte: Sie habe gewusst, wann sie den Mund zu halten habe. Wenn sie es jedoch für angebracht hielt, ihn aufzumachen, redete sie jedem nach dem Mund. Nicht zu Politikern zog es sie hin, sondern zu Männern, mit denen sie sich amüsieren konnte, ohne mit ihnen diskutieren zu müssen.

Im Oktober 1791 verließ sie das Hôtel de Beauharnais in der

Rue Neuve des Mathurins, das nach der Emigration seines Besitzers, Alexandres Bruder François, beschlagnahmt worden war. In der Rue Saint-Dominique mietete sie sich in einem Haus ein, das ihrer Freundin Hosten-Lamotte gehörte. Zunehmend überstiegen ihre Ausgaben ihre Einnahmen. Nach dem Tode ihres Vaters hatte sie aus Martinique gar nichts mehr zu erwarten, der geschiedene Ehemann zahlte nicht regelmäßig den Unterhalt für sie und die in der Abbaye-aux-Bois untergebrachte Tochter Hortense, und das Papiergeld, die Assignaten, die sie sich borgte, verloren ständig an Wert.

Die politische Karriere Alexandres endete im Herbst 1791. Nach der Verabschiedung der Konstitution löste sich die Verfassunggebende Versammlung auf, um der Gesetzgebenden Versammlung Platz zu machen, nicht ohne beschlossen zu haben, dass Mitglieder der alten für die neue Assemblée nicht wählbar seien. Beauharnais musste als Politiker abtreten und sich wieder dem Militärdienst zuwenden. Er ließ sich als Oberstleutnant des Generalstabes einschreiben, wurde aber erst aktiv, als im Frühjahr 1792 das revolutionäre Frankreich gegen die reaktionären Mächte Österreich und Preußen in den Krieg zog.

Oberstleutnant Beauharnais ging zur Nordarmee, die am 28. April in die österreichischen Niederlande einfiel, aber bereits am 29. April zurückgeschlagen wurde. Zwei Tage vorher hatte Alexandre in Valenciennes sein Testament gemacht, in dem Rose nicht genannt wurde. Auch sie dachte kaum mehr an den Exmann, lebte weiter so, wie es ihr gefiel und beachtete nicht die dunklen Wolken, die sich über Paris zusammenzogen und sich schon bald in einem Gewitter entluden.

Sturmglocken erschreckten Rose am 10. August 1792. Bewaffnetes Volk eroberte die Tuilerien, verjagte Ludwig XVI. und Marie-Antoinette aus dem Königsschloss. Die Nationalversammlung suspendierte das Königtum und beschloss die Wahl eines Nationalkonvents. Die besorgte Rose holte die Kinder zu sich, Hortense aus der Klosterschule der Abbaye-aux-Bois, Eugène aus dem Collège d'Harcourt, und bat den befreundeten Prinzen von Salm-Kyrburg und dessen Schwester,

Prinzessin Amalia von Hohenzollern-Sigmaringen, sie nach England in Sicherheit zu bringen. Auf dem Weg zur Küste, bei Saint-Pol-en-Ardennes, wurden sie von einem Kurier des Vaters aufgehalten und zu der in Paris verbliebenen Mutter zurückgebracht.

An Emigration, wie so viele aus dem Kreise ihrer Verwandten und Bekannten, dachte Rose nicht. Erwartete sie, das Renommee Alexandres würde sie schützen? Zählte sie auf ihre Freunde im linken Lager, die sie nicht im Stich lassen würden? Indessen wuchs mit der Eskalation der Revolution ihre Besorgnis, dass sie, die adelig geboren war, einen Adeligen geheiratet und vornehmlich mit Adeligen verkehrt hatte, nicht ungeschoren bleiben würde.

Ihre Wohnung auf dem linken Ufer lag unweit der Gefängnisse der Abtei Saint-Germain und des Karmeliterklosters, Schauplätzen der „Septembermorde", denen insgesamt eineinhalbtausend inhaftierte „Verdächtige" zum Opfer fielen, grausam umgebracht von einem von der Pariser Kommune aufgehetzten Pöbel. Die radikale Mehrheit des Nationalkonvents erklärte am 21. September 1792 Frankreich zur Republik, klagte den entthronten Ludwig XVI. des Verrats am Vaterlande an und ließ ihn am 21. Januar 1793 hinrichten – durch die Guillotine, der in den nächsten siebzehn Monaten in ganz Frankreich an die 17 000 Menschen, und keineswegs nur Adelige und Geistliche, sondern auch Bürger und Bauern, sogar Revolutionäre, die der extremen Linken im Wege standen, zum Opfer fielen.

Im Frühjahr 1793 entstanden das Revolutionstribunal, ein außerordentlicher Gerichtshof zur Aburteilung von „Feinden des Volkes", und der Wohlfahrtsausschuss, ein Exekutivorgan zur Durchführung des radikalrevolutionären Programms. Am 13. April 1793 erhielt die Citoyenne Beauharnais eine erste Warnung: Das „Überwachungskomitee" des Quartiers ließ ihre Wohnung in der Rue Saint-Dominique durchsuchen. Belastendes wurde nicht gefunden, aber Rose hielt es für angezeigt, durch eine Spende von 100 Livres ihre Loyalität zum Regime zu bekunden.

Alexandre Beauharnais, der Revolutionär der ersten Stunde,

der sich dem vorrückenden Zeiger von den gemäßigten Anfängen zur revolutionären Gegenwart anzupassen verstand, wurde mit militärischem Aufstieg belohnt. Am 7. September 1792 zum Chef des Generalstabes der sich im Elsass formierenden Armee bestellt, wurde er am 30. Mai 1793 als General zum Oberbefehlshaber der Rhein-Armee befördert. Rose besuchte ihn in Straßburg. Da sie kaum das Verlangen nach dem Mann dorthin getrieben hatte, ist anzunehmen, dass sie sich von ihm, der auch als Kriegsminister gehandelt wurde, nicht nur Schutz für sich, sondern auch für die von ihr Protegierten versprach.

Roses „Herzensgüte" habe ihr das Leben gerettet, erklärte die Comtesse de Montmorin. Eine andere Bekannte aus Fontainebleau, die Marquise de Moulins, bat sie nicht vergebens, durch Intervention bei den Behörden ihre inhaftierte Nichte Anne-Julie de Béthisy freizubekommen. Auch für ihre verhaftete Schwägerin Françoise-Marie, die Gemahlin des emigrierten François de Beauharnais, setzte sich Rose ein. Einem Mitglied des Comité de Sûreté Générale (Nationaler Sicherheitsausschuss), der sie nicht zu einem Gespräch empfangen wollte, schrieb sie einen Brief, in dem sie bekundete, dass sie eine „Sansculotte-Montagnarde", also eine radikale Revolutionärin sei und deshalb Gehör verdiene, wenn sie sich für eine unschuldig Verfolgte verwendete. Die Schwägerin überlebte die Terrorherrschaft.

Die Citoyenne Lapagerie-Beauharnais, wie sie den Brief an Marc-Guillaume-Albert Vadier unterschrieb, hängte das Fähnchen in den Wind, nicht ohne zu befürchten, dass es von diesem, der immer heftiger wehte, zerschlissen und zerrissen werden könnte. Als Sturmwarnung wertete sie das „Loi des Suspects" vom 17. September 1793, das es den Stadtsektionen ermöglichte, all jene zu verhaften, die sich auf Grund ihrer Herkunft, ihrer Religion oder ihres Verhaltens antirevolutionärer Umtriebe verdächtig gemacht hätten. Die ehemalige Vicomtesse verließ die Hauptstadt, in der es von Spitzeln und Bütteln wimmelte, und zog nach Croissy, einem Dorf bei Saint-Germain-en-Laye, das im Windschatten zu liegen schien. Von der dortigen Gemeindeverwaltung erhielt sie anstandslos das „Certificat de Civisme", das die Citoyenne vor Verfolgungen bewahren sollte.

In der Grande Rue von Croissy mietete Rose das Maison Rossignol, das Haus Nachtigall, und das war ein Name mit Vorbedeutung. Denn sie führte dort ein Leben frei wie ein Vogel und verstand es, durch Nachtigallenschläge andere so für sich einzunehmen, dass sie es zu verhindern vermochte, für vogelfrei erklärt zu werden.

Rose pflegte Umgang mit Pierre-François Réal, einem Staatsanwalt, der sie mit Jean-Lambert Tallien bekannt machte, einem radikalen Abgeordneten des Nationalkonvents. Eine revolutionäre Gesinnung suchte sie auch dadurch zu beweisen, dass sie ihre Kinder nach Prinzipien der revolutionären Pädagogik erzog. Eugène, den der Vater zur Mutter zurückgeschickt hatte, wurde bei einem Sansculotten Schreinerlehrling, Hortense sollte bei ihrer Gouvernante Marie Lannoy, die Schneiderin gewesen war, dieses Handwerk erlernen.

Die ehemalige Vicomtesse, bemerkte Albert de Lezay-Marnésia, habe sich den Zwängen der Zeit gebeugt, ihre Kinder sogar auf die Straße geschickt, damit sie sich unter Straßenkinder mischten. „Heute noch sehe ich Eugène und Hortense vor mir, wie sie an Passanten die eine und andere Kleinigkeit verkauften", sich einübten, ihr Brot selbst zu verdienen. Die Mutter wusste das in diesen Tagen Nützliche mit dem für sie nach wie vor Angenehmen zu verbinden. Ihre Leichtlebigkeit, Galanterie und Offenherzigkeit, erinnerte sich der Zeitgenosse, „wirkten anziehend, ohne ihr – zumindest im Moment – abträglich zu sein und ermöglichten es ihr, dank der Beziehungen zu einflussreichen Männern, auch anderen vielfältige Dienste zu erweisen".

Auf ihr „Certificat de Civisme", die Beweise ihres Bürgersinns verweisend und auf ihre Beziehungen zu Mächtigen vertrauend, kehrte sie am 22. Dezember 1793 von Croissy nach Paris zurück. Um noch ein Übriges zu tun, spendete sie am 4. Januar 1794 100 Livres für die Witwen und Waisen der bei Toulon gefallenen Revolutionssoldaten.

Am 19. Dezember 1793 hatten Truppen des Nationalkonvents die von den in den Krieg eingetretenen Engländern und aufständischen Franzosen verteidigte Hafenstadt Toulon nach langer Belagerung eingenommen. Der Artilleriehauptmann Napoleone Buonaparte, der sich dabei ausgezeichnet hatte, wurde zum Brigadegeneral befördert. Zum ersten Mal schien Rose den Namen ihres künftigen Mannes vernommen zu haben. Sein Stern begann aufzusteigen, während jener ihres geschiedenen Gemahls immer tiefer sank.

Die Revolutionsarmeen waren im Herbst 1792, nach dem Rückzug der preußisch-österreichischen Invasionsarmee bei Valmy, in die Offensive gegangen, in Belgien vorgedrungen und über den Rhein vorgestoßen. Das Jahr 1793 brachte Rückschläge in Belgien wie in Deutschland. Die Preußen gewannen zunächst Frankfurt am Main und – am 23. Juli – Mainz zurück.

Dem Oberkommandierenden der Rheinarmee, General Alexandre Beauharnais, wurde vorgeworfen, dem vom Feind belagerten Mainz nicht rechtzeitig zu Hilfe gekommen zu sein. Zwar verkündete er lauthals revolutionäre Parolen und rasselte vernehmlich mit dem Säbel, aber zu militärischen Taten vermochte er sich nicht aufzuraffen. Als der Feind weiter vordrang, legte er sein Kommando nieder. „Beauharnais sollte verhaftet werden", meinte ein politischer Kommissar der Rheinarmee.

Sieben Monate später, am 11. März 1794, wurde Alexandre auf dem Familiengut Ferté-Avrain, wohin er sich zurückgezogen hatte, festgenommen und in das zum Gefängnis umgewandelte Karmeliterkloster in Paris eingeliefert. Rose begann zu ahnen, dass die Vorteile, die sie bisher aus dem Aufstieg Alexandres gezogen hatte, sich durch dessen Abstieg in Nachteile verwandeln könnten. Sie bekniete einflussreiche Freunde, sich direkt für Beauharnais und damit indirekt für sie einzusetzen, auf dass sie nicht mitgefangen und mitgehangen würde.

Doch weder ihm noch ihr konnte geholfen werden. Alexandres Verdienste um die Revolution in ihren Anfängen wurden von den an die Macht gekommenen Radikalen nicht gewürdigt. Als vormaliger Vicomte war er ohnehin suspekt, und mit Generälen, die an der Front gegen die Konterrevolution versagt hatten, pflegten sie kurzen Prozess zu machen. Adam-Philippe Custin, Graf von Geburt und gemäßigter Revolutionär der ersten Stunde, der in Belgien keine Fortune gehabt hatte, war bereits am 28. August 1793 in Paris hingerichtet worden.

Auch um die ehemalige Vicomtesse Beauharnais zog sich die Schlinge zusammen. Im Comité de Sûreté Générale hatte Vadier es ihr nicht abgenommen, dass sie sich als „Sansculotte-Montagnarde" bezeichnete und sich ihres republikanischen Benehmens rühmte. Spitzel berichteten über ihr mehr als distanziertes Verhältnis zur Revolution. Hatte sie nicht im Kreise ihrer Freundin Hosten-Lamotte die Guillotinierung der Ex-Königin Marie-Antoinette bedauert? War ihr nicht einmal das Wort entschlüpft, sie sei Republikanerin nicht aus Überzeugung, sondern aus Opportunismus? Jedenfalls hatte sie sich hinreichend verdächtig gemacht, um – wie so viele unter der Schreckensherrschaft – als „Feindin des Volkes" verfolgt zu werden.

Rose schien dies nicht erwartet zu haben. Unvorsichtig und unbekümmert ging sie ihre gewohnten Wege, ohne die Gefahren zu erkennen, denen sie entgegenging. Blauäugig und vertrauensselig, wie sie war, zählte sie auf ihre Freunde, die ihr Entgegenkommen nicht mit einer Abkehr beantworten würden. Sie fiel aus allen Wolken, als am 20. April 1794 ihre Wohnung in der Rue Saint-Dominique von Kommissaren des Allgemeinen Sicherheitsausschusses durchsucht wurde. Aber sie fanden nichts, „was den Interessen der Republik zuwiderliefe, im Gegenteil zahlreiche patriotische Briefe, die dieser Bürgerin zur Ehre gereichten". Rose war so erleichtert, dass sie, als sie das Protokoll unterschrieb, über dem Namen Beauharnais einen Tinkenklecks machte, als wollte sie die Vicomtesse endgültig auslöschen.

Sie hatte zu früh aufgeatmet. Am Tag darauf erschienen im Morgengrauen zwei Kommissare mit einem Haftbefehl gegen „die Bürgerin Beauharnais, Frau des Generals, verdächtig im Sinne des Gesetzes vom 17. September 1793". Aus dem Schlaf gerissen, fühlte sich Rose in einen bösen Traum zurückversetzt. Ohne recht zu wissen, was sie tat, stopfte sie Wäsche und Geld in eine Tasche, vermied – oder vergaß – es, die schlafenden Kinder aufzuwecken, umarmte die Gouvernante Lannoy, in deren Obhut sie zurückblieben. Gendarmen führten Rose ab und lieferten sie in das Gefängnis des Karmeliterklosters ein.

Das Karmeliterkloster in der Rue de Vaugirard war ein Schauplatz der „Septembermorde" gewesen. Von etwa 150 Inhaftierten – zumeist Geistliche, die den Eid auf die Constitution Civile du Clergé (Zivilkonstitution des Klerus) verweigert hatten – waren über 100 von Sansculotten mit Säbeln und Piken abgeschlachtet worden. Blutspuren erinnerten an das Massaker und ließen die seither einsitzenden hunderte von Gefangenen befürchten, dass auch sie der Volksjustiz zum Opfer fallen würden.

„Lasst alle Hoffnung fahren, die ihr hier eintretet", schien über der Tür geschrieben zu sein, die sich hinter Rose schloss. Sie wurde durch düstere Gänge geführt, die vom Gestank der als Latrinen benützten Kübel erfüllt waren, und in eine Frauenzelle mit achtzehn Schlafstellen eingewiesen. Eine Bettnachbarin war Delphine de Custine, die Schwiegertochter des hingerichteten Generals Adam-Philippe de Custine und Gemahlin des ebenfalls guillotinierten Generals Armand de Custine. Neben Rose lag auch Grace Elliott, Maîtresse des Herzogs Louis-Philippe-Joseph von Orléans, der sich als Philippe Égalité den Revolutionären angebiedert hatte, ohne seinen Kopf retten zu können; er war am 6. November 1793 auf dem Schafott gefallen.

Die drei im Schicksal verbundenen Frauen machten nicht nur, wie alle anderen, ihre Betten, sondern scheuerten auch den Boden, um ihn einigermaßen sauber zu kriegen. In anderen Zellen waren Bekannte Roses untergebracht, die Herzogin Jeanne-Victoire de Aiguillon und Madame Marie-Anne de Lameth sowie ihre Freundin Marie-Françoise de Hosten-Lamotte und deren Tochter Désirée. Während des Tages, an dem sie sich innerhalb des Klosters frei bewegen durften, trafen sie andere weibliche und männliche Gefangene auf den Gängen, im Garten und im ehemaligen Refektorium, in dem gegessen und geplaudert wurde.

Die Frauen trugen oft nur Morgenröcke, und die Männer, die sich dazugesellten, kaum noch Kniehosen. Doch die einen bemühten sich, als die großen Damen aufzutreten, die sie gewesen waren, und die anderen wie Kavaliere, die diesen, wie gewohnt, den Hof machten. Fast alle suchten mehr denn je galante Abenteuer; den Tod vor Augen, wollten sie heute noch genießen, was ihnen vielleicht schon morgen nicht mehr möglich sein würde. „Überall vernahm man Küsse und Seufzer", erzählte ein Überlebender. „Auch Gatten wurden wieder zu Liebenden, die Liebenden zärtlich wie nie zuvor."

Auf die geschiedenen Eheleute Beauharnais traf dies nicht zu. Alexandre, der einen Monat vor Rose im Klostergefängnis festgesetzt worden war, begrüßte und behandelte sie lediglich als Leidensgenossin. Er widmete sich ganz und gar der schönen Delphine de Custine, die nach der Hinrichtung ihres Gatten einen Witwentröster suchte und in dem in sie vernarrten Alexandre auch fand. Er schrieb ihr glühende Liebesbriefe, die Delphine ihrer Bettnachbarin Rose vorlas, die zwar konstatierte, dass er ihr solche nie gewidmet hatte, die sie aber, da sie für ihn nichts empfand, eher belustigt zur Kenntnis nahm.

Rose war von einer eigenen Affäre voll und ganz in Anspruch genommen. In diesem Gefängnis der gelockerten Zucht und der lockeren Sitten saß auch Louis-Lazare Hoche. Seine revolutionären Taten hatten ihn nicht davor bewahrt, von den Schreckensmännern verfolgt zu werden. Der einstige Stallknecht, der Pferde Ludwigs XVI. gestriegelt hatte, war 1789 Sergeant in der Nationalgarde, bald Offizier geworden und nach militärischen Erfolgen gegen die Feinde der Republik 1793 zum Divisionsgeneral und Oberbefehlshaber der Armee aufgestiegen, die das Elsass zurückgewann. Dennoch wurde er am 1. April 1794 verhaftet und am 11 April in das Karmelitergefängnis eingeliefert.

Der „hübsche, gutherzige und galante Mann", der eine eigene Zelle bekam, die nur über das Gelass Roses und ihrer Freundinnen zu erreichen war, habe sich „viel bei den Damen aufgehalten", bemerkte Grace Elliott, die sicherlich neidisch war, dass nicht sie, sondern die einunddreißigjährige Rose die

Gunst des Sechsundzwanzigjährigen gewann. Über die Trennung von seiner sechzehnjährigen Frau, die er erst kürzlich geheiratet hatte, tröstete ihn die in Liebesdingen erfahrene Rose hinweg. Doch schon am 16. Mai wurde Louis-Lazare in das Gefängnis der Conciergerie verlegt, wo er eine andere Trostspenderin fand. Rose trauerte ihm nach und nahm sich vor, die Liaison, sollten sie beide den Terror überleben, zu erneuern und zu vertiefen.

Ihr Exgatte blieb als Liebhaber abgeschrieben, aber noch verband sie die Sorge um die beiden Kinder. Gemeinsam schrieben sie an Eugène und Hortense, ermahnten den Zwölfjährigen wie die Elfjährige, der Gouvernante Lannoy zu folgen und ihre Eltern nicht zu vergessen. Eugène und Hortense reichten dem Konvent von einem Freund der Familie aufgesetzte Petitionen ein, in denen sie die Verdienste des Vaters um die Revolution herausstrichen und auch die Freilassung ihrer Mutter erbaten. Sie habe das Unglück gehabt, in einen Stand eingetreten zu sein, in dem sie sich fremd fühlte, und habe dies dadurch bewiesen, dass sie Umgang mit Citoyens der radikalen Bergpartei (Montagnards) pflegte: „Bürger Volksvertreter! Sie werden es nicht zulassen, dass Unschuld, Patriotismus und Tugend verfolgt werden!"

Zunächst konnten die Kinder ihren Eltern noch schreiben und sie auch besuchen. Doch schon bald durften sie das Gefängnis nicht mehr betreten. Mit Hilfe ihrer Gouvernante versteckten sie Nachrichten hinter dem Halsband von Roses Hündchen. Wenn sie mit Mademoiselle Lannoy an der Pforte erschienen, um frische Wäsche für die Inhaftierten abzugeben, schlüpfte Fortuné zwischen den Beinen der Wächter hindurch, wusste sein Frauchen zu finden und kam mit auf gleicher Weise versteckten Nachrichten zurück.

Einmal erschien bei den Kindern in der Rue Saint-Dominique eine unbekannte Frau, die sagte, sie habe einen Auftrag ihrer Mutter auszuführen. Sie nahm Eugène und Hortense mit in einen Garten, der an das Karmeliterkloster stieß. In einem geöffneten Fenster „erschienen mein Vater und meine Mutter", erinnerte sich Hortense. „Überrascht und erregt stieß ich einen Schrei aus … Sie bedeuteten mir, zu schweigen, aber schon hatte mich ein an der Mauer stehender Wachposten gehört und begann zu rufen. Schnell führte uns die unbekannte Frau hinweg ... Dies war das letzte Mal, dass ich meinen Vater sah."

Alexandre Beauharnais war von einem gewissen Virolle, der im Karmeliterkloster Mitgefangene bespitzelte, auf die Liste der nächsten Opfer der Guillotine gesetzt worden. Am 22. Juli verhörte ein Kommissar die darauf verzeichneten 45 Insassen des Klostergefängnisses und ließ sie in die Conciergerie abführen, in das „Vorzimmer der Guillotine". Unter den Todgeweihten war Alexandre. Er verabschiedete sich von Delphine, der er seinen Ring schenkte, vermied ein letztes Zusammentreffen mit Rose, hinterließ ihr einen Brief: „Adieu, mon amie. Tröste Dich mit meinen Kindern."

Das Revolutionstribunal urteilte schnell und das Fallbeil arbeitete rasch. Am 23. Juli 1794 – 5. Thermidor des Jahres II nach revolutionärer Zeitrechnung – endete der vierunddreißigjährige Alexandre Beauharnais auf dem Schafott, das auf dem in „Platz des umgestürzten Thrones" umbenannten „Platz des Thrones" errichtet worden war. Dort stand die meistbeschäftigte Guillotine von Paris; allein am 23. Juli wurden 58 Menschen geköpft.

Rose habe sehr geweint, erzählte ihre Mitgefangene Elliott, „aber ihre Tränen trockneten bald". Hatte sie sie weniger um seinetwegen als um ihretwegen vergossen? Denn nach der Hinrichtung des Mannes, dessen Namen sie trug, befürchtete sie, ihm bald nachfolgen zu müssen. War der Stab schon über sie gebrochen, warteten bereits ein Verlies in der Conciergerie und der Armesünderkarren vor deren Türe auf sie? Sie legte sich Karten, doch sie gaben keine klaren Antworten, und ihre Angst wuchs von Tag zu Tag.

Ein polnischer Assistenzarzt namens Markoski, der sie pflegte, erklärte, sie sei so krank, dass sie nur noch wenige Tage zu leben hätte, weshalb man sich Prozess und Hinrichtung sparen könnte. Zu Hilfe kam ihr auch Charles La Bussière, ein Schreiber im Büro des Allgemeinen Sicherheitsausschusses, der es sich zur Aufgabe gemacht hatte, Unschuldige vor dem Schafott zu retten. Akten, die einer Anklage gedient hätten, zerriss er in kleinste Fetzen und verschluckte sie – so auch das die Citoyenne Beauharnais betreffende Dossier.

Gerettet wurde Rose wie viele andere durch das abrupte Ende der Schreckensherrschaft. Vier Tage nach der Hinrichtung Alexandres, am 9. Thermidor, wurde Robespierre, der blutgierige Diktator im lichtblauen Gehrock, gestürzt und am Tag darauf mit 21 Anhängern guillotiniert. Während er zum Schafott gefahren wurde, lachten die Menschen, und als sein Kopf fiel, wurde Beifall geklatscht.

Die Revolution fraß ihre eigenen Kinder, und Revolutionäre, die übrig geblieben waren und verschont bleiben wollten, machten dem Terror Robespierres ein Ende. Dazu zählten in erster Linie Paul Barras, der als Befehlshaber der Pariser Truppen Robespierre festnahm, und Jean-Lambert Tallien, der im Konvent den Angriff gegen den Diktator eröffnet hatte.

Nicht nur seinen eigenen Kopf, auch den seiner Maîtresse wollte Tallien retten, den von Thérêse Cabarrus, geschiedener Madame de Fontenay, die als „Verdächtige" im Gefängnis Petit-Force inhaftiert war und um ihr Leben bangte. Dies war für ihren Liebhaber ein Grund mehr, Robespierre zu beseitigen. Nach dessen Sturz in den Wohlfahrtsausschuss eingetreten, verfügte er die Freilassung seiner Thérése. Pariser, die nach wie vor meinten, dass weniger die Politik als die Liebe die Welt bewege, nahmen an, dass vornehmlich das Begehren Talliens, seine schöne Geliebte vor der Guillotine zu bewahren, ihn zur Beendigung der Schreckensherrschaft am 9. Thermidor veranlasst habe. Deshalb begannen sie, die zu Madame Tallien aufgestiegene Maîtresse als „Notre-Dame de Thermidor" zu bezeichnen, als Patronin des Umschwungs zu feiern und als Repräsentantin der Gesellschaft der Davongekommenen zu bewundern.

Auch Rose hatte Grund, Tallien zu danken. Sie solle ihn gut behandeln, denn „vielleicht brauchen wir ihn noch", hatte ihr die Freundin Hosten-Lamotte geraten, als sie ihn in deren Haus kennen gelernt hatte. Sie schien dies beherzigt zu haben; denn bereits am 6. August 1794 wurde sie – dank der Intervention des neuen Machthabers – aus dem Gefängnis entlassen. Als ein Kommissar ihren Namen aufrief, was noch vor kurzem dem Todesurteil gleichgekommen wäre, fiel Rose in Ohnmacht. Nachdem sie wieder zu sich gekommen war, nahm sie sich vor, ihrem Retter Dankbarkeit zu erweisen.

Rose Beauharnais trat in eine neue Phase ihres Lebens ein. In deren Verlauf wollte sie alles nachholen, was ihr durch einen unliebenswürdigen Gemahl, unzureichende Liebhaber und unerbittliche Revolutionäre vorenthalten worden war. Am Ende des von Historikern „Directoire" überschriebenen Kapitels sollte sie sich als Joséphine Bonaparte in das Buch der Geschichte eintragen.

VIERTES KAPITEL

Die Witwe Beauharnais

Aus dem Gefängnis entlassen, verlangte es Rose, die Liaison mit Louis-Lazare Hoche zu erneuern. Was hinter Gittern, den Tod vor Augen, begonnen und nur ein paar Wochen gedauert hatte, gedachte sie mit wiedergewonnener Lebenslust, ungebunden und unbeschränkt fortzusetzen.

Auch der am 4. August 1794 freigelassene General wollte die wiedergewonnene Freiheit in vollen Zügen genießen. Zwar schrieb er seiner jungen Gattin, er werde, „wie es einem Republikaner geziemt", zu Fuß zu ihr nach Thionville kommen, aber er blieb in Paris bei all den Freuden, die ihm die sich aus der Erstarrung lösende Stadt im Allgemeinen und die lustige Witwe Beauharnais im Besonderen zu spenden vermochte.

Hätte sie ihn gerne geheiratet? Sie suchte nicht nur einen Liebhaber, den sie auch anderweitig hätte finden können, sondern auch einen zu den neuen Machthabern, den Thermidorianern, gehörenden Mann, der ihr das verschaffte, was sie am meisten vermisste: Sicherheit, die sie so lange entbehrte, und Geld, um ein Leben zu führen, das ihr stets vorgeschwebt, doch das sie bisher nie erlangt hatte.

Hoche wollte beides haben: Seine blutjunge Adélaïde behalten und das Verhältnis zu der in Liebesdingen erprobten Rose genießen. Doch dies währte – mehr zu ihrem als zu seinem Leidwesen – nur kurze Zeit. Bereits Ende August 1794 verließ der zum Oberbefehlshaber der Westarmee ernannte General die Stadt und die Maîtresse. Ihren dreizehnjährigen Sohn Eugène, den er wie einen Sohn behandelte, nahm er als angehenden Adjutanten mit. Der Witwe Beauharnais schrieb Hoche leidenschaftliche Briefe, die wiederzubekommen der späteren Madame Bonaparte einige Schwierigkeiten bereiten sollte. Rose blieb in der Stadt, deren Bewohner das sprichwörtliche Pariser Leben, das so lange beeinträchtigt worden war, unter schwierigen Umständen, aber mit einer erstaunlichen Unbeschwertheit wieder aufnahmen.

Das äußere Bild der Stadt hatte sich zu seinem Nachteil verändert. „Es gibt Viertel in Paris, die wirklich verlassen zu sein scheinen", berichtete der aus Genf ankommende Henri Meister. „Das einsamste Quartier von allen ist der schöne Faubourg Saint-Germain", das einstige Nobelviertel, in dem „die meisten Häuser nicht nur der Möbel, der Spiegel, der Täfelungen und der Geländerstäbe beraubt sind."

In anderen Vierteln sah es nicht viel besser aus, auch auf dem rechten Ufer der Seine, wo sich das durch die Revolution emporgekommene und verschont gebliebene Bürgertum einzurichten begann. „Bei jedem Schritt", berichtete Meister, „begegnet man Männern und Frauen, jeden Alters und jeder Stellung, die irgendein Paket unter dem Arm tragen; es sind Päckchen mit Kaffee, Zucker, Käse, Seife und was weiß ich. Oft ist es auch ein Einrichtungsgegenstand, ein Kleidungsstück, von dem ein Unglücklicher sich trennen muss, um Lebensmittel zu erstehen, die er für sich und seine Familie benötigt."

Auch die Witwe Beauharnais musste auf Hamsterfahrt gehen und Tauschhandel betreiben. Das Vermögen Alexandres blieb beschlagnahmt, die Wohnung in der Rue Saint-Dominique versiegelt. Rose fand ein Unterkommen im Haus einer Freundin in der Rue de l'Université. Zum Essen war sie bei der Marquise de Moulins eingeladen, deren Nichte sie aus dem Gefängnis mit Hilfe einflussreicher Freunde freibekommen hatte.

Nun musste sie sich selber unter die Arme greifen lassen. Hoche zahlte die Miete und borgte ihr Geld. Tallien bemühte sich, ihr Zugang zu den in der Rue Saint-Dominique verbliebenen Kleidern und Schmuckstücken zu verschaffen, was erst im Februar 1795 gelang, und das Vermögen Alexandres den

Kindern zu sichern, was endgültig erst im März 1796 erreicht wurde. Die Witwe pumpte Verwandte und Bekannte an, so den Advokaten Desrez, von dem sie 15 500 Livres erhielt, und Tante Renaudin, die ihr 50 000 Livres in Papiergeld gab, das nur noch 2500 Livres wert war.

Als Nothelferin rief sie die Mutter an: Sie benötige dringend 50 000 Livres. Doch zwischen Westindien und Frankreich lag der von den Engländern kontrollierte Ozean. Bis eine Geldanweisung eintraf, sprangen die Dünkirchener Bankiers Emmery und Van Hée ein, die mit den Tascher de la Pagerie durch langjährige Handelsbeziehungen verbunden waren. Ohne die Fürsorge ihres Freundes Emmery und dessen Compagnons wäre Rose am Ende gewesen, schrieb sie in einem weiteren Brandbrief nach Martinique, aber um weiter zu existieren und wenigstens einen Teil ihrer beträchtlichen Schulden zu begleichen, müsse die Mutter schnellstens und großzügig helfen.

Madame de Tascher de la Pagerie tat, was sie konnte. Die Geldgeschäfte wurden über die im Kolonialwarenhandel erfahrenen Hamburger Bankiers Matthiessen und Sillem abgewickelt. Doch wenn ein Loch gestopft war, tat sich ein neues auf. Rose musste erneut Schulden machen, nun nicht mehr, um zu überleben, sondern um ein Leben zu führen, wie es nach dem 9. Thermidor von vielen angestrebt wurde und ihr seit jeher vorschwebte.

Zunehmend versuchten Pariser die Misere zu verdrängen, den Schrecken, den sie erlebt hatten, wie das Elend, das ihm gefolgt war, zu vergessen. Mit dem Entsetzen trieb man Scherze: Bälle wurden veranstaltet, zu denen nur Zutritt hatte, wer ein Terroropfer vorweisen konnte. Damen zogen sich mit Schminke rote Streifen um den Hals und besprengten ihre Roben mit Kaninchenblut. Herren trugen Röcke ohne Kragen, als wollten sie den Nacken für das Fallbeil freihalten, und wenn sie zum Tanz aufforderten, nickten sie ruckartig mit dem Kopf, um sein Herabfallen anzudeuten. Man tanzte in Gefängnissen, deren Insassen den Tod zu fürchten hatten, auf den Straßen, durch die die Henkerskarren gerumpelt waren, auf den Plätzen, wo die Guillotinen gestanden hatten, und auf Gräbern der Guillotinierten.

Davongekommene suchten über die düstere Vergangenheit hinweg in eine lichte Zukunft hineinzutanzen. In erster Linie die Thermidorianer, jene Revolutionäre, die Robespierres Wüten entgangen waren, genossen mit der Macht, die sie ergriffen hatten, den Luxus, den sie damit verdient zu haben meinten. Um sie scharten sich Bürger, die durch die Revolution gesellschaftlich avanciert waren und von dem als Reaktion auf den Dirigismus der Jakobiner eingeführten wirtschaftlichen Liberalismus profitierten. Zu ihnen gesellten sich Überlebende des Ancien Régime, die durch Anpassung an die neuen Verhältnisse an deren Annehmlichkeiten teilhaben wollten. Ihr Lebensstil wurde von Parvenüs imitiert: Die „Fête du Directoire" hob an, das rauschende Fest in der durch die Direktorialverfassung vom 22. August 1795 gefestigten liberal-bürgerlichen Republik und ihrer nach Lebensgenuss gierenden Gesellschaft.

„Wie wenig gleicht das Paris der neuen Verfassung jenem der Revolution! Die Bälle, Schauspiele und Feuerwerke sind an die Stelle der Gefängnisse und Komitees getreten", wunderte sich Jean-Nicolas Demeunier, ein ehemaliger Abgeordneter. Die Hofdamen seien verschwunden, die Damen der Neureichen an ihre Stelle getreten, und die Kokotten seien immer noch da. „Niemand will allein essen, schlafen oder ausgehen", bemerkte der Pariser Chronist Sébastien Mercier, „die Prasserei ist die Basis der gegenwärtigen Gesellschaft." Man wollte leben und leben lassen, jeden Moment auskosten, sich blindlings ins Vergnügen stürzen.

Den Ton gaben die ganz oben an: die fünf Direktoren, die an der Spitze der Exekutive und in der ersten Reihe der Genusssüchtigen standen. Als „König der Lüstlinge" galt der erste der Direktoren, Paul Barras. Als Vicomte geboren, hatte er es im Ancien Régime nur zum Capitaine, zum Hauptmann, gebracht, und sich nicht so ausleben können, wie es seinem provenzalischen Temperament angemessen gewesen wäre. Nun suchte der Vierzigjährige auf einmal alles nachzuholen, was ihm bislang entgangen war. Barras scheffelte Geld, residierte im Palais du Luxembourg, hielt Hof mit Günstlingen und Kurtisanen, gab Festc, die an das dekadente Rom erinnerten und blieb – wie ihn ein Mit-Direktor charakterisierte – „ein Mann ohne Glauben und ohne Sitten".

Seine Maîtresse-en-titre war Thérèse Cabarrus, die Gefährtin Talliens. Die zwanzigjährige Schönheit wurde als „Notre Dame de Thermidor" verehrt, war als Fürsprecherin von Karrieristen gesucht, als Verkörperung des lasziven Lebensstils beachtet und auch als Vorführdame der diesem entsprechenden Mode angesehen. Die Gespielinnen der Arrivierten und Etablierten stellten ihre Reize zur Schau, in griechisch-römischen Gewändern, in die sich nach Vorstellung von Revolutionären republikanische Tugend zu hüllen hatte und die nun das schamlose Wesen des Directoire enthüllten.

„Unsere Liebe Frau von Thermidor", die an Weihnachten 1794 die Gemahlin Talliens wurde und die Maîtresse von Barras blieb, fühlte sich zu Rose Beauharnais hingezogen, die ihrerseits ihren ganzen Charme spielen ließ, um die einflussreiche Frau als Protektorin zu gewinnen. Die Witwe war auf Beziehungen angewiesen, um sich die Mittel für ein standesgemäßes Auftreten zu verschaffen, und die Frau wollte in die „Fête du Directoire" eingeführt werden, in der sie sich nach ihrem Geschmack und Temperament ausleben könnte.

Thérèse wurde Roses Busenfreundin. Madame Tallien sei sehr schön und gut, schwärmte sie Tante Renaudin vor. „Sie ist mir eine zärtliche und in ihrer Hilfsbereitschaft unermüdliche und einfallsreiche Freundin." Von nun an ging es mit ihr im Schlepptau der Gemahlin des führenden Mitgliedes des Großen Rats und der Maîtresse des mächtigen Direktors Barras Schritt für Schritt bergauf.

Rose ließ sich von Thérèse in deren Salon einladen, zu Empfängen und auf Bälle mitnehmen. Sie legte Wert darauf, dass sie beide, sozusagen als weibliche Dioskuren, bei gemeinsamen Vergnügungen in übereinstimmender Kleidung auftraten. Vor einer Soirée im Palais des Bankiers Thélusson bat Rose die Freundin, das Pfirsichfarbene anzuziehen, das auch sie liebe und tragen wolle: „Da es mir wichtig ist, dass wir in gleicher Aufmachung erscheinen, benachrichtige ich Sie, dass ich ein auf Kreolinenart gebundenes rotes Tuch über dem Haar tragen werde, wobei ich an den Schläfen drei Locken hervortreten lasse."

Die Coiffure der beiden Freundinnen machte Furore, und die Toiletten, die sie wie Mannequins vorführten, kamen in Mode. Die ohne Unterkleidung getragenen Tuniken waren an den Seiten weit hinauf geschlitzt, der Ausschnitt reichte tief hinab, und die Stoffe – Satin oder Seide – waren so durchsichtig, dass man – wie ein Herr konstatierte – „die beiden Reservoirs der Mutterschaft wippen sah". An dieser war den „Merveilleuses" freilich nicht gelegen. Dennoch wurde Thérèse schwanger, brachte aber ihre Tochter milieugemäß beim Verlassen des Theaters Feydeau zur Welt. Die Patenschaft übernahm Rose, die jetzt wie später nicht in andere Umstände kam.

An Möglichkeiten hätte es den von Bett zu Bett schwebenden „Belles couches" nicht gemangelt. Thérèse begann den Bankier Gabriel-Julien Ouvrard zu bevorzugen, der als Armeelieferant und Kriegsgewinnler steinreich geworden und überdies ein attraktiver junger Mann war. Die zweiunddreißigjährige Rose wandte sich dem vierundfünfzigjährigen Marquis Gabriel-Louis de Caulaincourt zu, an dessen Börse die stets über ihre Verhältnisse lebende und immer in finanziellen Schwierigkeiten steckende Frau in erster Linie interessiert war. Bald fühlte sie sich zu Paul Barras hingezogen, dem stattlichen und mächtigen Mann, der ihr beides, was sie begehrte, zu bieten vermochte: Fortune und Amour. Seine Maîtresse-en-titre Thérèse Tallien erwies sich als großzügig und vielleicht gelangweilt genug, ihren Liebhaber mit der Busenfreundin zu teilen.

Bereits im Oktober 1794 hatte die Witwe Beauharnais Paul Barras, den ersten der Thermidorianer, zusammen mit ihren alten Bekannten Tallien und Merlin de Douai, Mitglied des Comité de Salut Public (Wohlfahrtsausschusses), in ihre Wohnung zu einem „Dîner républicain" eingeladen. Die ehemalige Vicomtesse wollte ihre republikanische Gesinnung demonstrieren und auf jene ihres hingerichteten Gemahls verweisen, um die Freigabe des beschlagnahmten Vermögens zu erreichen. Einiges bekam sie in den nächsten Monaten zurück: den in der Rue Saint-Dominique zurückgelassenen Schmuck, eine Kutsche mit zwei Pferden als Entschädigung für die von Alexandre in Straßburg zurückgelassenen Gespanne, Silber und Bücher aus dem Familienschloss La Ferté und eine Abschlagszahlung von 10 000 Livres auf den Erlös der von der Revolutionsbehörde verkauften Möbel.

Das war einiges, aber bei weitem nicht genug, um Rose aus dem Schuldensumpf zu ziehen. Aus ihm gelangte sie jetzt und später nie mehr heraus, aber sie sank wenigstens nicht viel tiefer ein, nachdem sie die Maîtresse von Paul Barras geworden war. Er bezahlte für sie die Renovierung und die Miete des Landhauses in Croissy, in das sie einmal in der Woche kam, um dort Barras und seine Suite zu empfangen und ihnen Geflügel, Wildbret und seltene Früchte vorzusetzen – und echtes Weißbrot, nicht jenen als „nationalen Laib" angebotenen Ersatz, der, wenn man ihn an die Wand warf, dort kleben blieb, wie ein Frustrierter klagte.

Die Arrivierte hielt das Appartement in der Rue de l'Université nicht mehr für angemessen. Am 2. Oktober 1795 zog sie in das in der Rue Chantereine Nummer 6 gelegene Hôtel, das sie von Julie Carreau, der geschiedenen Frau des Schauspielers Talma, für einen jährlichen Zins von 10 000 Franc in Papier, das hieß 4000 Franc in Münze, gemietet hatte. Vom linken Ufer der Seine, aus dem verkommenen Quartier der Aristokraten, war die zur Grande Dame des Directoire aufgestiegene Ex-Vicomtesse auf das rechte Ufer, das schicke Viertel der Bourgeoisie, hinübergewechselt.

Eine Lindenallee führte von der Straße zum Schlösschen in einem über 3300 Quadratmeter umfassenden, mit alten Bäumen bestandenen Grundstück. Im Erdgeschoss mit dem halbkreisförmigen Anbau lagen Vorraum, der auch als Speisezimmer dienende Salon, Boudoir und Garderobe mit vielen Spiegeln, in denen sich Rose von allen Seiten bewundern konnte, und das Schlafzimmer, auf dessen Einrichtung sie besonderen Wert legte. Neben der Bettstatt aus bronziertem Holz standen Möbel aus hellem Bois de la Guadeloupe, ihre Harfe und auf dem Kamin eine Büste des Sokrates.

Im Dachgeschoss waren die Domestiken untergebracht,

Zofe, Diener, Koch und Kutscher. Zimmer für die Kinder gab es nicht. Rose hatte sie in Saint-Germain-en-Laye in Internate gegeben, Hortense in das Institut von Madame Campan, der ehemaligen Kammerfrau der Königin Marie-Antoinette, und Eugène in das Collège des Iren Patrice Mac Dermott. Sie hätten nur gestört im Lustschlösschen der Mutter, die mit dem gesellschaftlichen Rang verbundene Möglichkeiten des Amüsements gehörig ausnützte.

Der Ruf, den sie dadurch erwarb, war schlechter als ihr tatsächlicher Lebenswandel und beeinträchtigte ihr Ansehen in der Gegenwart wie in der Zukunft. In einem anonym erschienenen Pamphlet hieß es, die Beauharnais sei noch vergnügungssüchtiger als die Tallien, begierig nach Geld, das sie verschwende, und nach Luxus, in dem sie schwelge. Dank ihres einschmeichelnden Wesens und ihrer Verstellung vermöge die Kreolin andere zu verführen, an sich zu fesseln und zu bekommen, was sie wolle. Sie gefalle vornehmlich durch Anmut und Esprit, hielt der Bankier Ouvrard dagegen, und Pasquier, ihr Nachbar in Croissy, bescheinigte ihr Großmut und Hilfsbereitschaft.

Eines blieb unbestritten: Die Maîtresse des ungekrönten Königs des Directoire, Paul Barras, war – im eigentlichen Sinne des Wortes – eine Herrin geworden. An herausragender Stelle gehörte sie zu den Damen, die direkt die neue Gesellschaft und indirekt die neue Politik beherrschten.

Überall sehe man die schönsten Frauen, „nirgendwo so wie hier verdienen sie das Steuer zu führen; deswegen sind auch die Männer vernarrt in sie, denken nur an sie und leben nur durch und für sie". Dies bemerkte der im Mai 1795 nach Paris gekommene Brigadegeneral Napoleon Bonaparte, an dessen Seite die sich dann Joséphine nennende Rose noch weiter, bis an die Spitze aufsteigen sollte.

Die Witwe Beauharnais dinierte mit ihrem Liebhaber Barras am 5. Oktober 1795 (13. Vendémiaire An IV nach revolutionärer Zeitrechnung). An diesem Tag gelang Napoleon Bonaparte, ihrem künftigen Gemahl, der erste große Schritt in seiner Laufbahn.

Der unbeschäftigte Militär, der im Monat zuvor aus der Liste der französischen Generäle gestrichen worden war, hatte den Roman „Clisson et Eugénie" begonnen. In ihm schrieb sich der Sechsundzwanzigjährige die Rolle des jungen Helden zu, der erste militärische Taten vollbracht hatte, dann zur Reserve versetzt wurde und frustriert in Paris herumsaß. „Er hatte nichts mehr zu hoffen", ließ er Clisson alias Napoleon klagen.

Doch seine Stunde schlug im Oktober 1795. In der Hauptstadt rebellierten Royalisten. Paul Barras, der zwar Chefgeneral der Armee des Innern war, aber militärisches Durchgreifen scheute, beauftragte Bonaparte, dessen Befähigung er bei der Einnahme von Toulon kennen und schätzen gelernt hatte, mit der Niederschlagung des Aufstandes. Der Artillerist ließ Kanonen auffahren und die auf die Tuilerien vorrückenden Royalisten zusammenschießen.

Madame Beauharnais, bemerkte Barras, sei auf „unserer Seite" gestanden, insofern sie überhaupt eine politische Meinung geäußert oder gar parteiisch Stellung bezogen habe. Der Sieg der Thermidorianer sicherte der Maîtresse des Ersten unter ihnen Einfluss und Zuwendungen. Sie begann sich für den Mann zu interessieren, der ihn errungen hatte. Napoleon Bonaparte wurde in ihren Kreisen als „Général Vendémiaire" gefeiert, und seine Gesellschaft war gesucht.

Schickte sie, da sie nicht gut selbst die Initiative für ein Kennenlernen ergreifen könnte, ihren vierzehnjährigen Sohn zur Sondierung vor? Nach der Niederschlagung des Aufstandes wurden Privatpersonen unter Strafandrohung aufgefordert, alle bei ihnen aufbewahrten Waffen abzuliefern. Eugène sprach beim „Général Vendémiaire" vor und bat ihn unter Tränen, den Säbel seiner Vaters behalten zu dürfen. Bonaparte erlaubte es ihm, aus Rücksicht auf den Kameraden Alexandre Beauharnais oder aus Interesse für dessen Witwe, deren Bedeutung als Maîtresse seines Vorgesetzten und Stellung in der Gesellschaft des Directoire – „Frauen, die hier die schönsten der Welt sind, werden zur Hauptsache" – ihm sicherlich nicht unbekannt geblieben war.

Am Tag darauf begab sich Madame Beauharnais zu General

Bonaparte, um ihm für seine Geste zu danken und mit ihm in Kontakt zu kommen. Der erste Eindruck, den sie von ihm bekam, dürfte dem anderer Pariserinnen geähnelt haben. „Das dürrste und seltsamste Wesen, das ich je gesehen habe, stand vor mir. Der Mode der Zeit entsprechend trug er sein Haar in so genannten ‚Hundeohren', das heißt in Büscheln, die an der Schläfe über die Ohren herab bis auf die Schultern hingen", bemerkte eine Dame. „Der Überrock, den er trug, war derartig abgetragen und sah so schäbig aus, dass ich gar nicht glauben konnte, einen General vor mir zu haben. Aber ich merkte sogleich, dass ich es mit einem ungewöhnlichen Menschen zu tun hatte."

Dies mochte auch Rose aufgefallen sein, auch wenn ihr, die es gewohnt war, mit stattlichen und schönen Männern umzugehen, sein Äußeres wie sein Auftreten nicht imponieren konnten. Seine kleinwüchsige Figur hätte weniger missfallen, wenn sie besser proportioniert gewesen wäre, der relativ lange Oberkörper nicht in einem Missverhältnis zu den kurz geratenen Beinen und Armen gestanden hätte. Er schien krankhaft mager zu sein, das gelbliche Gesicht wurde durch nervöse Zuckungen entstellt, und wenn er den Mund, der geschlossen durch seine feine Linie gefiel, aufmachte und zu reden begann, wurde der günstige Eindruck verwischt. Denn sein Französisch blieb korsisch gefärbt, und die Gesten, mit denen er seine Worte unterstrich, waren weniger die Gebärden eines Franzosen als die eines Italieners.

Wie ein „gestiefelter Kater" kam Napoleone Buonaparte, wie er sich damals noch nannte, der Vicomtesse de Beauharnais vor, und dies schien sie zunächst eher belustigt als beeindruckt zu haben. Immerhin begann sie Wert darauf zu legen, mit dem berühmten General in ihren Kreisen zu erscheinen und ihn auch bei sich in der Rue Chantereine zu empfangen. Als er sich rar machte, schickte sie ihm ein Billett: „Warum kommen Sie nicht mehr zu einer Freundin, die Sie gern hat und die Sie ganz und gar im Stich gelassen haben; Sie tun ihr Unrecht, denn sie ist Ihnen zärtlich zugetan ... Ich muss Sie sehen und mit Ihnen über Ihre Anliegen sprechen."

Die zweiunddreißigjährige Witwe Beauharnais bekundete mehr als gesellschaftliches Interesse an dem sechsundzwanzigjährigen Chefgeneral der Armee des Innern, wozu der Retter der Thermidorianer ernannt worden war. Hatte Barras seiner Maîtresse, die nicht die jüngste in seinem Serail war und für die er mehr ausgab, als sie ihm eintrug, den Wink gegeben, sich mit dem jungen Mann, der eine glänzende Zukunft vor sich habe, zu liieren? War sie selber darauf gekommen, dass es in ihrem Alter, in dem Frauen damals bereits als verblüht galten, höchste Zeit sei, eine feste Verbindung mit einem Aufsteiger einzugehen, der ihr Geld, Ruhm und auch sonst wie Befriedigung verschaffen könnte? Jedenfalls begann Rose, sich Bonaparte an den Hals zu werfen.

Napoleon verhielt sich zunächst reserviert. Ihr aufdringliches Billett beantwortete er höflich, aber unverbindlich. Frauen gegenüber war er nicht so wagemutig wie im Felde. Er sei zwar „nicht unempfindlich gegen weibliche Reize gewesen, doch lange durch die Frauen nicht verwöhnt worden", bilanzierte er am Ende seines Lebens. „Infolge meines Charakters war ich in ihrer Gesellschaft äußerst schüchtern. Madame de Beauharnais war die erste, die mich ein wenig mutiger machte."

Dazu schien die Überlegung beigetragen zu haben, dass ihm ihr Entgegenkommen gewisse Vorteile einbringen könnte. Dem aus bescheidenen Verhältnissen stammenden Korsen imponierte ihre adelige Herkunft, die ihn gesellschaftlich heben würde. Knapp bei Kasse, hielt er die Vicomtesse für vermögend, also für eine gute Partie. Sein Ehrgeiz ließ ihn vermuten, dass er in seiner militärischen Laufbahn weiter vorankäme, wenn er dem ersten Mann im Directoire die diesem lästig werdende Maîtresse abnähme.

Nicht zuletzt: Rose war als Frau begehrenswert. Selbst Napoleons Bruder Lucien, der sie nicht mochte, musste zugeben: Sie habe „zwar nichts von dem, was man Schönheit nennt, aber eine gewisse kreolische Geschmeidigkeit ihres Körpers, ein Gesicht ohne natürliche Frische, dem jedoch die Kunstgriffe der Toilette beim Glanz der Kronleuchter zu Hilfe kommen", kurzum, die Frau, „die ihren Höhepunkt schon hinter sich" hatte, „war nicht ohne einige Reste anziehender Anmut."

Im Kerzenschimmer der Salons war ihr Napoleon begegnet, und wie einen Falter zum Licht zog es ihn zu ihr hin. Er fing Feuer wie ein Fähnrich. Sie wusste es geschickt zu schüren, nachdem sie sich überzeugt hatte, dass es sich um Eisen handelte, das sich zu schmieden lohnte. Seine lange unterdrückte Sinnlichkeit loderte auf, und er verfiel der versierten Frau, die ihre Reize geschickt einzusetzen wusste. „Ich war leidenschaftlich in sie verliebt", bilanzierte Napoleon, und er meinte dies nicht platonisch. „Sie hatte ein gewisses Etwas ... Sie hatte die hübscheste Vulva der Welt."

Bald ging er öfter in die Rue Chantereine, wo Rose dafür sorgte, dass die Stelldicheins nicht gestört wurden. „Mein Sultan" hat sich überraschend für den Abend angemeldet, und da sie mit ihm allein bleiben wolle, bat sie eine Freundin, erst am Tag darauf zum verabredeten Dîner zu ihr zu kommen.

Nach einer Liebesnacht schrieb er ihr: „Du hast meine Sinne berauscht, süße und unvergleichliche Joséphine!" Er nannte sie nicht Rose, sondern die auf Marie-Joseph-Rose Getaufte nach dem feminisierten zweiten Namen, wohl deshalb, weil er sie nicht so wie viele andere vor ihm nennen wollte. Aber er schien von Anfang an ähnliche Erfahrungen mit ihr wie Liebhaber vor ihm gemacht zu haben: „Ach, in dieser Nacht habe ich erkennen müssen, dass ich mit Ihrem Bild nicht Sie selbst besitze." Sie ging nie ganz aus sich heraus, gab sich nicht völlig hin, schien Liebe vorzutäuschen, auch wenn es ihr lediglich um sinnliche Befriedigung und materielle Vorteile ging. „Ich habe sie wahrhaftig geliebt", meinte Napoleon später, „aber ich habe sie nicht geachtet; sie war zu verlogen."

War seine Liebe nicht auch unaufrichtig? Wollte der kleine Korse nicht durch den Einfluss der Maîtresse des mächtigen Barras gesellschaftlich und militärisch reüssieren? Sie hielt ihm dies vor. „Die Achtung vor meinem Charakter dürfte einen derartigen Gedanken, wie Sie ihn gestern Abend äußerten, gar nicht erst aufkommen lassen ... Sie glauben also, ich liebte Sie nicht um Ihrer selbst willen? ... Dieser Gedanke vergiftet mein Leben, zerreißt mir mein von widersprechenden Gefühlen erfülltes Herz ... Du aber, mio dolce amor, Du hast die Nacht nicht schlaflos verbracht. Hast Du auch nur ein einziges Mal an mich gedacht?"

Diese Reaktion zeigte, dass er an einem wunden Punkt getroffen worden war. Denn auch er wollte aus dieser Verbindung einigen Nutzen für Fortkommen und Wohlergehen ziehen. Er hatte erkannt, dass diese Liebe nicht nur die Sinne befriedigen, sondern auch Interessen zu befördern vermöchte.

„Barras", bilanzierte er, „hat mir einen Dienst geleistet, als er mir riet, Joséphine zu heiraten. Sie gehöre sowohl zur alten wie zur neuen Gesellschaft, sagte er, und das würde mir Rückhalt geben, meine korsische Herkunft in Vergessenheit geraten lassen, mich vollständig französisieren." Alles in allem habe er ein gutes Geschäft gemacht: Der Korse sei durch die Einheirat in eine alte französische Familie endgültig Franzose geworden, und der Mann habe „eine sehr angenehme Frau, voller Anmut, eine Frau im vollen Sinn des Wortes" bekommen. Überdies habe er sich den starken Mann des Direktoriums verpflichtet. Nicht das erste Mal und nicht das letzte Mal wusste Napoleon Berechnung und Begehren in Einklang zu bringen, billigte die Ratio, was die Passion verlangte, und verschaffte Befriedigung, was das Interesse gebot.

Die Vermählung war anvisiert, als am 21. Januar 1796 das Paar von seinem Gönner Barras in das Palais du Luxembourg zum Dîner eingeladen wurde. An der reich gedeckten Tafel saß zwischen Napoleon und Joséphine deren Tochter Hortense. Mit dem Gefühlsüberschwang einer Zwölfjährigen hielt sie sich an die Mutter und ging auf Distanz zum Stiefvater in spe, weil sie glaubte – wie sie ihrem Bruder Eugène sagte – „Maman uns nicht mehr so lieben wird wie jetzt". Der Vierzehnjährige sah es gelassener; denn – wie schon von Hoche – hoffte er von Bonaparte unter die militärischen Fittiche genommen zu werden.

Am 7. Februar 1796 wurde das Aufgebot publiziert. Bis 14. Februar fungierte Joséphine in Chaillot als Gastgeberin im Privathaus von Paul Barras, der – wie er behauptete – weiter mit ihr schlief. Das Hochzeitsgeschenk des Ersten im Direktorium nahm Napoleon Bonaparte am 2. März entgegen: die Ernennung zum Chefgeneral der Italienarmee. Am 8. März wurde der Ehevertrag vor dem Notar Maurice-Jean Raguideau geschlossen.

Es wurde Gütertrennung vereinbart. Der Ehegatte gab an, außer seiner Kleidung und Militärausrüstung nichts zu besitzen, sicherte aber – im Vertrauen darauf, dass dem militärischen Erfolg der finanzielle folgen würde – Joséphine, falls sie Witwe werden sollte, eine Lebensrente von monatlich 1500 Francs zu. Die Ehegattin behielt die Vormundschaft für ihre beiden Kinder wie die Verwaltung deren Beauharnais-Vermögens, blieb im Besitz der Einrichtung ihres Schlösschens in der Rue Chantereine und der Équipage, die ihr Barras hatte zukommen lassen.

Beide legten keine Geburtsurkunden vor. Die beinahe Dreiunddreißigjährige gab sich als vier Jahre jünger und der fast Siebenundzwanzigjährige um eineinhalb Jahre älter aus; der Altersunterschied sollte in etwa ausgeglichen werden. Der Zeuge Le Marois, Adjutant Bonapartes, war erst achtzehn, also noch nicht geschäftsfähig. Wegen dieser Unregelmäßigkeiten habe sich die Gattin ernsten Unannehmlichkeiten ausgesetzt, bemerkte der Gatte, als er ihr überdrüssig geworden war, „denn schon deshalb hätte die Ehe als nichtig erklärt werden können".

Die Ziviltrauung war auf den Abend des 9. März 1796 in der Mairie des II. Pariser Arrondissements angesetzt. Mit der Braut erschienen drei Trauzeugen: Joséphines Freunde Barras und Tallien sowie ihr Rechtsberater Calmelet. Bonaparte, der sich im nahen Generalstabsgebäude in Karten des Angriffsgebietes Piemont vertieft hatte, ließ zwei Stunden auf sich warten. Gegen 22 Uhr stürmte er, begleitet von Le Marois, dem vierten Zeugen, sporenklirrend herein. „Allons, Monsieur, trauen Sie uns geschwind", rief er dem Standesbeamten zu, der aus seinem Schläfchen aufschreckte und rasch die Trauung vollzog.

Barras war zufrieden, seine Maîtresse unter die Haube gebracht zu haben, ebenso Tallien, dessen Gattin Napoleon den Hof zu machen versucht hatte. Calmelet, der Joséphine geraten hatte, Bonaparte „faute de mieux", mangels eines Besseren, zu ehelichen, atmete auf. Unzufrieden war und blieb die Familie Bonaparte. Der Sohn hatte die Zustimmung der Mutter nicht eingeholt, den ältesten Bruder Joseph nicht unterrichtet, und Lucien, ein jüngerer Bruder, der Joséphine kannte, beharrte darauf, dass der unerfahrene Napoleon einer Kokotte ins Netz gegangen sei. Eines Tages bekam Lucien von Napoleon zu hören: Wer verliebt ist, sei nicht mehr vernünftig, falls er überhaupt je vernünftig gewesen sein sollte.

Nach der Trauung, die nur fünf Minuten gedauert hatte, begaben sich die Jungvermählten in Joséphines Haus in der Rue Chantereine und dort sogleich ins Schlafzimmer. Im Bett lag, wie gewohnt, ihr Mops Fortuné. „Man sagte mir klipp und klar, ich müsste entweder woanders schlafen oder das Bett mit ihm teilen", erzählte Napoleon. „Dies war nicht angenehm, doch dies hieß: einwilligen oder sich zurückziehen. Fortuné war weniger nachgiebig als ich" – er biss in die Wade des jungen Ehemannes, der sich mit der Anwesenheit dieses Lieblings abzufinden hatte.

FÜNFTES KAPITEL

Die Generalin Bonaparte

Zwei Tage nach der Hochzeit, am 11. März 1796, brach Napoleon Bonaparte zu seiner Italienarmee nach Nizza auf. Die ihm Angetraute blieb in Paris zurück, bei ihren Freunden und Vergnügungen. Finanziell profitierte sie von diesen wie von ihm. Bereits von der ersten Poststation in Châtillon-sur-Seine schickte Napoleon ihr die Vollmacht, ihm zustehende Gelder einzuziehen, erste, eher bescheidene Beträge, denen bald größere Summen folgten. Am 27. März wurde das beschlagnahmte Vermögen ihres ersten Gemahls freigegeben. Vermutlich geschah dies auf Betreiben von Barras, der sich dafür revanchierte, dass sie ihm den Gefallen getan hatte, den Korsen zu heiraten.

Die teure Gattin wurde von dem nach Italien reisenden Gatten mit Beteuerungen seiner Liebe überschüttet. An die „Bürgerin Beauharnais“ adressiert – er schien es noch gar nicht wahrgenommen zu haben, dass die Witwe Rose Beauharnais die Bürgerin Joséphine Bonaparte geworden war – schrieb er am 14. März aus Chanceau: „Jeder Augenblick entfernt mich weiter von Dir ... Immerzu denke ich an Dich. Ich stelle mir vor, was Du wohl jetzt tust. Sehe ich Dich traurig, so bricht mir fast das Herz, und ich leide grenzenlos. Weiß ich Dich heiter, ausgelassen im Kreise Deiner Freunde, so werfe ich Dir vor, wie schnell Du Dich über die Trennung hinweggesetzt hast. Dann halte ich Dich für leichtfertig, oberflächlich, keines echten und tiefen Gefühls fähig.“

Während seine Zuneigung mit der Entfernung wuchs,

schien er ihr aus dem Sinn entschwunden zu sein, sobald sie ihn aus den Augen verloren hatte. Mit Brief auf Brief suchte er sich in Erinnerung zu bringen, ihre – wie er befürchtete – erlöschende Zuneigung mit feurigen Liebesschwüren wieder anzufachen, indes mit wachsender Sorge, die Glut nicht mehr entflammen zu können. „Ich bin unzufrieden mit Dir. Dein letzter Brief ist kalt wie die Freundschaft." Sie schrieb ihm nicht oft, erwiderte sein „Du" mit „Sie" und ersuchte ihn, dass er, wenn er schon seine Briefe nicht mehr an die „Bürgerin Beauharnais" richten wolle, sie doch an die „Bürgerin Bonaparte bei der Bürgerin Beauharnais, Rue Chantereine 6 in Paris" adressieren solle.

Napoleon ahnte, dass Joséphine das Leben der lustigen Witwe Beauharnais fortsetzte. Ihre Briefe, hielt er ihr vor, seien wohl deshalb so selten und so kurz, weil sie ihre Verehrer, „die sich schon um zehn Uhr morgens einstellen", nicht warten lassen wolle. Als sie diesen einmal einen Brief mit dem Liebesgestammel des Gemahls vorlas, erzählte der Schriftsteller Antoine Arnault, mokierte sie sich: „Il est drôle, Bonaparte" – er sei drollig und schnurrig, ein gestiefelter Kater eben. Dennoch, bemerkte dieser regelmäßige Besucher in der Rue Chantereine, fühlte sie sich geschmeichelt, dass Napoleon die Liebe zu ihr kaum weniger wichtig zu nehmen schien als den Ruhm, den er an seine Fahnen heftete.

Napoleon führte seine Armee in Oberitalien von Sieg zu Sieg. Binnen kurzem hatte er aus einem Haufen schlecht genährter, dürftig gekleideter und unzureichend bewaffneter Soldaten ein schlagkräftiges Heer von 40000 Mann gemacht, das bereit war, ihm dorthin zu folgen, wohin er sie zu führen versprach: in blühende Provinzen und wohlhabende Städte, wo sie alle „Ehre, Ruhm und Reichtum" finden würden.

Am 27. März 1796 übernahm Bonaparte in Nizza das Kommando über die Italienarmee, am 10. April ergriff er die Offensive, zwei Tage später errang er den ersten Sieg über die Österreicher, am Tag darauf den ersten über die Piemontesen. Triumph auf Triumph folgte. Nachdem der König von Sardinien-Piemont den Kampf aufgegeben hatte, schlug Napoleon am 10. Mai die Österreicher bei Lodi und besetzte am 15. des

Monats Mailand, die Hauptstadt der Lombardei. An Stelle der kaiserlichen Fahne wurde die Trikolore gehisst. Die blau-weiß-roten Farben sollten zwar auch Italienern „Freiheit, Gleichheit, Brüderlichkeit" verkünden, aber sie demonstrierten in erster Linie die Ablösung der österreichischen durch die französische Herrschaft und nicht zuletzt die Macht des Militärgouverneurs Bonaparte.

Seit Lodi, sagte er später, sei er sich bewusst geworden, er könnte einmal nach der militärischen auch eine politische Hauptrolle spielen. In der Propaganda erwies er sich schon jetzt als ein Professional. Napoleon färbte die Heeresberichte aus Italien in seinem Sinne und für seine Zwecke, begann an seiner Legende zu schreiben, die von der von ihm geschaffenen Presse verbreitet wurde, so von „La France vue de l'armée d'Italie": „Wenn man in sein Innerstes dringt, wird man dem einfachen Menschen begegnen, der gegenüber seiner Familie nichts von seiner Größe hervorkehrt."

Bei seiner Frau suchte er den großen Liebhaber zu spielen. Als solcher beeindruckte er Joséphine kaum, doch seiner militärischen Erfolge begann sie sich zu freuen. Sie habe, bemerkte Arnault, den von Tag zu Tag in Italien sich mehrenden Ruhm Bonapartes genossen, in Paris, wo sie bei jedem ihrer Schritte von Beifall begleitet wurde.

Schon wurde sie als „Notre-Dame des Victoires" gefeiert. Wie ihre Freundin Thérèse Tallien, die aus ihrer Bezeichnung als „Notre-Dame de Thermidor" reichlich Gewinn zu ziehen verstand, nützte Joséphine den patriotischen Ruf für gesellschaftliche Verbindungen, materielle Vorteile und galante Beziehungen. In der Rue Chantereine gab sie intime Empfänge, bei Festen des Directoire stand sie in der ersten Reihe, im Theater Feydeau waren fast mehr Blicke auf ihre Loge als auf die Bühne gerichtet, Geschäftsleute räumten ihr großzügig Kredit ein, der in Italien sich bereichernde Gemahl ließ ihr etliches zukommen, und sie legte sich einen festen Liebhaber zu, sozusagen einen Maître-en-titre.

Während Napoleon Lorbeeren sammelte, wurden ihm Hörner aufgesetzt. Er ahnte es. „Ich habe soeben Deinen Brief erhalten, den Du unterbrochen hast, um, wie Du schriebst, eine

Landpartie zu machen", schrieb er ihr am 7. April 1796 aus Albenga. „Im Frühling ist es ja so schön auf dem Lande. Und außerdem befand sich wahrscheinlich der neunzehnjährige Liebhaber dort." Es gab ihn, aber er war nicht neunzehn, sondern vierundzwanzig.

Die Dreiunddreißigjährige, die ein Faible für junge Männer hatte, war ganz vernarrt in Hippolyte Charles. Sie bewunderte den bildhübschen Südfranzosen mit den blauen Augen, dem schwarzen Schnurrbärtchen, den Leutnant in seiner eng anliegenden Husarenuniform, und genoss die Fanfaronnaden des leichten Reiters, der nicht im Felde, sondern im Salon plänkelte und seine Attacken im Boudoir ritt. Da konnte Napoleon nicht mithalten, mit seinem gedrungenen Körper und den kurzen Beinen, einer von der Krätze verunstalteten Haut, seiner Ungeselligkeit, seiner Unleidlichkeit und den Liebesbekundungen, die in gewissem Kontrast zu seinen Liebesbezeugungen standen.

„Der Gedanke, sie untreu zu wissen", ließ ihn, dessen Männerstolz mehr als seine Gattenliebe verletzt war, keine Ruhe mehr. Würde er sie wiederfinden, wenn sie zu ihm nach Italien käme? „Nimm Flügel! Komm! Komm!", schrieb er ihr am 24. April 1796. Doch Joséphine dachte nicht daran, Paris und den Geliebten zu verlassen, und zu ihrem Gemahl zu eilen, der ihr bei weitem nicht das bieten könnte, was er ihr in seinen Briefen versprach. Eine Ausrede, die er wohl akzeptieren würde, hatte sie parat: Sie könne sich nicht auf eine beschwerliche Reise begeben, weil sie von ihm schwanger sei. Joséphine wusste, dass er sich sehnlichst ein Kind wünschte. Sie hoffte, er würde der angeblich werdenden Mutter nicht eine Fahrt nach Italien zumuten, sodass sie in Paris weiterhin ihren Vergnügungen nachgehen könnte.

Die erste Reaktion Napoleons schien zu beweisen, dass er auf den Lug und Trug hereinfiel. Er habe Verständnis, dass sie unter diesen Umständen nicht zu ihm komme, ihm das Glück versagt sei, ihr „Bäuchlein" zu bewundern. So bliebe ihm nichts anderes übrig, als ihr aus der Ferne Küsse zu senden, „auf Deine Augen, Deine Lippen, Deine Zunge, überall".

Aber von Tag zu Tag wuchs sein Misstrauen, er begann an ihrer Schwangerschaft zu zweifeln und ihrer Untreue gewiss zu werden. „Sie hat einen Geliebten, der sie in Paris zurückhält", schrieb er dem für militärische Angelegenheiten zuständigen Direktor Carnot. „Ich verwünsche alle Frauen, umarme aber von Herzen meine guten Freunde." Wusste er, dass es im Direktorium Bedenken gegen eine Reise der Frau des Generals zu ihrem Mann gab, von dem man erwartete, dass er seine Leidenschaftlichkeit einzig und allein an den Feinden ausließe? Steckte Barras dahinter, der vielleicht von Joséphine immer noch nicht lassen konnte, sie jedenfalls ihren Pariser Amüsements nicht entreißen wollte?

Nachdem Bonaparte die Österreicher geschlagen und die Lombardei erobert hatte, wurden im Direktorium keine Einwände mehr gegen eine Reise Joséphines nach Italien erhoben. Dies teilte Carnot am 21. Mai 1796 Napoleon mit: Man hoffe, dass der Myrtenstrauß, den sie ihm bringen werde, nicht den Lorbeerkranz beeinträchtige, mit dem der Sieger sich gekrönt habe.

Joséphine ließ sich Zeit. Sie gedachte noch eine Zeit lang in Paris vom Ruhme ihres Feldherrn zu zehren und die Verführungskünste ihre Liebhabers zu genießen. Am 26. Juni 1796 musste sie aufbrechen. Nach einem Abschiedsdiner im Palais du Luxembourg bestieg sie die Reisekutsche, weinend, als führe sie zu ihrer Hinrichtung, wie ein Augenzeuge bemerkte. Ihre Tränen trockneten bald. Denn ihr Mops Fortuné kam mit – und Hippolyte Charles, den ihr Schoßhund nicht, wie ihren Gatten, ins Bein biss.

Im sechsspännigen Reisewagen saßen außer Joséphine und ihrem Liebhaber Hippolyte Charles noch Joseph Bonaparte, der seiner Schwägerin nahe gelegt hatte, seinen Bruder nicht länger auf sie warten zu lassen, und Colonel Andoche Junot, Adjutant Napoleons, der von ihm mit zweiundzwanzig eroberten Fahnen und einem Brief an seine Gemahlin nach Paris geschickt worden war: „Du musst mit ihm kommen, hörst Du ... Aber reise bequem. Der Weg ist lang, schlecht und anstrengend ... Reise langsam!"

Dazu musste Joséphine nicht aufgefordert werden. Sie hatte es nicht eilig, zu ihrem Gatten zu kommen, der sie weiterhin nur brieflich liebkosen durfte: „Einen Kuss auf Dein Herz und dann einen ein wenig tiefer, sehr viel tiefer." Noch hatte sie Hippolyte bei sich, und der vorausreitende Quartiermacher Moustache war von ihr angewiesen worden, in allen Herbergen für sie und ihren Liebhaber zwei nebeneinander liegende Zimmer zu reservieren.

Am 27. Juni, einen Tag nach der Abreise von Paris, schaute sie in Fontainebleau beim Marquis de Beauharnais vorbei, dem Vater ihres ersten Gemahls Alexandre, der sich endlich entschlossen hatte, seine langjährige Maîtresse, Joséphines Tante Renaudin, zu ehelichen. Diese hielt nach wie vor die erste Ehe ihrer Nichte, die sie vermittelt hatte, für eine standesgemäße Verbindung, und war geneigt, die zweite Ehe mit dem Parvenü Bonaparte für eine Messalliance zu halten. Doch sie gönnte Joséphine die finanziellen Gewinne, die ihr als Madame Bonaparte bereits in Paris zuteil geworden waren und ihr noch mehr in Italien beschieden sein sollten.

Denn für Joséphine war die Reise nach Italien weniger eine sie in die Arme ihres Gatten führende „Sentimental Journey" als eine Geschäftsreise, um in Italien aus ihrer Verbindung mit Bonaparte Geld herauszuschlagen. Deshalb hatte sie Antoine Hamelin, einen mit einer Kreolin verheirateten Geschäftsmann gebeten, sich ihr anzuschließen, um ihr und sich die materiellen Vorteile zu verschaffen, auf die sie beide aus waren: Joséphine, um Schulden zu begleichen und neue Anschaffungen zu machen, und der in finanzielle Schwierigkeiten geratene Hamelin, um wieder auf einen grünen Zweig zu kommen.

Joséphine hatte bereits Mittel und Wege gefunden, um an Geld zu gelangen. Die Möglichkeiten der Gemahlin des Chefgenerals wie der Freundin von Regierungsmitgliedern nutzend, hatte sie für eine von ihr vermittelte Lieferung von 20 000 Decken an die Armee eine Provision von 10 000 Franc erhalten. Dem Heereslieferanten Robbé de Lagrange, einem alten Bekannten, verhalf sie zu Aufträgen, von denen beide profitierten. Hamelin und sein Freund, der Heereslieferant

Monglas, wurden vor ihr aufgefordert, sie nach Italien zu begleiten, wo ihnen einträgliche Geschäfte winkten. Sie verlangte und erhielt für ihre Vermittlungsbemühungen einen Vorschuss: 200 Louis d'or, von denen jeder etwa 20 Franc wert war, und weitere 30 Louis d'or für einen modischen Schleier, den sie bestellt und noch nicht bezahlt hatte. Robbé de Lagrange steuerte 500 Louis d'or bei.

Sie kam auf ihre Kosten, und der Chefgeneral der Italienarmee bekam die Korruptheit des Direktoriums zu spüren. Bonaparte begann sich zu beklagen, dass Lieferanten und Kommissare seine Kriegskasse plünderten. „Alles ist käuflich … Wir geben fünfmal so viel aus, als wir bedürfen, und wir haben manchmal nicht genug zu essen … Aber niemand steht mir zur Seite, und die Gesetze geben dem General nicht genügend Macht, um diesem Heer von Gaunern einen heilsamen Schreck einzujagen."

Wusste er, dass sich Joséphine an solchen Geschäften beteiligte? Jedenfalls war ihm klar geworden, dass sie ihren Ehemann betrog. Die Reise zu ihrem Gemahl, der die Tage bis zu ihrer Ankunft zählte, war für sie eine Lustpartie. Während der Fahrt kokettierte sie mit dem ihr gegenübersitzenden Liebhaber, dessen Knie sie berührte, nachts, in den Herbergen, schlief sie mit ihm, während sich ihre Zofe Louise Compoint mit Andoche Junot vergnügte. Joseph Bonaparte, der sich in Paris eine venerische Krankheit zugezogen hatte, schrieb in seinem Zimmer an einem Roman.

In Lyon trat Joséphine als Generalin auf, die sich mit den von General Bonaparte erworbenen Lorbeeren schmückte. Soldaten präsentierten, Mädchen überreichten Blumen, und im Grand Théâtre langweilte sie sich bei Glucks lyrischer Tragödie „Iphigénie en Aulide". In Turin wurde die Gemahlin des republikanischen Franzosen, der den König von Sardinien-Piemont besiegt und zur Abtretung von Savoyen und Nizza gezwungen hatte, wie eine Königin empfangen.

In Turin wurde sie von Napoleons Adjutant Marmont erwartet, der sich wunderte, warum sein General sich in eine Frau verliebt hatte, die ihren Schmelz verloren habe. Er erinnerte sich an einen Vorfall in Tortona. Als ein Glas mit dem

Miniaturporträt Joséphines zerbrach, sagte der General zu seinem Adjutanten: „Meine Frau ist entweder sehr krank oder sie ist mir untreu." Auf der Weiterreise von Turin nach Mailand wurde der sie begleitende Marmont gewahr, dass nicht die erste, sondern die zweite Vermutung Napoleons zutraf.

Das Glück, das dem Ehemann vorenthalten blieb, war dem Feldherrn treu. Bonaparte zwang die Herzöge von Parma und Modena, den König von Neapel und den Papst in Rom zum Waffenstillstand, besetzte nördliche Gebiete des Kirchenstaates, stieß in die Toskana vor und begann mit der Belagerung von Mantua, dem letzten von den Österreichern besetzten Platz in der Lombardei. Er versprach den Italienern Errungenschaften der Französischen Revolution und strich Kontributionen ein, für seine Soldaten, das Direktorium in Paris und nicht zuletzt für sich selbst: Naturalien, Geld, Kirchenschätze und Kunstwerke. Der Kriegsherr nahm sich weit mehr als seine Gemahlin, die von Heereslieferanten nicht unbeträchtliche Provisionen für die Vermittlung von Geschäften erhielt.

Am 13. Juli 1796 traf Joséphine in Mailand ein. Napoleon, der sie vor den Toren der Stadt erwartet hatte, führte sie zum Palazzo Serbelloni, in seine Residenz. Ihm gefiel die neoklassische Fassade, die ihm andeutete, dass mit dem Barock die Herrschaft der Österreicher in Italien zu Ende ging und jene der Franzosen, der neuen Römer, ihren Anfang nahm. Den an feudale und monarchische Zeiten erinnernden Prunk der Inneneinrichtung hielt er für einen Überwinder der alten Welt nicht für unangemessen.

Mit dem Blumenmeer, in das er die Privaträume getaucht hatte, wollte er seine tiefen Gefühle für die endlich eingetroffene Gemahlin ausdrücken. Doch sie reagierte nicht wie erhofft. Sie sei todmüde von der Reise und habe Seitenstechen, ließ sie ihn wissen – und vermisste ihren Hippolyte, der nach Verona weiterreisen musste. Die Nacht gehörte dem Ehegatten. Joséphine vermochte erneut Vergleiche zwischen ihm und ihrem Liebhaber zu ziehen. Hippolyte wusste sie voll und ganz zu befriedigen, während Napoleon dazu neigte, rasch zur

Sache zu kommen und sie schnell zu erledigen; nach so langer Enthaltsamkeit schien er das Tempo noch beschleunigt zu haben.

Napoleon habe Joséphine geliebt, doch sie sei nicht in ihn verliebt gewesen, und zwar deshalb, weil sie einen anderen, nämlich „Sieur Charles" liebte, konstatierte Hamelin, der mit nach Mailand und in den Palazzo Serbelloni gekommen war. „Es tat mir weh, dass der junge General, dessen Glorie auf seine Gemahlin zurückstrahlte, der unglückliche Rivale eines Bürschchens war, für den nichts weiter als ein hübsches Gesicht und die Eleganz eines Friseurgehilfen sprach."

Nur zwei Tage und Nächte konnte Napoleon mit Hippolyte wetteifern. Bereits am 15. Juli musste er wieder an die Front; die Österreicher rückten gegen das von den Franzosen belagerte Mantua vor. Zwei Tage später sandte er Joséphine aus Marmirolo „Millionen Küsse, selbst für den Mops Fortuné trotz seiner Garstigkeit". Am 18. Juli schrieb er ihr: „Ich sorge mich sehr zu wissen, wie es Dir geht und was Du tust ... Tausend Küsse ebenso heiß, wie Du kalt bist." Einen Tag später beklagte er sich: „Schon seit zwei Tagen bin ich ohne Nachricht von Dir ... Ich habe den Kurier rufen lassen. Er sagte mir, dass er bei Dir gewesen sei, Du ihm aber nichts aufzutragen hattest."

„Unvergleichliche Joséphine", „angebetete Joséphine" – solche Ergüsse ihres Gemahls schmeichelten ihr. Er verehre sie wie eine Gottheit, ließ sie Tante Renaudin wissen. Seine aus Eifersucht zunehmenden Vorwürfe – „Du kleines süßes Ungeheuer", „Du Böse, Schlechte" – belustigten sie. Nicht Napoleon, sondern Hippolyte ging der in Mailand Zurückgebliebenen ab. Zwar genoss Sie im Palazzo Serbelloni jeglichen Komfort, Besucher kamen, die ihr Komplimente und Geschenke machten, und in der Stadt wurde die „Generalin" mit Empfängen und Festen geehrt.

Aber sie begann sich zu langweilen. Sie sehne sich nach ihren Pariser Freunden in Chaillot und im Luxembourg, schrieb sie Thérèse Tallien und deren Mann. Sie vermisse Barras, „den ich sehr liebe, dem ich von Herzen ergeben bin. Ich habe von ihm einen Brief erhalten, und ich werde ihm mit dem ersten Kurier antworten". Ihr war daran gelegen, dass der Liebhaber sie in guter Erinnerung behielt und der Direktor ihr verpflichtet blieb.

Joséphine war ungehalten, dass Napoleon einen an sie adressierten Brief von Barras geöffnet hatte und von dessen Inhalt nicht entzückt gewesen war. Zunächst verschloss sie sich seinem Drängen, zu ihm nach Brescia zu kommen, schließlich gab sie nach, nicht zuletzt deshalb, weil dieser Ort näher als Mailand bei Verona lag, wo sich Hippolyte befand. Am 24. Juli brach sie auf, übernachtete, wie Napoleon es ihr vorgeschlagen hatte, in Cassano d'Adda. Mit ihr reiste Robbé de Lagrange, der im Hauptquartier Geschäfte zu machen hoffte. Kaum war sie am 26. Juli in Brescia eingetroffen, bat sie Bonaparte, dem Heereslieferanten eine Empfehlung für das Direktorium zu schreiben. Mit von der Partie war Hamelin, der peinlich berührt war, dass Napoleon vor seinen Augen ungeniert die Gattin liebkoste. Sie ließ es über sich ergehen und dachte dabei an die beschlossene Weiterreise nach Verona, wo sie Hippolyte zu treffen hoffte.

Daraus wurde nichts. Österreichische Truppen näherten sich Brescia. Napoleon schickte Joséphine an den Gardasee, nach Peschiera, in dessen Festung, von der aus man die Biwakfeuer des Feindes sah, sie sich voll angekleidet auf das Bett legte und eine unruhige Nacht verbrachte. Auf der Weiterfahrt geriet sie auf der Uferstraße vor Sirmione in Gefahr: Ein österreichisches Kanonenboot beschoss ihren Wagen. Sie stürzte heraus, suchte Deckung im Straßengraben und schlich sich zu einem vom See aus nicht einzusehenden Platz, an dem der eiligst weitergefahrene Wagen wartete. So schnell wie möglich wollte sie zurück nach Mailand; doch der Weg dorthin war von den vorrückenden Österreichern versperrt.

Die französische Italienarmee, an erfolgreiche Offensive gewöhnt, sah sich in die Defensive gedrängt. Doch schon holte Bonaparte zum Gegenschlag aus. Nach der Aufhebung der Belagerung von Mantua besiegte er Anfang August 1796 die Österreicher bei Lonato und Castiglione, trieb sie zurück und begann erneut mit der Belagerung von Mantua. Aus dem Hauptquartier in Brescia schrieb er am 10. August seiner Frau:

„Die Sorge um Dein Befinden und Dein Bild haben mich nicht einen Augenblick verlassen."

Besorgt um ihre Sicherheit hatte er sie aus dem Kampfgebiet nach Süden in Richtung Bologna dirigiert, ihr eine Eskorte von dreißig Dragonern mitgegeben. Ihr Kommandant war Oberst Milhaud, der als politischer Kommissar des Konvents in Straßburg mitgeholfen hatte, ihren ersten Mann aufs Schafott zu bringen. In der Augusthitze wurde der Apennin überquert. „Ich bin krank vor Gram und Müdigkeit", schrieb Joséphine aus Lucca an Schwager Joseph.

In Florenz wurde sie vom habsburgischen Großherzog empfangen und wie eine Erzherzogin behandelt. Ein Kurier überbrachte ihr die Aufforderung Napoleons, auf nun gesicherten Wegen zu ihm nach Brescia zu kommen. Dort traf sie ihn nicht an; er hatte sein Hauptquartier nach Cremona verlegt, wo er sie erwartete. Dorthin zog es Joséphine nicht. Sie hatte in Brescia endlich Hippolyte Charles wiedergefunden.

Die Gattin bezog das Appartement ihres abwesenden Gatten. Hamelin, der sie auf der ganzen Reise begleitet hatte, wurde von ihr zum Abendessen in ihrem Schlafzimmer eingeladen. Auf dem Tisch neben ihrem Bett war für drei Personen gedeckt. „Wer ist der dritte?", fragte Hamelin und bekam die Antwort: „Es ist der arme Charles. Er kam eben von einem Einsatz zurück und blieb in Brescia, wo er von meiner Anwesenheit erfuhr. Im selben Moment trat Hippolyte ein und wir speisten gemeinsam." Danach verabschiedete sich Hamelin und Charles blieb zurück. In seinem Zimmer bemerkte Hamelin, dass er im Vorzimmer Joséphines seinen Hut zurückgelassen hatte, und er ging ihn holen. Doch ein auf Posten stehender Grenadier verwehrte ihm den Zutritt. Da habe er begriffen, dass die Generalin „wieder zur Femme galante de Paris" geworden war.

Ende August kehrte Joséphine nach Mailand in den Palazzo Serbelloni zurück. Napoleon musste sich eines neuen Angriffs der Österreicher erwehren. Er besiegte sie am 4. September 1796 bei Rovereto, vier Tage später bei Bassano und warf sie auf Mantua zurück. Am 17. September schrieb er ihr aus Verona: „Du bist ebenso schlecht, garstig, ja ganz abscheulich, wie leichtsinnig. Einen armen Mann, einen zärtlichen Geliebten zu betrugen, das ist treulos. Soll er deshalb seine Rechte verlieren, weil er fern, weil er mit Arbeit, Strapazen und Mühseligkeiten beladen ist? ... In einer Nacht werden sich Deine Türen krachend öffnen, und wie ein Eifersüchtiger werde ich hereinstürzen."

Sie wisse, er könne es nicht ertragen, wenn sie einen Liebhaber hätte, hatte er ihr früher geschrieben, „ihn sehen und ihm das Herz durchbohren wäre das Werk eines Augenblicks". Als er am 19. September überraschend im Palais Serbelloni erschien, fand er keinen Nebenbuhler vor. Joséphine erzählte ihm von den Ehrungen, die der Gemahlin des „Befreiers Italiens" in Mailand entgegengebracht wurden. Sie verschwieg, dass sie an den Geschäften, zu denen sie Hamelin verholfen hatte, mitbeteiligt war; einmal erhielt sie auf einen Schlag 12 000 Franc. Sie habe ihn bestohlen, erkannte Napoleon später – genau genommen die Armee, die der Heereslieferant und seine Helfershelferin übervorteilten, ebenso wie die Italiener, auf deren Kosten sie sich – freilich Bonaparte weit mehr als sie – schamlos bereicherten.

Zahlreiche Italiener hielten die Franzosen nicht für revolutionäre Heilsbringer, sondern für imperialistische Besatzer. Gegen sie war es in Pavia, Faenza und Imola zu Aufständen gekommen, die niedergeschlagen wurden. Am 12. Oktober verließ Napoleon Joséphine und Mailand. Er ging nach Modena, das er mit den nördlichen Gebieten des Kirchenstaates zur Republik Cispadanien zusammenfügte, die im Jahr darauf mit der Lombardei in der République Cisalpine zusammengeschlossen wurde. Zunächst musste sich Bonaparte gegen die Österreicher wenden, die einen neuen Anlauf zur Rückgewinnung ihres italienischen Territoriums nahmen. Nach einigen Rückschlägen siegte Bonaparte am 17. November 1796 bei Arcole.

„Bald hoffe ich, meine süße Freundin, in Deinen Armen zu liegen", schrieb Napoleon an Joséphine am 24. November. Als er lorbeerbekränzt und liebeshungrig am 27. November in Mailand eintraf und im Palazzo Serbelloni in ihr Gemach stürmte, fand er sie nicht vor. Eine Woche zuvor war sie nach Genua gereist, um ihren Hippolyte zu treffen. „Es ist meine Schuld, dass die Natur mich nicht mit Gaben ausgestattet hat, die Dich fesseln", schrieb er ihr am Tag darauf. „Was ich jedoch von Joséphine verdiene, ist ein wenig Rücksicht, ein wenig Achtung."

Erst Anfang Dezember bequemte sich Joséphine zur Rückreise nach Mailand. Napoleon erwartete sie mit gemischten Gefühlen. Endlich konnte er sie wieder in die Arme schließen, aber er musste annehmen, dass sie dabei an einen anderen dachte. Von nun an begann seine Liebe zu der Treulosen zu erlöschen; nur Sinnenlust vermochte noch ab und zu die Glut anzufachen. Im Bett war und blieb sie die „unvergleichliche Joséphine".

Zurück in Mailand hielt sie es für angezeigt, dem Gatten zu schmeicheln und den General zu ehren. Am 10. Dezember veranstaltete sie für ihn einen Galaball im Palazzo Serbelloni. Sie veranlasste Antoine Gros, „Napoleon auf der Brücke von Arcole" zu porträtieren, an seiner Legende zu malen. Der Held weigerte sich, für das Bild zu posieren, weniger, weil er wusste, dass er sich auf jener Brücke nicht gerade heldenhaft benommen hatte (er stürzte in einen Morast, aus dem ihn seine Soldaten herauszogen), sondern weil es ihm stets schwer fiel, unbeschäftigt herumzusitzen. Joséphine nahm ihn in die Arme, sodass er stillhalten musste, bis das Bild vollendet war.

Der Feldherr war bald wieder gefragt. Die Österreicher griffen erneut an, Bonaparte eilte ihnen am 7. Januar 1797 entgegen und schlug sie am 14. Januar bei Rivoli. Da keine Hoffnung mehr bestand, dass der französische Belagerungsring um Mantua gesprengt werden könnte, kapitulierte die Festung am 2. Februar. Der Kaiseradler verlor sein letztes Nest in der Lombardei.

Joséphine war in Mailand zurückgeblieben und begann sich zu langweilen, weil Hippolyte nicht zur Verfügung stand. So folgte sie dem Ruf ihres Gemahls, zu ihm nach Bologna zu kommen, war aber nicht unglücklich, als er sie bereits einen Tag nach ihrer Ankunft wieder verließ, um in Tolentino dem Souverän des Kirchenstaates den Frieden zu diktieren. „Bologna, Ferrara, die Romagna gehören der französischen Republik. Der Papst gibt uns binnen kurzem 30 Millionen und viele Kunstwerke", berichtete er Joséphine und beklagte sich: „Kein Wort von Deiner Hand."

Sie sei krank, ließ sie ihn wissen, und durchblicken, dass sie unter der Treulosigkeit ihres Gatten leide. Um von ihrem Seitensprung abzulenken, spielte sie die Eifersüchtige. An Gelegenheiten hätte es ihm nicht gefehlt; namentlich eine Signora Grassi und eine Signora Visconti bemühten sich um ihn. Er ließ sie abblitzen. „Ich vermutete unter den Blumen einen Abgrund", erklärte er später. Maîtressen konnte und wollte er sich noch nicht leisten. „Ich hatte große Ziele vor Augen, eifersüchtige Blicke verfolgten jede meiner Handlungen; die größte Umsicht war erforderlich. Mein Glück hing von meinem Verhalten ab." Der Aufsteiger durfte sich keinem Skandal aussetzen. Deshalb musste er so tun, als ob seine Ehe intakt sei, und um dies zu demonstrieren, wollte er sich so oft wie möglich an der Seite seiner Gemahlin zeigen.

Nach dem Erfolg von Tolentino holte er sie in Bologna ab, begleitete sie nach Mantua, verließ sie aber bald, um sich den unter Erzherzog Karl heranrückenden Österreichern entgegenzustellen. Zug um Zug drängte er sie zurück, nach Südtirol und Kärnten, marschierte auf Wien, stieß zum Semmering vor. Anstatt weiterzumarschieren, bis mit der Einnahme der österreichischen Hauptstadt dem reaktionären Habsburgerreich das Rückgrat gebrochen wäre, wie es dem Direktorium in Paris vorschwebte, begnügte er sich mit einem Waffenstillstand und, am 18. April 1797, mit dem Vorfrieden von Leoben.

Napoleon hatte Augenmaß bewiesen. Fürs Erste hatte er genug erreicht, die Gloire des Feldherrn wie die Grandeur des Militärgouverneurs vermehrt. Die damit verbundene Macht und Herrlichkeit begann er, am 15. Mai nach Mailand zurückgekehrt, zu genießen. In dem nahe bei der Stadt gelegenen Schloss Mombello, einem an das Ancien Régime erinnernden Barockbau, hielt er Hof wie ein Fürst alten Schlags, indessen mit parvenühaftem Einschlag. Er versammelte Familienmitglieder um sich, um den Bonapartes zu zeigen, wie weit es der kleine Korse gebracht habe, und sie, die so lange darben mussten, an seinem zusammengerafften Reichtum teilhaben zu lassen.

Madame Letizia Bonaparte, die Mutter und Matriarchin, vermochte sich an die neuen Verhältnisse nicht so schnell zu gewöhnen; strickend saß sie im Saal, in dem Militärs vor ihrem Sohn, dem Oberkommandierenden, strammstanden, italienische Granden vor dem Bezwinger der Österreicher und ihrer eigenen Fürsten katzbuckelten und Diplomaten dem kommenden Mann ihre Aufwartung machten. Schon gar nicht konnte sie sich mit ihrer Schwiegertochter Joséphine anfreunden. Sie sah in ihr eine Angehörige der alten Gesellschaft, verabscheute den Lebenswandel, den sie als Witwe Beauharnais geführt hatte und als Madame Bonaparte weiterführte, fand sich nicht damit ab, dass diese dem Sohn kein Kind gebar.

Madame Letizia musste freilich zugeben, dass Joséphine ihre Rolle als Hofherrin von Mombello zu spielen verstand. Die Achtung, die ihr Höflinge entgegenbrachten, ging bei nicht wenigen in Bewunderung über. Zweifellos wusste sie sich wie eine Fürstin zu benehmen, sich respektheischend und zugleich leutselig zu geben, für jeden ein passendes Wort zu finden und alle mit ihrer Erscheinung zu blenden. Ihr Gang sei schwebend und doch majestätisch, schwärmte einer, und ein anderer sah sie bereits eine Krone tragen, freilich noch nicht aus Gold und Diamanten, sondern aus Efeuranken und Gartenblumen.

Der Hofherr war mit der Hofherrin an seiner Seite zufrieden, weniger der Gatte mit der Gattin. Im Park von Mombello ließ er ihr ein Vogelhaus bauen. Dachte er vielleicht daran, dass sein „Vögelchen“ jetzt im Schloss bleiben, nicht mehr ausfliegen würde? Sie tat es, bei der ersten sich bietenden Gelegenheit, und flatterte wieder zu ihrem Hippolyte.

Ihr Gemahl machte weiterhin Geschichte. Napoleon versprach Barras, der royalistisch gesinnte Direktoren und Parlamentarier loswerden wollte, seine Unterstützung. Dessen Sekretär Botot kam nach Italien, um die zur Finanzierung des

Staatsstreiches zugesagten 3 Millionen Franc zu reklamieren. Joséphine gab ihm einen Brief an ihren früheren Liebhaber mit, in dem sie Barras ihrer bleibenden Zuneigung versicherte. Bonaparte schickte seinen General Augereau nach Paris, wo er am 4. September 1797 den Coup d'État durchführte. Das neue Direktorium stand in der Schuld Napoleons, und er nützte dies aus, um mit Österreich einen Frieden nach seinen Vorstellungen anzuvisieren.

Zu den Verhandlungen nahm er seine Frau nach Passariano bei Udine mit. In der Villa Manin, einem Landsitz des Dogen von Venedig, fühlte sie sich allein gelassen. Ihren sechzehnjährigen Sohn Eugène, der nach Mombello gekommen war, hatte sie nur kurz gesehen; von Napoleon zum Leutnant befördert, war er zur Truppe abkommandiert worden. Ihren Mops Fortuné hatte in Mombello eine Bulldogge totgebissen. Vor allem vermisste sie Hippolyte Charles, der zum Hauptmann befördert worden war, aber sich weiterhin wie ein Husarenleutnant benahm und – wie ihr zu Ohren kam – in Mailand eine Signora Lamberti eroberte. „Fordern Sie Bonaparte auf, er soll Frieden machen, damit ich bald wieder bei meinen Freunden in Paris sein kann", schrieb sie Barras.

Bonaparte musste dazu nicht ermahnt werden, und schon gar nicht wollte er sich vom Direktorium die Bedingungen vorschreiben lassen. Er strebte einen Vernunftfrieden an, aber um ihn zu erreichen, hatte er die Österreicher zur Raison zu bringen. Um ihren Unterhändler Cobenzl einzuschüchtern, ergriff er das Prachtstück eines Porzellanservices und schmetterte es zu Boden. Der Diplomat ersuchte Joséphine, ihren Gatten zu besänftigen. Sie versprach es, wohl wissend, dass Napoleon gerne den zürnenden Jupiter spielte, auch wenn seine Blitze nicht immer einschlugen und der Donner rasch verhallt war.

Bonaparte war ohnehin entschlossen, wie er Außenminister Talleyrand bedeutete, einen Frieden nach „Berechnung der Umstände und Möglichkeiten" zu schließen. Cobenzl glaubte, dass Joséphine ihren Gemahl zum Maßhalten bewogen habe und zeigte sich erkenntlich. Zurück in Wien, bedankte er sich für ihre guten Dienste und kündigte an, dass ihr Kaiser Franz II. seine Verbundenheit durch das Geschenk eines Gespanns von Pferden aus seinem Gestüt beweisen werde.

Mit dem am 17. Oktober 1797 geschlossenen Frieden von Campo Formio war man in Wien nicht unzufrieden. Die Österreicher sahen sich nicht ganz aus Italien verdrängt, wurden für den Verlust der Lombardei mit Venedig entschädigt. Belgien und das linke Rheinufer musste der Kaiser abschreiben, doch seine Niederlande hatten ihn mehr gekostet als eingetragen, und am Reichsgebiet jenseits des Rheins war ihm, der primär an Österreich dachte, nicht sonderlich gelegen. Frankreich freilich musste auch mit dem römisch-deutschen Reich einen Frieden schließen. Dazu wurde der Kongress von Rastatt einberufen und Bonaparte als Bevollmächtigter der Republik dorthin entsandt.

Am 17. November 1797 reiste Napoleon nach Rastatt in Baden ab und ließ Joséphine in Mailand zurück. Sie hatte den Frieden bekommen, der ihr eine baldige Rückkehr nach Paris in Aussicht stellte. Zuvor wollte sie noch in Italien vom Prestige ihres Gemahls profitieren und die Gegenwart ihres Liebhabers genießen – in Venedig, der Stadt für Liebende. Hippolyte musste zunächst Joséphine wegen seines Seitensprungs besänftigen. Er habe sich nur mit der Lamberti eingelassen, weil sie ihr so ähnlich sei, behauptete er, und sie nahm ihm dies ab, zumal er ihr bewies, dass er das Original mindestens ebenso zu verwöhnten wusste wie die Kopie.

Im noch französisch besetzten Venedig trat sie wie eine Königin auf, mit Hippolyte Charles als Vizekönig an ihrer Seite. Das ging Napoleon dann doch zu weit. Doch der bewährte Feldherr und angehende Staatsmann, der sich selber als „berechnenden Mann" rühmte, bewies in seiner persönlichen Angelegenheit wenig Weitsicht. Er ließ an den „Bürger Charles, Adjutant" den Befehl ergehen, sich nach Paris – wohin es Joséphine zog – zu verfügen, um dort weitere Anweisungen abzuwarten. Berthier, der Bonaparte als Befehlshaber der Italienarmee abgelöst hatte und wusste, wie es um Joséphine und Hippolyte stand, gab die Order mit der Maßgabe weiter, dass dem Husaren ein dreimonatiger Urlaub zur Erledigung von Familienangelegenheiten gewährt werde. Als der Liebhaber diese Weisung bekam, war seine Geliebte bereits auf dem Weg nach Paris. Er warf sich aufs Pferd und galoppierte ihr nach.

Joséphine hatte vieles von dem, was ihr von Italienern geschenkt oder diesen von Franzosen abgenommen und an sie weitergegeben worden war, nach Paris vorausgeschickt. Ihren mit Gold und Juwelen gefüllten Schmuckkoffer trug sie während der Mitte Dezember angetretenen Reise mit sich. Nicht alles, was sie sonst noch mitnehmen wollte, war in ihrem Wagen unterzubringen. In Turin bat sie einen General, sich der zweihundert Flaschen Liköre anzunehmen, die sie in ihrem Hotel „Bonne Femme" zurücklassen musste.

Die Gemahlin des bewährten und berühmten Generals genoss die Huldigungen, die ihr allerorten zuteil wurden. Die Bürger von Lyon erklärten, sich der Ehre bewusst zu sein, in ihrer Mitte zu haben, „was dem Eroberer und Friedensstifter Bonaparte am teuersten ist: seine Frau", deren Tugenden zu rühmen seien. In Moulins, das sie am 24. Dezember erreichte, empfing sie ein Triumphbogen mit dem Hinweis: Man würde sie gerne länger hier behalten, aber sie brenne ja vor Verlangen, zu ihrem Mann zu kommen.

Nicht nach ihrem Gemahl, nach ihrem Liebhaber sehnte sie sich. Am 25. Dezember konnte sie Hippolyte, der sie nach einem Gewaltritt eingeholt hatte, in die Arme schließen. Sie ließ ihn so schnell nicht mehr los; für die letzte Etappe, von Moulins nach Paris, ließ sie sich eine gute Woche Zeit. Am 2. Januar 1798 betrat sie wieder ihr Haus in der Rue Chantereine. Sie war in Rue de la Victoire umbenannt worden – zu Ehren Napoleons, der halb Italien für Frankreich, aber nicht Joséphine für sich allein gewonnen hatte.

Sechstes Kapitel

Geschäfte und Liebe

Aus Rastatt am 5. Dezember 1797 nach Paris zurückgekehrt, fand sich Napoleon in der Rue de la Victoire Nummer 6 kaum noch zurecht. Die Villa, in der er mit Joséphine einen kurzen Honigmond erlebt hatte, war in ihrem Auftrag neu eingerichtet worden, als wäre ihr daran gelegen gewesen, mit dem alten Mobiliar die Erinnerung daran loszuwerden.

Aus Italien, wo sie dank ihm an Geld gekommen war, hatte sie an den Architekten Corneille Vautier geschrieben: „Ich wünsche, dass mein Haus in modernster Eleganz eingerichtet wird". Darunter verstand sie weniger den neuen, sich zum Empire entwickelnden, als den Stil Louis Seize. Ihren zur Verspieltheit neigenden Geschmack trafen die Gebrüder Jacob, deren Vater Georges der bevorzugte Kunsttischler der Königin Marie-Antoinette gewesen war. Die Renovierung habe ihn fast 300 000 Franc gekostet, murrte Napoleon noch auf Sankt Helena.

In der Rue de la Victoire, wo sich Joséphine endlich einfand, empfing er sie mit heftigen Vorwürfen. Er ahnte, warum sie ihre Ankunft hinausgezögert hatte, aber Bonaparte, der daranging, in Paris eine weitere Sprosse auf der Karriereleiter hinaufzusteigen, durfte sich keine Blöße geben. Vielleicht besänftigte es ihn, dass sie – ihm zu Ehren wie zum Vergnügen – das Schlafzimmer wie ein Feldherrnzelt gestaltet hatte; die Bettpfosten glichen Kanonenrohren und die Sitze waren Trommeln nachgebildet.

Bereits am Tag nach ihrer Rückkehr, am 3. Januar 1798, hatte sie mit ihm dem Fest beizuwohnen, das Außenminister Talleyrand im Hôtel Gallifet dem General und der Generalin gab. Schon lange hatte Paris kein so glanzvolles Fest mehr gesehen. Der ehemalige Bischof von Autun, von dem Annehmlichkeiten des Ancien Régime über die Revolution in das Direktorium hinein gerettet worden waren, hatte keinen Aufwand gescheut, den kommenden Mann und die Frau an seiner Seite gebührend zu würdigen.

Am Eingang des Hôtels war ein Biwak nachgestellt, als sollte den fünfhundert in Kutschen vorfahrenden Geladenen demonstriert werden, dass es Soldaten waren – und an ihrer Spitze der Erste Soldat –, welche die Voraussetzung für das Feiern geschaffen hatten. Im Innern des Hôtels defilierten die Gäste an in Italien erbeuteten Gemälden vorbei und warteten in den mit Jasmin dekorierten und mit Ambra parfümierten Räumen, um die Hauptperson zu begrüßen: Napoleon Bonaparte, der sich in der Uniform des Instituts, in das er eben gewählt worden war, als Freund friedlicher Errungenschaften präsentierte. Neben ihm erschien Joséphine Bonaparte wie eine Göttin der Antike in einer Tunika und mit Kameen im Haar. Doch so manchem, der sich an die lustige Witwe Beauharnais erinnerte und von den Seitensprüngen der Madame Bonaparte gehört hatte, kam sie eher wie eine als Hera verkleidete Mänade vor.

Direktor Barras, der sie von allen am besten kannte, bewunderte die Art und Weise, wie die zur Grande Dame gewordene kleine Kreolin Honneurs zu machen und Komplimente entgegenzunehmen wusste. Auf ihren Gemahl, den er zu rühmen hatte, war er zwar nicht persönlich, aber politisch eifersüchtig. Im Hof des Hôtels Gallifet war er an der in einem Tempelchen aufgestellten Büste des Brutus vorbeigegangen. Sollte dies eine Warnung sein, dass er, der erste Direktor, durch den von ihm geförderten Bonaparte ebenso beseitigt werden könnte wie einst Cäsar von seinem „Sohn Brutus"? Spielte vielleicht Talleyrand darauf an, als er zu Napoleon sagte, er gehöre nicht zu jenen, die seinen Ehrgeiz fürchteten, eher zu denen, die ihn vielleicht eines Tages anflehen würden, seine Zurückhaltung aufzugeben? Jedenfalls dachte Barras daran, den gefährlichen Mann aus Frankreich zu entfernen, ihn gegen England ziehen zu lassen – zunächst, wie er ihm an diesem Abend zurief, gegen London in Marsch zu setzen, und bald schon, ihn nach dem fernen Ägypten zu schicken.

Joséphine war diesen Gedanken nicht abgeneigt. Sie schätzte es, dass ein Abglanz von Napoleons Ruhm auf sie zurückfiel, vor allem, dass ihr dies nicht nur Ehre, sondern auch Geld einbrachte. Aber sie hätte es vorgezogen, wenn der Gemahl beides für sich wie für sie fern von Paris besorgt hätte, damit ihr Verhältnis zu Hippolyte nicht beeinträchtigt worden wäre.

„Ich schicke Dir tausend zärtliche Küsse – und ich bin Dein, ganz Dein", schrieb sie ihrem Geliebten. „Dir allein gehört meine Zärtlichkeit, meine Liebe ... Hippolyte, ich werde mich töten, ja, ich will mit einem Leben Schluss machen, das mir nur noch eine Last wäre, wenn ich es Dir nicht mehr weihen könnte." Die Liebe kam aus heißem Herzen wie aus kühlem Verstand. Denn sie pflegte mit Hippolyte Charles nicht nur intime, sondern auch geschäftliche Beziehungen, und die Verknüpfung von beiden bewirkte die Intensität dieser Verbindung.

In Italien hatte Joséphine, die stets Geld brauchte, Heereslieferanten und sich selbst als Vermittlerin zu Einkünften verholfen, und es dabei belassen. Nun, in Frankreich, verflocht sie in ihrem Verhältnis mit Hippolyte Charles das Nützliche der Geldbeschaffung mit dem Angenehmen einer Liebesaffäre. Der Hauptmann, der Urlaub hatte und dann den Dienst quittierte, trat in die Compagnie Bodin ein, die drei Brüder aus seinem heimatlichen Romans gegründet hatten. Zum Einstand brachte er das Ansehen seiner Geliebten als Generalin sowie deren Beziehungen zu den Direktoren Barras, Reubel und Kriegsminister Scherer mit.

Die von der Compagnie zu erhöhten Preisen ergatterten Aufträge für Lieferungen an Ausrüstung und Proviant an die Armee warfen für alle reichlich Gewinn ab, nicht zuletzt für Joséphine, die ihre Maklerprovisionen kassierte. Nicht selten war das Gelieferte nicht das geforderte Geld wert; so wurden der Kavallerie Pferde angedreht, die reif für den Abdecker waren.

Hippolyte war zu den Bodins in den Faubourg Saint-Honoré Nummer 100 gezogen. In dieses Haus, das für Joséphine Liebesnest wie Geschäftskontor war, begab sie sich so oft wie möglich. Auch traf sie regelmäßig mit Barras zusammen, um die alte Freundschaft aufzufrischen und neue Geschäftsabschlüsse einzuholen. Sie nützte es aus, dass Napoleon mit den Vorbereitungen einer, freilich bald aufgegebenen Invasion in England beschäftigt war, Truppen und Häfen am Ärmelkanal zu inspizieren hatte. Als er unverhofft zurückkehrte, musste sie ein verabredetes Rendezvous mit Barras eiligst absagen. „Bonaparte ist diese Nacht angekommen", benachrichtigte sie Botot, den als Verbindungsmann dienenden Sekretär des Direktors. „Ich bitte Dich, mich bei Barras zu entschuldigen, dass ich heute abend zu meinem Bedauern nicht mit ihm dinieren kann. Sag ihm, er soll mich nicht vergessen. Du kennst besser als jeder andere meine heikle Lage."

Bei allem Leichtsinn schwante ihr doch, dass sie sich in der Verstrickung von Affären und Amour verfangen hatte und ein in seinem Selbstgefühl als Ehemann wie in seinem Verantwortungsbewusstsein als Heerführer getroffener Napoleon für sie peinliche Konsequenzen haben könnte. Vielleicht hätte er sich mit dem Ehebruch eher abgefunden als mit der seiner Armee schadenden Korruption. Jedenfalls sah er sich, als er von mehreren Leuten, vornehmlich von seinem Bruder Joseph, auf Joséphines Doppelspiel hingewiesen wurde, zu einer Reaktion veranlasst.

Der Gemahl stellte sie zur Rede, die Gemahlin brach in Tränen aus, in der Hoffnung, damit alle Anschuldigungen fortschwemmen zu können. Als Napoleon insistierte, leugnete sie alles ab, ohne annehmen zu dürfen, dass ihr geglaubt würde. „Sie war verlogen", bilanzierte Napoleon, nachdem er genügend Gelegenheiten gehabt hatte, sich davon zu überzeugen.

Schwager Joseph habe gestern mit seinem Bruder Napoleon lange gesprochen, informierte Joséphine am 19. März 1798 ihren Hippolyte. Danach sei sie von Bonaparte gefragt worden, ob sie die Compagnie Bodin kenne, sie ihr zu Lieferungen an die Italienarmee verholfen habe, und ob es stimme, dass Hippolyte Charles bei den Bodins im Faubourg Saint-Honoré wohne und sie täglich dorthin ginge? „Ich antwortete, dass ich von all dem nichts wüsste und dass er es nur zu sagen brauche, wenn er sich scheiden lassen wolle."

Sie sei die unglücklichste aller Frauen, klagte sie dem Liebhaber. „Ja, mein Hippolyte, sie alle hassen mich … Was habe ich diesen Monstern nur getan?" Sie bemitleidete sich und suchte sich herauszuwinden. „Richte bitte Bodin aus, er solle sagen, dass er mich nicht kennt, dass er nicht durch mich an das Italiengeschäft gekommen ist." Sie werde alles Menschenmögliche tun, um ihn noch an diesem Tage zu sehen, versicherte sie dem Geliebten, und wenn dies nicht gelänge, werde sie ihm morgen mitteilen lassen, wann sie sich im Jardin des Mousseáux treffen könnten. „Adieu, mon Hippolyte, tausend heiße Küsse, glühend heiß wie mein Herz und ebenso verliebt."

Den „Tag der Katastrophe" nannte sie jenen Tag, an dem Napoleon Rechenschaft von ihr verlangt hatte. Aber die Krise führte weder zu einer Auflösung ihrer Ehe noch zu einer Beendigung ihrer Liebschaft und Geschäftsverbindung mit Hippolyte. Der Donner verhallte, ein Blitz schlug nicht ein, der Sturm legte sich so rasch, wie er sich erhoben hatte, und beide taten so, als wäre nichts passiert, auch wenn jeder sich seinen Teil dabei dachte.

Joséphine wollte doch lieber Madame Bonaparte bleiben als Madame Charles werden. Mit fortschreitendem Alter – sie wurde vierunddreißig – verharrte sie lieber im sicheren, ihr gesellschaftliches Prestige wie materielle Vorteile versprechenden Ehehafen, als ein Abenteuer auf rauer See zu wagen. Während Napoleon nach Ägypten zu einer Expedition von unbekannter Dauer und ungewissem Ausgang auszog, konnte sie sich ungestört ihrem Liebhaber widmen und weiter mit ihm wie mit dem Direktorium einträgliche Geschäfte machen. Schon jetzt war sie am Gewinn beteiligt, den die Lieferungen für das Expeditionsheer abwarfen.

Napoleon, dcr mitten in den Vorbereitungen für den Ägyptenkrieg steckte, konnte sich keinen Rosenkrieg leisten und erst recht keine Scheidung, die ihn im Volk unpopulär und im Direktorium noch unbeliebter gemacht hätte. So gab er vor, dass sein Haussegen nicht schief hinge. Um dies zu demonstrieren, kaufte er die Villa in der Rue de la Victoire, an der Joséphine mehr als ihm gelegen war. Mit ihr besuchte er deren Tochter Hortense im Pensionat der Madame Campan in Saint-Germain-en-Laye und umarmte sie wie ein eigenes Kind.

Indessen konnten alle Beteiligten den Aufbruch Bonapartes nach Ägypten kaum erwarten. Napoleon wollte seinen militärischen Ruhm vermehren und der erstrebten politischen Größe näher kommen, indem er England, den Hauptfeind Frankreichs, im Orient einen empfindlichen Schlag versetzte. Im Direktorium ging die Befürchtung um, dass ihm der Aufsteiger über den Kopf wachsen könnte, und wurde die Hoffnung gehegt, dass er sich an den Pyramiden den Hals brechen werde. Barras und Scherer wollten ihre Geschäfte mit Heereslieferanten ungestört weiterführen. Hippolyte gedachte mit Joséphine weiterhin Geld zu machen und bei ihr Liebe zu finden. Und ihr war daran gelegen, in Paris weiter Rosen zu pflücken und ihren Gemahl dort, wo der Pfeffer wächst, zu wissen.

Sie fiel aus allen Wolken, als Napoleon den einem Befehl gleichenden Wunsch äußerte, sie solle ihn nach Ägypten begleiten. Die Gemahlin, die nicht ein neues Donnerwetter heraufbeschwören durfte, gab zwar vor, dass sie – wo und wann auch immer – an der Seite des Gemahls bleiben wolle, aber ihr ganzes Sinnen und Trachten ging dahin, wie sie die Mitnahme auf eine unerfreuliche und nicht ungefährliche Reise vermeiden könnte.

Wie so oft, fiel ihr eine den Ausweg öffnende Ausrede ein. Sie mochte sich an ein Vorkommnis während des Festes am 3. Januar 1798 erinnert haben. Madame de Staël, die gerne mit Napoleon in eine nähere Beziehung getreten wäre, fragte ihn, welche Frau er am meisten bewundere, und hoffte, er würde antworten: eine mit Esprit, wie Sie. Aber er erwiderte: eine Frau, die ihrem Mann die meisten Kinder schenke. Damit wischte er dem Blaustrumpf, den er nicht ausstehen konnte, eins aus. Doch damit ließ er auch durchblicken, dass es ihn, der korsischen Familiensinn besaß, zunehmend schmerzte, dass ihm Joséphine keinen Nachwuchs bescherte.

Vielleicht könnte eine Kur in Plombières ihr zu anderen Umständen verhelfen, bedeutete sie ihrem Mann, in jenem Bad in den Vogesen, in dem schon so manche Frau von Unfruchtbarkeit geheilt worden sei. Sie hoffte, er würde ihr beipflichten, sie lieber heute als morgen dorthin schicken und ihr damit die Reise nach Ägypten ersparen. Napoleon war nicht abgeneigt, aber er ließ sie vorerst im Ungewissen, was er mit ihr vorhabe. Jedenfalls nahm er sie mit nach Toulon und ließ es offen, ob sie sich in diesem Hafen mit ihrem Gemahl einschiffen müsste oder sich ins Bad und zu ihren Kurschatten begeben dürfte.

Im Morgengrauen des 4. Mai 1798 reiste Napoleon mit Joséphine von Paris ab. Zwei Tage später, in Lyon, schloss sich Eugène der Mutter und dem Stiefvater an. Weiter nach Süden ging es per Schiff auf der Rhône und dann mit dem Wagen über Aix-en-Provence in Richtung Mittelmeer. In Ollioules wäre die Kutsche, die Napoleon zu höchstem Tempo antrieb, beinahe umgestürzt. Am 9. Mai war Toulon erreicht.

Dem Anblick der Armada, die vor Anker lag, vermochte Joséphine wenig abzugewinnen, denn sie befürchtete, sich auf dem Flaggschiff „Orient" einschiffen zu müssen. Sie sei erschöpft, ja krank, würde eine beschwerliche Seereise kaum durchstehen, das ägyptische Klima keinesfalls ertragen, bedürfe dringend einer Erholung in Plombières, wurde sie nicht müde, ihrem Mann zu klagen. Schließlich konnte sie ihrer Tochter Hortense mitteilen: „Bonaparte will nicht, dass ich mit ihm an Bord gehe; er wünscht, dass ich mich erst in Kur begebe, ehe ich die Reise nach Ägypten antrete. In zwei Monaten wird er mich abholen lassen." Sie hatte Zeit gewonnen, erwartete, dass diese für sie arbeiten würde, und hoffte nicht vergebens, dass das Aufgeschoben ein Aufgehoben bedeutete.

Am 19. Mai 1798 lief die Armada von Toulon in Richtung Alexandria aus. Joséphine winkte der „Orient" nach, auf der sich ihr Mann und auch ihr Sohn entfernten.

Noch eine Zeit lang blieb sie in Toulon. „Ich hoffe", schrieb sie am 26. Mai an Barras, „dass Sie nicht eine Freundin vergessen, die Ihnen ergeben ist und deren Freundschaft für Sie ebenso liebevoll wie aufrichtig ist", und deutete an, dass sie nun ungehindert durch einen eifersüchtigen Ehemann und auf das Wohl seiner Armee bedachten General ihre persönlichen wie geschäftlichen Beziehungen fortsetzen könnten. In Lyon, das sie über Marseille und Valence am 10. Juni erreichte, überbrachten ihr die Brüder Bodin die Hiobsbotschaft, dass General Brune ihre Heereslieferungen für die Italienarmee zu stoppen gedenke.

Joséphine alarmierte Barras: Es läge im beiderseitigen Interesse, wenn die Compagnie Bodin durch seine Intervention vor Schaden bewahrt würde. Barras wendete die Gefahr für die ganze Gesellschaft ab. Die Bodin lieferten weiter, für den Direktor wie für die Generalin versiegten die Provisionen nicht, und auch Hippolyte kam nicht zu kurz – beim Geschäft wie in der Liebe.

Am 14. Juni 1798 – Napoleon hatte eben auf dem Weg nach Ägypten die Insel Malta eingenommen – kam Joséphine nach Plombières. Der in das Grün der Vogesen gebettete Badeort war eine Oase der Ruhe und des Friedens, genau das, was sie im Augenblick brauchte. Sie unterwarf sich der Kurordnung, ging regelmäßig zur Kapuzinerquelle, promenierte am Nachmittag und begab sich am Abend in die Gesellschaft anderer Kurgäste, die primär auf Erholung und Heilung und nicht auf mondänes Amüsement aus waren. An ein solches gewöhnt, wurde es ihr bald langweilig. Aber sie unterdrückte das Gähnen, wenn sie daran dachte, dass es besser war, im eintönigen Plombières auszuharren als von Napoleon in das ägyptische Abenteuer hineingezogen zu werden.

Diese Absicht hatte der General noch nicht aufgegeben. Er beorderte eine Fregatte nach Neapel, um dort die Gemahlin abzuholen. Aber ein Unfall lieferte ihr den Grund, in Kur bleiben zu dürfen und sich nicht den Unbilden des Meeres, den Widrigkeiten der Wüste und den Launen des Mannes aussetzen zu müssen. Am 20. Juni – Napoleon hatte eben Malta in Richtung Ägypten verlassen – brach im ersten Stock ihrer Pension der Balkon ein, auf dem zwei Herren und zwei Damen – darunter Joséphine – sich aneinander drängten, um unten auf der Straße ein Hündchen zu bewundern. Sie stürzten fünf Meter tief auf das Pflaster. General Colle und Monsieur Latour blieben unverletzt, Madame de Cambis brach sich ein Bein und Madame Bonaparte hatte starke Quetschungen am, wie es umschrieben wurde, „fleischigsten Teil ihrer Anatomie".

Der Kurarzt Dr. Martinet behandelte sie mit Beruhigungsmitteln, Einreibungen, Kompressen, Einläufen, Blutegeln, gekochten Kartoffeln und heißen Bädern, schickte jeden Tag ein ärztliches Bulletin nach Paris, als ob es sich um eine Königin handelte, wie sich Barras mokierte. Joséphine schrieb dem Direktor, der die Verbindung mit Napoleon aufrecht erhielt: Sie würde zu gerne über Neapel nach Ägypten reisen, wenn es ihr Zustand erlaubte. „Ich kann kaum aufstehen, kann noch nicht gehen, ich habe im Kreuz und im Unterleib schreckliche Schmerzen". Ergo: Sie müsse bleiben, wo sie sei und, was wohl lange dauern werde, ihre Genesung abwarten.

Um den Ernst der Lage zu unterstreichen, ließ sie Hortense aus Saint-Germain-en-Laye an ihr Krankenbett nach Plombières holen. Von der Tochter ließ sie sich darüber hinwegtrösten, dass Eugène als Adjutant Napoleons mit nach Ägypten gegangen war. Sie schien sich mehr um ihren Sohn als um ihren Mann zu sorgen. Am 1. Juli 1798 kamen beide mit 35 000 Soldaten auf 300 von drei Dutzend Kriegsschiffen begleiteten Transportern vor Alexandria an. Am 2. Juli wurde die Hafenstadt erobert, am 21. Juli schlug Napoleon die Mameluken in der Schlacht bei den Pyramiden, und am 24. Juli zog er in Kairo ein.

In seiner Stellvertretung nahm die Generalin am 28. Juli in Épinal das Lob und den Dank der Patrioten entgegen. Als sie am 15. September nach Paris zurückkam, waren Wermutstropfen in den Siegesbecher gefallen: Am 1. August hatte Admiral Nelson die französische Flotte in der Seeschlacht bei Abukir vernichtend geschlagen. Nachschubweg wie Rückzugsweg waren, wenn schon nicht ganz abgeschnitten, so doch empfindlich gestört. Das bedrückte Napoleon, der nach Ägypten gezogen war, um, mit frischem Ruhm bedeckt, nach

Frankreich zurückzukehren und seine Karriere dort fortzusetzen.

Weniger beunruhigt war Joséphine, die nun nicht mehr zu den Pyramiden reisen musste und in Paris das Leben, das sie liebte, fortsetzen konnte. Madame Bonaparte gefalle – vor allem Männern – durch „anmutige Nonchalance“ und sei „überaus gefällig“, bemerkte Delphine de Custine, deren Familie Joséphine zur Rückkehr aus der Emigration verhalf. Sie benutzte ihre Beziehungen zum Direktorium, um für manche ein gutes Wort einzulegen. Für General Beurnonville, der sich in Plombières um sie gekümmert hatte, bat sie um hinreichende Entschädigung für seine zweijährige Gefangenschaft bei den Österreichern. Den Bataillonschef Lahorie, einen ehemaligen Waffengefährten von Alexandre Beauharnais, der an ihr Krankenbett geeilt war, wollte sie befördert wissen. Antoine-Laurent de Rémusat, dem Gemahl ihrer späteren Palastdame Claire de Rémusat, verhalf sie zu einem Posten im Kriegsministerium.

Sie protegierte andere, intervenierte aber auch und vor allem zum eigenen Nutzen. Joséphine tue alles für einen Mann, von dem sie glaube, er sei in sie verliebt, bemerkte Delphine de Custine, aber noch mehr tat sie, die vornehmlich in sich verliebt war, für sich selbst. Am glücklichsten war sie, wenn Neigung und Interesse harmonierten.

Barras jedoch begann sich von ihrer Person wie von den gemeinsamen Geschäften zu distanzieren. Das beunruhigte sie, und sie fühlte sich bemüßigt, ihn immer wieder an gemeinsam Genossenes und Gewonnenes zu erinnern, auf ein Da capo zu drängen. Sie sehne sich danach, ihn wiederzusehen, schrieb sie ihm aus Plombières. Kaum war sie in der Nacht des 15. September in Paris eingetroffen, bat sie ihn schriftlich um ein Treffen um 9 Uhr abends des darauffolgenden Tages: „Geben Sie Anweisung, dass niemand zu uns eingelassen wird, der das Tête-à-tête stören könnte.“ Als sie merkte, dass er ihr nicht mehr so ergeben war wie ehedem, führte sie dies auf die Intrige einer Rivalin zurück und beschwor ihn: „Stellen Sie mich dieser Frau gegenüber und Sie werden die Wahrheit erkennen. Sie werden sehen, mein lieber

Barras, dass ich nie aufgehört habe, Sie zu lieben und zu schätzen; ich würde vor Schmerz vergehen, hätte ich Sie auch nur einen Moment hintergangen ... Solange ich lebe, werde ich Ihnen verbunden sein".

Joséphine Bonaparte sei nicht so intelligent und so hübsch wie Thérèse Tallien, die Favoritin des Direktors, bemerkte Delphine de Custine; außerdem war sie zehn Jahre älter. Dies war nicht der einzige Grund für Barras, von ihr abzurücken. Sie war die Frau des Mannes, den er als politischen Rivalen fürchtete. Mit den Stühlen der Direktoren wackelte in erster Linie sein Sessel, weil die Franzosen ihrer korrupten Herrschaft überdrüssig wurden. So hielt es Barras für angezeigt, auf Distanz zur Compagnie Bodin und damit von deren Nutznießerin Joséphine zu gehen, um in Vergessenheit geraten zu lassen, dass auch er von den anrüchigen Geschäften profitiert hatte.

Die Gesellschaft Bodin sah sich öffentlicher Kritik ausgesetzt, nachdem bekannt geworden war, dass sie Pferde, die von ihr in Italien requiriert worden waren, der Armee zu überhöhten Preisen verkauft hatte. Mit dem ruinierten Ruf drohte der geschäftliche Ruin. Als Louis Bodin verhaftet wurde, befürchtete Joséphine, in den Skandal hineingezogen zu werden. Sie suchte Regierungsmitglieder, die sie zur Unterstützung der Compagnie zu ihrem wie deren Vorteil veranlasst hatte, davon abzuhalten, durch ein Vorgehen gegen Bodin sich und sie bloßzustellen. Sie würde vor Gram sterben, wenn sie ihn kompromittiert sähe, bedeutete sie Barras und bekniete ihn, sich dafür einzusetzen, dass Bodin freigelassen und von weiteren Heereslieferungen nicht ausgeschlossen würde.

Joséphine sorgte sich, dass sie ohne Provisionen von Bodin finanziell auf dem Trockenen sitzen würde, und – nicht zuletzt – dass ihr Verhältnis zu Hippolyte Charles, der mit den Bodins mitgegangen war und mit ihnen mitgefangen werden könnte, Schaden litte. Da sie nicht nur seine Vorzüge, sondern auch Schwächen kannte, nahm sie an, dass Hippolyte, wenn er durch sie keine Geschäfte mehr machte, sie es beim Faire l'amour spüren ließe. In der Tat benützte er die drohenden finanziellen Einbußen als Vorwand, ihr nachlassende Liebe zu ihm vorzuwerfen. Seinen mit beleidigenden Äußerungen gespickten Brief schickte sie Madame de Krény, einer Vertrauten, mit dem Kommentar: „Ich ersehe daraus, dass man auf eine Trennung abzielt." Nachdem Louis Bodin auf Betreiben von Barras freigelassen worden war und die Compagnie weitermachen durfte, renkte sich die Liaison von Geschäft und Liebe wieder ein.

Der Familie Bonaparte bot Joséphine zunehmend Gelegenheit, ihre vorgefasste schlechte Meinung über die Schwiegertochter und Schwägerin bestätigt zu sehen. Madame Letizia, die Mutter, die ihr zunächst entgegengekommen war, nannte sie nur noch „La Putana – die Kurtisane". Joseph Bonaparte, der seinem Bruder Napoleon das geschäftliche und amouröse Verhältnis Joséphines zu Hippolyte Charles gesteckt hatte, legte ihm die Trennung von einer Frau nahe, die seiner und der ganzen Familie unwürdig sei. Seine Schwestern ließen an der in den korsischen Clan Eingeheirateten kaum ein gutes Haar. Elisa, die mit dem Offizier Bacciochi vermählt war, konnte die Generalin nicht ausstehen. Pauline, die General Leclerc geheiratet hatte, siebzehn Jahre jünger als die Schwägerin war, hielt sie – und das war noch die harmloseste Bezeichnung – für eine in Torschlusspanik geratene „alte Frau". Caroline, die Jüngste, fühlte sich in der Pension von Madame Campan hinter Joséphines Tochter Hortense zurückgesetzt, wodurch ihr Urteil über deren Mutter beeinflusst wurde.

Inzwischen teilte Napoleon die abschätzige Meinung der Familie über seine Joséphine. Die Schwierigkeiten, denen er sich in Ägypten gegenübersah, steigerten seinen Unmut über die treulose Frau. General Junot kam mit Anweisungen des Direktoriums und Einzelheiten über den Ehebruch Joséphines aus Frankreich. Mit verzerrtem Gesicht und unstetem Blick habe er den Bericht entgegengenommen, erzählte Bonapartes Sekretär Bourrienne, der ihn noch nie so verstört gesehen hatte. Er wolle nicht zum Gespött von ganz Paris werden, rief er aus. „Ich werde mich scheiden lassen!" Der Schleier sei zerrissen, schrieb Napoleon seinem Bruder Joseph. „Meine Gefühle sind verdorrt. Der Ruhm ist schal geworden."

Adjutant Eugène, der von der Reaktion seines Stiefvaters auf das Verhalten Madame Bonapartes Wind bekommen hatte, schrieb der Mutter: Seit Napoleon mit Junot über ihre Affäre mit Hippolyte Charles gesprochen habe, sei er sehr aufgeregt gewesen, aber ihn habe er dies nicht spüren lassen, wohl weil er ausdrücken wollte, „dass die Kinder keine Schuld an den Verfehlungen ihrer Mutter haben".

Der Brief Napoleons an Joseph wie der Brief Eugènes an seine Mutter wurden von den die Seerouten kontrollierenden Briten abgefangen. Sie ließen es sich nicht entgehen, beide Schreiben in französischer Sprache und englischer Übersetzung im „Morning Chronicle" zu veröffentlichen. Der Feldherr Bonaparte, dem an Ruhm nichts mehr gelegen zu sein schien, und der Ehemann Napoleon, der als Hahnrei bloßgestellt war – das nützte ihrer psychologischen Kriegsführung.

In Paris sorgte Barras dafür, dass die beiden Schreiben nicht nachgedruckt wurden, aber Joséphine wurde von ihm über deren Inhalt informiert. Da der Postweg nach Ägypten unterbrochen war, konnte sie nicht versuchen, sich zu rechtfertigen, das heißt, wie immer alles abzustreiten. So erfuhr sie auch nicht, was ihr nicht ungelegen gekommen wäre: dass Napoleon begonnen hatte, Gleiches mit Gleichem zu vergelten.

Ägypterinnen, die ihm zu üppig und zu parfümiert waren, reizten ihn nicht, wohl aber die zwanzigjährige Pauline Fourès, die Frau eines Leutnants, den er, um ihn aus dem Weg zu haben, nach Frankreich zurückbeorderte. Sein Schiff wurde von den Engländern aufgebracht, die ihn, um dem Ansehen ihres Hauptgegners weiter zu schaden, nach Alexandria zurückschickten. Der General befahl dem Leutnant, sich scheiden zu lassen, und soll seiner „Kleopatra", wie sie von Soldaten genannt wurde, die Ehe versprochen haben, wenn sie ihm ein Kind schenkte.

Auf den Feldzug gen Syrien nahm er sie nicht mit. Nachdem es in Ägypten nichts mehr zu holen gab, beschloss er, die Türken und mit ihnen die Engländer auf anderen Feldern zu schlagen. „Ich sah mich auf dem Wege nach Asien", erzählte er später Madame de Rémusat. „Die Erfahrung zweier Welten wollte ich in meinen Unternehmungen vereinen, die Domäne der Geschichte mir dienstbar machen, die englische Macht in Indien angreifen und durch diese Eroberung meine Verbindungen mit Europa wieder anknüpfen", sprich, nach Frankreich als Sieger zurückkehren und das Direktorium in die Schranken weisen. Das Ziel war markiert, doch der Weg nach Konstantinopel, nicht aber, wie sich herausstellen sollte, nach Paris war verbaut.

Bonaparte gelangte bis Palästina, nahm Gaza und dann Jaffa, wo er Gefangene über die Klinge springen oder ins Meer jagen ließ. Die Festung Akkon war nicht einzunehmen und die Pest lichtete seine Reihen. Er trat den Rückzug nach Ägypten an; mit 13000 Mann war er ausgezogen, mit 8000 kam er zurück. Die nachstoßenden Türken schlug er am 25. Juli 1799 bei Abukir zurück. Dennoch hatte, wie er eingestand, seine Orientarmee „mit ihrer Karriere abgeschlossen". Seine Laufbahn hielt er noch keineswegs für beendet. Würde er nicht in der Heimat gebraucht, wo das Direktorium abgewirtschaftet hatte und England, Österreich und Russland gegen Frankreich marschierten? Er bereitete seine Rückkehr vor – allein, nur mit ein paar Vertrauten, ohne die Reste seiner Armee, die er nicht mitnehmen konnte.

Viele Franzosen wünschten sich, den starken Mann wieder in ihrer Mitte zu haben. Seiner untreuen Frau, die seinen Zorn zu fürchten hatte, wäre es lieber gewesen, wenn er seine fern von Paris ausgeübte Tätigkeit nicht beendet hätte. Sie hatte sich den lang gehegten Wunsch nach einem Landschlösschen erfüllt. Bei ihren früheren Aufenthalten in Croissy hatte sie sich in das in der Nähe gelegene Malmaison verguckt. Endlich konnte sie es für 225000 und zusätzlich für das Mobiliar 37516 Franc auf Pump kaufen. Die 17000 Franc für die Anzahlung streckte ihr der Verwalter des Anwesens vor, unter der Bedingung, dass er auf seinem Posten bliebe.

Malmaison war eher ein Gutshaus als ein Schloss, doch seine altmodische Einrichtung wie die idyllische Umgebung gefielen Joséphine. Der Garten und die Felder waren, dank der nahen Seine, besonders frisch und grün, eine Schafherde ließ bukolische Stimmung aufkommen und die Gutsherrin konnte ihren Gästen aus eigenem Weizen gebackenes Brot und auf der Domäne gewachsenen und gekelterten, freilich säuerlichen Weißwein vorsetzen.

Im Sommer 1799 genoss sie das Landleben in vollen Zügen, ohne auf Zerstreuungen, die sie von der Stadt her gewohnt war, ganz zu verzichten. Hippolyte war zur Stelle, und er schien dort bereits so daheim zu sein, dass eine Nachbarin ihn für den Sohn des Hauses hielt, wenn sie beide – sie in Weiß und er in Blau – Arm in Arm im Garten spazieren gingen. Zu Besuch kam Direktor Gohier, der ihr zu bedenken gab: Zwar behauptete sie, dass sie mit Hippolyte nur in Freundschaft verbunden sei, aber wenn es sich, was er annehme, um Liebe handele, dann sei es besser, dass sie klare Verhältnisse schaffe und sich von Bonaparte scheiden ließe.

Indessen lockerte sich ihr Verhältnis zu Hippolyte und begann sich schließlich zu lösen. Nachdem die Geschäfte der angeschlagenen Compagnie Bodin nicht mehr das abwarfen, was – dank der Intervention seiner Geliebten – für ihn abgefallen war, wandte er sich neuen Verdienstmöglichkeiten und jüngeren Frauen zu. Sie sei tief unglücklich, klagte sie Barras, und ließ durchblicken, dass sie von ihm Trost in jeder Beziehung erwarte. Der Direktor hielt sich zurück, sein Kollege Gohier schien es beim Flirt belassen zu haben. Rousselin de Saint-Albin, der Generalsekretär des Kriegsministeriums, der ihr zu manchem Geschäft verholfen hatte, schien sie nicht ganz vergessen zu haben: Sein freundlicher Brief, schrieb sie ihm, „hat mich wegen der Anteilnahme an meiner erbarmenswerten Situation gerührt" und habe sie hoffen lassen, „weniger unglücklich zu werden".

Am meisten bedrückte sie ihr mit Napoleon verbundenes Schicksal. Was würde aus ihr werden, wenn er in der Wüste bliebe? Würde ihr der Kredit, den sie als Madame Bonaparte genoss, weiterhin eingeräumt werden? Und was würde er mit ihr machen, wenn er nach Paris zurückkäme? Würde er sich von ihr trennen, verlöre sie als von ihm Geschiedene gesellschaftliches Ansehen und finanzielle Vorteile, büßte sie vielleicht das Pariser Haus und sogar das Gut Malmaison ein? Schon wurde sie von Talleyrand geschnitten, der ein Gespür für Vergehendes und Untergehendes hatte. Sie sei einsam, verängstigt und tief verschuldet, bemerkte Madame de Rémusat, und Hortense konstatierte: „Mamam ist sehr traurig."

Am 9. Oktober 1799, als sie sich im Palais du Luxembourg mit Direktor Gohier zur Tafel setzte, wurde sie durch eine Depesche aufgeschreckt: Napoleon Bonaparte sei, aus Ägypten kommend, im südfranzösischen Fréjus gelandet! Spontan beschloss Joséphine, ihm entgegenzureisen. Wollte sie ihm demonstrieren, dass sie es eilig habe, ihn wieder in die Arme zu schließen? Suchte sie den Bonapartes zuvorzukommen, die ihm mit neuen Beweisen für ihr ehewidriges Verhalten aufwarten würden? Legte sie Wert auf eine Erneuerung des Ehebundes oder nur darauf, an der Seite des kommenden Mannes durch Frankreich zu fahren und in Paris einzuziehen?

Was auch immer sie mit dieser Reise bezwecken wollte, es ging alles daneben. Sie fuhr mit Hortense, deren Hochschätzung durch den Stiefvater sie für ihre Absichten förderlich hielt, über Sens, Joigny, Auxerre, Chalon-sur-Saône und Mâcon nach Lyon. Als sie dort am 12. Oktober eintraf, standen zwar noch die für Bonaparte errichteten Triumphbögen, aber er war durch sie am Tag zuvor durchgefahren und hatte den Weg nach Paris über das Bourbonnais genommen, also eine andere Route als die, auf der Mutter und Tochter gekommen waren.

Am 16. Oktober traf Napoleon in der Hauptstadt ein. „Bonaparte ist wieder da!", riefen Pariser und Pariserinnen, die ihn – wie vordem Franzosen in der Provinz – als Hoffnungsträger der Nation begrüßten. Von seiner Gemahlin hörte und sah er nichts, als er in die Rue de la Victoire kam. Steckte sie irgendwo mit Hippolyte zusammen? Für möglich hielten dies die Bonapartes, die ihn mit Küssen und Vorwürfen gegen Joséphine empfingen.

Der Mann, der von seiner Frau hintergangen worden war, und der General, dessen Gemahlin die Armee durch üble Geschäfte geschädigt hatte, wollte sich von ihr scheiden lassen, sie nicht mehr in seinem Haus haben. Er räumte ihre Schränke aus und deponierte ihre Garderobe beim Portier. Das Kaminfeuer in seinem Zimmer schürte er in einer Weise, als wollte er mit den Scheiten die Erinnerung an Joséphine möglichst rasch verbrennen. So traf ihn der Heereslieferant Collot an, der seine Unternehmungen in Italien mitfinanziert hatte und ihm nun Mittel für einen weiteren Aufstieg zur Verfügung stellte. In diesem Moment, da ganz Frankreich auf ihn schaue, sei es nicht opportun, durch eine Scheidung Aufsehen zu erregen und Ansehen bei braven Bürgern einzubüßen, gab Collot dem General zu bedenken. Sein Entschluss stehe fest, erwiderte Napoleon, er werde sich von Joséphine trennen.

Erschöpft von einer Parforcefahrt und beunruhigt, in welcher Verfassung sie ihren Gemahl anträfe, kam Joséphine mit Hortense am 18. Oktober nach Paris in die Rue de la Victoire. Napoleon weigerte sich, sie zu sehen, schloss sich in seinem Zimmer ein, öffnete nicht auf ihr Klopfen und reagierte nicht auf ihr Schluchzen und Flehen, ihr Versprechen, ihm alles zu erklären, und ihre Beteuerung, dass sie ihn, und ihn allein, von Herzen liebe.

Er ließ sich nicht, noch nicht erweichen. Sie setzte sich neben Hortense auf die Treppe. Eugène kam hinzu. Joséphine nahm ihre beiden Kinder an der Hand und stieg mit ihnen zur immer noch verschlossenen Türe hinauf. Beide stimmten in das Wehklagen der Mutter ein, baten den Stiefvater um Gnade. Schließlich gab der entnervte Gatte nach, ließ die Gattin in sein Zimmer, machte ihr eine Szene, die damit endete, dass sie sich ihm in die Arme warf. Als am nächsten Morgen Napoleons Bruder Lucien, ein erbitterter Gegner seiner Schwägerin, in das Haus kam, fand er beide im Ehebett vor.

Joséphine hatte alle Register ihrer Verführungskunst gezogen, der Napoleon einst und auch jetzt erlag. Sie mochte eingesehen haben, dass sie ohne diesen Mann, der daranging, sich an die Spitze der Republik zu setzen, im Lotterleben wie im Schuldensumpf stecken bliebe, und darauf gesetzt haben, dass sie mit ihm zu hohem Ansehen und beträchtlichem Vermögen gelangen könnte. Und Napoleon? Er schien Vergleiche zwischen den Liebeskünsten der zwanzigjährigen Pauline Fourès, der „Notre-Dame de l'Orient", die er in Ägypten zurückgelassen hatte, und denen der wiedergefundenen „Notre-Dame de la Victoire" gezogen zu haben, die zugunsten der sechsunddreißigjährigen Joséphine ausfielen. Jedenfalls konnte er sich in der entscheidenden Phase seiner Karriere keinen Fauxpas erlauben. Er durfte sich nicht, wie ihn Collot gewarnt hatte, der Nation statt als Retter als in seiner Ehe Gescheiterter präsentieren.

Eher unwahrscheinlich ist, dass er sich von Joséphine eine aktive Unterstützung beim geplanten Staatsstreich erwartet haben mochte. Wie Delphine de Custine erkannte, spielte Madame Bonaparte weniger eine Rolle in der politischen Geschichte des Directoire als in den Geschichten des Regimes, die es diskreditiert hatten. Die Kreise, in denen sie sich bewegt hatte, wollte Napoleon stören, nicht zuletzt Barras beseitigen, dem sie so lange und noch immer verbunden war. Vielleicht hätte sie ihm manches berichten können, was seiner Taktik von Nutzen gewesen wäre, aber er konnte nicht annehmen, dass sie den „lieben Freund" verraten und verkaufen würde.

Vor allem der Verstand gebot Napoleon, sich in diesem entscheidenden Moment nicht von Joséphine scheiden zu lassen. Er solle sich nicht weiter um die Sünden der Gattin kümmern, sondern zunächst den Staat wieder aufrichten, hatte ihm Collot geraten; sollte er weiter mit ihr unzufrieden sein, könnte er sie immer noch verstoßen.

Beide waren an einem Wendepunkt angelangt. Joséphine zeigte sich bereit, künftig die Frau an der Seite des Mannes zu spielen, mit dem sie weiter aufzusteigen vermochte, und Napoleon war geneigt, ihre Schwächen zu ertragen und ihre Vorzüge zu nutzen.

SIEBTES KAPITEL

Gemahlin des Konsuls

Bei den Vorbereitungen zum Staatsstreich setzte Bonaparte im Schachspiel um die Macht Joséphine als Dame ein, ohne ihr zu eröffnen, worum es genau ginge und welche Züge er vorhabe. Um sich als Kandidat des Bürgertums in Szene zu setzen, empfing er Gäste in seinem als trautes Heim präsentierten Haus in der Rue de la Victoire. Jene, die bereits für seinen Plan gewonnen waren, hatte Madame Bonaparte als kommende Erste Dame zu empfangen, und solche, die sich mit seinem Vorhaben anfreunden sollten, mit ihrem Charme zu bestricken.

Mit General Bernadotte hatten es der Herr wie die Dame des Hauses nicht leicht. Er konnte es dem Kameraden seiner Anfänge nicht verzeihen, dass dieser mehr als er vorangekommen war, und er wollte es ihm nicht vergessen, dass seine Frau Désirée die Verlobte Napoleons gewesen war. Bonaparte habe sich in Italien unverschämt bereichert und seine Orientarmee unbefugt verlassen, lautete der Vorwurf Bernadottes. Diesen nicht zu laut werden zu lassen, lag im Interesse des Staatsstreich-Aspiranten, und um ihn zu unterdrücken, setzte Napoleon nicht nur auf seine Überredungskunst, sondern auch auf den von ihm für unwiderstehlich gehaltenen Charme Joséphines. Zu diesem Zweck arrangierte er Treffen der beiden Ehepaare, die aber nicht den erwünschten Erfolg erbrachten. Bernadotte war nicht umzustimmen und Désirée mokierte sich über die Schmeichelkatze Joséphine, auf die sie immer noch eifersüchtig war.

Auch im Umgang mit Barras schaltete Napoleon seine Gemahlin ein, nicht um ihn, den er ja stürzen wollte, zu gewinnen, sondern um ihn zu täuschen. Wenn dem Direktor bei gemeinsamen Diners seine ehemalige Favoritin und ihm ergeben gebliebene Freundin schöne Augen machte, was sie immer noch nicht lassen konnte, würde er – so das Kalkül Napoleons – kaum annehmen, dass ihm von den Bonapartes Arges drohte.

Joséphine bemühte sich, die ihr vom Gatten zugedachte Rolle zu spielen, ohne dass ihr klar geworden wäre, zu welchem Ende er das Stück inszeniert hatte. Als der argwöhnisch gewordene Direktor Grohier sie auszuhorchen suchte, vermochte sie ihm, weil sie es selber nicht wusste, nicht zu verraten, was eigentlich vorging. So blieb ihm nichts anderes übrig, als ihren treuherzigen Augenaufschlag, den sie stets für ihn übrig hatte, dahin zu deuten, dass zumindest gegen ihn, ihrem ergebenen Kavalier, nichts Gefährliches im Gange sei.

Inzwischen hatte Bonaparte alle Vorbereitungen für den Staatsstreich getroffen. Sein Hauptverbündeter war der Abbé Sieyès, ein bürgerliche Reformer der ersten Stunde, der die Radikalisierung der Französischen Revolution verabscheut hatte, aber mit den Thermidorianern, die dem Terror ein Ende machten, doch ihn durch die Korruption ersetzten, nicht einverstanden war. Eben selbst Direktor geworden, war er noch zu kurz im Amt, um in den Morast der Regierung hineingezogen zu werden, aber schon lange genug, um gelernt zu haben, dass die Intrige zum Gewinn wie zum Erhalt der Macht vonnöten war.

Mit Bonaparte schmiedete Sieyès ein Komplott: Im Handstreich sollte die Direktorialverfassung abgeschafft und an die Stelle der wechselnden fünf Direktoren sollten zwei oder drei für zehn Jahre amtierende Konsuln gesetzt werden. Mitverschwörer waren gemäßigte Republikaner in beiden Kammern, dem Rat der Alten wie dem Rat der Fünfhundert.

Rückendeckung gaben Außenminister Talleyrand, der auch ein Gespür für neu Entstehendes und sich Durchsetzendes hatte, sowie Polizeiminister Fouché, der seine mit Skrupellosigkeit gepaarte Tatkraft jedem Regime, das seiner bedurfte und ihn entsprechend belohnte, zur Verfügung stellte. Auch Fouché verkehrte im Haus Nummer 6 der Rue de la Victoire, wo Joséphine als Dame des Hauses und nicht als Mitverschwörerin auftrat. Als das Datum des Coup bereits festgelegt war, saß sie auf dem Sofa zwischen Fouché und Gohier. Der Direktor fragte den Polizeiminister, was es Neues gebe. Nur immer dieselben Gerüchte von einer Verschwörung, entgegnete Fouché. „Eine Verschwörung?“, rief Joséphine, der ein Licht aufzugehen schien. Fouché amüsierte sich über ihre Bestürzung, und Gohier suchte sie zu beruhigen: Sie solle die Gerüchte nicht ernst nehmen und ruhig schlafen gehen.

Am frühen Morgen des 9. November 1799, am 18. Brumaire, kamen Offiziere in Bonapartes Haus. Joséphine, die nun wusste, was die Stunde geschlagen hatte, begrüßte die Prätorianergarde. Am Vortage hatte sie Gohier im Auftrag ihres Mannes, der den zur Zeit amtierenden Ersten Direktor nicht von der neuen Regierung ausschließen wollte, ein Billet mit der Bitte gesandt, am nächsten Morgen mit seiner Gemahlin zu ihr zum Frühstück zu kommen. Die Absicht war, wie Napoleon zugab, ihn zu bewegen, mit ihm „aufs Pferd zu steigen“, und – falls er sich weigerte – ihn während des Staatsstreiches in der Rue de la Victoire zu neutralisieren. Gohier witterte die Falle, schickte nur seine Frau, der Joséphine gestand: Sie bedauere es, dass Gohier nicht begriffen habe, dass Bonaparte auf seine Mitwirkung Wert gelegt hätte.

Um 8 Uhr 30 erschienen Abgesandte des Rats der Alten, der um 7 Uhr in den Tuilerien zusammengetreten war, ohne oppositionelle Abgeordnete, die man nicht benachrichtigt hatte. Die Emissäre teilten Napoleon mit, dass man beide Kammern für den nächsten Tag in das Schloss Saint-Cloud einberufen habe und dass der für ihre Sicherheit verantwortliche General Bonaparte zum Befehlshaber der Truppen in Paris ernannt worden sei. Als Begründung gab die Körperschaft die Notwendigkeit an, die Parteien an der Zersplitterung der Nation und der Zerstörung des Staates zu hindern.

Der zum Nothelfer berufene Bonaparte schwang sich auf den Rappen, den ihm sein Adjutant geliehen hatte, verließ die Rue de la Victoire und ritt einem neuen, dem entscheidenden politischen Sieg entgegen. Zurück blieben Bernadotte, der nicht mitmachte, und Joséphine, die – wie der bei ihr gebliebene Sekretär Bourrienne bemerkte – gerne den Lauf der Stunden beschleunigt hätte.

Erst in der Nacht kam Napoleon in sein Haus zurück. Zunächst hatte er in den Tuilerien vor dem zusammengeschrumpften Rat der Alten seinen Eid auf das Dekret geleistet, das ihm die militärische Macht in die Hände gab, und erklärt: „Wir wollen eine Republik, die sich auf eine wahre Freiheit, auf die bürgerliche Freiheit, auf die Nationalvertretung gründet. Wir werden sie haben, ich schwöre es in meinem und im Namen meiner Waffengefährten." Über die republikanische Verfassung, die der neben ihm stehende Sieyès erhalten, wenn auch verändern wollte, verlor Bonaparte, der schon jetzt an ein anderes System, sein Regime dachte, kein Wort.

Noch an diesem 9. November wurde Direktor Barras, den Napoleon für den Hauptverantwortlichen der Misswirtschaft hielt, zum Rücktritt und zum Verlassen der Stadt gezwungen. Auch Gohier musste mit seiner Entmachtung dafür büßen, dass er Bonaparte die Gefolgschaft verweigert hatte. Mit einem Schlag verlor Joséphine zwei Männer, die sie sehr schätzte, vornehmlich Barras, der so lange ihr Liebhaber gewesen war und mit dem sie am liebsten freundschaftlich verbunden geblieben wäre, und Gohier, an dessen Hofieren sie Gefallen gefunden hatte und den sie gerne im neuen Regime mit von der Partie gehabt hätte. Während Barras ins Exil musste, brachte es Gohier im Kaiserreich immerhin zum französischen Generalkonsul in Amsterdam.

In der Nacht vom 9. zum 10. November 1799 schlief Joséphine schlecht. Am Morgen küsste sie ihren Mann, bevor er in den Wagen stieg, und sie weinte, als er in Richtung Saint-Cloud abfuhr, zum zweiten Streich nach der Absetzung des Direktoriums nun die Auflösung der Gesetzgebenden Körperschaften und die Ausrufung des Konsulats. Nicht von ungefähr waren beide Kammern in das westlich der Hauptstadt an der Seine gelegene Schloss verlegt worden, von wo man zwar Paris im Blick behielt, aber nicht von Parisern belästigt wurde.

Der Tag ließ sich nicht gut an. Im Rat der Fünfhundert

wurde das Bekenntnis zur bestehenden Verfassung durch einen Schwur bekräftigt. Sieyès bestellte einen Fluchtwagen. Bonaparte begab sich zunächst in den Rat der Alten, wo er jedoch nicht so zuvorkommend behandelt wurde, wie er es erwartet hatte, und dann in den Rat der Fünfhundert, in dem ihm Feindseligkeit entgegenschlug, er tätlich angegriffen und zur Türe gestoßen wurde. Er stieg wieder zu Pferde, scharte seine Soldaten um sich, ließ sie in den Sitzungssaal einrücken und die Abgeordneten auseinander treiben. Der eingeschüchterte Rat der Alten und dann ein zusammengetrommelter Rest des Rats der Fünfhundert stimmten der Ernennung einer provisorischen Regierung aus drei Konsuln zu: dem Sieger Napoleon Bonaparte und den ehemaligen Direktoren Emmanuel-Joseph Sieyès und Pierre-Roger Ducos, die rechtzeitig zu ihm übergegangen waren.

Der Général en chef verkündete noch am 10. November, dem 19. Brumaire, eine Stunde vor Mitternacht, seine Machtergreifung, durch die Ordnung geschaffen und das Land gerettet würde. Die Mehrheit der Franzosen, die den Staatsstreich nicht als Eingriff in Rechte des Volkes, sondern als Vorgriff auf eine bessere Zukunft wertete, stellte sich hinter den starken Mann, der den Bürgerbesitz zu sichern, die Volkswohlfahrt zu fördern und die Nationalmacht zu vergrößern versprach.

Den ganzen Tag über wartete Joséphine, zwischen Hoffen und Bangen, auf Nachrichten von Napoleon. Am Abend kamen zu ihr Madame Letizia, die Schwiegermutter, und die Schwägerin Pauline. Sie waren im Théâtre Feydeau gewesen, in dem ein Schauspieler mitgeteilt hatte, dass Bonaparte in Saint-Cloud einem Attentat entgangen sei. Genaues erfuhr Joséphine erst am frühen Morgen des nächsten Tages. Sie wurde hellwach, als sie von Napoleon hörte, dass sie durch und mit ihm weiter aufgestiegen, aus der Ex-Vicomtesse und der Witwe Beauharnais, aus der Frau des Generals die Gemahlin des Konsuls Bonaparte geworden war.

Am 15. November zog sie aus dem Haus in der Rue de la Victoire in das Palais du Luxembourg, in dem sie so oft Barras aufgesucht hatte, und bezog das Appartement des gestürzten Direktors Gohier, den sie gerne als Freund und Helfer behalten hätte. Eine Hintertreppe verband ihre Wohnung mit der ihres Mannes, der sich in dem im Parterre gelegenen Appartement des ehemaligen Direktors Moulin einrichtete.

Im Luxembourg, in dem noch die Geister der Direktoren zu spuken schienen, wurde Napoleon zu sehr an die Vergangenheit Joséphines erinnert, und er fand die Residenz der ehemaligen Machthaber seinem neuen Rang nicht angemessen. Am 19. Februar 1800 zog er in die Tuilerien um, das Schloss der Könige von Frankreich. Bonaparte ließ Embleme der Jakobiner entfernen und die Inschrift beseitigen: „Am 10. August 1792 wurde die Monarchie gestürzt und wird sich niemals wieder erheben." Der Konsul, der höher hinaus wollte, ließ sich in den Räumen Ludwigs XVI. nieder, Joséphine im Appartement Marie-Antoinettes. Darin fühlte sie sich nicht wohl, denn sie meinte, wie sie ihrer Tochter gestand, vom Geist der Königin gefragt zu werden, was sie in ihrem Bett zu suchen habe.

Den ersten Schritt zu dem das Königtum überragenden Kaisertum hatte Napoleon eben getan, und schon visierte er einen zweiten an. In der Theorie standen die durch die neue Verfassung eingesetzten drei Konsuln gleichberechtigt nebeneinander, in der Praxis jedoch nahm Bonaparte nicht nur dem Alphabet nach den ersten Rang ein. Ducos war nur berufen worden, weil man einen dritten, möglichst unbedarften Mann brauchte, und Sieyès war als Formulierer der Konstitution unentbehrlich, die der Primus inter Pares zu verkörpern begann.

Bereits am 24. Dezember 1799 wurde Bonaparte durch die auf ihn zugeschnittene Konsulatsverfassung mit dem Titel eines Premierkonsuls und den Mitteln für eine Alleinherrschaft zunächst für zehn Jahre an die Spitze des Staates gestellt. Fortan hielt er die Exekutivgewalt in Händen, konnte die Legislative nach seinem Willen gestalten, Verordnungen erlassen und Verträge schließen, über Krieg und Frieden entscheiden. Sieyès wurde auf den Präsidentensessel des vom Premierkonsul ernannten Senats abgeschoben, Ducos hatte sich mit einem Senatssitz abzufinden. An ihre Stelle setzte

Bonaparte zwei neue Konsuln, die ihm jedoch nur beraten und flankieren durften: Cambacérès, ein ehemaliges Mitglied des Nationalkonvents, der ihn nach links, und Lebrun, ehedem Administrator im Ancien Régime, der ihn nach rechts abdeckte.

Seine Machtfülle ließ sich der Premierkonsul durch eine von dem als Innenminister eingesetzten Bruder Lucien organisierte Volksabstimmung bestätigen. In nicht geheimer Wahl gab es 3 011 007 Ja-Stimmen, 1562 Nein-Stimmen; rund 2 Millionen Wahlberechtigte hatten sich eines Votums enthalten. Dies war das offiziell bekannt gegebene Ergebnis. Tatsächlich sollen sich von den fünf Millionen Wahlberechtigten nur eineinhalb Millionen für das neue Regime entschieden haben. Dessen ungeachtet schwang sich Bonaparte auf den Steigbügeln des Plebiszites in den Sattel der Diktatur.

Die Macht hatte ihren Preis. Der kleine Korse fühlte sich als großer Mann bemüßigt, auf Zehenspitzen zu gehen, und der ihm Angetrauten wollte er es nicht gestatten, dass sie so leichtfüßig und leichtfertig wie bisher dahinwandelte. Dies fiel Joséphine nicht ganz so schwer, weil ihr Barras als Gefährte abhanden gekommen und Hippolyte Charles als Liebhaber ausgefallen war. Schweren Herzens gab sie ihre Beziehung zu Thérèse Tallien preis. „Notre-Dame de Thermidor“ passte mit ihren moralischen und politischen Extravaganzen nicht mehr in das Konsulat; die Erinnerung an ihr inniges Verhältnis mit der lustigen Witwe Beauharnais hätte die Gemahlin des Premierkonsuls und mit ihr Bonaparte kompromittiert.

In einem Regime, das sich auf Bürgertugenden berief und sich von der Sittenlosigkeit des Direktoriums abzuheben gedachte, galt es den Anschein der Schicklichkeit zu wahren. Damals hatten die Gespielinnen der Etablierten in der Antike nachempfundenen, hemdartigen, durchsichtigen Gewändern ihre Reize zur Schau gestellt und zur Würdigung angeboten. Er wolle sich „nicht von Huren beherrschen lassen“ und keine „praktisch nackten Damen“ um sich haben, erklärte der Premierkonsul und befahl, dass Kleider zu tragen seien, die besser vor Kälte schützten und Anstand bewahren sollten.

Joséphine hatte sich wohl oder übel an die neue Kleiderordnung zu halten. Wenn sie dagegen verstieß, konnte es vorkommen, dass Napoleon Gewänder, die ihm nicht zusagten, aus ihren Schränken riss, sogar – wie Hortense erzählte – zerriss. Bonaparte hatte sich vorgenommen, über ihre Garderobe wie ihren Umgang zu wachen. Nur noch mit Damen von einwandfreiem Ruf sollte sie verkehren, und lediglich mit Männern, die in ihr die Gemahlin des Premierkonsuls zu respektieren wussten und sich nicht mit der nach wie vor dazu geneigten Frau zu amüsieren gedachten.

Sie nahm sich vor, sich an die Vorschriften des Herrn und Meisters zu halten. Sie wollte nicht noch einmal das Wort „Scheidung" aus seinem Munde hören. Überdies begann sie einzusehen, dass die Gemahlin des Premierkonsuls ein würdevolles Benehmen an den Tag zu legen und protokollarischen Pflichten nachzukommen hatte. Der Hof, der sich in den Tuilerien heranbildete, brauchte eine Hofherrin, die Honneurs zu machen verstand. Nach dem Diner um 17 Uhr wurde Cercle gehalten. Die zugelassenen Damen hielten sich an Joséphine, die angemessene Konversation zu machen suchte. Ihre seltsame Aussprache, die vielen als eine charmante Eigenschaft der Kreolin gefiel, führte Laure Junot, die spätere Herzogin von Abrantès, auf eine andere Ursache zurück: Hätte sie Zähne gehabt – „ich sage nicht schöne oder hässliche, sondern schlicht und einfach Zähne" –, dann wären von ihr am Hof des Premierkonsuls „eine ganze Reihe von Frauen in den Schatten gestellt worden".

Ihrer neuen Stellung vermochte Joséphine einiges abzugewinnen. Selbst die boshafte Laure Junot lächelte ihr freundlich ins Gesicht, und Schwägerin Caroline, die nicht so genau hinsah, bezeichnete sie nicht nur als die Erste, sondern auch als die Schönste im Lande. Ausländische Diplomaten, die ihr Außenminister Talleyrand vorstellte, flossen ohnehin vor Höflichkeit über. Truppen paradierten auch vor ihr. Am 25. Februar 1800 war sie beim ersten Maskenball seit der Revolution ganz in ihrem Element.

Indessen hätte sie sich, im Korsett ihrer Pflichten als First Lady, noch mehr eingeengt gefühlt, wenn Bonaparte – wie sie ihn stets nannte – nicht anderweitig so sehr beschäftigt gewesen wäre, dass er sie nicht immer wachsam im Blick behalten konnte. Zunächst nahm ihn die Innenpolitik in Anspruch. Von ihm wurde erwartet, dass er die Sicherheit im Lande wiederherstellte, Person und Eigentum des Bürgers schützte, den Gläubigen wieder ihre Kirchen öffnete, Emigranten die Rückkehr ermöglichte und ihnen wenigstens einen Teil ihres Besitzes zurückgab.

Daran war besonders der einstigen Vicomtesse gelegen. Sie hatte ehemalige Standesgenossen, mit denen sie vor der Revolution verkehrte und von denen einige mit ihr während der Revolution eingesperrt gewesen waren, keineswegs vergessen.

Die Marquise de Montesson, die mit Herzog Louis-Philippe von Orléans, dem Vater von Philippe Égalité, in morganatischer Ehe verbunden gewesen war, wurde herangezogen, um Joséphines aristokratische Manieren aufzufrischen und ihr jene Etikette beizubringen, die in den Tuilerien, am Hofe des Premierkonsuls wie ehedem am Hofe der Bourbonen, eingeführt werden sollte. Indem sie zunehmend Mitglieder alter Familien in ihre Umgebung zog, half sie Napoleon, eine Brücke zwischen der Gesellschaft des Ancien Régime und der seines Nouveau Régimes zu schlagen.

Ausschlaggebend blieb für Bonaparte die Außenpolitik, und das hieß für ihn, deren Weiterführung mit kriegerischen Mitteln. „Meine Macht hängt von meinem Ruhme ab und mein Ruhm von weiteren Siegen", hatte er erkannt, und um die Grandeur durch Vermehrung der Gloire zu vergrößern, zog er bereits am 6. Mai 1800 wieder ins Feld, erneut nach Italien, um die Österreicher, die Verbündeten der Engländer und Russen, zu schlagen und den Zweiten Koalitionskrieg zu beenden.

Joséphine blieb in Paris zurück. Nach Ägypten hatte sie Napoleon nicht begleiten wollen, was nicht unverständlich war, dass sie aber auch nicht im nahen Italien an der Seite ihres Mannes sein wollte, gab ihm zu denken. Es blieb bei einseitiger Korrespondenz. Auch diesmal schrieb er ihr, wenn auch nicht mehr so oft und schon gar nicht mehr so verliebt wie während der ersten Campagne in Italien. Und auch jetzt hatte er sich zu beklagen, dass seine Frau kaum Zeit fand, zur Feder zu greifen und seine Post zu beantworten.

„Keinen einzigen Brief von Dir! Das ist nicht nett von Dir. Ich habe Dir mit jedem Kurier geschrieben", hieß es in seinem Schreiben vom 16. Mai 1800 aus Lausanne, und in jenem vom 29. Mai aus Ivrea: „In zehn Tagen hoffe ich meine Joséphine, die mir sehr lieb ist, wenn sie nicht die Civetta – die Kokette – spielt, in die Arme zu schließen."

Ganz so schnell ging es nicht, auch wenn der Feldherr wiederum rasch heranzog und wie der Blitz zuschlug. Wie einst Hannibal überquerte er die Alpen, über den Großen Sankt Bernhard, fiel in das von den Österreichern zurückgewonnene Oberitalien ein und schlug den Feind, der ihn nicht aus dieser Richtung erwartet hatte, am 14. Juni 1800 bei Marengo in Piemont. Die italienischen Gebiete, die er 1796/97 erobert hatte und die unter glücklosen Generälen verloren gegangen waren, gehörten nun wieder – direkt Piemont, Parma und die zur „Repùbblica Italia" erweiterte Cisalpinische Republik sowie indirekt Ligurien und die Toskana – zu Frankreich.

Am 20. Juni war in Paris die Nachricht eingetroffen, dass Napoleon bei Marengo von den Österreichern zurückgeschlagen worden sei. Dies traf für die erste Phase der Schlacht zu, die endgültig verloren gegangen wäre, wenn nicht ein General Desaix mit einer unverbrauchten Division eingegriffen hätte. Joséphine befürchtete schon, dass ihr Sohne Eugène und auch ihr Gemahl auf dem Schlachtfeld geblieben wären.

Mit unguten Gefühlen sah sie am 22. Juni dem Empfang des Diplomatischen Korps entgegen. Doch noch rechtzeitig traf in den Tuilerien ein Kurier mit der Siegesmeldung ein. So konnte die Gemahlin des Triumphators die Glückwünsche der ausländischen Gesandten und der französischen Minister entgegennehmen, was manchen nicht leichtfiel, auch nicht Fouché, der eine Niederlage erwartet hatte. Aber Franzosen, die auf Bonaparte als Retter aus inneren Nöten wie als Schützer vor äußeren Gefahren gesetzt hatten, krönten den Sieger mit Lorbeer. Marengo sei die Taufe Napoleons persönlicher Macht gewesen, musste ein Royalist zugeben, und ein anderer: Außer

General Washington sei niemals der Präsident einer Republik so beliebt gewesen wie General Bonaparte.

Ein Abglanz dieses Ansehens fiel auf die „Konsulin" zurück, die jedoch auf andere Errungenschaften ihrer Verbindung mit Napoleon größeren Wert zu legen schien. Zwar empfing sie den Sieger am 2. Juli 1800 mit einem Souper in Malmaison, aber es wäre ihr offensichtlich lieber gewesen, wenn er bald wieder in die Tuilerien zurückgekehrt wäre und sie in ihrem Landschlösschen allein gelassen hätte. Denn Malmaison, dem sie ihren persönlichen Stempel aufdrückte, war ihr Monrepos und Monplaisir, in das sie sich so oft und so lang wie möglich zu ihrer Erholung wie zu ihrem Vergnügen zurückzog, am liebsten ohne ihren Gatten.

Doch Napoleon, der Gefallen an diesem Refugium fand, begann die Modernisierung des altmodischen Baus in die Hand zu nehmen. Dazu zog er Pierre-François Fontaine und Charles Percier heran, die zu Hofarchitekten des Empire wurden. Sie pflegten einen Stil, der dem Erreichten in neo-römischen Formen Ausdruck verlieh, ohne Hinweise auf das Militärische zu vergessen, das es ermöglicht hatte. Den Speisesaal schmückten Bilder pompejanischer Tänzerinnen, die Salle de Conseil glich einem Feldherrnzelt, und dem Portal, das in ein dem Atrium einer antiken Villa nachempfundenes Vestibül führte, war ein zeltartiger Vorbau hinzugefügt worden.

Der Premierkonsul, der jeden Monat etwa eine Woche in Malmaison verbrachte, ließ schon am frühen Morgen die Minister aus Paris kommen. Talleyrand, der sich murrend zu ungewohnter Stunde auf den Weg machen musste, war schockiert, als er Bonaparte, umgeben von Adjutanten und Staatsräten, vor dem Haus auf dem Rasen hockend eine Arbeitssitzung abhalten sah. Napoleon hatte sich, wie im Biwak, in Lederhose und Stiefeln auf dem Boden niedergelassen, und der ehemalige Würdenträger des Ancien Régime war gezwungen, sich in Culottes und mit Seidenstrümpfen auf die feuchte Wiese zu setzen: „Was für ein Mensch", stöhnte Talleyrand, „er meint stets in einem Feldlager zu sein."

Joséphine war entsetzt über das Martialische, das in ihr Malmaison eingebrochen war, in dem sie, wie einst die Königin Marie-Antoinette in Klein-Trianon, das Idyll gesucht und, solange sie allein geblieben war, auch gefunden hatte. Die ehemalige Vicomtesse goutierte nicht den Kasinoton, den das Gefolge des Generals eingeführt hatte, und war nicht erbaut über den Stil, mit dem die Architekten Fontaine und Percier den Geschmack des Auftraggebers zu treffen und dem Wesen seines Systems Form zu geben suchten.

Die Gemahlin des Imperators wusste zwar dem von ihm geschaffenen Empire sehr viel abzugewinnen, aber mit dessen gleichnamigem Kunststil mochte sie sich nicht befreunden. Sie blieb dem Rokoko ihrer Jugend verhaftet, dessen Verspieltheit ihrem Charakter entsprach und in dessen Rocailles sie sich in der rauen Gegenwart mitunter am liebsten verkrochen hätte. Als Vicomtesse des Beauharnais hatte sie sich an Louis-seize gewöhnt, jenen Stil des ausgehenden Ancien Régime, der Ordnung und Ornament harmonisch verband und nicht, wie das Empire, zum Martialischen und Monumentalen strebte und das Ornament nur noch als Accessoire gelten ließ.

Joséphine musste es hinnehmen, dass Napoleon die hauptsächlich von ihm persönlich benützten Räume im neuen Geschmack einrichten ließ. In die Gestaltung ihrer Privaträume wollte sie sich nicht hineinreden lassen. Sie nahm Möbel im Stil Ludwigs XVI. aus ihrer alten Wohnung in der Rue de la Victoire mit nach Malmaison, besorgte sich Möbel und Kunstgegenstände aus dem Besitz der letzten Königin und alter Aristokraten, zum Beispiel für die Tuilerien den großen und prächtigen Schmuckkasten Marie-Antoinettes oder für Malmaison einen Nippestisch aus Sèvres-Porzellan, der Madame Dubarry, der Maîtresse Ludwigs XV., gehört hatte.

Ihre Zimmer wollte sie nicht mit schweren Möbeln eingerichtet und mit schweren Stoffen dekoriert sehen. Sie liebte das Leichte, Luftige, die Arabeske. Fontaine klagte, ihr nichts recht machen zu können. Napoleon mokierte sich über ihren Flitterkram, der einer ausgehaltenen Frau anstünde, aber nicht der Ersten Dame Frankreichs gezieme.

Sie ihrerseits meinte, dass seine Hofhaltung in Malmaison diesen Namen nicht verdiene, des Premierkonsuls und erst recht seiner Gemahlin unwürdig sei. Ihre Tochter Hortense hatte sie gern um sich, mit den Bonapartes, die oft zu Besuch kamen, begann sie sich abzufinden, aber die zahlreichen Offiziere, die ihren General sporenklirrend und säbelrasselnd umgaben, konnte sie nicht ausstehen. Bei Tisch benahmen sie sich wie im Zelt einer Marketenderin, eingeladene Minister und Beamte verzichteten auf eine Konversation, ersehnten mit kaum verhohlener Ungeduld das Aufheben der Tafel, und atmeten auf, wenn sie wieder in ihre Wagen steigen und nach Paris zurückfahren konnten.

Am Abend spielten die Zurückgebliebenen Tricktrack und Vingt-un, wobei Napoleon, der immer gewinnen wollte, seinem Glück mit kleinen Tricks nachhalf. Joséphine wartete auf die Fertigstellung des vom Gemahl versprochenen kleinen Theaters in der Nähe des Schlosses. Erst am 12. Mai 1802 konnte es mit Paisiellos Oper „La Serva Padrona“ eingeweiht werden. „Wenn sie mehr dem Geschmack der Zuschauer entsprochen hätte“, bemerkte Fontaine, „wären sie sehr amüsiert gewesen.“

Die Patronin Joséphine, die sich in ihrem Malmaison zurückgedrängt sah, hatte es sich angewöhnt, Patiencen zu legen und – wenn auch nicht gerade geduldig – auf die Tage und Stunden zu warten, in denen sie wieder allein schalten und walten konnte.

Auslauf bot der Park, aber auch bei dessen Gestaltung wurden ihr Hindernisse in die Wege gelegt, auf denen sie sich frei bewegen wollte. Fontaine und Percier beabsichtigten, den erweiterten Park klassisch à la française anzulegen. Josephine bestand auf einem englischen Garten, in dem sich die Natur möglichst ungehemmt, wie sie sich selber, entfalten könnte. Unverstellte Ausblicke wollte sie von Malmaison auf das Schloss Marly und das Schloss Saint-Germain-en-Laye haben, Stätten des Ancien Régime, das sie nicht vergessen konnte, sowie auf den Kirchturm von Croissy, wo sie einst glückliche Tage verbracht hatte.

Im Garten wollte sie Pflanzen nach ihrem Geschmack sehen, vor allem solche, die sie in der Heimat kennen und schätzen gelernt hatte. Im Mai 1802 bat sie die Mutter, ihr aus

Martinique Samenkörner und Früchte zu schicken, Bataten, Bananen, Orangen und Mangos. Für Gewächse, denen das nördliche Klima nicht gedeihlich war, ließ sie Treibhäuser errichten. Aus Nordamerika, dessen Witterungsverhältnisse in etwa jenen Frankreichs glichen, bestellte sie Bäumchen und Sträucher, für die eine Baumschule angelegt wurde. „Vergessen Sie nicht, dass die Zucht fremder Pflanzen mir große Freude macht", schrieb sie einem französischen Konsul in den Vereinigten Staaten. Sie scheute nicht davor zurück, Bäume aus Gärten des Erzfeindes England nach Frankreich verpflanzen zu lassen.

Über dem Eigennutz vergaß sie nicht den Gemeinnutz. Sie wollte die Pflanzenwelt ihres Landes durch ausländische Gewächse vermehren und verschönern, bedeutete sie Napoleon. Zunächst hatte er ihre Hinwendung zur Botanik, die sie, wie so manches andere, mit Hingabe betrieb, als neueste Marotte seiner Frau belächelt, aber bald wusste er die patriotische Seite dieser Leidenschaft zu würdigen. Seitdem er Mitglied des Instituts geworden war, hielt er sich auch für die Hebung der Wissenschaften verantwortlich. Als er merkte, dass Joséphines Liebe zu den Pflanzen zu einer Beschäftigung mit der Botanik führte, begann er diese zu fördern. Innenminister Chaptal schrieb an die Professoren des Muséum d'Histoire Naturelle: Die Erfolge, die Madame Bonaparte in der Zucht von Pflanzen und Tieren erziele, dienten dem Fortschritt der Wissenschaft wie dem Ruhme Frankreichs und sollten daher von den Spezialisten mit Rat und Tat begleitet werden.

Die Herrin von Malmaison wollte nicht nur schöne Pflanzen, sondern auch seltene Tiere um sich haben. Zu einem richtigen Schloss, meinte sie, gehörte auch eine Menagerie. Sie dachte weniger an Bestien, die hinter Gitter gehalten werden müssten; einen Löwen, den ihr der Bey von Tunis verehrte, ließ sie im Pariser Jardin des Plantes unterbringen. Sie hatte eine Vorliebe für liebliche, ja possierliche Tiere. Ihren Mops hatte sie in ihrem Bett schlafen lassen. Die Gazellen, die sie sich anschaffte, sprangen im Park herum, ließen sich von Napoleon mit Tabak füttern und zerrissen mancher Dame den Rock. Auch Kängurus und Lamas trugen zur Belustigung bei, die einen, weil sie drollig dahinhüpften, die anderen, weil sie so manchen, ohne Ansehen der Person, anzuspucken versuchten.

Auf den Teichen schwammen schwarze Schwäne, Raritäten aus Australien, der ganze Stolz der Schlossherrin. Napoleon versuchte einmal eines der seltenen Exemplare vom Schlafzimmerfenster aus mit dem Gewehr zu erlegen. Die durch den Schuss aus dem Schlummer gerissene Joséphine eilte im Nachthemd herbei und entwand ihm die Waffe.

Sie fühlte sich schikaniert. Eines Tages wollte Napoleon eine Spazierfahrt nach Butard, einem Jagdpavillon Ludwigs XVI., unternehmen und Joséphine mit dabeihaben. Sie hatte Migräne und bat deshalb, in Malmaison bleiben zu dürfen. Er bestand auf ihrer Begleitung. Der Wagen kam an einen Bach mit steilen Ufern; der Kutscher erklärte, es sei zu gefährlich, hinüberzukommen. Napoleon, der vorausgeritten war, galoppierte zurück und befahl die Überquerung, ungeachtet des Bittens und Bettelns seiner Frau. Der Wagen landete im Bachbett, setzte mit Ach und Krach seine Fahrt fort. In Butard angekommen, zerrte der Gemahl seine Gemahlin aus der Kutsche und machte der Verängstigten und Verwirrten eine Szene.

War es verwunderlich, dass sie sich wieder nach einem Tröster umsah? Ihre Gefühle für ihn seien unverändert, nichts auf der Welt vermöge sie davon abzubringen, „dass ich Sie liebe, in zärtlichster und stetigster Freundschaft", schrieb sie Hippolyte Charles, dem nur noch an geschäftlicher Verbindung mit ihr gelegen war. In einem Brief an ihre Freundin Krény erwähnte sie einen Gärtner, aber es war nicht ersichtlich, ob damit jemand, der berufsmäßig den Garten bestellte, oder ein Kavalier gemeint war, der sich für die Hege und Pflege einer frustrierten Ehefrau bereithielt. Jedenfalls wurde ein Treffen zwischen ihm und ihr vom Ehemann vereitelt. Auf Napoleons Wunsch, informierte sie die Freundin, welche die Bekanntschaft vermittelt zu haben schien, habe sie so überstürzt abreisen müssen, dass sie nicht mehr dazu gekommen sei, dem „Gärtner", der ihr Blumen versprochen habe, abzusagen.

Napoleon hatte an Joséphine mehr und mehr auszusetzen. Zwar war er zu sehr von sich eingenommen, um anzunehmen, dass sie ihn, nachdem er sie zur Ersten Dame des Konsulats erhoben hatte, erneut zu betrügen wagte. Aber die Liebhabereien, mit denen sie ihre Enttäuschungen zu kompensieren suchte, hielt er für überspannt und zu kostspielig. Für eine Tulpenzwiebel aus Holland zahlte sie 4000 Franc, für eine der Statuen, mit denen sie Garten und Haus schmückte, gab sie 20 000 Franc aus. Die Kosten der Umgestaltung von Malmaison beliefen sich in den ersten achtzehn Monaten auf 600 000 Franc, das heißt auf mehr als die doppelte Summe des Kaufpreises.

Joséphine war von einem Kaufrausch erfasst. Sie konnte nie genug bekommen: an Pflanzen, Tieren, Bildern, Möbeln und – vor allem – an Putz und Tand, Garderobe und Schmuck. In einem einzigen Monat bestellte sie achtunddreißig Hüte; für einen, der mit Reiherfedern geschmückt war, wurden ihr 1800 Franc abverlangt. Da sie nie darauf achtete, was eine begehrte Sache wirklich wert war, stellten ihr Lieferanten erhöhte Preise in Rechnung, die sie, ohne mit der Wimper zu zucken, bezahlte oder, was häufiger vorkam, ohne Skrupel schuldig blieb.

Ihr Gemahl, obwohl er sich mehr und mehr Geld zu verschaffen verstand, gedachte nicht alles zu begleichen. So wuchs ihr Schuldenberg zu einer Höhe an, die ihrem und vornehmlich seinem Ansehen zu schaden begann. Daher fühlte er sich bemüßigt, den Berg abzutragen und übernahm damit eine Sisyphusarbeit; denn hatte er ein Stück davon weggeschafft, trat ein neues und größeres an dessen Stelle.

Kaum Premierkonsul geworden, hatte er damit begonnen, sich dieser nutzlosen Arbeit zu unterziehen. Er schickte seinen Sekretär Bourrienne zu Joséphine mit dem Auftrag, die genaue Höhe ihrer Schulden festzustellen. Sie sträubte sich zunächst, nannte schließlich eine Summe von 1,2 Millionen Franc, bat ihn jedoch, ihrem Gemahl, dessen Zorn sie fürchtete, nur die Hälfte anzugeben. Bourrienne ließ sich erweichen, aber auch die genannten 600 000 Franc Schulden versetzten Napoleon in Rage. Die einschlägigen Rechnungen bezahlte er nur zur Hälfte, und die Gläubiger, die damit immer noch auf ihre Kosten kamen, zeigten sich damit einverstanden.

Aber schon stachen Joséphine beim Juwelier Foncier wunderschöne Perlen ins Auge, die angeblich Königin Marie-Antoinette getragen hatte. Woher aber die dafür verlangten 250 000 Franc nehmen? Sie fand einen Weg, indem sie Kriegsminister Berthier überredete, ihr zustehende, aber noch ausstehende Anteile an Geschäften mit Heereslieferanten zukommen zu lassen. So bekam sie den sündteuren Schmuck und hatte nur noch Napoleon weiszumachen, dass sie das Collier schon immer besessen habe.

Da mit dem Konsulat die Korruption nicht verschwunden war, konnte Joséphine nach wie vor von ihren geschäftlichen Verbindungen profitieren. Dies fiel ihr leichter, weil sie als Gemahlin des Premierkonsuls an Einfluss gewonnen hatte, aber auch schwerer, weil sie in ihrer hervorgehobenen Stellung vorsichtiger vorgehen musste.

Einen neuen Partner fand sie in Rouget de Lisle, der Frankreich die „Marseillaise" geschenkt hatte, aber sich mit der Ehre allein nicht begnügen wollte. Zusammen mit Joséphine vertrieb er Pariser Modeartikel nach Madrid. Da für diese Errungenschaften der französischen Zivilisation, die in ganz Europa begehrt waren, kein Zoll zu entrichten war, wurde es zwar kein großes, aber doch ein Geschäft, das etliches abwarf.

Einträglicher, wenn auch anrüchiger schienen sich die Geschäfte mit dem Heereslieferanten Goisson zu entwickeln, der in der Spekulation mit Immobilien eine zusätzliche Einnahmequelle gefunden zu haben meinte. Rouget de Lisle, Joséphines Agent, hatte jedoch bei diesem Geschäft keine Fortune. Die Compagnie, die Bankrott machte, verklagte ihn. Seine Partnerin befürchtete, in den Prozess hineingezogen zu werden. Der Kavalier Rouget de Lisle versprach ihr Diskretion. Aber würde er sich daran halten? Was geschähe, wenn Napoleon dahinter käme? Sie hätte sich nicht zu sorgen brauchen. Der Zorn des Gemahls, dem ihre Verwicklung in die Affäre nicht verborgen blieb, traf nicht die Auftraggeberin, sondern den von ihr Beauftragten.

Joséphine blieb in Verbindung mit großen Bankiers der Hauptstadt. Perregaux sicherte sie ihre Gewogenheit zu, wenn er einen ihrer Protegés in seinem Haus unterbringe. Ouvrard, der ihr so manchen Dienst erwiesen hatte, fiel als Vertrauter des gestürzten Direktors Barras bei Bonaparte in Ungnade. Über die Absicht des Premierkonsuls, ihn verhaften zu lassen, unterrichtete sie den Bankier, der sich dadurch aus der Schlinge zog, dass er den Italienfeldzug von 1800 mitfinanzierte.

Die Gemahlin des Machthabers scheute nicht davor zurück, Staatsgeheimnisse gegen klingende Münze preiszugeben. Als sie im Herbst 1801 erfuhr, dass ein Friedensvertrag mit England bevorstand, unterrichtete sie davon den Bankier Delarue, der sogleich Staatspapiere kaufte, deren Kurse nach Bekanntwerden der Unterzeichnung in die Höhe schnellten. Den Gewinn von 284 000 Franc teilte er mit seiner Informantin.

So machte sie mit dem Frieden ihre Geschäfte, wie sie von ihr im Krieg gemacht worden waren, und sie nahm sich vor, auch weiterhin aus ihrer Stellung Kapital zu schlagen. Da sie aber stets mehr ausgab als einnahm, erreichte die Differenz zwischen Soll und Haben ein Ausmaß, das mit dem Ruf der Gemahlin das Ansehen des Gemahls diskreditierte.

Achtes Kapitel

Glanz und Gefahr

Ein Jahr nach dem geglückten Staatsstreich, am 24. Dezember 1800, schickten sich der Premierkonsul und seine Gemahlin an, der Aufführung von Haydns Oratorium „Die Schöpfung" beizuwohnen. Im Hof der Tuilerien standen zwei Kutschen zur Fahrt nach der nahen Oper bereit. Napoleon, der es sich angewöhnt hatte, die Aufmachung seiner Frau wie die Uniform seiner Soldaten zu inspizieren, stellte fest, dass zu ihrem Kleid der Kaschmirschal nicht passe. Joséphine eilte in das Schloss zurück, um einen anderen aus ihrer reichen Sammlung der seit der Orient-Expedition als schick geltenden Halstücher auszusuchen.

Als sie wieder im Hof erschien, war Napoleon bereits aufgebrochen. Als ihre Kutsche – in der auch Tochter Hortense und Schwägerin Caroline saßen – in die Rue Saint-Nicaise einbiegen wollte, gab es dort eine Detonation. „Das galt Bonaparte!" rief Joséphine und wurde ohnmächtig. Die Fenster ihrer Kutsche waren zersplittert, Hortense war an der Hand verletzt.

War war geschehen? Zwischen dem vorausfahrenden Wagen Napoleons und dem hinterherfahrenden Wagen Joséphines war eine Höllenmaschine explodiert. Sie tötete acht und verletzte achtundzwanzig Menschen. Der Premierkonsul, der sich bereits in der Rue Saint-Honoré befunden hatte, war dem Attentat entgangen, und seine Gemahlin, die durch die Suche nach einem anderen Schal einige Zeit verloren hatte, war noch nicht in unmittelbarer Nähe der detonierenden Höllenmaschine angelangt. Als sie zur Oper kam, saß Napoleon bereits in seiner Loge und bemühte sich, seine Erregung zu unterdrücken. Joséphine schien, wie Laure Junot bemerkte, ihren Schrecken unter ihrem ins Gesicht gezogenen Schal verbergen zu wollen, „und wirklich hatte sie es diesem Schal zu verdanken, dass sie heil davongekommen war".

Weder die Ovationen des Theaterpublikums noch Haydns Oratorium vermochten sie zu beruhigen. Zurück in den Tuilerien schien sie die Glückwünsche der Höflinge nicht wahrzunehmen. Tagelang wagte sie sich nicht mehr aus dem von nun an streng bewachten Schloss. Zu ihr wurde nur noch vorgelassen, wer einen von Sekretär Bourrienne ausgestellten Passierschein vorwies.

Das Attentat erinnerte Joséphine daran, dass ihre Position als Gemahlin des Premierkonsuls nicht nur mit Glanz, sondern auch mit Gefahr verbunden war. Es war nicht auszuschließen, dass Todfeinde des neuen Regimes es nicht bei diesem einen Anschlag belassen würden. Bonaparte vermutete sie unter den Jakobinern, den Extremisten der Revolution, deren Krater zu schließen er sich vorgenommen hatte. Fouché wies nach, dass das Attentat in der Rue Saint-Nicaise nicht von seinen ehemaligen Genossen, sondern von Royalisten verübt worden war, die den aus dem Chaos aufgestiegenen Konsul beseitigen und einen König von Gottes Gnaden wiederhaben wollten.

Indessen scharten sich mehr und mehr Franzosen um den starken Mann, der Exzesse der Revolution beendete und deren Errungenschaften zum Nutzen der bürgerlichen Gesellschaft weiterführte. Schon zu Beginn des Konsulats wurde der Grundstein für eine Neuordnung Frankreichs gelegt. Zunächst machte Bonaparte seinen Frieden mit der römisch-katholischen Kirche, nicht weil ihm das ein persönliches Bedürfnis gewesen wäre, sondern weil er sie als Stütze seines Staates einsetzen wollte. Auch Joséphine war nicht religiös, aber ihr empfindsames Gemüt blieb vom Kult der Kirche nicht unbeeindruckt.

Nach dem Inkrafttreten des Konkordats wurde am 18. April 1802 in der Kathedrale Notre-Dame, die wieder für den Gottesdienst freigegeben worden war, mit einem Tedeum der Friedensschluss zwischen Staat und Kirche gefeiert. Der Erzbischof und dreißig Bischöfe empfingen den Premierkonsul und bekräftigten mit ihrem Schwur den Vertrag, der Cäsar mehr gab als dem Papst. „Das Volk", erklärte Napoleon, „braucht Religion, und diese Religion muss in den Händen der Regierung sein" – in seiner Hand, wie alles im neuen Regime.

Joséphine war in der Kathedrale zugegen. Sie gab sich dem Zauber des Ritus hin, genoss Orgelklang und Kerzenschimmer. Es imponierte ihr, dass ihr Gemahl im Mittelpunkt der Zeremonie stand, und die Glocken einen neuen Triumph Napoleons verkündeten. Doch mehr kostete sie das anschließende Grand Dîner im Tuilerien-Schloss aus. Dort fühlte sie sich in ihrem Element, war sie nicht Zuschauerin, sondern die im Mittelpunkt stehende Erste Frau neben dem Ersten Mann, konnte ihre schönste Robe und ihren prächtigsten Schmuck herzeigen, mit ihrer Erscheinung glänzen und bewundernde Blicke entgegennehmen.

In den Tuilerien begann Napoleon Bonaparte Hof wie ein Bourbone zu halten. Die Lakaien trugen grün-goldene Livreen, an der Tafel, hinter dem Stuhl des Herrn, stand der Leibdiener Raza Roustan, den Bonaparte aus Ägypten mitgebracht hatte. Joséphine war von adeligen Damen umgeben, die sich am Königshof zu bewegen gelernt hatten, und von Frauen aus der Verwandtschaft Bonapartes, die sich bemühten, mit ihnen Schritt zu halten. Am Hofe des Premierkonsuls und seiner Gemahlin, berichtete der Gesandte des Königs von Preußen, „werden die Umgangsformen von Versailles gepflogen", und ein Agent des im Exil lebenden Ludwig XVIII. meldete, dass das Lever, das dem Monarchen zugestanden hatte, vom Usurpator übernommen worden sei.

Der immer noch am Ancien Régime hängenden Joséphine missfiel es nicht, dass Bonaparte auch bei der Neuordnung Frankreichs manches aufgriff, fortsetzte und vollendete, was die Könige begonnen hatten: in erster Linie die Zentralisierung des Staates, der von oben nach unten durchorganisiert wurde, vom Staatschef und der Zentralregierung bis zu den Präfekten in den Départements. Der Haushalt wurde saniert, die Währung stabilisiert, die Wirtschaft gefördert und das Bildungswesen verbessert.

Die Fortschritte im Innern waren von einem Ausgreifen nach außen begleitet. Im 1801 mit Österreich geschlossenen Frieden von Lunéville gewann Frankreich das linke Rheinufer und erhielt die Anerkennung seiner Dependancen in Italien, der Schweiz und den Niederlanden. Der 1802 mit England geschlossene Frieden von Amiens gab Frankreich verloren gegangene Überseegebiete zurück, auch die Insel Martinique, die Heimat Joséphines, die das mehr zu würdigen wusste als den allgemeinen Frieden, der ihre Geschäfte mit Heereslieferanten beeinträchtigte und ihren Gemahl öfter als ihr lieb war zu Hause festhielt.

Das brachte für sie Verpflichtungen mit sich, die ihr freilich nicht alle unwillkommen waren. An der Seite des Premierkonsuls empfing sie hohe Gäste wie den König von Etrurien, einen Bourbonen, den Bonaparte unter diesem Titel zum Herrscher der Toskana gemacht hatte. Mit Napoleon ging Joséphine ins Theater, hörte Konzerte, besuchte die Antiken-Galerie und suchte – anlässlich einer Fuchsjagd in Ermenonville – das Grab Jean-Jacques Rousseaus auf.

Mit Napoleon reiste sie nach Lyon. Auf den ihnen zu Ehren gegebenen Festen kleidete sie sich in Seide, um der Stadt der Seidenweber zu gefallen und auch, weil ihr das gut stand. Bonaparte nahm die Parade von Resten seiner Orient-Armee ab, die nach dem Frieden von Amiens aus Ägypten nach Haus zurückgebracht worden waren. Er hatte sie im Stich gelassen, um in Frankreich seine Laufbahn fortzusetzen, die ihn an die Staatsspitze geführt hatte. Dies schienen auch Soldaten zu respektieren, die ihm Fahnenflucht vorgeworfen hatten, auch weil sie von ihm erwarteten, dass er sie als Oberbefehlshaber in glücklicher verlaufende Feldzüge führen würde.

Joséphine wurde ungern an Ägypten erinnert. Dort hatte Napoleon den Entschluss gefasst, sich von ihr scheiden zu lassen, und wenn er auch davon abgekommen war, so war doch nicht auszuschließen, dass er darauf zurückkommen würde. Es beruhigte sie zwar, dass er Pauline Fourès, seine Cleopatra, in Kairo zurückgelassen hatte und auch von der nach Paris

Zurückgekehrten nichts mehr wissen wollte. Aber neue Liebschaften ihres Gatten blieben ihr nicht verborgen. Auch wenn sie ihm bedenkenlos Hörner aufgesetzt hatte, so geriet sie doch über seine Seitensprünge außer sich. Die rasende Eifersucht entsprang nicht der Liebe zu ihrem Mann, sondern der Sorge, sie könne wegen einer anderen ihren Status als First Lady und die damit verbundenen Annehmlichkeiten verlieren. Sie fühlte sich in ihrem Ego verletzt, und sie befürchtete, er könnte durch ein uneheliches Kind beweisen, dass nicht er, sondern sie unfruchtbar sei.

Napoleon hatte Joséphine geliebt, aber, von ihr getäuscht und enttäuscht, war ihm nicht mehr an Liebe, nur noch an Sex gelegen, mit Frauen, die ihm boten, was ihn reizte, doch sich mit Affären begnügten und auf keiner Liaison bestanden. Vor allem von Damen des Theaters erwartete er, dass sie ihre Rollen als Liebhaberinnen auf der Bühne in letzter Konsequenz im Boudoir weiterspielten, aber hier wie dort daran gewöhnt waren, dass ein Stück nicht lange dauerte, das Fallen des Vorhangs unvermeidlich war.

Während des ersten Italienfeldzuges 1796 hatte ihm in Mailand die Opernsängerin Giuseppina Grassini Avancen gemacht, aber damals – als er sich noch an die Liebe zu Joséphine klammerte – war er ihr nicht entgegengekommen. Erst während des zweiten Italienfeldzuges 1800 verfiel er ihr, nahm sie mit nach Paris, ließ die Primadonna bei der Feier des Sieges bei Marengo singen und brachte sie in einem Haus in der Rue Caumartin unter. Da er jedoch mehr an politischen Schlachten als an amourösen Scharmützeln interessiert war, suchte er so selten das Liebesnest auf, dass Giuseppina sich dem Geiger Rode zuwandte.

Napoleon, der öffentlich für Ehemoral als Bindemittel der Gesellschaft eintrat, suchte seine Seitensprünge geheim zu halten. Doch Joséphine bekam Wind von der Affäre mit der Grassini. Sie sei der Grund für ihre Unannehmlichkeiten, für unerfreuliche Szenen mit Bonaparte, schrieb sie ihrer Vertrauten, Madame de Krény. Sie solle herausfinden, „wo diese Person wohnt und ob er sich zu ihr begibt oder sie zu ihm in die Tuilerien geht".

Der Gatte gab sich bald nicht mehr Mühe, seine Abenteuer vor ihr zu verbergen, erzählte davon der Gattin. Dabei wunderte er sich, wie Madame de Rémusat bemerkte, über ihre Missbilligung seiner „Zerstreuungen", die er in seiner Position für erlaubt und zur Erholung von seiner Arbeit für notwendig hielt. Um jene hervorzuheben und diese ohne längere Ablenkung von seinen wichtigeren Anliegen zu finden, ließ er die Damen zu sich in die Tuilerien kommen.

Dorthin wurde auch die Schauspielerin Catherine-Joséphine Raquin, genannt Mademoiselle Duchesnois, bestellt. Dank der Protektion Joséphines debütierte sie erfolgreich am Théâtre Français als Phaedra in Racines Tragödie „Phèdre et Hippolyte". Eine Farce war der private Auftritt in den Tuilerien. Sie wurde in das für Stelldicheins reservierte Gemach neben dem Arbeitszimmer Bonapartes geführt. Er ließ ihr sagen, dass er noch ein unaufschiebbares Dienstgeschäft zu erledigen habe und sie sich inzwischen entkleiden solle. Sie befolgte das „Déshabillez-vous!", das Napoleon, der ohne Umschweife zur Sache kommen wollte, den Auserwählten zu befehlen pflegte. Fast nackt, begann sie im ungeheizten Zimmer zu frösteln. Schließlich wagte sie es, dem nebenan noch immer arbeitenden Premierkonsul ausrichten zu lassen, dass es sie friere. Sie wurde auf der Stelle weggeschickt und nie mehr eingeladen.

Zum Zuge kam – und nicht nur einmal – ihre Kollegin und Konkurrentin Marguerite-Joseph Werner, genannt Mademoiselle George. Die Schauspielerin genoss, wie sie erzählte, den Vorzug, von Napoleon ausgezogen und auch wieder angezogen zu werden, wobei es ihm nicht rasch genug gehen konnte. So ließ er, „da ich Strumpfbänder mit Schnallen anhatte, über denen er die Geduld verlor, mir solche aus einem Stück anfertigen, die man über den Fuß das Bein hinaufstreifte".

Da die Liebschaft mit der George eine Weile anhielt, begann Joséphine in der Befürchtung, sie könnte zur Maîtresse-entitre avancieren, ihrerseits die Geduld zu verlieren. Als ihr wieder einmal zu Ohren gekommen war, dass die Schauspielerin die Nacht mit Napoleon in den Tuilerien verbringe, wollte sie die beiden in flagranti ertappen. Mit Madame de

Rémusat schlich sie zum Appartement ihres Gatten, machte jedoch auf halbem Wege kehrt, als sie die Stimme des Mameluken Roustan, der vor der Türe seines Herrn Wache hielt, zu vernehmen vermeinte. „Er ist imstande, uns umzubringen", soll sie ihrer Begleiterin zugeflüstert und den Rückzug angetreten haben.

Eine peinliche Szene blieb ihr nicht erspart. Eines Nachts wurde in den Tuilerien Alarm geschlagen. Napoleon hatte in seinem Bett, das er mit der George teilte, einen seiner epilepsieartigen Anfälle bekommen. Auch Joséphine eilte herbei und erblickte die kaum bekleidete Nebenbuhlerin, die dem Ohnmächtigen den Kopf hielt und ihm Wasser auf die Schläfen träufelte. Die Gattin hielt dem Gatten ein Riechfläschchen unter die Nase. Napoleon kam zu sich, fühlte sich lächerlich gemacht, beschimpfte die George, weil sie das ganze Schloss alarmiert, und Joséphine, weil sie die Samariterin gespielt hatte. Beide Frauen zogen sich zitternd zurück.

Das Verhältnis mit der Schauspielerin hielt noch eine Zeit lang, die Verbindung zu seiner Ehefrau lockerte sich zusehends. „Sobald er eine neue Geliebte hatte, wurde er zur Gemahlin grob, heftig und rücksichtslos", bemerkte die Hofdame Rémusat. Wenn sie ihm Vorwürfe gemacht habe, „fuhr er sie mit Worten an, die ich nicht wiederholen will". Zwar verbrachte er hin und wieder eine Nacht mit ihr, was sie am Morgen den ganzen Hof wissen ließ. Aber das erwünschte Ergebnis blieb aus: Sie wurde nicht schwanger, schenkte ihm nicht die Aussicht auf einen leiblichen Erben und sich nicht die Hoffnung auf die Dauerhaftigkeit ihrer Ehe.

So fuhr sie wieder nach Plombières. „Sie wusste, wie viel ihrem Gemahl daran lag, ein Kind zu haben", schrieb Laure Junot, „und um die ewige Angst vor einer Scheidung loszuwerden, kam sie nach Plombières, dessen Quellen im Ruf standen, den Frauen zu Mutterfreuden zu verhelfen".

Im Sommer 1801 brach sie von Malmaison nach dem Kurort am Westrand der Vogesen auf. Begleitet wurde sie von ihrer Tochter Hortense und ihrer Nichte Émilie Lavalette, die sie gerne dabei hatte, sowie Madame Letizia, was sie weniger schätzte; denn sie vermutete, dass ihr die Schwiegermutter als Aufpasserin mitgegeben worden war.

Die Fahrt dauerte zwei Tage. Die „Commodités" des Reisewagens waren nicht besonders kommod; der Bourdalou war zwar aus Porzellan, aber die Damen, die bei der Hitze viel tranken, genierten sich, wenn sie ihn benutzen mussten. Die Schwiegermutter blickte noch gestrenger als sonst um sich. Hortense stritt sich mit Émilie um ein Fläschchen Eau de Cologne. Joséphine vermisste ihr Malmaison und versprach sich wenig von der Kur, der sie sich wohl oder übel zu unterziehen hatte.

Die dreißig Tage im Bad verliefen zwischen Anwendungen und Zerstreuungen, Promenaden, Ausflügen und Soireen. Sie bekam Post von Tante Renaudin, deren zweiter Mann, der Marquis de Beauharnais, 1800 gestorben war und die sich nach einem Dreivierteljahr mit Pierre Danès de Montardat verheiratet hatte. Sie berichtete ihrer Nichte von der Parade am 14. Juli in Paris, wobei sie Bonaparte etwas abgemagert gefunden habe. Das Fest sei schön gewesen, aber es habe ihn ein wenig ermüdet, schrieb Napoleon nach Plombières. „Es ist so schlechtes Wetter, dass ich in Paris geblieben bin. Malmaison ist zu öde ohne Dich."

War er nicht nur wegen des Regens, sondern auch wegen einer Affäre in den Tuilerien geblieben? Joséphine blieb argwöhnisch. Als Gemahlin des Premierkonsuls sah sie sich geschätzt und geehrt. Auf der Rückreise wurde sie bei einer für sie in Nancy gegebenen Fête als Ballkönigin umschwärmt. In der Präfektur sang für sie ein Kinderchor: „Wo könnte man besser aufgehoben sein als im Schoß seiner Familie?"

Mit Napoleon Bonaparte hatte sie nach fünfjähriger Ehe noch keine Familie zu gründen vermocht. Auch nach der zweiten Kur in Plombières wurde sie nicht guter Hoffnung. „Bei meiner Frau hat die Menstruation wieder eingesetzt", stellte der Gatte fest. Aber er gab noch nicht auf, bestand 1802 auf einer dritten Kur, und Schwager Lucien forderte sie auf: „Allons, ma sœur, verschaffen Sie uns einen kleinen Cäsarion!"

Der Gatte, der sich für Cäsar hielt, ermunterte sie mit

brieflichen Liebesbekundigungen und erwartete ein positives Resultat der Kur. Ihre Mitteilung, sie sei unpässlich gewesen, begrüßte er: Dr. Corvisart, der Hausarzt, „sagte mir, das sei ein gutes Zeichen, die Bäder würden den gewünschten Erfolg haben". Kurz darauf hieß es in Napoleons Antwort auf einen neuen Brief Joséphines: „Du sprichst weder über Deine Gesundheit noch von der Wirkung der Bäder. Wie ich sehe, gedenkst Du in acht Tagen zurück zu sein. Das freut Deinen Freund ungemein, denn er langweilt sich allein!"

Aus dem ersten Satz sprach seine Ungeduld, sie endlich schwanger zu sehen, aus dem zweiten Satz die Überraschung, sie schon so bald wiederzusehen, und aus dem dritten Satz eine Unwahrheit; denn er langweilte sich nicht. In Malmaison verlustierte er sich mit der Sängerin Louise Rolandeau. Als Joséphine davon hörte, brach sie die Kur ab und eilte nach Haus. Dort wurde sie vom Gatten mit dem Vorwurf empfangen: Sie habe die Chance, doch noch ein Kind zu bekommen, durch ihre Eifersucht vertan.

Als Napoleon eines Morgens in Malmaison auf die Jagd gehen wollte, hielt ihn Joséphine davon ab: Das dürfe er nicht, denn „alle unsere Tiere sind trächtig". Napoleon seufzte: Alles hier vermehre sich – außer Madame.

Noch im Jahre 1802 gab es Nachwuchs bei den Bonapartes, freilich nicht für Napoleon und Joséphine, sondern für Bruder Louis und Tochter Hortense. Die Hochzeit war am 3. Januar 1802 gewesen, und am 11. Oktober kam Sohn Napoleon-Charles zur Welt.

Die Heirat war von Joséphine arrangiert worden, in der Erwartung, dass die Verbindung einer Beauharnais mit einem Bonaparte den korsischen Clan mit ihr versöhnte, vielleicht auch in der Hoffnung, dass Napoleon, wenn sie keine Kinder bekäme, einen Sohn seines jüngeren Bruders und seiner Stieftochter adoptierte. Dann wäre für einen Erben gesorgt gewesen und sie hätte vielleicht eine Scheidung nicht mehr fürchten müssen.

Aber schon bei der Hochzeitsfeier – in ihrer ehemaligen Villa in der Rue de la Victoire, die das Brautpaar als Hochzeitsgeschenk erhielt – wurde ihr bewusst, dass die auf Kosten ihrer Tochter aufgestellte Rechnung schwerlich aufgehen würde. Der Clan zeigte ihr weiterhin die kalte Schulter. Die Brüder des Bräutigams machten keinen Hehl aus ihrer Besorgnis, dass Louis oder ein Sohn aus seiner Ehe mit der Beauharnais und keiner von ihnen als Nachfolger des kinderlos bleibenden Napoleon in Frage käme. Auf Joséphine blieb der Albdruck einer Scheidung lasten. Das Brautpaar wurde – der Abschluss des Konkordats machte es möglich – kirchlich getraut. Napoleon schlug die Bitte seiner Frau ab, ihre Ehe nachträglich von einem Priester segnen zu lassen, und so nahm sie an, dass sich ihr Mann immer noch mit dem Gedanken an eine Trennung trug.

Das verweinte Gesicht der achtzehnjährigen Braut zeigte der Mutter, dass sie mit der von ihr betriebenen Ehe die Tochter nicht glücklich gemacht hatte. Hortense musste die Liebe zu General Duroc, dem Adjutanten und Vertrauten des Stiefvaters, der Familienräson opfern und einen Gatten in Kauf nehmen, der alles andere als liebenswürdig war. Louis Bonaparte litt unter den Folgen einer Geschlechtskrankheit und einer pathologischen Neurasthenie, die sich zum Verfolgungswahn auswuchs, was sein unleidliches Wesen noch unerträglicher machte.

Zur Heirat mit der Beauharnais musste Louis kommandiert werden. Von Anfang an hegte er den Verdacht, dass Hortense, ihrer Mutter nachgeratend, ihn zum Hahnrei machen würde. Ausgerechnet in der Hochzeitsnacht zählte er seiner Frau die bekannt gewordenen Fehltritte Joséphines auf und drohte ihr, sie zu verlassen, wenn sie vor Ablauf der Neunmonatsfrist ein Kind bekommen sollte. Die termingerechte Geburt des Sohnes am 11. Oktober 1802 beseitigte nicht seine Zweifel. Sein Bruder Lucien suchte ihm weiszumachen, nicht er, sondern Napoleon habe Hortense geschwängert, und er sei nur deshalb mit ihr verheiratet worden, um dem Kind von Stiefvater und Stieftochter seinen Namen zu geben.

Diese Behauptung wurde von der englischen Presse wiederholt und in Paris weiterverbreitet, sodass sie auch Joséphine zu Ohren kam. Ihre Tochter hielt sie über diesen Verdacht erhaben. Ihrem Mann hätte sie ein solches Vergehen schon eher zugetraut. Sie vergaß es nicht, dass er ihr – als sie ihm seine Affären vorhielt – zu verstehen gegeben hatte: Da er kein Mensch wie jeder andere sei, dürfte er sich anders als ein gewöhnlich Sterblicher verhalten.

Schon war Napoleon auf dem Wege zur Alleinherrschaft und Willkürherrschaft. Ein wichtiger Schritt zu einer neuen Monarchie und Despotie war seine Erhebung zum Ersten Konsul auf Lebenszeit am 2. August 1802. Am 25. Januar hatte er sich zum Präsidenten der Italienischen Republik ernennen lassen. Am 10. Mai legte er dem Volk die Frage zur Abstimmung vor: „Soll Napoleon Bonaparte Erster Konsul auf Lebenszeit sein?" 3 600 000 Franzosen sagten Ja, 8374 Nein. Die Nation stimmte mit überwältigender Mehrheit dem Manne zu, weil sie – wie der Schriftsteller Chateaubriand bemerkte – die von ihm versprochene Gleichheit und die von ihm verkörperte Macht geschätzt und die Zusammenfassung von Autorität und Demokratie in einer Hand gebilligt hätte.

Ein Senatsbeschluss erklärte am 2. August 1802 „auf Wunsch des französischen Volkes" Napoleon zum Ersten Konsul auf Lebenszeit und sprach ihm das Recht zu, seinen Nachfolger zu bestimmen. Sogleich änderte er die Verfassung, nahm er beiden Kammern, Tribunat und „Corps législatif" (Gesetzgebende Versammlung), verbliebene Kompetenzen, verlieh dem Senat einige Befugnisse und hielt ihn am Gängelband.

„Von nun an stehe ich auf der gleichen Höhe mit den anderen Souveränen", erklärte Napoleon, der die Dauer seiner Herrschaft und deren Erblichkeit gesichert sah. Das erste begrüßte die Gemahlin, auf die ein Abglanz der sich dem Zenit nähernden Macht Bonapartes fiel. Das zweite bedrückte die Gattin, die ihm immer noch keinen Sohn geboren hatte und ihm wohl auch keinen mehr schenken könnte.

Ihre gemischten Gefühle spiegelten sich im Gesicht der Neununddreißigjährigen, als am 15. August 1802 in Malmaison mit Napoleons dreiunddreißigstem Geburtstag seine Machterhebung gefeiert wurde. Das Fest war von Hortense arrangiert worden, die – obschon im siebten Monat schwanger – in einem Einakter von Alexandre Duval mitspielte und beim anschließendem Kotillon mittanzte. Im Monat darauf verließ Hortense die ehemalige Villa ihrer Mutter, in der Rue de la Victoire, die für sie mit unguten Erinnerungen verknüpft war, und ließ sich in einem vom Stiefvater gekauften Haus in derselben Straße nieder.

Zur selben Zeit – im September 1802 – bezogen der Erste Konsul und seine Gemahlin das Schloss Saint-Cloud bei Paris. Joséphine wäre lieber in Malmaison geblieben und nahm sich vor, so oft wie möglich in ihr Refugium zurückzukehren. Für Napoleon war dieses Schlösschen, das auf den Geschmack wie die Bedürfnisse seiner Frau zugeschnitten war, zu klein geworden. Und die Tuilerien waren ihm zu düster und erinnerten ihn daran, dass in diesem Schloss der letzte König Frankreichs, Ludwig XVI., gedemütigt und abgesetzt worden war. In Saint-Cloud war ihm der Staatsstreich geglückt, durch den er sich den Weg zu einer Macht gebahnt hatte, mit der er jene der Bourbonen zu übertrumpfen gedachte.

Saint-Cloud sollte seine Residenz par excellence werden. 1801 begann er mit der Renovierung des um 1658 von Ludwig XIV. erworbenen und im Stil der Zeit des Sonnenkönigs ausgebauten Schlosses; er ließ sich das 3 141 000 Franc kosten. Besonderen Wert legte er auf die Instandsetzung des Salon de Mercure, der schon bald zum Thronsaal werden sollte, des Salon de Venus, in dem er empfing, und der Galerie d'Apollon, die als Schauplatz für Haupt- und Staatsaktionen vorgesehen war. Keinen Wert legte er auf ein gemeinsames Schlafzimmer mit Joséphine. Er bezog über seinem Arbeitszimmer ein Appartement, in das er seine Geliebten bestellte.

Seine Räume ließ Napoleon, der den Stil des Empire jenem des Barock vorzog, erneut von den Hofarchitekten Percier und Fontaine einrichten. Auch Joséphine goutierte nicht die vorgefundene Innenausstattung ihres Appartements im Zentralbau. Marie-Antoinette, der Saint-Cloud von ihrem Gemahl geschenkt worden war, hatte damit den Architekten Mique, einen Meister des Louis-seize, beauftragt. Die Gemahlin des Premierkonsuls zog für die Neugestaltung den Architekten

Raymond und den Intendanten Pfister heran. Das Ergebnis kommentierte Napoleon mit der kurzen Bemerkung, dieses Appartement gleiche dem einer Kokotte, nicht dem einer Premierkonsulin.

Napoleon hielt es für angezeigt, Joséphine in die Zucht der Etikette seines Hofes und in die Disziplin der Sitten zu nehmen, die er zur Festigung seiner Herrschaft für unentbehrlich hielt. Der Abschluss des Konkordats entsprach seinem Bestreben, die Priester – neben Präfekten und Gendarmen – als Helfer heranzuziehen. In der Kapelle von Saint-Cloud wurde am 26. September 1802 die erste heilige Messe wie ein Staatsakt zelebriert. Die „Bürgerin Gattin des Ersten Konsuls" hatte in der Rangordnung der Teilnehmenden zum ersten Mal den Vortritt vor den beiden anderen Konsuln.

Da er mit seinem Hof an jenen der Bourbonen anzuknüpfen suchte, stellte Napoleon seiner Gemahlin vier Dames du Palais consulaire aus altem Adel zur Seite. Sie hatten den Auftrag, „die Honneurs neben Madame Bonaparte zu machen", in einer Art und Weise, wie es im Ancien Régime gebräuchlich gewesen war und wie es in seinem Nouveau Régime üblich werden sollte.

Comtesse Claire de Rémusat war eine geborene Vergennes. Ihr Vater, ein Neffe des Außenministers Ludwigs XVI., endete unter der Guillotine, ihr Gatte, Comte Laurent de Rémusat, wurde Préfet du Palais des Ersten Konsuls. Auch der Gemahl der Comtesse Jeanne de Luçay stand im Hofdienst, und jener der Marquise Claudine de Lauriston war Adjutant Napoleons. Sein Ordonnanzoffizier wurde der Marquis Auguste de Talhouët, dessen Gemahlin Élisabeth de Talhouët, die vierte Dame Joséphines, in Verbindung mit Royalisten blieb und Vergleiche zwischen Aristokratinnen und der Bürgerin Bonaparte zog, die nicht zugunsten der Letzteren ausfielen: Die Kreolin sei von einer an Demenz grenzenden Mittelmäßigkeit.

Joséphine gab sich einige Mühe, den Ansprüchen ihrer Damen gerecht zu werden und sich unter ihrer Anleitung in die höfischen Gepflogenheiten einzuüben. Man hatte sich an geregelte Abläufe von Verpflichtungen und Zerstreuungen zu gewöhnen, an Audienzen und Ausfahrten, an Pêtits Dîners, die zweimal, und an Grands Dîners, die einmal im Monat stattfanden, an den sonntäglichen Kirchgang und die abendlichen Spiele, bei denen am Tisch Joséphines, wie einst bei der Königin, eine Dame, ein Minister und ein Gesandter platziert waren.

„Madame Bonaparte empfing tout le monde mit liebenswürdiger Gewogenheit", bemerkte Madame de Rémusat. „Ohne eigentlich hübsch zu sein, besaß sie einen entzückenden Charme." Wenn sie ihren kleinen Mund nicht so oft aufmachte, seien ihre schlechten Zähne nicht aufgefallen, und ihre etwas dunkle Gesichtsfarbe habe sie mit Rouge, künstlichem Wangenrot, und Blanc, weißem Puder, überdeckt, und sie sei, dank des Aufwandes, den sie sich leistete, und der Zeit, die sie dafür erübrigte, stets gut gekleidet gewesen. „Ihre Figur war perfekt, alle Glieder waren fein und geschmeidig, und sie bewegte sich ungezwungen und elegant", sei wohlwollend anderen entgegengetreten.

Mit ihrer Erscheinung und ihrem Benehmen trug Joséphine zur Gewöhnung an den neuen Hof und zur Popularisierung des Hofherrn wie der Hofherrin bei. Selbst Talleyrand, der dem alten Regime, das er mitgestürzt hatte, nachzutrauern begann, musste zugeben, dass ihr bei öffentlichen Auftritten kaum ein Fauxpas und kaum ein falscher Ton unterlaufen sei, dass sie ihr Metier als Erste Dame des neuen Regimes zu beherrschen gelernt habe.

In die Politik mischte sie sich nicht ein. Dies hätte Napoleon nicht geduldet, der meinte: „Die Staaten sind verloren, sobald Frauen die öffentlichen Angelegenheiten in die Hand nehmen." Joséphine verlangte es nicht danach. Sie habe sich nur um ihre persönlichen Angelegenheiten gekümmert, bemerkte Madame de Rémusat. Doch durch ihr Auftreten an der Seite Napoleons, der einzig und allein die Politik bestimmte, tat sie das ihre, diese zu repräsentieren und ihr zur Akzeptanz zu verhelfen.

Mit Bonaparte besuchte sie eine Ausstellung von Produkten der Industrie, die er als Antriebskraft der Wohlfahrt und des Steueraufkommens förderte. Sie war beim Empfang von Gesandten ausländischer Staaten zugegen, mit denen der Erste

Konsul zur Zeit Frieden hielt, ohne weitere Waffengänge auszuschließen. Sie reiste mit ihm – vom 29. Oktober bis 14. November 1802 – in die Normandie zur Inspizierung der Küste, die Napoleon als Sprungbrett gegen England vorgesehen hatte; denn der Frieden von Amiens galt nur als Waffenstillstand zwischen den rivalisierenden Mächten.

Die Reise begann in Saint-Cloud um sechs Uhr morgens, und das hieß für Joséphine, die bis in den Vormittag hinein zu schlafen pflegte, mitten in der Nacht. Am Nachmittag war man in Evreux, wo sie, obgleich sie sich übernächtig fühlte, alle ihr zugedachten Ehrungen über sich ergehen ließ, sich auch die von zwanzig Mädchen aufgesagten Gedichte, ohne sich gelangweilt zu zeigen, geduldig anhörte. Am nächsten Tag erreichte man Rouen, wo sie eine Woche lang Empfänge und Besichtigungen erwarteten.

„Maman hat ein bisschen Kopfweh", schrieb Eugène, der mit von der Partie war, seiner Schwester Hortense. Ein Vorfall bereitete Joséphine weniger Ungemach als dem Gemahl. Bei der Messe in der Kapelle der Präfektur reichte Erzbischof Étienne-Hubert Cambacérès, Bruder des Zweiten Konsuls, dem Ersten Konsul und seiner Gemahlin nicht das Weihwasser und betete nicht für ihr Heil. Napoleon grollte: Ihm seien die einem Souverän zustehenden Ehren vorenthalten, dem Cäsar nicht das ihm Gebührende gegeben worden. Andere Franzosen wussten, was sie dem hohen Paar schuldig waren. Der Bürgermeister von Beauvais informierte sich im Archiv, wie nach dem Beispiel früherer Monarchen der neue Alleinherrscher zu begrüßen sei. Dessen Gemahlin empfing der Stadtpfarrer von Le Havre mit einer Eloge, bei der sich ihre Entourage ein Lächeln verkniff: Er wie die gesamte Geistlichkeit feierten den Tag, an denen es ihnen vergönnt sei, „Eurer Tugend den Tribut ihrer Bewunderung zu zollen".

Mit gemischten Gefühlen kam Joséphine ihren Repräsentationspflichten nach. Sie suchte sich ihrem Gemahl auf Schritt und Tritt anzupassen, war sich jedoch nie ganz sicher, ob ihr dies gelänge und sie es ihm recht machte. Sie atmete auf, wenn er sie bei offiziellen Anlässen allein ließ. So konnte sie es kaum erwarten, bis er, der Nichttänzer, einen Ball verließ und endlich getanzt werden durfte. Es kam ihr nicht ungelegen, wenn Bonaparte, der eine Mahlzeit mit ähnlichem Tempo wie die Aktenarbeit hinter sich bringen wollte, nach einigen Bissen und Schlucken die Tafel verließ. Die Gäste hatten sich zu erheben, aber – kaum war er zur Tür hinaus – wurden sie von ihr gebeten, sich wieder zu setzen, die Speisenfolge angemessen zu würdigen und die Tischgespräche locker fortzusetzen.

Joséphine nahm gern bewundernde Blicke und selbst übertriebene Schmeicheleien entgegen, auch das Kompliment, das ihr der „Moniteur", das Amtsblatt der Regierung, nach einem sechsstündigen Stehempfang in Rouen machte: Diesen habe die Gemahlin des Ersten Konsuls mit „Liebenswürdigkeit und Sanftmut" durchgestanden. Doch sie seufzte im Korsett des Protokolls, unter dem Joch ihrer Obliegenheiten, und sie befürchtete Attentate, bei denen sie nicht so glimpflich wie am 24. Dezember 1800 davonkäme. Sie wusste, dass Royalisten wie Jakobiner die Hoffnung nicht aufgegeben hatten, das neue Regiment zu beseitigen und die Monarchie der Bourbonen beziehungsweise die revolutionäre Republik wiedereinzuführen. Als sie im Januar 1803 Durchfall und Fieber bekam, verursacht durch verdorbenes Rizinusöl, glaubte sie vergiftet worden zu sein.

Zunehmend litt sie unter ihrer Eifersucht. Der Gatte machte keinen Hehl mehr aus seinen Seitensprüngen, bei denen der eine oder andere, wie die Gattin sich sorgte, in einer festen Beziehung enden könnte. Sie verdächtigte ihre Palastdame Rémusat, mit der Position einer Maîtresse-en-titre zu liebäugeln. „Madame Joséphine hat mir gegenüber zugegeben, dass sie Bonaparte Vorwürfe in Bezug auf mich gemacht und dass er, darüber amüsiert, sie völlig im Unklaren gelassen hätte", erinnerte sich Madame de Rémusat. „Ich kann mit gutem Gewissen sagen, dass die Reinheit meiner Seele, die Empfindungen, die mich zeitlebens an meinen Gatten banden, es mir unmöglich machten, die Verdächtigungen zu beachten, die in den Vorzimmern Bonapartes laut wurden."

Anziehender für Napoleon und gefährlicher für Joséphine

wurde Madame Marie-Antoinette de Duchâtel. Die junge und schöne Frau, eine Hofdame seiner Gemahlin, war mit einem Mann verheiratet, der ihr Vater hätte sein können. In ihren tiefblauen Augen, bemerkte Laure Junot, habe ein unwiderstehlicher Zauber gelegen. Ihm erlag Napoleon, der auch ihre weiteren Reize zu würdigen wusste, und er begann mit ihr ein Verhältnis. Joséphine, der es nicht verborgen blieb, begann zu befürchten, dass aus der Affäre eine Liaison werden könnte.

Sie spionierte dem Gemahl und seiner Favoritin nach, in der Hoffnung, sie mitten im Ehebruch zu ertappen, und in der Erwartung, dadurch der Beziehung ein Ende mit Schrecken zu bereiten. Eines Tages, als sie Napoleon in seinem Arbeitszimmer nicht vorfand, schlich sie die geheime Treppe zu den darüber liegenden Räumen hinauf, in denen er seine Damen zu empfangen pflegte. An der Türe horchend, hörte sie die Stimmen Napoleons und der Duchâtel. Sie klopfte, ihren Namen nennend, fest an die Tür. Als diese endlich geöffnet wurde, erzählte sie der Rémusat, „zeigten sich beide in einem Aufzuge, der keinen Zweifel mehr zuließ. Ich habe sie mit Vorwürfen überschüttet. Madame Dûchatel fing an zu weinen; Bonaparte war so aufgebracht, dass ich mich eiligst entfernte, um seinem Wüten zu entgehen“.

Kaum war sie in ihrem Boudoir angelangt, wurde die Tür aufgerissen, Napoleon stürmte herein und blitzte und donnerte sie an: Wie hätte es ausgerechnet sie, die nicht nur einen Ehebruch begangen habe, wagen können, ihm nachzuspionieren, in seine Intimsphäre einzudringen! Sie solle sofort Saint-Cloud verlassen und sich auf eine Scheidung gefasst machen.

Als Napoleons Zorn verraucht war und sie sich genug zerknirscht gezeigt hatte, schien sich die Ehe wieder eingerenkt zu haben. Aber das Gespenst der Scheidung ging weiter um. Während der Taufe des Sohnes ihrer Tochter Hortense und Napoleons Bruder Louis in der Schlosskapelle von Saint-Cloud war ihr schmerzhaft bewusst geworden, dass sie ihre erste Pflicht und Schuldigkeit, dem Herrscher Frankreichs einen leiblichen Erben zu schenken, nicht erfüllte.

Die kinderlose Frau wusste das bedeutendste Reformwerk, den „Code Napoléon“, nicht wie alle Welt zu schätzen. Das bürgerliche Gesetzbuch, in dem die durch die Revolution entstandene Gesellschaftsordnung anerkannt wurde, nützte dem Bürgertum wie dem Autokraten, der sich im zivilen Bereich auf diese Klasse stützte. Doch die Frauen wurden benachteiligt. Der Pater familias sollte seine Familie wie der Pater patriae sein Volk beherrschen und regieren; er erhielt die volle Verfügungsgewalt auch über das Eigentum der Ehefrau, die ohne Erlaubnis ihres Ehemannes keine Geschäfte tätigen durfte.

Der Gemahlin Napoleons gefiel, dass die Zivilehe bestätigt wurde, aber missfiel, dass die Ehescheidung möglich blieb. Musste sie nicht eine Auflösung ihrer Ehe befürchten, wenn sie dem Paragraphen zuwiderhandelte: Eine Frau habe in der Ehe gehorsam und treu zu sein? Könnte es nicht ein Scheidungsgrund sein, wenn sie gegen ein Grundgesetz des „Code civil", die Familie sei das Fundament der Gesellschaft, verstieße, indem sie, ohne Kinder bleibend, keine Familie mitzugründen vermöchte?

Das Damoklesschwert der Scheidung blieb über Joséphine hängen. Der ihr als Gemahlin Napoleons beschiedene Glanz war unablässig in Gefahr, zu verblassen oder ganz zu verschwinden.

Neuntes Kapitel

Stufen zum Thron

„Guerre ouverte" hieß das im April 1803 im Theater von Malmaison aufgeführte Schauspiel von Dumaniant, das weniger durch seine künstlerische Qualität als durch eine unbeabsichtigte Aktualität Aufmerksamkeit erregte. Denn der Frieden von Amiens zerbrach und der Krieg zwischen Frankreich und England wurde neu eröffnet. Er werde den Kriegsschrecken nach London tragen, erklärte Bonaparte. Da aber keine Pontonbrücke über den Ärmelkanal zu schlagen war, musste seine Landmacht zu einer Seemacht erweitert und die England gegenüber liegende Küste gegen einen Angriff der Briten gesichert wie als Basis für eine Invasion der Insel befestigt werden.

Zu diesem Zweck begab sich der Erste Konsul im Juni 1803 nach Nordfrankreich und Belgien, den ehemaligen österreichischen Niederlanden, die 1795 französisch geworden waren. Auf die Visitation nahm er seine Gemahlin zur Repräsentation mit. Dabei sollte sie, wie eine Königin, die Kronjuwelen und ihre prächtigsten Roben tragen.

Am 24. Juni brachen sie in Saint-Cloud zur ersten Etappe nach Mortefontaine auf. Im Château Joseph Bonapartes trübte ein Zwischenfall das Wiedersehen. Als man zur Tafel schritt, wollte der Hausherr mit Mutter Letizia vorangehen. Napoleon ergriff den Arm Joséphines, schob alle anderen beiseite, setzte sich mit ihr an die Spitze des Zuges und auf die Ehrenplätze am Tisch. Als Erster im Staate demonstrierte er seinen Vorrang vor seinem älteren Bruder und den seiner Gemahlin vor seiner Mutter. Gegen den arrivierten Sohn und Bruder wagte der Clan nicht aufzubegehren, aber gegen dessen Frau ging er noch mehr auf Distanz.

Joséphine atmete auf, als sie am nächsten Morgen Mortefontaine verließen. Am Abend stiegen sie in Amiens in der Präfektur ab, wo sich alles um den Ersten Konsul und seine Gemahlin drehte. Am 28. Juni begab sich Napoleon allein an die Küste. In Boulogne, dem für ein Landungsunternehmen gegen England wichtigsten Platz, und in Calais, dem ihm am nächsten liegenden Ort Frankreichs, inspizierte er Befestigungen, Hafenanlagen und das Schiff „Joséphine". Die Gemahlin traf er am 11. Juli in Brügge. Sie hatte sich ohne ihn, bei gelockertem Protokoll, weniger strapaziert und mehr amüsiert.

In Brügge und anschließend in Gent hatte sie wieder mit Bonaparte die Honneurs zu machen, Audienzen zu gewähren und Huldigungen entgegenzunehmen. In Antwerpen empfing sie Festbeleuchtung, und im Rathaus, in dem Rheinwein kredenzt wurde, wandte sich der Bürgermeister in seiner Ansprache an Joséphine: „Madame, in ihren Händen liegt das Glück Napoleons des Großen, weshalb sie ein geheiligtes Anrecht auf unsere Segenswünsche und Dankesbezeugungen haben." Als „Meisterwerk der Schöpfung" wurde sie vom Erzbischof von Mecheln bezeichnet, der sie aufforderte, weiterhin „ihre liebenswürdigen Eigenschaften einzusetzen", um ihrem Gemahl „köstliche Erholung" zu bieten.

In Brüssel, wo sie eine Woche lang weilten, zogen sie durch dasselbe Portal, durch das einst Kaiser Karl V. die Kathedrale betreten hatte, in Sainte-Gudule ein, wo Kardinal Caprara, der Legat des Papstes, ein Hochamt zelebrierte. Ein Fest jagte das andere. „Wir tanzen jede Nacht", schrieb Joséphine an Hortense, „und wir steigen jeden Tag aufs Pferd". Die Brüsseler, die wie fast alle Belgier Frankreich im Allgemeinen und dessen neuem Herrscher besonders ergeben waren, ließen es an nichts fehlen. Die Damen waren so herausgeputzt, dass Napoleon ihre Toiletten für aufwendiger als jene seiner Gemahlin hielt. Zum ersten Mal und zum letzten Mal in ihrem Leben warf er ihr vor, nicht verschwenderisch genug gewesen zu sein. Sie ließ sich das nicht zweimal sagen. Am 11. August nach Saint-Cloud zurückgekehrt, begann sie mit vollen Händen Geld für Garderobe und Schmuck auszugeben.

Im November 1803 reiste der Erste Konsul allein nach Boulogne, um die Vorbereitungen einer Invasion Englands voranzutreiben. Auf einer „Tour d'ordre" genannten Anhöhe, auf der er das Meer im Blick behielt, ließ er sich eine Baracke bauen. Dort leistete ihm Madame de Rémusat, die zur Pflege ihres erkrankten Gatten, der als Palastpräfekt Bonaparte begleitete, herbeigeeilt war, ab und zu Gesellschaft – in allen Ehren, wie sie versicherte. Dies wollte ihr Joséphine, die davon Wind bekommen hatte, nicht abnehmen. Denn sie ging davon aus, dass ihr Gatte keine Gelegenheit zu einem Seitensprung auslassen würde. In der Tat hatte er in Boulogne einige flüchtige Affären, so mit einer Italienerin, und mit einer „Mademoiselle L. B.", die – wie Kammerdiener Constant verriet – als Tänzerin mit „allerhand mehr gewagten als graziösen Stellungen" auf sich aufmerksam machte.

Derweilen langweilte sich Joséphine zu Haus, griff jedoch nicht, wie es Napoleon den Ehefrauen empfahl, zu Handarbeiten, sondern begann sich für Politik, wovon er dringend abriet, zu interessieren. Sie wagte sich auf ein Feld, das sie bislang gemieden hatte und auch, kaum hatte sie es betreten, wieder verließ. Vielleicht war sie von der Marquise de Montesson dazu animiert worden. Die Witwe des Herzogs Louis-Philippe von Orléans hatte der Frau des Ersten Konsuls höfisches Benehmen beigebracht und Damen der alten Aristokratie bei ihr eingeführt. Sie hielt ihre schützende Hand über in Schwierigkeiten geratene Angehörige des Ancien Régime und schien auch Joséphine dazu angehalten zu haben.

Am 15. Februar 1804 wurde Joséphine von der ihren Dienst antretenden Palastdame Rémusat mit verweinten Augen angetroffen. Der Erste Konsul hatte den General Jean-Victor Moreau, der die Österreicher in Belgien und Bayern besiegt hatte, verhaften lassen. Bonaparte, der in dem populären Militär einen Rivalen sah, benützte die Gelegenheit, dass er royalistischer Umtriebe verdächtigt wurde, um sich seiner zu entledigen.

Joséphine bedrückte weniger die Verhaftung Moreaus, von

dessen Frau und Schwiegermutter, beide Kreolinnen, sie leidenschaftlich gehasst wurde, als die Gefahr, in der ihr Gemahl und sie mit ihm zu schweben schien. Denn royalistische Verschwörer wollten Bonaparte beseitigen, das Konsulat abschaffen und die Bourbonen auf den Königsthron zurückführen. Selbst Republikaner der ersten Stunde waren in das royalistische Komplott verwickelt, wahrscheinlich Moreau, sicherlich General Jean-Charles Pichegru, der nach Siegen gegen äußere Feinde der Revolution sich deren inneren Feinden angeschlossen hatte. Hauptverschwörer war Georges Cadoudal, ein Führer der königstreuen Chouans, die seit 1792 in der Bretagne, im Verein mit Gesinnungsgenossen in der Vendée, einen Kleinkrieg gegen die Republik führten, nach ihrer Unterwerfung sich 1799 noch einmal erhoben hatten und nun Bonaparte und sein Regime subversiv zu stürzen versuchten.

Nach Moreau wurden auch Pichegru und Cadoudal verhaftet. Joséphine war nicht beruhigt und Napoleon nicht befriedigt. Er glaubte ein Exempel statuieren, mit den Royalisten die Bourbonen abschrecken zu müssen. Da Ludwig XVIII. und sein Thronerbe, der Graf von Artois, außer Reichweite waren, ließ er Louis von Bourbon, Prinz von Condé, Herzog von Enghien, der im badischen Ettenheim in der Emigration lebte, am 15. März 1804 von über die Grenze hinübergerittenen Dragonern festnehmen und ihn über Straßburg nach Paris bringen.

Diese Aktion war nicht geheimzuhalten. Auch Joséphine hörte davon. Sie war entsetzt über die Entführung des Prinzen von königlichem Geblüt, eines Repräsentanten des Ancien Régime, für das die ehemalige Vicomtesse immer noch Sympathien hegte und darin von adeligen Damen ihrer Umgebung bestärkt wurde. Zur Empörung kam die Befürchtung, dass Napoleon mit Enghien kurzen Prozess machen, ihn hinrichten lassen und sich dadurch als Nachfahre der Jakobiner erweisen würde, die nicht nur Ludwig XVI. und Marie-Antoinette, sondern auch ihren ersten Gemahl und mehrere ihrer Freundinnen und Freunde guillotiniert hatten.

Joséphine beschwor Bonaparte: Er dürfe nicht in die Fußstapfen der Mörder der Könige und Aristokraten treten, seine

Joséphine. Porträtmedaillon auf Elfenbein. –
Rueil-Malmaison, Musée Nat. du Château

Geburtsort Joséphines: Die Domaine La Pagerie auf der
französischen Antilleninsel Martinique. Gemälde 1. Hälfte
des 19. Jahrhunderts. – Rueil-Malmaison, Musée Nat. du Château

Joséphine mit ihrem ersten Gatten Alexandre Beauharnais
und den Kindern Eugène und Hortense 1794
im Revolutionsgefängnis. Gemälde von Viger du Vigneau 1867. –
Rueil-Malmaison, Musée Nat. du Château

Joséphine, verwitwete Beauharnais.
Zeichnung von Jean-Baptiste Isabey um 1795

Napoleon als Premierkonsul. Gemälde von
Jean-Auguste-Dominique Ingres. – Liège, Musée des Beaux-Arts

Joséphine, Gemahlin des Ersten Konsuls Napoleon Bonaparte.
Gemälde von François Gérard um 1801. –
Rueil-Malmaison, Musée Nat. du Château

Napoleon Bonaparte, an seiner Seite Joséphine, erhält am 18. Mai 1804 in Saint-Cloud die Berufung zum Kaiser der Franzosen. Kupferstich von François Pigeot nach einem Gemälde von Georges Rouget.

Napoleon I. krönt am 2. Dezember 1804 Joséphine zur Kaiserin der Franzosen in der Kathedrale Notre-Dame in Paris. Porzellanmalerei von L. Malpasse nach einem Gemälde von Jacques-Louis David. – Rueil-Malmaison, Musée Nat. du Château

Schloss Malmaison bei Paris, Lieblingsaufenthalt Joséphines. Ansicht von 1805. Gemälde von Pierre-Joseph Petit. – Rueil-Malmaison, Musée Nat. du Château

Joséphine, Kaiserin der Franzosen.
Gemälde von François Gérard.

Hortense Beauharnais, Tochter Joséphines. Gemälde um 1805. – Napoleon-Museum, Schloss Arenenberg/Schweiz

Eugène Beauharnais, Sohn Joséphines. Miniatur von Daniel Saint. – Napoleon-Museum, Schloss Arenenberg/Schweiz

Kaiserin Joséphine erhält durch einen Kurier die Nachricht von einem Sieg Kaiser Napoleons. Gemälde von Nicolas A. Taunay. – Rueil-Malmaison, Musée Nat. du Château

Kaiserin Joséphine. Unvollendetes Gemälde von
Pierre-Paul Prud'hon. – Rueil-Malmaison, Musée Nat. du Château

Joséphine unterzeichnet 1809 in den Tuilerien
die Urkunde der Scheidung von Napoleon. Stahlstich von
Janet nach einem Gemälde von Frédéric-Henri Schopin. –
Rueil-Malmaison, Musée Nat. du Château

Kaiserin Joséphine um 1809. Gemälde von Antoine-Jean Gros. – Rueil-Malmaison, Musée Nat. du Château

„Der Tod Joséphines" am 29. Mai 1814 in Malmaison. Lithografie von Jules Alexandre Monthelier nach einer Zeichnung von Jean-Louis Tirpenne. – Rueil-Malmaison, Musée Nat. du Château

Hände nicht mit Bourbonenblut beflecken. Frauen dürfen sich nicht in Angelegenheiten des Staates einmischen, erwiderte Napoleon, und als sie nicht aufgab, fertigte er sie ab: „Geh weg, Du bist nur ein Kind, Du verstehst nichts von den Notwendigkeiten der Politik".

Der Herzog von Enghien wurde in der Nacht vom 20. auf den 21. März 1804, kurz nach seiner Ankunft in Vincennes bei Paris, im Festungsgraben füsiliert und verscharrt. Als Joséphine davon erfuhr, geriet sie außer sich. Bonaparte, den sie zur Rede stellte, würdigte sie keiner Erklärung. Sie sei ja nur eine Frau, murmelte sie vor sich hin, ihr bliebe nur das Weinen. Zwei Dinge stünden den Frauen gut, meinte Napoleon, das Rouge und die Tränen.

Aderlass sei ein Mittel der Medizin wie der Politik, sagte er zur Tischgesellschaft in Malmaison, und der Nation erklärte er: „Ich ließ den Herzog von Enghien festnehmen und verurteilen, weil es für die Sicherheit und das Interesse wie für die Ehre des französischen Volkes nötig war." Würden die Franzosen, vor allem die skeptischen Pariser, diese Auslegung akzeptieren? Wie jemand, der feuernden Kanonen entgegengehe, bemerkte Madame de Rémusat, begab sich Joséphine am 22. März, einen Tag nach dem Standgericht, mit ihrem Gemahl in die Oper. Sie beruhigte sich einigermaßen, als beiden nicht Buhrufe, sondern Hochrufe entgegenschallten.

Bonapartes Rechnung ging auf. Der Erschießung Enghiens folgte die Hinrichtung von Cadoudal und elf Chouans. Pichegru wurde in seiner Zelle erwürgt aufgefunden. Das Urteil gegen Moreau, zwei Jahre Gefängnis, wurde in Verbannung nach Amerika umgewandelt. Er habe die Chance gehabt, resümierte Napoleon, Unruhestifter jedweder Couleur nachhaltig abzuschrecken: „Und das ist mir auch gelungen; die Komplotte hatten mit einem Mal aufgehört."

Er verkörpere die Revolution, deren Exzesse er beendet habe und deren Errungenschaften er fortführen wolle, sagte Bonaparte und bot sich der Nation, nachdem die Gefahr einer Restauration der Monarchie der Aristokraten beseitigt war, als Monarch des Volkes an.

„Werde kein König, Bonaparte", hat Joséphine im Frühjahr 1804 ihren Gemahl, den sie immer noch mit seinem bürgerlichen Familiennamen anredete, während ihn die Franzosen schon, wie einen Monarchen, mit dem Vornamen bezeichneten. König wollte er nicht werden, nicht einmal im Titel die Erinnerung an die Bourbonen wachrufen. Napoleon wollte Kaiser werden, der für höher und mächtiger als ein König galt. Der Franke Karl der Große war Kaiser und Herr über das Abendland gewesen. Der Römer Augustus trug den Titel Cäsar, also Kaiser, nach dem des Imperators, des militärischen Oberbefehlshabers. Ein solcher gedachte Napoleon in erster Linie zu sein und sich deshalb Empereur zu nennen und sein Empire wie ein Feldherr zu kommandieren.

Soldaten hatten Bonaparte auf den Schild gehoben, auf den Thron musste sich Napoleon durch Bürger erheben lassen. Durch die Revolution zu Citoyens geworden, mochten sie sich nur einen Bürgerkaiser, einen Kaiser der Franzosen vorstellen. Dieser sollte „Freiheit, Gleichheit, Brüderlichkeit" bewahren sowie, in Weiterführung der Kriege der Republik, durch Eroberungen Frankreich größer machen.

Ob König oder Kaiser – für Joséphine ergaben sich dieselben Probleme. Ein König reichte die Krone an einen leiblichen Erben weiter. Ein Kaiser konnte zwar, wie im römisch-deutschen Reich, gekürt werden und die Wahl auf den Angehörigen eines anderen Hauses fallen. Doch dies wollten weder der Thronanwärter noch die Organe der Republik, die wünschten, dass Napoleon zum Kaiser proklamiert und die Kaiserwürde in seiner Familie erblich sei.

Die Gemahlin Napoleons, die Kaiserin in spe, war kinderlos, und dies stellte die Erblichkeit in direkter Linie in Frage. Dieses Problem wäre gelöst, wenn Joséphine jetzt stürbe, erklärte Fouché in der ihm eigenen Brutalität. Dann müsste sich Napoleon nicht scheiden lassen, der Witwer könnte sich eine neue Frau nehmen und mit ihr Kinder und Erben haben. Die vom Senat, dem Tribunat und der Gesetzgebenden Körperschaft gebrauchte Formulierung, Napoleon sollte in seiner Familie die höchste Gewalt erblich machen, wollte Fouché nicht so verstanden wissen, dass auch einer seiner Brüder –

„die von geradezu empörender Unfähigkeit sind" – in Frage käme.

Die eigentlichen Feinde Bonapartes seien jene, „die ihm die Ideen von Erblichkeit, Dynastie, Scheidung und Heirat eingeben", sagte Joséphine zu Fouché. Mit einundvierzig und voller Lebenslust dachte sie nicht ans Sterben. Eine Scheidung suchte sie zu vermeiden. Den Brüdern Bonaparte gönnte sie nicht die Nachfolge ihres Mannes, der sie alle haushoch überragte. Einen Ausweg sah sie in der Adoption eines Sohnes ihrer Tochter Hortense, die mit Louis Bonaparte verheiratet war und 1802 den Sohn Napoleon-Charles und 1804 den Sohn Napoleon-Louis gebar. Doch deren Vater wollte sein Erbfolgerecht nicht an einen seiner Sprösslinge abtreten, und Joseph, der Älteste der Bonaparte, weigerte sich, das seinige zugunsten seines Bruders Louis und erst recht nicht eines Enkels der verhassten Beauharnais aufzugeben.

Napoleon ärgerte sich über seine Familie und sorgte sich wegen Joséphine. War sie überhaupt würdig, eine Krone zu tragen, und fähig, sich auf dem Thron entsprechend zu verhalten? Könnte sie sich im Zaum halten, ein für allemal auf Eskapaden verzichten, ihre Verschwendungssucht eindämmen und ihre mangelhafte Bildung soweit aufbessern, dass sie ihren vielfältigen Aufgaben gewachsen wäre? Daran zweifelte er. Aber er musste ihr zugestehen, dass sie natürliche Gaben besaß, die einer Majestät anstünden. Bereits als Erste Dame des Konsulats wusste sie alle gebührend zu empfangen und viele für sich einzunehmen, und es war anzunehmen, dass sie auch als Impératrice das Kaisertum zu repräsentieren verstünde.

Welche Antworten auf seine Fragen er auch gefunden haben mochte, eine musste er ausschließen. In einem Moment, da er sich zum Empereur „durch den Volkswillen" wie „durch die Gnade Gottes" von den Citoyens und den Gläubigen proklamieren lassen wollte, durfte er sich nicht von seiner Ehefrau trennen. So sagte er dem Staatsrat Roederer zum Weitersagen: Joséphine sei eine gute Frau, von der niemand etwas zu befürchten habe. „Sie begnügt sich mit Schmuck, mit Kleidern; das sind eben dic kleinen Schwächen ihres Alters." Wenn er sie zur Kaiserin mache, so sei das nur recht und billig. „Denn hätte man mich ins Gefängnis geworfen, so hätte sie auch mein Unglück geteilt. Es ist nur gerecht, dass sie auch Teil hat an meiner Größe."

Am 18. Mai 1804 war es so weit: Napoleon wurde zum Kaiser und Joséphine zur Kaiserin ausgerufen. Unter Kanonendonner, als sollte kundgetan werden, wem sie in erster Linie ihre Erhebung verdankten. Mit militärischer Eskorte begab sich der Senat nach Saint-Cloud. In der Galerie d'Apollon wurde Napoleon der Senatsbeschluss eröffnet: „Die Regierung der Republik wird einem Kaiser anvertraut, der den Titel ‚Kaiser der Franzosen' annimmt." Die Kaiserwürde werde erblich in seiner direkten Nachkommenschaft. „Falls der Kaiser keine Söhne hat, kann er die Söhne oder Enkel seiner Brüder an Kindesstatt annehmen, oder die Regierung geht auf Joseph oder Louis oder andere männliche Nachkommen über."

Die Dynastie Bonaparte war begründet. Napoleon I. nahm dies mit einer Gelassenheit auf, „als hätte er darauf sein Leben lang ein Anrecht gehabt", wie Madame de Rémusat bemerkte. Joséphine brach in Tränen aus, als sie zum ersten Mal mit „Majestät" angesprochen wurde. „Alle wissen um die Wohltaten, deren Sie nimmer müde werden", sagte ihr Cambacérès, der Präsident des Senats. „Das Volk meint, dass Sie, die stets den Unglücklichen zugewandt sind, ihren Einfluss auf das Staatsoberhaupt nur dazu benützen werden, um ihnen Erleichterung zu verschaffen." So werde „der Name der Impératrice für immer ein Fanal des Trostes und der Hoffnung sein".

Dieses Kompliment musste Joséphine zweifelhaft erscheinen. Wie man sie einschätzte und was man ihr zutraute, hätte ihr gefallen können, wenn ihr nicht die Grenzen ihres Einflusses auf den Gemahl bewusst geblieben wären. Es bedrückte sie, dass sie selbst das Wenige, das sie noch zu bewirken vermochte, verlieren würde, wenn sie weiterhin kinderlos bliebe und der einen Erben benötigende Kaiser sich von ihr trennte. Dazu drängten ihn schon jetzt die im Senatsbeschluss als mögliche Nachfolger namentlich genannten Brüder Joseph und Louis, die das Verschwinden der Beauharnais aus dem Kreis der Bonaparte lieber heute als morgen gesehen hätten.

Dies bekam Joséphine beim Familiendiner zu spüren, das am 18. Mai 1804 den Tag der Kaiserproklamation beschloss. Am liebsten wäre sie in ihrem Appartement geblieben. Nicht erspart blieb ihr das Spießrutenlaufen durch die Reihe ihrer neidischen Schwäger und missgünstigen Schwägerinnen, die sie mit hasserfüllten Blicken bedachten und sich lieber auf die Zunge bissen, als sie mit „Majestät" anzusprechen.

Für Joséphine war es ein schwacher Trost, dass sich die Bonapartes untereinander wie Hund und Katze benahmen. Joseph, der sich am meisten für die Thronfolge qualifiziert hielt, verdross es, dass dafür auch Louis, der unleidlichste der Brüder, in Frage kommen könnte. Beide hatten den Titel „Kaiserliche Hoheiten" erhalten, und ihre Gemahlinnen, Julie, geborene Clary, und Hortense, geborene Beauharnais, waren zu Prinzessinnen erhoben worden. Dies blieb den Schwestern Napoleons, Caroline Murat und Elisa Bacciochi, vorenthalten, doch sie gaben keine Ruhe, bis sie als Bonaparte den „Fremden" gleichgestellt wurden.

Nicht alle Franzosen begrüßten die Thronerhebung Napoleons. Im Tribunat war Lazare Carnot, der Urheber der revolutionären „Levée en masse" (Massenaushebung von Rekruten), dagegen gewesen: Dies führe zu unausgesetzten Kriegen mit ganz Europa. Selbst Jean-Joseph-Régis Cambacérès, der in Saint-Cloud die Verkündung des Senatsbeschlusses mit Elogen verbrämt hatte, sagte hinter vorgehaltener Hand: „Wir haben ganz Europa bekriegt, um Republiken, als Töchter der Französischen Republik, zu errichten. Nun werden wir wieder Krieg führen, um neue Monarchen einzusetzen, Familienmitglieder unseres eigenen."

Auch mit der Erhebung Joséphines zur Kaiserin war so mancher nicht einverstanden. General Thiébault sah in ihr „die ehemalige Maîtresse von Barras", die von diesem mit Napoleon Bonaparte verkuppelt worden war und die als Gemahlin des Chefgenerals der Italienarmee sich an Heereslieferungen schamlos bereichert hatte. Doch auch dieser Kritiker konnte nicht umhin, ihr „Vorzüge" und „Reize" zuzugestehen: „Man näherte sich ihr mit Bewunderung, hörte ihr entzückt zu und verließ sie bezaubert von ihrem Wesen."

Joséphine begann es zu genießen, dass ihr als Gemahlin des Empereurs noch mehr als jener des Konsuls geschmeichelt, sie als Impératrice geachtet und verehrt wurde. Am 15. Juli 1804 erschien sie zum ersten Mal in ihrer neuen Würde in der Öffentlichkeit, auffälliger denn je herausgeputzt, etwas unpassend, wie Hofdamen meinten, für eine Veranstaltung bei Tage und im Freien, die erste Verleihung von Kreuzen der Ehrenlegion auf dem Invalidenplatz. Sie trug eine mit silbernen Sternen besetzte Robe aus rosa Tüll und ein Dutzend mit Diamanten verzierte Vögelchen im Haar.

Im Mittelpunkt der dreistündigen Zeremonie stand, in schlichter Uniform, der Kaiser, der die Auszeichnungen verlieh. Die Kaiserin hatte mit ihrem Gefolge gegenüber dem Thron auf einer Tribüne Platz genommen. Sie bemerkte mit Genugtuung, dass ihr kaum weniger bewundernde Blicke als dem Hauptakteur galten. Im feierlichen Zug, mit dem das Kaiserpaar den Schauplatz verließ, musste sich der Soldatenkaiser samt seinen Militärs dem Trippelschritt Joséphines anpassen. Sie hätte diesen Triumph noch mehr ausgekostet, wenn ihr nicht bewusst geblieben wäre, dass sie an der Prozession der Macht und Herrlichkeit auf die Dauer nur bei Erfüllung der ersten Pflicht und Schuldigkeit einer Monarchin teilnehmen könnte: als Mutter eines leiblichen Erben des Monarchen.

Die Einundvierzigjährige setzte noch einmal auf heilende Wasser, diesmal nicht auf die Bäder von Plombières, die nicht die erwünschte Wirkung erbracht hatten, sondern auf die Mineralquellen von Aachen, die in gutem Rufe standen. Napoleon, der am 18. Juli 1804 nach Boulogne aufgebrochen war, um die Invasion Englands vorzubereiten, schrieb ihr am 21. Juli nach Paris: Er sei informiert worden, dass sie zur Kur nach Aachen reisen werde, und er rate ihr, sich dabei nicht zu sehr anzustrengen. Der Brief schloss ohne Gruß und Kuss, war nur mit „Napoleon" unterzeichnet, als wollte er andeuten, dass ihr nicht der anhängliche Gatte, sondern der um seine Nachfolge besorgte Kaiser geschrieben hatte.

Am 23. Juli brach Joséphine mit einem der Kaiserin zustehenden Gefolge von rund fünfzig Personen auf, darunter vier Hofdamen, zwei Kammerfrauen, Oberhofmeister, Marstallintendant, zwei Kammerherrn sowie Zofen, Köche, Kutscher und Lakaien. Ein mitreisender Gendarmerieoffizier hatte aufzupassen, dass sich alle dem Protokoll gemäß verhielten und die Impératrice bei ihren Auftritten nicht von den ihr schriftlich mitgegebenen Anweisungen des Empereurs abwich.

Die Wagenkolonne, für die an jeder Poststation siebenundsiebzig Pferde bereitstanden, kam nur langsam voran, geriet in den Ardennen auf eine falsche Route und in ein schlimmes Unwetter, das den schlechten Weg in einen Morast verwandelte. Joséphine, die befürchtete, dass ihre Kutsche steckenbleiben und umkippen könnte, ging ein Stück weit mit hochgeschürztem Rock zu Fuß. Die Nacht musste sie in einer elenden Herberge verbringen.

Der Empfang in Lüttich war einer Kaiserin würdig, und in Aachen, das sie am 27. Juli erreichte, wurde sie von Kanonendonner und Volksjubel begrüßt. Die 1801 französisch und Präfektursitz des Départements Roer gewordene Stadt wusste, was sie ihren Souveränen schuldig war. Im Umgang mit Gekrönten besaßen die Aachener eine lange Tradition, zwischen 813 und 1531 waren hier zweiunddreißig Kaiser und deutsche Könige gekrönt worden, und sie hatten den Kaiser in ihrer Mitte gehabt, den Deutsche als Karl den Großen und Franzosen als Charlemagne für sich beanspruchten.

Die Impératrice besuchte das Grab dieses Herrschers, auf den sich Napoleon als seinen Vorgänger berief. Karls Talisman, eine in Perlen und Saphire gefasste Kreuzreliquie, nahm sie als Geschenk des Domkapitels an, einen ihr angebotenen Knochen vom Arm des Kaisers wies sie mit der Bemerkung zurück: Sie besitze, um sich darauf zu stützen, einen Arm, der ebenso stark sei wie jener Charlemagnes. Napoleon, der über all ihr Tun und Lassen informiert wurde, freute sich über diesen Beweis ihrer Schlagfertigkeit wie ihrer Anhänglichkeit und revanchierte sich mit schriftlichen Liebesbekundungen: „Ich bedecke Dich mit Küssen … Ich habe große Sehnsucht nach Dir. Du bist noch immer zu meinem Glück nötig".

Weniger gefiel dem Gemahl, dass sie – wie immer – ihm nicht postwendend antwortete. Vor allem wollte er von ihr wissen, wie ihr die warmen Schwefelquellen bekämen: „Ich hätte doch so gerne etwas über die gute Wirkung Deiner Kur erfahren." Sie benützte zwar pflichtgemäß die Bäder, aber die Zerstreuungen davor und danach waren für sie die Hauptsache. Keinen Gefallen fand sie an einer Komödie des nach Aachen beorderten Direktors des Théâtre de l'Impératrice, Louis-François Picard. Für die Einundvierzigjährige hatte er ausgerechnet sein Stück „La femme aux quarante-cinq ans" ausgesucht, in dem die fünfundvierzigjährige Heldin zugab, dass für sie die Zeiten der Liebe der Vergangenheit angehörten.

In Aachen hatte die Impératrice auch Amtspflichten zu erfüllen. Im Hofmantel aus mit Gold besticktem weißen Moiré, auf dem Haupt ein Diadem aus Diamanten, nahm sie im Kaiserdom, der sich über der frühmittelalterlichen Kaiserpfalz erhob, auf einem Throne Platz und verlieh Insignien der Ehrenlegion an neue Ritter aus dem Département Roer. Dieser Staatsakt sollte demonstrieren, dass an die Stelle des Heiligen Römischen Reiches deutscher Nation das Aufgeklärte Römische Reich französischer Nation getreten war. Das wurde nicht nur von Franzosen, sondern auch von Deutschen begrüßt. Der vormalige Kurerzkanzler und Fürsterzbischof von Mainz Karl Theodor von Dalberg applaudierte der Translatio imperii auf das napoleonische Empire, in dem er das aus Frankreich, Deutschland und Italien zusammengesetzte Reich Karls des Großen erneuert sah.

Am 2. September kam Napoleon nach Aachen, um sich als Empereur feiern zu lassen und als Gatte das Seinige zum Erfolg der Kur Joséphines beizutragen. Am 12. September brach die Impératrice allein nach Köln auf, wo am Tag darauf der Gemahl ankam. Sie planten eine Reise den Rhein entlang, den deutsche Patrioten als Deutschlands Strom, nicht Deutschlands Grenze zu bezeichnen begannen, dessen linkes Ufer jedoch französisch geworden war und auf dessen rechtem Ufer deutsche Fürsten als Satelliten des Franzosenkaisers bereit standen.

In Köln, wo der unvollendete Dom an die Unvollkommenheit des römisch-deutschen Reiches und des „deutschen Rom" erinnerte, wurde das neue Kaiserpaar erwartungsvoll begrüßt, obgleich es die Kölner verdross, dass nicht ihre Stadt, sondern Aachen Hauptstadt des die Arrondissements Kleve, Krefeld, Aachen, Bonn und Köln umfassenden Départements Roer geworden war. In Bonn wurde für Joséphine – Napoleon war noch in Köln geblieben – ein Feuerwerk abgebrannt. In Koblenz trafen sie wieder zusammen. Mit hellem Sand waren die Straßen bestreut, auf denen Untertanen, die von der Kaiserkutsche die Pferde abgespannt hatten, ihren Monarchen durch die Hauptstadt des Départements Rhin-et-Moselle zogen.

Während Napoleon den Uferweg nach Mainz nahm, fuhr Joséphine per Schiff den Rhein aufwärts. Obwohl der Gegenwind so stark war, dass es nur langsam voran kam, fand Joséphine nicht die Gelegenheit, die Burgen und Ruinen entlang des Stroms eingehend zu betrachten; ein Unwetter zwang sie, sich in die Kajüte zurückzuziehen. So konnte keine Romantik aufkommen, der Deutsche am Rhein nachhingen und der sich auch die Französin nicht ungern ergeben hätte. Vom Mittelalter mit seinen Rittern und Minnesängern fühlte sie sich angezogen. Für ihre Galerie in Malmaison erstand sie Gemälde, die jene Zeit in leuchtenden Farben heraufbeschworen, Werke von François-Fleury Richard, des Meisters der „Troubadour-Malerei", so „Valentine de Milan pleurant la mort de son épouse" (Valentine de Milan beweint den Tod ihres Gatten), das sie mit Gold aufwog.

In Mainz war der Traum vom Mittelalter mit der Realität der Gegenwart konfrontiert. In den Neunziger Jahren des 18. Jahrhunderts war die Hauptstadt des Erzstiftes und Kurfürstentums von Revolutionstruppen besetzt worden, und ein deutscher Jakobinerklub betrieb das Aufgehen der Rheinischen in der Französischen Republik. Durch den Frieden von Lunéville wurde Mayence wie das ganze linke Rheinufer Frankreich einverleibt. Napoleon und Joséphine, die am 21. September 1804 in der Stadt eintrafen, erlebten nicht mehr das „Goldene Mainz". Der Dom hatte durch die Kriegsereignisse gelitten, und das Schloss des Deutschen Ordens, in dem das Kaiserpaar abstieg, Glanz und Komfort eingebüßt.

Theodor von Dalberg, nun Fürstbischof von Regensburg,

sowie einige deutsche Fürsten – allerdings nur eine zweite Garnitur – hatten sich eingefunden, um dem französischen Kaiser ihre Aufwartung zu machen. Napoleon ärgerte sich, dass die Kurfürsten von Bayern und Hessen-Kassel sowie der Landgraf von Hessen-Darmstadt fern geblieben waren, doch er bemühte sich, diesem misslungenen Fürstentag durch gesellschaftliche Ereignisse einigen Glanz zu verleihen.

Jetzt war Joséphine gefordert – und überfordert. An einem einzigen Vormittag musste sie sich dreimal umkleiden, ein viertes Mal zum Diner und ein fünftes Mal für einen Ball. Dies bereitete selbst ihr, die so gerne die Toilette wechselte, kein Vergnügen mehr. Sie meldete sich krank, aber der Gemahl zerrte sie aus dem Bett und zwang sie, mit ihm in großer Aufmachung ein Fest zu besuchen. Ein deutscher Augenzeuge fand, dass sie etwas alt aussah und leidend zu sein schien.

Zwölf Tage dauerte diese Tortur. Schließlich fand sie einen triftigen Grund, Napoleon allein nach Trier und Luxemburg weiterreisen zu lassen und auf direktem Wege nach Paris zu eilen. Tochter Hortense stand vor ihrer zweiten Niederkunft. Der Empereur, der seine Zweifel hatte, ob die Impératrice ihre Rolle in der Hauptstadt richtig zu spielen verstünde, schickte ihr die Anweisung nach: „Erteile Talleyrand keine Audienz und weigere Dich, ihn zu empfangen. Empfange auch Bernadotte nur vor aller Welt und gewähre ihm keine Privataudienz."

Am 11. Oktober 1804 wurde Joséphines zweiter Enkel in Anwesenheit der Großmutter geboren. Der Vater, Louis Bonaparte, wollte ihn wie sich nur Louis nennen, aber der am 12. Oktober nach Saint-Cloud zurückgekehrte Kaiser befand, dass alle Jungen der Bonaparte als ersten Namen den seinigen zu tragen hätten, und so musste der Neugeborene Napoleon-Louis genannt werden.

Seine Nachfahren würden lange Zeit auf dem von ihm geschaffenen Thron sitzen, erwartete der Empereur. Nun gab es, als Kinder seines Bruder Louis und seiner Stieftochter Hortense, bereits zwei kleine „Napoleon", nach Napoleon-Charles nun Napoleon-Louis. Aber seine Ehefrau hatte ihm immer noch keinen leiblichen Erben geboren. Sie wisse nicht, hatte sie ihrer Tochter aus Aachen geschrieben, ob ihr die Bäder dazu verhülfen. Doch sie befürchtete, dass der erhoffte Effekt ausbliebe und der enttäuschte Gatte sich eines nicht zu fernen Tages eine Gattin nähme, die ihm einen, seinen Napoleon schenkte.

ZEHNTES KAPITEL

Kaiserin der Franzosen

Napoleon Bonaparte, der sich mit eigener Kraft zum Kaiser erhoben hatte, ließ sich seine Macht durch die Nation bestätigen. Das Plebiszit – das dritte – erbrachte 3 572 329 Ja-Stimmen und 2569 Nein-Stimmen. Nie sei ein Fürst rechtmäßiger auf den Thron gekommen, erklärte er, denn dieser sei ihm von den Staatsbürgern angetragen worden. Dennoch wollte der neue Monarch durch Volkes Willen wie ein alter Monarch gekrönt und gesalbt werden, um vor seinen gläubigen Untertanen wie gegenüber den Souveränen Europas auch als Herrscher von Gottes Gnaden zu bestehen.

Wo aber sollte die Weihe stattfinden? Die Könige von Frankreich waren seit 1179 in der Kathedrale zu Reims gekrönt worden, doch dieser Ort kam für Napolen, der Distanz zu den Bourbonen wahrte, nicht in Frage. Obgleich er sich auf Charlemagne berief, wollte er nicht Aachen wählen, das die römisch-deutschen Könige und Kaiser für sich reklamiert hatten. Für den Herrscher der Grande Nation, die er noch größer zu machen gedachte, erschien nur deren Hauptstadt als der geeignete Ort und die Kathedrale Notre-Dame als der würdige Platz.

Die Kaiser des Sacrum Imperium hatten sich in Rom die Krone vom Heiligen Vater verleihen lassen. Der Empereur des französischen Imperiums wollte sie in Paris aus den Händen des Papstes entgegennehmen, in dem er weniger den Stellvertreter Christi als den Reichsbischof Napoleons sah. Pius VII. machte sich widerwillig auf den Weg, wohl wissend, dass für ihn in diesem Stück keine Hauptrolle vorgesehen war. Aber er wagte sich dem Ruf dieses Allmächtigen nicht zu entziehen, und er hoffte, als Honorar weitere Vergünstigungen, über jene des Konkordats hinaus, für die römisch-katholische Kirche zu erlangen.

Mit Napoleon war Joséphine am 22. November 1804 nach Fontainebleau gekommen, um bis zur Ankunft des dorthin bestellten Pius VII. dem Jagdvergnügen zu frönen. Als am 25. November das Eintreffen des Papstes gemeldet wurde, begab sich die Kaiserin in das Schloss zurück, während der Kaiser es für angemessen hielt, ihn im Wald im Jagdanzug zu empfangen. Als der hohe Gast mit seinem Gefolge im Château eingezogen war, wollte ihm Joséphine ihre Aufwartung machen, aber Napoleon hielt sie zurück und veranlasste den alten Herrn, sie in ihrem Appartement aufzusuchen.

Der Empereur war entschlossen, nicht nur sich, sondern auch seine Gemahlin krönen zu lassen und dafür die Hilfsdienste des Papstes in Anspruch zu nehmen, den er von Anfang an auf seine Sekundärrolle aufmerksam machte. Alle Einwände gegen eine Weihe der Kaiserin hatte er zurückgewiesen. Seit Maria de Medici war keiner Herrscherin Frankreichs diese Ehre zuteil geworden, und ihr nur deshalb, weil sie die Regentschaft für ihren minderjährigen Sohn zu übernehmen hatte. Im Gegensatz zu Joséphine sei Maria de Medici in die politische Pflicht genommen worden, hielt Joseph Bonaparte seinem Bruder vor. Warum sollte ausgerechnet diese Frau, die ihrem Gatten Hörner aufgesetzt hatte, mit der Krone belohnt werden? Warum sollte Madame de Beauharnais, wie sie von den Bonapartes immer noch genannt wurde, so hoch erhoben werden, wo er sie doch über kurz oder lang, da sie ihm keinen Erben schenken könnte, fallen lassen müsste?

Napoleon hörte nicht auf Joseph, sagte vielmehr zu Staatsrat Roederer: „Wie könnte ich diese gute Frau verstoßen, nur weil ich größer werde? … Ich habe ein menschliches Herz, ich bin nicht von einer Tigerin geboren worden … Erst wenn meine Frau stirbt, werde ich mich wieder verheiraten und könnte Kinder haben … Unglücklich will ich sie nicht machen … Ja, sie wird gekrönt werden. Auch wenn mich das 200 000 Mann kosten würde, sie wird gekrönt werden!"

So dezidiert eröffnete er Joséphine nicht seinen Entschluss, aber die Ankündigung allein genügte, um ihr eine Last von der Seele zu nehmen. Sie hielt es für undenkbar, jedenfalls für unwahrscheinlich, dass der mit dem Segen der Kirche gekrönte und gesalbte Kaiser sich von der mit ihm geweihten Kaiserin scheiden lassen könnte. Sie war nicht religiös, ohne sich die Mühe zu machen, dies à la aufgeklärter Philosophie zu begründen, und zu indifferent, um sich à la mode antiklerikal zu geben. Doch nun erblickte sie in der Kirche einen Rückhalt gegen alle Anfechtungen der Bonapartes, und im Papst den Schutzpatron ihrer Ehe wie des Glanzes und des Glücks, das ihr daraus erwuchs.

Am 1. Dezember 1804, einen Tag vor der Krönung, suchte sie den inzwischen in die Tuilerien umgezogenen Heiligen Vater auf und beichtete ihm, dass sie nur standesamtlich mit Napoleon verheiratet sei. Die Reue, die sie vorgab, war mit dem Vorsatz verknüpft, dass eine Nachholung der Trauung durch die Kirche, für die eine Ehe als unauflöslich galt, ihre Verbindung mit Napoleon festigen würde. Der Papst war nicht nur aus seelsorgerischen Gründen bereit, ihrem frommen Wunsch zu entsprechen. Pius VII. ergriff die Gelegenheit, dem Empereur, der ihm so viel zumutete, zu zeigen, dass es noch Bereiche gab, in dem die geistliche über die weltliche Gewalt dominierte. So bestand er darauf, dass vor der kirchlichen Weihe des Kaiserpaares die kirchliche Trauung des Ehepaares erfolgen müsste.

Napoleon war über den Alleingang seiner Frau und den Anspruch des Papstes erbost, aber er konnte nicht die auf den nächsten Tag angesetzte und bis ins Detail vorbereitete Krönung und Salbung verschieben oder gar ausfallen lassen. So gab er nach, unter der Bedingung, dass die zweite Hochzeit in aller Heimlichkeit stattzufinden habe. Zum Konsekrator wurde Napoleons Oheim Kardinal Fesch bestellt, als Ort der Handlung das Arbeitszimmer des Kaisers in den Tuilerien bestimmt. Zeugen wurden nicht hinzugezogen. Noch am 1. Dezember sprachen sie vor dem Geistlichen ihr Ja-Wort, Napoleon verhalten, Joséphine laut und deutlich. Sie besorgte sich eine schriftliche Bescheinigung der kirchlichen Eheschließung mit dem Gelöbnis des Ehemannes, dass er seiner Ehefrau, wie dies nach dem Gebote Gottes seine Pflicht sei, in allem die Treue zu halten habe. Dieses Dokument gab sie nie aus der Hand, ließ es sich nicht von Napoleon wegnehmen.

Dem ersten Triumph vom 1. Dezember folgte der zweite, noch größere, vom 2. Dezember 1804: die Krönung zur Kaiserin der Franzosen. Am Morgen des bedeutendsten Tages in ihrem Leben machte sie sich in den Tuilerien noch sorgfältiger als sonst zurecht, ließ sich schminken und frisieren, zog eine weiße, mit goldenen Bienen übersäte Satinrobe an, schlüpfte in goldbestickte Samtschuhe, legte sich einen weißsamtenen Umhang um und setzte sich ein Diadem mit Diamanten auf. Ihre Damen schmeichelten der Einundvierzigjährigen, sie sehe um fünfzehn Jahre jünger aus, und wenn sie in den Spiegel sah, war sie geneigt, ihnen zuzustimmen.

Napoleon, der sie in seinem Arbeitszimmer erwartete, war entzückt, als er sie erblickte. Auch er war dem Anlass entsprechend herausgeputzt. Der Kaiser trug eine weißseidene Kniehose, einen mit Lorbeerblättern bestickten roten Mantel à la Henri III, eine Halskrause à la Henri IV und den Régent-Diamanten (mit 136 Karat) auf dem Samtbarett. Die Festgewänder für die Hauptakteure wie die Mitwirkenden waren vom Maler Jean-Baptiste Isabey entworfen worden, in einem pompösen Stil, der dem Reichsakt angemessen sein sollte, aber mit all den Federbüschen, Jabots und Spitzenkrägen besser auf eine Redoute gepasst hätte.

Der Tag hatte mit Schneegestöber begonnen, nur langsam setzte sich die Sonne durch und es war bitter kalt, als das Kaiserpaar gegen 10 Uhr von den Tuilerien zur Kathedrale aufbrach. Die von Fontaine entworfene Karosse, auf der eine Kopie der Krone Karls des Großen angebracht war, wurde von acht isabellfarbenen Pferden gezogen, von Kürassieren, Gardejägern und Mameluken eskortiert. Dreizehn Kutschen mit dem Hofstaat schlossen sich an. Joséphine konnte den Festzug nicht so recht genießen; denn leicht gekleidet und tief dekolletiert, wie sie war, fror es sie erbärmlich.

Auf der kurzen Strecke zwischen Schloss und Kirche war der Festzug fast zwei Stunden lang unterwegs. Man wollte den die Straßen säumenden Parisern genügend Gelegenheit geben, Napoleon zu begrüßen und Joséphine zu bewundern, sagten die einen, während andere meinten, der Kaiser habe die Fahrt hinausgezögert, um dem in Notre-Dame wartenden Papst zu bedeuten, dass ihm in dieser Haupt- und Staatsaktion nicht die Hauptrolle zustünde.

Der Zug hielt vor dem Erzbischöflichen Palais. Dort legte das hohe Paar die Krönungsgewänder an: Napoleon Seidenrobe und Samtmantel, Joséphine den langen und schweren Grand Manteau, dessen Schleppe außer ihrer Tochter Hortense die Schwägerinnen Julie, Caroline, Elisa und Pauline zu tragen hatten. Doch die Bonapartes, die widerwillig dem Befehl des Kaisers nachkamen, gaben sich keine Mühe, der verhassten Beauharnais die Bürde zu erleichtern, sodass die Kaiserin beinahe unter der Last zusammengebrochen wäre.

Unter den Klängen des von dreihundert Musikern gespielten Krönungsmarsches zogen sie in die Kathedrale ein. Die gotischen Pfeiler waren mit klassizistischen Dekorationen aus Pappmaché verkleidet, die Bonapartisten als Manifestation des von neurömischem Geiste getragenen Empire erschienen und Skeptikern als ein unbeabsichtigter Hinweis auf dessen Dauerhaftigkeit. Napoleon und Joséphine ließen sich vor dem Altar auf Sesseln nieder. Nach der Messe, bei der keine Kommunion ausgeteilt wurde, salbte der Papst sie auf Scheitel und Handflächen und segnete ihre Kronen. Napoleon nahm die seine vom Altar, hob sie hoch und setzte sie sich auf das Haupt. So war es festgelegt worden, als Zeichen dafür, dass er sie sich aus eigener Macht und nicht von Gnaden des Papstes erworben hatte.

Dann kniete die Impératrice nieder, der Empereur ergriff ihre Krone, setzte sie ihr auf, nahm sie wieder ab und setzte sie wieder auf, als wollte er demonstrieren, dass ihr der Herr das, was er ihr gegeben hatte, auch wieder wegnehmen könnte. Sie weinte, wohl nicht nur aus Stolz, wie weit es die geborene Tascher de la Pagerie und die verwitwete Beauharnais gebracht hatte, sondern auch aus Angst, dass sie, kinderlos bleibend, das Erreichte eines Tages verlieren würde.

An die religiöse schloss sich eine weltliche Handlung an. Die Gekrönten stiegen die Stufen zu ihren auf einer Estrade errichteten Thronen hinauf, zu deren Füßen Minister, Senatoren, Deputierte, Generäle, höhere Beamte und Offiziere standen. Nach dem Ruf „Vivat Imperator in aeternum!" zog sich Pius VII. in die Sakristei zurück. Napoleon I. leistete den in der Verfassung vorgeschriebenen Eid auf die revolutionären Ideale und republikanischen Inhalte seines plebiszitären Kaisertums. Er schwor, die Integrität des Territoriums Frankreichs zu erhalten sowie religiöse, politische und bürgerliche Errungenschaften und Rechte zu wahren.

Joséphine atmete auf, als die fast vier Stunden dauernde Feierlichkeit zu Ende war. Sie hatte sich zwar bemüht – wie Madame de Rémusat zu rühmen wusste – das Ganze als „Personifikation von Eleganz und Majestät" durchzustehen, aber sie war nun zum Umfallen müde, konnte es kaum erwarten, den schweren Krönungsmantel abzulegen und in ihr Appartement in den Tuilerien zurückzukehren.

Die Fahrt dorthin zog sich in die Länge, weil sich Napoleon in seiner neuen Würde möglichst vielen Parisern präsentieren wollte. Es dunkelte schon, als die Prozession der Karossen die festlich beleuchtete Place de la Concorde erreichte. An der Stelle, wo Ludwig XVI. auf dem Schafott geendet hatte, erhob sich ein großer Lichterstern, der symbolisierte, dass über dem gestürzten Königtum der Stern des napoleonischen Kaisertums aufgegangen war.

Auf dem Platz vor der Kathedrale Notre-Dame stieg ein Ballon auf, der eine illuminierte Krone trug. Der Wind trieb ihn nach Süden, bis nach Rom, wo er die Peterskuppel unter sich ließ – als sollte angedeutet werden, dass das neue Empire sich über das alte Papsttum wie über die alten Reiche erhob. Immerhin hatte Pius VII. in Paris erreicht, dass ab 1. Januar 1806 anstelle des Revolutionskalenders wieder der Gregorianische Kalender eingeführt wurde, die Jahre wieder von Christi Geburt an gezählt würden. Napoleon hatte dies gerne zugesagt; denn der neue Augustus sah sich in der Tradition des alten Augustus, und wie in dessen Zeit sollte auch in der seinen eine neue Ära der Weltgeschichte anheben.

Der Maler Jacques-Louis David, der sich vom Jakobiner zum Bonapartisten gewandelt hatte, hielt die Krönung und Salbung in einem Kultbild fest: „Le Sacre de Napoléon Ier à Notre-Dame". Darauf war der Kaiser zu sehen, wie er daranging, der vor ihm knieenden Joséphine die Krone aufzusetzen. Auch die Mutter des Kaisers, die nun offiziell „Madame Mère de l'Empereur" genannt wurde, war auf dem Bild zu sehen, obwohl sie der Zeremonie nicht beigewohnt hatte. Sie war in Rom geblieben, wollte das Spektakel nicht miterleben, von dem sie sagte: „Wer weiß, wie lange es dauert."

Selbst ihr Sohn war sich da nicht sicher. „Ich habe eine hübsche Karriere gemacht", meinte er nach der Krönung. „Aber die Völker sind heutzutage zu gescheit, man kann nichts Großes mehr vollbringen." Am Abend dieses 2. Dezember 1804, bei einem Souper zu zweit, sagte er zu seiner Frau: „Wem werde ich all das hinterlassen?" Damit goss er Wermut in den Wein, und Joséphine ahnte, dass er ihr mehr bitter als süß schmecken würde.

Ein Thron bestehe aus „vier Stücken Holz, die mit Samt überzogen sind. Es kommt auf den an, der sich darauf niederlässt", meinte Napoleon. Keinen Augenblick zweifelte er daran, dass sich mit ihm der richtige Mann darauf gesetzt hatte.

War aber Joséphine, die neben ihn platziert worden war, die richtige Frau? Sie werde sich damit zufrieden geben, „ein bisschen" die Kaiserin zu spielen, Diamanten und schöne Kleider zu bekommen und im Übrigen mit den „Schwierigkeiten ihres Alters" zu tun haben, sagte er zum Staatsrat Roederer. Er wurde ihr nicht ganz gerecht. Zwar nahm sie sich vor, die Annehmlichkeiten ihrer Rangerhöhung voll und ganz in Anspruch zu nehmen, aber sie blieb bestrebt, eine „belle figure" zu machen, wie sie einer Monarchin anstünde und der Monarchie dienlich wäre. Zum Hofhalten brachte sie eine natürliche Begabung wie die erforderliche Lernfähigkeit mit, und sie bekam einen Hofstaat, der ihr bei der Erfüllung ihrer Pflichten beistand.

„Die Souveränität wird von der Demokratie eingeführt, erhalten aber wird sie von der Aristokratie", meinte der vom

Volkswillen emporgehobene Kaiser, der seine Herrschaft in monarchischen Formen auszuüben und durch eine Elite – aus altem wie aus neuem Adel – zu bewahren suchte.

Joséphine hielt dies für selbstverständlich. Sie war adelig geboren und adelig verheiratet gewesen, hatte das Ancien Régime weder abgelehnt noch vergessen. Der neue, vom Empereur geschaffene Verdienstadel entsprach nicht ihrer Vorstellung von Aristokratie. Unter den von ihm Nobilitierten waren 59 Prozent Militärs, von denen die meisten den Kasinoton nicht aufgeben und den Hofton nicht annehmen wollten. Die ehemalige Vicomtesse hielt es nach wie vor mit dem alten Adel, der wie sie die Revolution überstanden, zwar feudale Vorrechte und Besitztümer verloren, aber aristokratische Lebensart beibehalten hatte. Bereits als Erste Dame des Konsulats hatte sie sich mit Comtessen und Marquisen umgeben. Als Impératrice legte sie Wert darauf, dass auch die männlichen Angehörigen ihres Hofstaates von blauem Blute waren.

Als Premier Aumônier, ihr erster Hofgeistlicher, amtierte Comte Ferdinand de Rohan, ehemals Erzbischof von Cambrai, ein jüngerer Bruder jenes Kardinal Rohan, der Königin Marie-Antoinette in die Halsbandaffäre verwickelt hatte. Als Marstallintendant fungierte Comte Juvénal d'Harville, ein Freund von Alexandre de Beauharnais, ihres ersten Gemahls. Erster Kammerherr war der General Comte Champion de Nansouty, der Gemahl von Alix de Vergennes, der jungen Schwester ihrer Vertrauten Comtesse de Rémusat.

Ehrendame der Impératrice wurde die Comtesse Alex de La Rochefoucauld, eine Verwandte von Alexandre de Beauharnais und langjährige Freundin Joséphines. Eine Nichte ihres ersten Gemahls, Comtesse Émilie de Lavalette, geborene Beauharnais, wurde als Dame d'atour (für die Garderobe zuständig) berufen. Als Hofdamen behielt Joséphine die Comtesse de Rémusat, Comtesse de Luçay, Marquise de Talhouët und Marquise de Lauriston.

An der Spitze des über hundert Personen zählenden Hofstaates der Kaiserin standen Damen und Herren, deren Namen im Adelskalender des Königreiches an hervorragenden Stellen verzeichnet waren. Dies missfiel vielen. So mancher Aristokrat schloss sich lieber im Quartier der alten Noblesse, im Faubourg Saint-Germain ein, als sich in die Tuilerien locken zu lassen, aus denen der König vertrieben worden und der Empereur eingezogen war. Veteranen der Revolution, die stolz darauf gewesen waren, Ludwig XVI. gestürzt und Aristokraten verjagt zu haben, sahen nicht wenige aus der alten Herrenschicht in Amt und Würden zurückgekehrt, im Gefolge eines Herrschers, der eine Alleinherrschaft in neuer Form mit alten Allüren begonnen hatte. Der Bonaparte-Clan verübelte es Napoleon, dass er der vormaligen Vicomtesse de Beauharnais eine Entourage aus ihresgleichen gestattete. Aimée de Coigny, eine Freundin Joséphines aus der Zeit des Directoire, bezeichnete den neuen Hof als eine Mischung aus Theatralik und Kameraderie.

Dies traf in erster Linie auf den engeren Hof des Empereurs zu. In den Tuilerien, im Kaiserschloss, gab es wie vordem im Königsschloss Hofämter mit Bezeichnungen und Funktionen wie unter den Bourbonen. Neu waren die Großoffiziere, die von ihm ernannten Marschälle, die ihm geholfen hatten, den Weg zum Thron zu bahnen. Sie waren geneigt, den „kleinen Korsen" immer noch als ihren Kameraden zu betrachten und mit ihm so umzugehen, wie sie es vom Feldquartier her gewohnt waren. Dies beeinträchtigte das Bestreben Napoleons, seinen Hof wie eine Große Oper zu inszenieren. Er zwängte seine Statisten in eine Art spanischer Hoftracht, von deren feierlicher Unbequemlichkeit er sich einen Zwang zu steifer Würde versprach. Auftritte wurden mit Puppen geprobt und den Akteuren anhand von Zeremonienbüchern aus der Zeit des Sonnenkönigs beigebracht, wie sie sich am Hofe des Sonnenkaisers zu bewegen und benehmen hätten.

Joséphine musste die Kaiserin geben, aber sie spielte sie, wie es Napoleon vorausgesagt hatte, „nur ein bisschen". Großen Auftritten, bei denen sie in stets neuen Kleidern ebenso graziös wie grandios erschien und ihr erfahrene Hofdamen als Regisseurinnen und Souffleusen beistanden, war sie zwar keineswegs abgeneigt. Doch mehr als das große Spektakel schätzte sie das „Kammerspiel". In ihrem Salon wurde weniger über Literatur und Kunst, mehr über die Mode gesprochen, und immerzu geklatscht, sodass es meist wie in einem Damenkränzchen zuging.

Als Impératrice werde Joséphine darauf aus sein, „Diamanten und schöne Kleider zu bekommen", hatte Napoleon angenommen. Tatsächlich nutzte sie die Möglichkeiten ihrer Stellung in einer Weise aus, die selbst Napoleon, der sie zu kennen meinte, in Erstaunen setzte und – da er zahlen und zahlen musste – in Verlegenheit brachte. „Sie war in höchstem Grade verlogen und verschwenderisch", resümierte er. „Die Lieferanten hatte sie angewiesen, ihre Schulden nur in halber Höhe anzugeben, sodass man glaubte, die Angelegenheit sei erledigt, wenn man eine Million bezahlt hatte. Aber dem war nicht so! Sie behauptete, nichts mehr schuldig zu sein und bat auch nicht um Geld, aber zahlen musste man."

In den fünfeinhalb Jahren ihrer Kaiserherrlichkeit schaffte sie sich allein für 3 200 000 Franc Juwelen an. Sie besaß vierzehn Schmuckgarnituren mit Diamanten, Smaragden, Rubinen, Topasen und anderen Steinen. Sie galt als die am üppigsten geschmückte Herrscherin Europas. Die Souveräninnen aus den alten Dynastien wunderte es nicht, dass die Emporgekommene sich auch wie eine Neureiche ausstaffierte, und in die Verachtung mischte sich Missgunst. Immerhin wusste sie ihre Juwelen elegant und den Gelegenheiten angepasst zu tragen. Sie ähnelte nicht, wie so manche Gattin eines aufgestiegenen Kameraden Napoleons, einer mit Schmuck behängten Häuptlingsfrau.

Da sie sich öfter am Tage umzuziehen und kaum eines der Kleider zweimal zu tragen pflegte, konnte sie nie genug an Roben und Accessoires bekommen. 1809 verfügte sie über 673 Winterkleider, 230 Sommerkleider und 500 Spitzenhemden. In diesem einen Jahr gab sie 355 000 Franc für ihre Garderobe aus. Sie war die beste Kundin des Couturiers Louis-Hippolyte Leroy. Der unweit der Tuilerien in der Rue Richelieu residierende Modekaiser wurde „Talleyrand der Schere" genannt, weil er, dem Staatsmann ähnelnd, wie ein Chamäleon die Farben der wechselnden Regime annahm, nach den Aristokratinnen des Ancien Régimc die Demimonde des

Direktoriums wie die Aufsteigerinnen des Konsulats und dann die Arrivierten des Kaiserreiches einzukleiden wusste.

Die Hofkleider mit ihren dicken und schweren Stoffen, auf die Napoleon Wert legte, waren nicht nach dem Geschmack Joséphines. Sie hatte die Mode des Direktoriums geschätzt, als die Kleider eher Négligés glichen, in denen sie – jünger und koketter, wie sie gewesen war – ihre körperlichen Reize herauszustellen vermochte. Mit zunehmendem Alter fand sie die Hofroben, die mehr verbargen als offenbarten, immer vorteilhafter. Doch vom Hofmaler Pierre-Paul Prud'hon ließ sie sich so porträtieren, wie sie vordem ausgesehen hatte und immer noch erscheinen wollte: im Park ihres Lustschlösschens Malmaison, offenherzig und leicht geschürzt, als wenn sie einen Liebhaber erwartete, und in malerischem Zwielicht, das ihrem Wesen angemessen war.

Wenn die Kaiserin in den Tuilerien, gewöhnlich gegen 9 Uhr, aufgestanden war, gefrühstückt und gebadet hatte, erschien zur Morgentoilette eine Hofdame mit einem umfangreichen Katalog, der Abbildungen ihrer Garderobe samt Stoffmustern enthielt. Das Aussuchen der Toiletten für den Tag nahm einige Zeit in Anspruch. Dabei empfand Joséphine mehr Genuss als Qual der Wahl, denn sie war von einer „Folie des chiffons" besessen, vernarrt darauf, sich sorgfältig und auffällig herauszuputzen. Die Impératrice hielt es für ihre nicht geringste Pflicht, als erstes Mannequin des Empire jene Haute Couture vorzuführen, die einem wichtigen Gewerbezweig zu beträchtlichen Einnahmen verhalf und Frankreich in Europa auch das Ansehen als erster Modemacht verschaffte.

Am Vormittag kamen Lieferanten, die ihre Schätze vor ihr ausbreiteten, Stoffe, Spitzen, Schals, Schuhe und anderes mehr. Joséphine griff zu, ohne zu bedenken, ob sie das eine und andere brauchte und alles bezahlen konnte. Rechnungssekretär Deschamps und Schatzmeister Ballouhey, die sie anschließend empfing, waren oft nicht imstande, die Ausgaben aus dem Budget zu decken. Sie zählte auf Napoleon, der schon alles richten würde. Wenn dennoch Schulden blieben und anwuchsen, so kümmerte sie das kaum.

Gegen 11 Uhr nahm die Kaiserin in den Tuilerien das Déjeuner mit einigen ihrer Damen ein; der Kaiser blieb in seinem Arbeitszimmer, wo er einen Happen hinunterschlang. Am Nachmittag spielte Joséphine Billard, zupfte an der Harfe, immer dieselbe Melodie, und, was sie lieber tat, gab Audienzen, bei denen sie weniger andere anhörte als selber plauderte. Ab und zu unternahm sie eine Spazierfahrt, gerne in den Bois de Boulogne.

Das eigentliche Hofleben begann am Abend. Auf 18 Uhr war das Dîner mit dem Kaiser angesetzt. Die Kaiserin legte Abendtoilette an, Roben aus Samt, Seide oder Tüll. Mitunter stieg Napoleon die kleine Treppe aus seinem Appartement in jenes seiner Gemahlin hinab, sah zu, wie sie zurechtgemacht wurde, spielte mit den Juwelen in ihrem Schmuckkasten und schwätzte mit den Kammerfrauen.

Oft war der Kaiser abwesend, und wenn er da war, kam er kaum rechtzeitig zum Dîner. Nicht selten musste die pünktlich erschienene Kaiserin ein, zwei Stunden, manchmal noch länger auf ihn warten. Die Gerichte kamen meist lauwarm auf den Tisch. Joséphine, die keine Feinschmeckerin war, störte dies weniger als die Wartezeit, in der sie sich Vergnügungen, die sie wirklich schätzte, hätte hingeben können. Immerhin dauerte die Mahlzeit gewöhnlich nur eine Viertelstunde; mehr wollte Napoleon dafür nicht erübrigen.

Wenn sie nicht ins Theater ging, ein Konzert hörte oder – was sie am liebsten tat – auf einem Ball erschien, wurde Tricktrack oder Whist gespielt, nie um Geld. Als Marken dienten Täfelchen, in die Allegorien des Glücks wie des Unglücks eingraviert waren. Das abnehmende Glück in der Liebe suchte Joséphine mit Glück im Spiel zu kompensieren. Der Gatte pflegte sich zeitig zurückzuziehen, die Gattin blieb oft bis Mitternacht auf und legte Patiencen.

Am Sonntag wurde die Messe als Staatsakt zelebriert. Der Kaiser und die Kaiserin zogen mit ihren Suiten durch das Tuilerienschloss zur Kapelle. Vor Joséphine schritten Pagen, Stallmeister und Kammerherren, zu ihrer Rechten – etwas hinter ihr – der Premier Aumônier, zur Linken die Dame d'honneur. Napoleon kam mit größerem und glänzenderem Gefolge. Unter Trommelwirbel betraten sie die Kapelle, deren Deckengemälde den Einzug König Heinrichs IV. in Paris zeigte. Wenn die Kaiserin zu ihm aufschaute, mochte sie gedacht haben, dass auch Napoleon und ihr der auf sie wartende Thron eine Messe, das Konkordat, wert gewesen war.

Joséphine kniete auf einem mit goldbesticktem Purpur behangenen Betstuhl. Sie war aus diesem Anlass „à la grecque" frisiert, trug eine Schleppenrobe mit kurzer Taille und kurzen Ärmeln, auf dem Kopf ein Diadem. Der Kaiser blieb mit über der Brust gekreuzten Armen stehen. An jeder Seite des Altars war ein Grenadier mit Gewehr bei Fuß postiert. Chor und Orchester, mit hervorragenden Solisten besetzt, kamen kaum dazu, sich zu produzieren, denn die Messe dauerte nur zwanzig Minuten, und selbst das war Napoleon viel zu lang.

Nach der Messe war Generalaudienz in der Großen Galerie. Der Kaiser bemühte sich um Jovialität, der Kaiserin fiel dies leichter als ihm. Der folgenden Parade im Hof der Tuilerien und auf der Place du Carrousel konnte Joséphine weit weniger abgewinnen als Napoleon. Das Clairongeschmetter und der Trommelschlag, die kein Ende nahmen, gingen ihr auf die Nerven. Der Empereur inspizierte seine Truppen stundenlang, prüfte fast jeden Gamaschenknopf, guckte in jedes Kanonenrohr und sprach Soldaten an, die er persönlich kannte, die für ihn durchs Feuer gegangen waren und von ihm erwarteten, dass er sie nicht vergesse.

Anschließend war der Empfang der Diplomaten, die lange warten mussten, bis Napoleon sich von seinen Truppen, die ihm zur Macht verholfen hatten, verabschiedete und sich den Vertretern europäischer Mächte zuwandte, die das militärische Schauspiel, das er als „lehrreich für Freund und Feind" bezeichnete, durch die geöffneten Fenster des Schlosses hatten mitansehen müssen.

Der österreichische Gesandte, Graf Klemens von Metternich, mokierte sich über den Empereur, der bei feierlichen Anlässen den königsblauen Frack der Gardegrenadiere zu Fuß und dazu Kniehosen aus weißem Kaschmir, Seidenstrümpfe und Schnallenschuhe trug und „beim Gehen vorzugsweise mit den Zehen auftrat", was er Ludwig XVI. abgeschaut zu haben schien. Joséphine gefiel dem Frauenkenner Metternich, aber zur Kaiserin hatte er Distanz zu halten. Mit ihrer Schwägerin Caroline knüpfte er ein Verhältnis an, löste es aber bald, denn die Schwester Napoleons war als Liebhaberin wie als Informantin nicht so ergiebig, wie er sich das vorgestellt hatte.

Sicherlich blieb Joséphine, die so viele Zuträgerinnen um sich hatte, diese Affäre nicht verborgen. Vielleicht neidete sie – der als Gemahlin des Kaisers verwehrt war, was sie sich als Lebedame im Directoire herausgenommen hatte – Caroline die Liaison mit dem jungen und schönen Metternich, den auch Laure Junot so attraktiv fand, dass sie mit ihm ein Verhältnis begann.

Vor allem auf Caroline war Joséphine nicht gut zu sprechen, die Schwägerin, die der Beauharnais ihre Abneigung bei jeder Gelegenheit spüren ließ, selbst während des Familiendiners am Sonntagabend. Auch die anderen Mitglieder des Bonaparte-Clans wollten sich nicht damit abfinden, dass die Kreolin zur Impératrice avanciert war, an der mit Geschirr aus vergoldetem Silber gedeckten Tafel neben dem Empereur am Ehrenplatz saß. Joséphine aß mit noch weniger Appetit als sonst, hörte nur mit halbem Ohr den Tischgesprächen zu und vermied es, die Schwägerinnen anzusehen, die es nicht so nötig hatten wie sie, mit Putz ihr Alter zu bemänteln. Elisa war vierzehn Jahre, Pauline siebzehn Jahre und Caroline neunzehn Jahre jünger als sie.

Zunehmend machten ihr, wie es Napoleon nannte, die „Schwierigkeiten ihres Alters“ zu schaffen. Im „Almanach impériale“ war sie als um sechs Jahre jünger verzeichnet, und um auch so zu erscheinen, ließ sie sich entsprechend zurechtmachen. Sie schminkte sich immer stärker in einem krassen Kontrast von Rot und Weiß, gebrauchte reichlich Parfüm und bemühte sich, den an ihr gerühmten elastischen Schritt, das sich Wiegen in der Hüfte, die graziöse Schmiegsamkeit beizubehalten. Doch was ehedem so natürlich war, wirkte nun gekünstelt. Sie wusste schon, warum sie Picards Komödie „Die Frau von fünfundvierzig Jahren“ nicht mochte, weil sie sich in dieser Figur, die mit übertriebener Aufmachung die Anzeichen des Alters zu überspielen suchte, wiederzuerkennen meinte.

So oft wie möglich trat sie aus dem Rampenlicht, verließ die Bühne des Staatstheaters und zog sich in ihr Malmaison zurück, wo sie sich nicht in Positur zu setzen brauchte, nicht die Impératrice geben musste, nur Joséphine sein durfte. In ihren eigenen vier Wänden richtete sie sich so ein, wie es ihr zusagte, weniger im strengen Empire, das sie an ihre Amtspflichten gemahnt hätte, als à la Directoire, was sie an ihr flottes Leben erinnerte, und auch à la Marie-Antoinette, der Königin ihrer Jugendzeit, deren Lebensstil die ehemalige Vicomtesse beeindruckte und deren Liebhabereien ihr gefielen.

Malmaison war Joséphines Klein-Trianon. Die Königin hatte einen Kontrast zum Prunk von Versailles gesucht, die Kaiserin wollte sich von der kalten Pracht der Tuilerien distanzieren. Ihr Appartement im ersten Stock war eher schlicht, doch gediegen. Im Garten von Malmaison ließ Joséphine wie Marie-Antoinette im Park von Klein-Trianon einen Hameau, einen Weiler anlegen, der indessen kleiner war als sein Vorbild und weniger sentimentalen Stippvisiten in einem nachempfundenen Dorfleben als einer, wenn auch bescheidenen, landwirtschaftlichen Produktion diente. Joséphine schaute beim Melken ihrer Kühe zu, nippte an der warmen Milch und ließ sich die Butter an ihre Tafel liefern. Spanische Merinos, die doppelt so viel Wolle wie französische Schafe gaben, wurden eingeführt; 1807 zählte die Herde 131 Tiere. Joséphine spielte wie Marie-Antoinette die Schäferin, beließ es aber nicht beim Schäferspiel, sondern war auf wirtschaftlichen Ertrag bedacht. Eine Maschine zum Spinnen der Wolle wurde angeschafft.

Man war in das 19. Jahrhundert eingetreten, ein Säkulum des Nützlichkeitsdenkens, der Naturwissenschaften und der Technik. Ihre Passion für Pflanzen führte Joséphine zum Studium der Botanik. Sie sorgte für einen Katalog der Flora von Malmaison, gewann Aimé Bonpland, der mit Alexander von Humboldt in Südamerika geforscht hatte, als wissenschaftlichen Berater, ließ den Botaniker Étienne-Pierre Ventenat und den Maler Pierre-Joseph Redouté 120 ihrer Pflanzen abbilden und beschreiben und das Resultat in zweihundert Exemplaren unter dem Titel „Jardin de la Malmaison“ veröffentlichen. Zusammen mit dem Maler publizierte Bonpland eine „Description des plantes rares cultivées à Malmaison".

Zwischen 1803 und 1814 blühten an die zweihundert Pflanzenarten in Frankreich zum ersten Mal in Malmaison. Einige wurden nach Joséphine benannt, so die „Amaryllis Joséphine", eine Lilie, oder die „Lapageria rosea", eine Liane, die an ihren Mädchennamen erinnerte. Sie schätzte besonders Gewächse, die auf Martinique heimisch waren. Einem Besucher zeigte sie stolz einen von dort stammenden Jasminstrauch mit der Bemerkung: „Diese von mir selbst gezogene Pflanze erinnert mich an mein Land, an meine Kindheit, an meine Jugendträume." Wenn sie die Rosen, ihre Lieblingsblumen, betrachtete, mochte sie, die einst Rose genannt wurde, daran denken, dass sie damals unbeschwerter lebte als jetzt unter dem Namen Joséphine, den ihr Napoleon gegeben hatte.

Der Gemahl ließ sie in Malmaison gewähren, auch wenn ihm missfiel, dass sie, wie alle ihre Passionen, auch diese übertrieb, ihr das Anschaffen von immer neuen Pflanzen, Tieren und Kunstwerken wie das Anhäufen von Kleidern und Juwelen zur Manie wurde. Ahnte er, dass seine Gemahlin damit die Miseren des Älterwerdens und die Enttäuschungen in ihrer Ehe zu kompensieren suchte? Jedenfalls empörte er sich über die Unsummen, die er für Malmaison aufzubringen hatte.

Auch das Geld für das große geheizte Gewächshaus reute ihn. Napoleon, der sich als Wegbereiter des 19. Jahrhunderts rühmen ließ, schien nicht erkannt zu haben, dass, im Auftrag Joséphines, die Architekten Jean-Thomas Thibault und Barthélemy Vignon ein wegweisendes Werk geschaffen hatten: Zum ersten Mal wurden in den Bau, in dem bis zu fünf Meter hohe Pflanzen Platz hatten, große Glasscheiben eingesetzt und somit ein Modell für die riesigen Treibhäuser der Folgezeit geschaffen.

An das Gewächshaus waren Salons angebaut, von denen aus die Pflanzen bequem zu besichtigen waren. Joséphine weilte gerne dort, führte Besucher hin, denen sie alle Pflanzen samt Familie und Herkunft zu benennen wusste. Mit Botanik wie mit den schönen Künsten beschäftige sie sich eben am liebsten, pflegte sie zu sagen. Doch so mancher Besucher, der Joséphines Kenntnisse in der Pflanzenkunde bewunderte, stellte fest, dass sie, wenn es um die in Malmaison angesammelten Kunstwerke ging, mit einschlägigem Wissen weniger glänzte.

Auch in diesem Bereich ihrer Sammelleidenschaft schien ihr das Erwerben wichtiger als das Besitzen gewesen zu sein. In Malmaison häufte sie 450 Gemälde, Zeichnungen und Miniaturen an, davon 110 italienische, 76 flämische und holländische, acht spanische und zwei deutsche. Viele waren in vom Empereur eroberten Ländern erbeutet oder von Souveränen geschenkt worden, die der Impératrice gefallen wollten. Französischen Sammlungen entnahm sie manches, was ihr aufgefallen war, anderes, an dem sie sich satt gesehen hatte, überließ sie Museen oder verschenkte es an Damen ihrer Entourage.

Bei der Auswahl von Kunstwerken ließ sie sich von Experten beraten, so von Dominique-Vivant Denon, dem Generaldirektor der Museen, der sie auf Werke der Antike aufmerksam machte; von Alexandre Lenoir, dem Konservator des „Musée des Monuments français", aus dem sie Statuen und Büsten entführte; vom flämischen Maler Mathieu-Ignace Van Bree, der sie zum Kauf von Gemälden Rembrandts und Rubens' anregte; und vom französischen Maler François-Fleury Richard, der sie für die von ihm gepflegte „Troubadour"-Malerei begeisterte.

Ihr Interesse an der „belle et vénérable Antique" – der schönen und verehrungswürdigen Antike – entsprach dem Zeitgeschmack, und in deren klassizistischer Interpretation war der Kunststil zum Reichsstil geworden. Vom Bildhauer Antoine-Denis Chaudet, der Napoleon als Cäsar mit Toga und Lorbeerkranz abbildete und als Denkmalsfigur auf die Vendôme-Säule versetzte, erwarb sie für 20 000 Franc die Skulptur „Cyparis beweint seinen jungen Hirsch, den er aus Versehen getötet hat". Von Antonio Canova, dessen „Nackten Napoleon" sie wohl kaum zu sehen bekam, und dessen Darstellung der jungen Pauline als unbekleidete Venus sie sich kaum angesehen hätte, besaß sie fünf Werke, darunter eine „Tänzerin" und einen „Paris", die ihr wie in Marmor versteinerter Belcanto der Bella Italia erschienen sein mögen. Sie schätzte Statuen, die graziöse Menschen in sentimentalen Posen zeigten, vornehmlich solche, die auf die Liebe anspielten, so einen „Amor" von François-Joseph Bosio, den sie für einen Salon des Großen Gewächshauses in Malmaison bestimmte.

In das Mittelalter blickte sie ohne das Vorurteil der Aufklärer zurück, wenn auch nicht mit jener romantischen Inbrunst, die selbst in Frankreich bald Mode werden sollte. Den berühmten gotischen Altar aus der Kirche der Grands-Carmes in Metz wollte sie in Malmaison haben. Marschall Berthier stellte vierzehn sechsspännige Militärwagen für den Transport zur Verfügung, aber die geplante Aufstellung an der Nordseite des Schlosses kam nicht zustande.

Gemälde alter Meister sammelte sie, wie dies das Prestige gebot, auch wenn sie nicht unbedingt ihrem Geschmack entsprachen. Sie hatte ein Faible für zeitgenössische Maler, besuchte die Salons und erstand Gemälde für ihre Galerie in Malmaison, meist zweitklassige Bilder, die ihrem Kunstverständnis genügten und ihr Budget nicht zu sehr strapazierten. Die berühmten Meister ihrer Zeit waren spärlich vertreten, David mit einer Skizze, Guérin wie Prud'hon mit je einem Gemälde.

Besonders liebte sie Blumenbilder, als wollte sie die Blütenpracht ihres Gartens in ihre Wohnung hereinholen und festhalten. In das Schlafzimmer hängte sie einschlägige Aquarelle von Redouté, ihre Galerie bereicherte sie mit „Tableaux de fleurs" flämischer Künstler wie Van Os oder Van Spaendonck und mit dem sie besonders ansprechenden Gemälde von Van Daël „Das Grab der Julia", auf dem der Grabstein der großen Liebenden unter einem Berg von Blumen beinahe verschwand.

Am liebsten wäre sie aus ihrem Blumengarten nie mehr weggegangen, und wenn sie ihn verlassen musste, sorgte sie sich um ihre Florakinder. Aus Marrac bei Bayonne schrieb sie der in Malmaison nach dem Rechten sehenden Palastdame Comtesse d'Arberg: Sie wünschte sich, dass von den hier seit fünfzehn Tagen andauernden Regenfällen auch Malmaison etwas abbekäme, damit ihr Rasen grüne und ihre Rosen gediehen.

Zu ihrem Leidwesen waren ihr in den fünfeinhalb Jahren ihrer Kaiserzeit nur 8 Monate in Malmaison vergönnt. 13 Monate verbrachte sie in Saint-Cloud, ein knappes Jahr in den Tuilerien, dreieinhalb Monate in Fontainebleau und einen Monat in Rambouillet. Oft war sie auf Reisen, mit Napoleon, auch ohne ihn, und immer hatte sie Heimweh nach Malmaison.

ELFTES KAPITEL

Licht und Schatten

Vier Monate nach der Kaiserkrönung in Paris brach Joséphine mit Napoleon nach Süden auf. In Mailand sollte der Empereur zum König von Italien gekrönt werden. Am 2. April 1805 begann ihre zweite Italienreise, und sie fing an, sie mit der ersten, 1796 angetretenen, zu vergleichen. Damals war sie Dreiunddreißig, und mit ihr fuhr Hippolyte Charles, den sie mehr als alle anderen vor ihm und nach ihm geliebt hatte. Jetzt begleitete sie als Kaiserin den Kaiser. Das Gefolge war einer Monarchin angemessen, die Ehrungen, die ihr allerorten zuteil wurden, nahm sie geschmeichelt entgegen, doch die damit verbundenen Strapazen machten der bald Zweiundvierzigjährigen zu schaffen, und diese zweite Italienreise war nicht mehr, wie die erste, eine Tour d'amour.

Die Liebe des sechsunddreißigjährigen Napoleon zu Joséphine war längst erkaltet. Er hatte mehr und mehr Affären mit anderen Frauen, während sie, in eine steife Etikette eingebunden und unter strenge Aufsicht gestellt, sich keine Seitensprünge mehr leisten konnte und dies vielleicht auch gar nicht mehr wollte.

Auf dieser Italienreise vergnügte sich der Herr Gemahl mit Joséphines Vorleserin Mademoiselle Lacoste und später mit deren Nachfolgerin Madame Gazzani. Auch wenn sie ihre Eifersucht nicht immer verhehlte, so hatte sie sich wohl oder übel mit den Eskapaden ihres Gemahls abgefunden. „Eine einzige Frau kann dem Mann nicht genügen", behauptete Napoleon, „er soll also mehrere Frauen haben." Was dem Jupiter gezieme, stehe jedoch der Juno nicht zu: Die Frau dürfe sich keine Untreue leisten; „denn sie mag bekennen, bereuen, – wer übernimmt die Garantie, dass nichts zurückblieb?"

„Ihre Eigenheit, Mesdames, sind Schönheit, Liebreiz, Verführung, ihre Pflichten sind Abhängigkeit, Unterwürfigkeit", meinte Napoleon. Die Kaiserin war auf den Kaiser angewiesen und hatte sich als erste Untertanin zu erweisen. Sie musste sich seinen Anordnungen fügen und seinen Allüren anpassen, auch dem Marschtempo, das er auf der Italienreise einschlug, und den Repräsentationspflichten, die er ihr abverlangte.

Bereits am Beginn der Reise stöhnte sie wie ihre Kammerfrau Avrillion über die „Triumphbögen, Reden, feierlichen Ansprachen, Komplimente, eine wahre Sintflut!" Strapaziös war der Übergang über die Alpen. Den Mont-Cenis überquerten die Herren auf Mauleseln und die Damen in Sänften. Den großen Kasten mit den Juwelen der Kaiserin trug ein Savoyarde auf den Schultern, nicht ahnend, welcher immense Wert ihm anvertraut war.

Ein paar Tage konnte sich Joséphine im Schloss Stupinigi bei Turin ausruhen. Am 5. Mai hatte sie sich ein militärisches Spektakel anzusehen: Napoleon ließ von 30 000 Soldaten die Schlacht bei Marengo, seinen Sieg über die Österreicher im Jahre 1800 nachspielen; der Empereur hatte sich aus Paris die schäbig gewordene Uniform kommen lassen, die damals vom General getragen worden war. Am Tag darauf wurde bei Mazzana Corti die Grenze zum Königreich Italien überschritten, das Napoleon für Frankreich erobert hatte und zu dessen König er am 17. März 1805 proklamiert worden war. Nun ging er nach Mailand, um sich dort die Eiserne Krone der Langobarden, die einst Karl der Große als Herrscher der Lombardei getragen hatte, aufs Haupt zu setzen.

Mailand empfing seinen König und dessen Gemahlin offiziell mit Kanonendonner und Glockengeläut, doch die Ovationen der Bevölkerung, die inzwischen auch die Nachteile der französischen Herrschaft erfahren hatte, hielten sich in Grenzen. Die Parteigänger des Empereur revanchierten sich für die ihnen daraus erwachsenen Profite mit rauschenden Festen: Galavorstellung in der Scala, bei der die Primadonna

Banti wie eine Nachtigall sang, und glanzvolle Bälle, auf denen schöne Mailänderinnen ihre prächtigsten Roben vorführten.

Im Duomo di Milano krönte sich am 26. Mai 1805 der Kaiser der Franzosen zum König von Italien, und erklärte: „Gott hat mir die Krone gegeben, wehe dem, der daran rührt!“ Joséphine wurde diesmal nicht gekrönt, wohl weil Napoleon meinte, einmal sei genug und vielleicht schon zu viel gewesen. Als Zuschauerin der Zeremonie saß sie auf der Ehrentribüne neben ihrer Schwiegermutter und ihren Schwägerinnen, die ihre Genugtuung nicht verbargen, dass der Beauharnais diesmal die Ehre einer Krönung nicht zuteil wurde. Wenn sie dennoch „Königin von Italien“ genannt wurde, so aus Höflichkeit und in Würdigung, dass sie wie eine Königin aufzutreten wusste. Sie habe alle Personen, die sich ihr nähern durften, durch ihre anmutige Erscheinung wie ihre verbindlichen Worte entzückt, bemerkte die Kammerfrau Avrillion, die ein wenig zu sehr von ihr eingenommen war.

Entschädigt für die ihr nicht zugestandene Krönung wurde Joséphine durch die Einsetzung ihres Sohnes Eugène als Vizekönig von Italien, „Unserem Wunsche nachkommend“, wie der Kaiser und König Napoleon kundtat, „dem Prinzen Eugène, Unserem Stiefsohne, einen augenfälligen Beweis des Vertrauens zu schenken, das Wir in die Gefühle der Treue setzen, die er Unserer Person entgegenbringt.“

Die Bonapartes schäumten vor Neid und Zorn, vor allem Joseph und Louis, die sich selber schon als Könige von Italien gesehen hatten. Elisa fühlte sich durch die Verleihung des Herzogtums Piombino und ihr Gemahl Bacciochi durch die Ernennung zum kaiserlichen Prinzen nicht gebührend gewürdigt. Caroline meldete sich krank, um Verpflichtungen am Mailänder Hof zu entgehen, und ihr Gemahl Murat zerbrach aus Wut seinen Degen.

Selbst Joséphine war über die Beförderung ihres Sohnes nicht ganz glücklich. Seine Einsetzung als Vizekönig von Italien hätte ihr nichts zu wünschen übrig gelassen, gestand sie, wenn dies für sie nicht mit einer Trennung von dem in Mailand Residierenden verbunden gewesen wäre. „Du weinst, weil Du von Deinem Sohne scheiden musst“, wurde sie von

Napoleon getadelt. „Wenn Dir Deine Kinder so sehr fehlen, dann bedenke doch, was ich erst erleiden muss! Die Anhänglichkeit an Deine Kinder lässt mich umso grausamer das Unglück empfinden, dass ich von Dir keine habe."

Darunter litt sie kaum weniger als er, und sie nahm sich vor, noch in diesem Jahr erneut auf die Bäder von Plombières zu setzen. Sie verstand den Kummer Napoleons, dass seine Ehe mit ihr kinderlos geblieben war, aber sie bestand darauf, ihren Kindern aus erster Ehe zugetan zu bleiben. Vor allem Eugène, der ihr mit Rat und Tat zur Seite stand, wollte sie in ihrer Nähe haben. Ihm verschwieg sie nicht ihre Schwierigkeiten in der Ehe, in der Hoffnung, dass er dem Gatten, der in manchem auf den Stiefsohn hörte, ihre Situation erkläre und um Verständnis für sie werbe. Ihm gestand sie ihre Schulden ein, in der Erwartung, dass er ihr finanziell beistehe, was er, soweit es ihm möglich war, nicht unterließ.

Wie hatte sie sich gefreut, als der Sohn 1803 ein im 18. Jahrhundert erbautes Haus in der Rue de Lille in Paris erwarb und es im Empire-Stil zum Palais Beauharnais umgestaltete! Wie sehr war sie über die heftigen Vorwürfe verärgert gewesen, die Napoleon seinem Stiefsohn wegen des beträchtlichen Geldaufwandes für die Renovierung gemacht hatte! Die Hoffnung, Eugène in Paris zu behalten, entschwand mit seiner Berufung nach Mailand, und schon bald musste sie Hortense, die so lange an ihrem Rockzipfel gehangen war, als Königin nach Holland ziehen lassen.

Joséphine beklagte die Trennung von ihren Kindern, aber sie raffte sich nicht auf, die Verbindung mit ihnen durch einen intensiven Briefverkehr aufrecht zu erhalten. „Niemand ist so träge wie sie", beklagte sich Hortense bei Eugène. Sie sei wegen des Fernseins ihrer Kinder zu aufgewühlt und leide darunter zu sehr, um zur Feder greifen zu können, suchte sich die Mutter zu entschuldigen. Ihr Egoismus halte sie davon ab, meinte Hortense, denn ihr Jammern entspringe weniger dem Mitgefühl mit den abwesenden Kindern als dem Mitleid mit sich, der Alleingebliebenen.

Während der langen Italienreise der Kaiserin habe sie keinen einzigen Brief von der Mutter erhalten, beklagte sich Hortense bei Eugène, mit dem sie in ständiger Verbindung blieb. Joséphine war zu sehr mit ihren Selbstbespiegelungen und Selbstbestätigungen beschäftigt. Wie genoss sie – ohne Napoleon – den fünftägigen Ausflug an den Lago di Como und den Lago Maggiore! Die Isola Bella erschien ihr als Inbegriff des sonnigen Südens. Anschließend besuchte sie mit dem Gemahl Mantua, Bologna, Modena, Parma, Piacenza und Genua, wo im Palazzo Doria das Kaiserpaar im Bett Kaiser Karls V. schlief und Joséphine von Hippolyte Charles träumte.

Abrupt brach der Empereur die Italienreise ab. England, Russland und Österreich schlossen sich zu einer neuen Koalition gegen Frankreich zusammen. Napoleon wollte so rasch wie möglich nach Paris zurück, um Gegenmaßnahmen einzuleiten. Er gedachte allein zurückzukehren, doch Joséphine drängte ihn, sie mitzunehmen, was sie, kaum war man abgefahren, schon bereute. Er ließ die Pferde peitschen, die Kutsche des Kaiserpaares eilte der Karawane des Gefolges weit voraus, sodass auch ihr Garderobewagen zurückblieb und sie nicht einmal die Wäsche wechseln konnte.

Am 8. Juli 1805 ging es von Turin weiter über den Mont Cenis auf der inzwischen fertig gestellten Passstraße, wo man aus dem Italiensommer in die Alpenkühle kam. Am 9. Juli war Lyon, am 10. Juli Moulins und am Abend des 11. Juli Fontainebleau, das Ziel, erreicht – in einer Rekordzeit, die geschafft zu haben, Napoleon mit Genugtuung erfüllte, während Joséphine so mitgenommen war, dass sie nicht die Schuhe von ihren angeschwollenen Füßen abzustreifen vermochte.

In Malmaison kam sie wieder zu Kräften, und von der Kur in Plombières, wohin sie am 1. August aufbrach, versprach sie sich nicht nur weitere Erholung, sondern vor allem, doch noch fruchtbar zu werden. Darauf schien Napoleon eine letzte Hoffnung gesetzt zu haben. Aus Boulogne, wo er Vorbereitungen zur Invasion Englands traf, schickte er ihr „tausend Zärtlichkeiten überall hin“. Als er nichts von ihr hörte, schrieb er ihr: „Ich wusste nicht, dass die Wasser von Plombières die Zauberkraft des Flusses Lethe haben.“ In der griechischen Mythologie tranken aus diesem Strom in der Unterwelt die Toten Vergessenheit.

Vergessen musste der Empereur das Vorhaben einer Landung in England, in dem er, wie einst Rom in Karthago, seinen Hauptfeind sah. „Ich hatte 150 000 Mann und 10 000 Pferde an der Küste stehen und dazu 3000 bis 4000 Flachboote liegen", bilanzierte Napoleon. „Sobald das Eintreffen meiner Flotte gemeldet worden wäre, hätte ich die Landung in England befohlen." Aber die Flotte kam nicht. Die französischen und die verbündeten spanischen Kriegsschiffe verharrten im Hafen von Cadix und als sie, auf dringenden Befehl Napoleons, endlich ausliefen, wurden sie am 21. Oktober 1805 in der Seeschlacht bei Trafalgar von Admiral Nelson vernichtend geschlagen. Britannia beherrschte weiter die Meere, in Übersee wie vor den Küsten Frankreichs.

Schon vorher hatte Napoleon den Plan einer Invasion Englands aufgegeben. Er konnte sich auf seine Armada nicht verlassen und musste seine im Lager von Boulogne formierte Armee gegen die Verbündeten der Briten, Österreicher und Russen, auf dem Kontinent einsetzen. Am 23. September 1805 übernahm er das Kommando seines Heeres und setzte es nach Osten in Marsch. Am Tag darauf brach Napoleon mit Joséphine, die am 30. August aus Plombières zurückgekommen war, von Saint-Cloud nach Straßburg auf, das sie am 26. September nach 58-stündiger Parforcefahrt erreichten. Am 1. Oktober ging der Empereur mit seiner Armee über den Rhein und ließ die Impératrice in der elsässischen Etappe zurück.

Joséphine residierte, unweit des Straßburger Münsters, im Palais des Rohans. Als Sitz der Fürstbischöfe aus dieser Familie des Hochadels im 18. Jahrhundert erbaut, waren die Räume von Napoleons Hofarchitekt Fontaine renoviert worden. Die Kaiserin richtete sich in vierzehn Zimmern ein, hielt Hof, gab Audienzen, genoss die für sie veranstalteten Feste und erfreute sich der Huldigungen der Straßburger, die ihr auch deshalb entgegengebracht wurden, weil sie den Geschäftsleuten durch ihre ungezügelte Kauflust zu beträchtlichen Einnahmen verhalf.

Wie immer ließ sie der Kaiser überwachen, doch diesmal fand er kaum Zeit für schriftliche Ermahnungen. Er war dabei, Cäsars „Ich kam, sah und siegte" in napoleonischem Tempo zu wiederholen. Seine Briefe an sie glichen militärischen Bulletins, in denen er ihr einen Erfolg nach dem anderen berichtete. „Die württembergische und die badische Armee vereinigen sich mit meinem Heere", schrieb er aus Ludwigsburg am 2. Oktober, und am 4. Oktober: „Meine Vereinigung mit den Bayern hat stattgefunden." Aus Augsburg meldete er am 10. Oktober: „Bemerkenswerte Siege haben den Feldzug eröffnet", bei Wertingen und Günzburg, und am 12. Oktober berichtete er: „Der Feind befindet sich zum Teil jenseits des Inns. Die andere feindliche Armee, ungefähr 60 000 Mann, habe ich an der Iller zwischen Ulm und Memmingen eingeschlossen."

Die Österreicher wurden in der Schlacht bei Elchingen besiegt, 25 000 Mann in die Festungsstadt Ulm zurückgedrängt. Sie kapitulierten am 17. Oktober. „Ich habe mein Ziel erreicht", schrieb Napoleon am 19. Oktober aus Elchingen. „Ich habe die österreichische Armee durch einfache Märsche vernichtet ... Nun wende ich mich gegen die Russen." Der Donauweg war frei geworden. Am 14. November war er in Wien, und am 2. Dezember 1805 – dem ersten Jahrestag seiner Kaiserkrönung – siegte er in der Dreikaiserschlacht bei Austerlitz in Mähren. Napoleon zählte 8000 Tote und Verwundete, der Feind verlor doppelt so viele, ferner 20 000 Gefangene, 180 Geschütze und 40 Fahnen. „Die Schlacht bei Austerlitz", schrieb er am 5. Dezember der Kaiserin, „ist die allerschönste meiner Schlachten."

Er gewinne Schlachten, Joséphine gewinne Herzen, sagte Napoleon. Nach Ulm und vor Austerlitz hatte er sie von Straßburg nach München beordert, damit sie den süddeutschen Bundesgenossen, denen er Respekt abnötigte, auch Sympathie für Frankreich abgewinne. Er setzte auf ihren Charme, dem er selber einst erlegen war und dem die deutschen Fürsten wohl kaum widerstehen könnten. Eine Ermahnung hielt er für angebracht: „Benimm Dich höflich, aber nimm alle Huldigungen als selbstverständlich entgegen. Man ist Dir alles schuldig, während Du nur höflich zu sein brauchst."

Auf der ersten Station in Karlsruhe, der Hauptstadt Badens, hofierte Kurfürst Karl Friedrich dic Kaiserin der Franzosen wie seine Souveränin. In Stuttgart, der Hauptstadt Württembergs, wurde sie als Gemahlin des mächtigen Verbündeten willkommen geheißen. Friedrich II., der wie sein badischer Nachbar durch den dank Bonapartes Politik zustande gekommenen Reichsdeputationshauptschluss von 1803 mehr Land und die Kurfürstenwürde bekommen hatte, war erst eine Allianz mit dem Empereur eingegangen, als dieser bereits mit seinen Truppen in Württemberg stand. Kurfürstin Charlotte Mathilde, eine Princess Royal, war Napoleon entgegengekommen, der nun Joséphine anwies: „Die Kurfürstin ist die Tochter des Königs von England. Sie ist eine nette Frau. Du musst sie gut, aber ohne Ziererei behandeln."

Am Abend des 30. November 1805 traf die Impératrice in Stuttgart ein, wo sie gebührend empfangen und geehrt wurde. 1. Dezember: Diner im Schloss, Aufführung der Oper „Achille" von Ferdinando Paër im Opernhaus und anschließend Feuerwerk auf dem Schlossplatz. 2. Dezember: Besuch in Ludwigsburg und Monrepos, Festaufführung der Oper „Giulietta e Romeo" von Antonio Zingarelli. Am Tag darauf verließ die Kaiserin der Franzosen Stuttgart unter Kanonendonner und Glockengeläut.

Zur Kurfürstin hatte sie beim Abschied gesagt: Sie hoffe, sie in einer Residenz wiederzusehen, die größer geworden sei und damit den Absichten entspreche, die der Kaiser der Franzosen für den Kurfürsten von Württemberg hege. „Sei es auch nur Weibergeschwätz", meinte Friedrich II., „dieses Weib ist mächtig und einflussreich", sie wisse viel, fast alles über die Vorhaben des Empereurs. Dieser plante die Erhebung des Kurfürsten von Württemberg wie des Kurfürsten von Bayern zu Königen.

Dazu avancierten die beiden Waffenbrüder durch den am 26. Dezember 1805 zwischen Frankreich und Österreich geschlossenen Frieden von Pressburg; der Badener wurde mit dem Titel Großherzog abgefunden. Alle drei konnten ihr Territorium weiter vergrößern, mussten jedoch dem Kaiser der Franzosen versprechen, ihm verbunden zu bleiben und sich vom Herrscher Österreichs und damit vom Kaiser des dem Untergang geweihten römisch-deutschen Reiches abzuwenden.

Am 31. Dezember 1805 traf Napoleon, aus Wien kommend, in München ein, wo Joséphine seit dem 4. Dezember weilte. „Du sollst lustig sein, Dich gut unterhalten", hatte er sie ermuntert. Das bereute er bald, denn sie schien seine Aufforderung so wörtlich genommen haben, dass sie kaum Zeit fand, ihm ein paar Zeilen zu schreiben. „Das ist weder liebenswürdig noch zärtlich", beklagte sich der Gatte am 19. Dezember in einem Brief aus Schönbrunn. „Geruhen Sie doch, sich ein wenig von den Höhen Ihrer Erhabenheit herab mit Ihrem Sklaven zu beschäftigen."

Mehr ihre notorische Schreibfaulheit als die Inanspruchnahme durch Vergnügungen hielt Joséphine von der von Napoleon erwarteten Berichterstattung ab. In der Münchner Residenz, wo sie in den Kaiserzimmern untergebracht war, fühlte sie sich nicht wohl. Die für sie veranstalteten Festlichkeiten hielten einem Vergleich mit den von Paris her gewohnten und selbst mit den ihr in Stuttgart und Ludwigsburg gebotenen nicht stand. Der auf Etikette bedachten Impératrice missfielen die fast bürgerlichen Umgangsformen am Wittelsbacher Hof, und sie ließ dies die Gastgeber spüren.

„Sie ist eine liebenswürdige, sehr zuvorkommende Frau, voller Bestreben, zu gefallen, aber ihre Würde verlangt, dass man bei ihr vor Langeweile stirbt", bemerkte Kurfürstin Karoline. „Ich muss mich dauernd zurückhalten, um das, was sie trägt, nicht zu bewundern, weil sie es mir sonst gleich schenken will." Die Kaiserin ließ der Kurfürstin Modelle der Haute Couture zukommen, um die Überlegenheit der Pariser Mode zu beweisen und die Zuneigung Karolines zu gewinnen. Sie bekam unter anderem goldbestickte Tüllroben, Spitzenschleier und „ein reizendes Kleid aus blauem Velour und mit Silberlamé bestickten Tüll", dazu ein Federhäubchen. „Sie probierte mir das selbst an und zwang mich dann noch, eine einfache venetianische Kette mit einem Amethysten anzunehmen, die sie um den Hals trug und die ich in ungeschickter Weise hübsch gefunden hatte."

Die Kaiserin vermochte die Kurfürstin nicht, wie gewünscht, für sich einzunehmen. Die zweite Gemahlin Maximilians IV. Joseph verübelte es Napoleon, dass er ihre Stieftochter Auguste Amalie mit seinem Stiefsohn Eugène vermählen wollte, und dies verleidete ihr auch die Mutter des Bräutigams. Karoline, eine badische Prinzessin, hatte die Siebzehnjährige dem badischen Erbprinzen Karl Ludwig, ihrem Bruder, versprochen, nicht nur, weil diese Verbindung die Bande zwischen München und Karlsruhe gefestigt hätte, sondern auch, weil sich die jungen Leute liebten.

Heiraten denn Fürsten aus Liebe, entgegnete Napoleon der Erzieherin Auguste Amalies, Frau von Wurmb, die es gewagt hatte, ein Wort für die Verliebten einzulegen. „Nur aus Politik und Staatsräson vermählen sich Fürsten." Sein Interesse gebot die Einheirat eines Mitgliedes seiner emporgekommenen Familie in eine alte Dynastie, um durch diese Verbindung an Ebenbürtigkeit zu gewinnen und die Allianz mit dem wichtigsten süddeutschen Verbündeten zu festigen. So forderte er als Preis für die Vergrößerung Bayerns durch fränkische und schwäbische Gebiete sowie dessen Erhebung zum Königreich die Hand der Wittelsbacherin. Dem Kurfürsten blieb nichts anderes übrig, als sie ihm zu überlassen, und die Kurfürstin bekam Anlass zur Klage, über den „Despotismus des Tyrannen, der unser Schicksal bestimmt", über die Opferung des Kindes, „die Verzweiflung dieser Unglücklichen, die Falschheit derjenigen, die sie ihre Mutter nennen soll" – Joséphine, die jedoch erst im letzten Moment von Napoleon in das Heiratsvorhaben eingeweiht worden zu sein schien.

Noch vor kurzem hatte sie Hortense, der in Paris das Gerücht einer bevorstehenden Vermählung ihres Bruders Eugène zu Ohren gekommen war, aus München geschrieben: Wenn dies tatsächlich beschlossen worden wäre, hätte sie ihr das rechtzeitig mitgeteilt. Der Kaiser habe darüber nicht mit ihr gesprochen, und sie nehme nicht an, dass er ihren Sohn verheiraten wolle, ohne mit ihr darüber gesprochen zu haben. Allerdings hieße sie Auguste Amalie als Schwiegertochter willkommen, denn sie habe einen liebenswürdigen Charakter, sei schön wie ein Engel; „sie vereinigt mit einem schönen Gesicht die schönste Figur, die ich kenne."

Nachdem Napoleon am letzten Tag des Jahres 1805 in München eingetroffen war, kam er rasch zur Sache. Der Kaiser schrieb Eugène, seinem Vizekönig von Italien, dass er für ihn die bayerische Prinzessin bestimmt habe, schickte ihm eine Tasse mit ihrem Porträt mit der Bemerkung, dass sie in Wirklichkeit viel besser aussehe als auf diesem nicht ganz geglückten Konterfei, und beorderte ihn nach München, wo er am 10. Januar 1806 anlangte.

Joséphine bestand darauf, dass sich Eugène, bevor er seiner Braut vorgestellt wurde, den allzu martialisch wirkenden Schnurrbart abrasierte. Auguste Amalie gefiel ihm auf den ersten Blick, und sie fand, kaum waren ihre Tränen über den Verzicht auf ihre erste Liebe getrocknet, dass der ihr verordnete Bräutigam nicht zu verachten wäre. Sie machte eine gute Partie. Der Kaiser der Franzosen adoptierte seinen Stiefsohn, bestätigte ihn als Vizekönig von Italien und stellte ihm in Aussicht, König von Italien zu werden. Eugène war kein unliebenswürdiger Mann. Schwiegervater und Schwiegermutter überhäuften Auguste Amalie mit Geschenken: Schmuck für 500 000 Franc, einem „Hochzeitskorb" im Wert von 100 000 Franc und einer Aussteuer für 200 000 Franc.

Die Stiefmutter der Braut hatte sich noch immer nicht beruhigt. Der Empereur war und blieb für Karoline ein Despot, und mit Joséphine mochte sie sich nicht befreunden: „Die Kaiserin passt auf alle meine Schritte auf. Sie ist eifersüchtig auf mich und Auguste Amalie" – auf die Kurfürstin, der Napoleon schmeichelte, und auf die Prinzessin, die ihr den Sohn wegnahm.

Die Ziviltrauung erfolgte am 13. Januar 1806 in der Grünen Galerie der Münchner Residenz, die kirchliche Trauung am Tag darauf in der Hofkapelle. Am Abend des 15. Januar wurde im Herkulessaal ein Ball veranstaltet, bei dem Napoleon ein Tänzchen wagte, zufrieden mit der Heirat, „die ich als einen großen Erfolg betrachte, nicht geringer als den Sieg von Austerlitz".

Einen solchen Triumph missgönnten die Bonapartes dem Beauharnais Eugène und der Beauharnais Joséphine. Louis war München ferngeblieben und hatte Hortense nicht dorthin reisen lassen. Caroline hatte es nicht gewagt, die Einladung Napoleons auszuschlagen, aber sie schützte in München Unpässlichkeit vor, um bei den Feierlichkeiten nicht anwesend sein zu müssen. Ihr Gemahl Murat nahm an der Trauung widerwillig teil. „Frankreich hat geglaubt", hatte er Napoleon gesagt, „in Euch einen Volksherrscher zu finden, geschmückt mit einem Titel, der ihn über alle Souveräne Europas erheben würde". Doch mit dieser Einheirat „werdet Ihr Europa nur zeigen, welchen Wert ihr darauf legt, was uns gänzlich fehlt: die hohe Geburt".

Joséphine begriff, dass die Vermählung ihres von Napoleon adoptierten Sohnes eine Niederlage der Bonapartes und ein Sieg der Beauharnais war. Diese errangen einen weiteren Erfolg. Napoleon verheiratete die von ihm adoptierte Stéphanie de Beauharnais, eine entfernte Verwandte Joséphines, mit dem Erbprinzen Karl Ludwig von Baden, der die Wittelsbacherin Auguste Amalie nicht bekommen hatte. Hortense, die vom Kaiser adoptierte Tochter der Kaiserin, die Königin von Holland wurde, hatte zwei Söhne, die als Nachfolger des Empereurs in Frage kämen, wenn die Impératrice ihm keinen Erben schenken könnte.

Daran war kaum noch zu denken. Ihr Schmerz darüber wurde durch die Aufwertung der Beauharnais gelindert, und sie wagte zu hoffen, dass ihre Zukunft auf dem Throne gesichert sei. Am 26. Januar 1806 kehrte sie mit dem Kaiser nach Paris zurück, wo sie Annehmlichkeiten wiederfand, die sie in München vermisst hatte.

Vor dem Tuilerienschloss, auf der Place du Carrousel, ließ Napoleon einen Triumphbogen errichten und die Erfolgsmeldungen einmeißeln: „Eine dritte Koalition kommt auf dem Kontinent zustande. Die Franzosen eilen vom Ozean zur Donau. Bayern wird befreit, die österreichische Armee in Ulm gefangen. Napoleon zieht in Wien ein und triumphiert bei Austerlitz. In weniger als hundert Tagen ist die Koalition aufgelöst. Der Sieger von Austerlitz erhebt seine Stimme, und es fällt das deutsche Reich, der Rheinbund nimmt seinen Anfang, die Königreiche von Bayern und Württemberg sind geschaffen."

Das Heilige Römische Reich deutscher Nation war am

Ende. Sein Wahlkaiser Franz II. hatte sich bereits 1804 als Franz I. zum Erbkaiser von Österreich proklamiert. Unter der Pression und dem Protektorat des Franzosenkaisers schlossen sich am 12. Juli 1806 sechzehn süd- und westdeutsche Reichsstände, die souveräne Staaten geworden waren, zum Rheinbund zusammen und erklärten am 1. August 1806 ihren Austritt aus dem römisch-deutschen Reich. Daraufhin erklärte am 6. August 1806 der Habsburger in Wien das „reichsoberhauptliche Amt" für erloschen.

Das mittelalterliche Gebilde, das über 800 Jahre recht und schlecht überstanden hatte, war von der modernen Zeit zum Tode verurteilt worden. Napoleon, der Erbe der französischen Revolution und Gründer des französischen Empire, vollstreckte das Urteil als Henker. Auf das anachronistisch und obsolet gewordene Sacrum Imperium war ein Militär- und Machtreich gefolgt, das durch Einverleibungen vergrößert wurde und sich mit Satelliten umgab. Im Jahre 1806 bestätigte er Adoptivsohn Eugène als Vizekönig von Italien, ernannte Bruder Joseph zum König von Neapel, Bruder Louis zum König von Holland und Schwager Murat zum Großherzog von Berg und Cleve. Im Rheinbund standen ihm deutsche Fürstenstaaten mit ihren Truppen und Tributen zur Verfügung.

Unter seiner Herrschaft, rühmte sich der Empereur, sei Paris, die Hauptstadt des französischen Nationalstaates und des napoleonischen Empire, „die Königin der Welt" geworden. Ihr Glänzen und Leuchten genoss die Impératrice, die in der „Fête impériale" die Ballkönigin spielte.

Mit all dem Gepränge, das Joséphine liebte, wurde ihre Verwandte Stéphanie de Beauharnais mit dem badischen Vasallen Karl Ludwig vermählt. Bei der Ziviltrauung am 7. April 1806 in der Diana-Galerie der Tuilerien thronte die Kaiserin neben dem Kaiser. Am Tag darauf wurde die kirchliche Trauung in der Schlosskapelle zelebriert. Dorthin schritt die Impératrice, den Erbprinzen von Baden an der Seite, in einem feierlichen Zug mit ihren Pagen und Damen betont langsam, sodass der ihr folgende Empereur, die Braut an der Hand, nicht, wie gewohnt, schnell vorankam und seine Suite ins Stocken geriet. Joséphine war nicht zur Eile zu bewegen, wollte ihrem Gemahl zeigen, wie Madame de Rémusat bemerkte, dass sie sich nicht immer seinem Willen zu fügen bereit war.

Dieser Hochzeit wohnte sie mit gemischten Gefühlen bei. Es erfüllte sie zwar mit Genugtuung, dass eine Beauharnais in eine alte Dynastie einheiratete. Aber sie trug es der siebzehnjährigen Braut nach, dass die mit fünfzehn an den Hof gekommene attraktive Blondine mit Napoleon zu kokettieren begann und dieser nur allzu bereit gewesen zu sein schien, ihren Avancen entgegenzukommen. Die eifersüchtige Joséphine ermahnte Stéphanie, es nicht zu weit zu treiben, ohne deren Versprechen, sich zurückzuhalten, zu trauen. Die Erwiderung Napoleons, den sie zur Rede stellte, beruhigte sie keineswegs: Er machte keinen Hehl aus seiner Neigung zu dem reizenden Fräulein und bedeutete seiner Gemahlin, dass daran Anstoß zu nehmen nicht ihr, sondern allenfalls ihrem Bräutigam zustünde.

Ein Pflaster auf ihre Wunde war die Empörung des Bonaparte-Clans über die Bevorzugung der kleinen Beauharnais. Die Adoption durch den Empereur verschaffte ihr den Titel „Prinzessin Stéphanie Napoleon" und den Vortritt vor den Schwestern, sogar vor der Mutter des Kaisers, der verfügte: „Unsere Tochter soll alle Vorrechte genießen, die ihrem Range zustehen, soll daher auf allen Festen, bei allen Gesellschaften wie an der Tafel neben Uns Platz nehmen. Für den Fall, dass Wir selbst nicht zugegen wären, soll sie zur Rechten Ihrer Majestät der Kaiserin sitzen." Der Erbprinzessin von Baden schenkte er 1,5 Millionen Franc und gab ihr eine Aussteuer im Wert von einer halben Million Franc mit auf den Weg nach Karlsruhe, den sie kurz nach der Hochzeit anzutreten hatte.

Joséphine war eine mutmaßliche Favoritin ihres Gatten losgeworden, doch eine tatsächliche blieb zurück: Éléonore Denuelle de la Plaigne. Mit Siebzehn hatte sie einen Capitaine Revel geheiratet, der zwei Monate nach der Vermählung wegen Urkundenfälschung ins Gefängnis ging. Die junge Frau, die sich scheiden ließ, wurde von Caroline Murat, die mit ihr im Pensionat von Madame Campan gewesen war, der Kaiserin als Vorleserin vermittelt. Die Schwester Napoleons wollte der verhassten Schwägerin mit der koketten Brünetten eine Rivalin ins Haus bringen und konnte bald feststellen, dass ihr stets Abenteuer suchender Bruder Feuer gefangen hatte. Zu ersten Schäferstündchen kam es in den Tuilerien, zur Genugtuung, wenn auch nicht zur Erheiterung Éléonores. Einmal gelang es ihr, die über dem Liebeslager hängende Uhr um eine halbe Stunde vorzustellen, sodass sich Napoleon, der es immer eilig hatte, früher als sonst davonmachte.

Staatsaffären nahmen den Empereur in Anspruch. Österreich war besiegt, Russland nach Osten zurückgedrängt, in Deutschland der Rheinbund aus Vasallen geschaffen. Aber Preußen blieb ein Problem. Die zweite deutsche Großmacht hatte sich der Dritten Koalition nicht angeschlossen und damit eine Chance verpasst, gemeinsam mit Österreich, Russland und England das expansive Frankreich in Schach zu halten. Nun stand Preußen allein da, vertraute jedoch auf seine von Friedrich dem Großen geschaffene Armee, verwies auf die Lorbeeren, die sie sich errungen hatte. Ein betagter General schwadronierte: „Feldherrn, wie der Herr von Bonaparte einer ist, hat die Armee Seiner Majestät mehrere aufzuweisen."

Von Militärs gedrängt und den Anspruch als deutsche Führungsmacht erhebend, befahl Friedrich Wilhelm III. die Mobilmachung und stellte Napoleon I. ein Ultimatum: Abzug der französischen Truppen aus Süddeutschland und freie Hand für Preußen in Norddeutschland. Der Empereur begab sich zu seiner jenseits des Rheins stehenden, durch Kontingente der Rheinbundstaaten verstärkten Armee, fest entschlossen, den Preußen, „diesen Narren", die sich bar „jedweder Klugheit und Vernunft" erwiesen hätten, eine Lektion zu erteilen, „die schrecklicher ist als die Stürme des Ozeans".

Napoleon gedachte am 25. September 1806 allein nach Deutschland aufzubrechen. Doch Joséphine wollte unbedingt mitreisen. Als er, mitten in der Nacht, sich in Saint-Cloud abfahrbereit machte, stürzte ihm die mit dieser Nachricht aus dem Bett aufgeschreckte Gattin „in Pantoffeln und ohne Strümpfe" und – wie Constant, der Kammerdiener des Kaisers, erzählte – „wie ein kleines Mädchen, das man gegen seinen Willen ins Pensionat zurückbringt", entgegen.

Wohl oder übel nahm sie der Gatte mit. Warum wollte sie

partout mit von der Partie sein? Hoffte sie, wenn sie ihm nah blieb, ihn wieder ganz für sich einzunehmen, oder gar, dass die Zweisamkeit doch noch Früchte tragen würde? Oder mochte sie, wie am Hof geklatscht wurde, den vierunddreißigjährigen Rittmeister Sigismond-Frédéric de Berckheim, der den Kaiser begleiten musste, nicht missen?

Im Eiltempo ging es in drei Tagen und über 83 Poststationen nach Mainz. Am 28. September angekommen, fuhr Napoleon bereits am 1. Oktober an die Front und ließ Joséphine allein im Deutschordenshaus zurück. In Eilmärschen rückte er mit seiner auf 170 000 Mann verstärkten Armee vom Main nach Thüringen, dem Feind entgegen. Über die Ereignisse wurde die Impératrice vom Empereur durch Briefe unterrichtet, die Heeresberichten glichen.

„Meine Angelegenheiten stehen gut, ganz wie ich es mir wünsche", schrieb er am 15. Oktober 1806, 3 Uhr morgens aus Jena. „Ich habe herrlich gegen die Preußen manövriert. Gestern habe ich einen großen Sieg davon getragen": bei Jena und Auerstädt, in der Schlacht, in der an einem einzigen Tag die Preußen 37 000 Tote und Verwundete sowie 20 000 Gefangene zu beklagen hatten. „Alles kam so, wie ich es berechnet hatte", berichtete er am 16. Oktober, 5 Uhr nachmittags, aus Weimar. „Niemals ist ein Heer gewaltiger geschlagen und vollständiger aufgerieben worden." Die Reste des preußischen Heeres, das mit 140 000 Mann ausgezogen war, stoben in alle Winde davon. Friedrich Wilhelm III. und Königin Luise setzten sich nach Ostpreußen ab. Am 24. Oktober schrieb Napoleon aus Potsdam: „Ich finde Sanssouci äußerst angenehm."

In Mainz musste sich Joséphine nicht mehr sorgen, dass die Franzosen den Krieg verlieren oder gar, dass Napoleon im Kampfe fallen könnte. Deutsche Fürsten, die sich beglückwünschten, rechtzeitig zum Empereur übergelaufen zu sein, machten dessen Gemahlin ihre Aufwartung. Karl Theodor von Dalberg, nun Fürstprimas des Rheinbundes, lud die von ihm verehrte Joséphine nach Frankfurt ein, um sie durch Konzerte und Bälle zu erheitern. Auch ihm, der die Kaiserin in Paris als lebensfrohe Frau kennen gelernt hatte, war nicht entgangen, dass sie in Mainz schwermütig geworden war.

„Ich weiß nicht, warum Du weinst. Du bereitest Dir unnützerweise Schmerz", hatte ihr Napoleon bereits kurz nach ihrer Trennung geschrieben. Er glaubte das Motiv ihrer Tränen zu kennen: weniger die Traurigkeit, dass er sie verlassen musste und einem ungewissen Schicksal entgegen ging, als vielmehr die Sorge um ihre Tochter Hortense. Deren vom Kaiser verordnete Ehe mit Louis Bonaparte war – was mehr an ihm als an ihr lag – von Anfang an unglücklich verlaufen. Von 1802 bis 1807, als sie zum letzten Mal beisammen waren, hatten sie nur vier Monate zusammengelebt. Als König von Holland verwaltete Louis sein hohes Amt von Napoleons Gnaden mehr schlecht als recht, die Königin von Holland suchte Trost bei Liebhabern; Maître-en-titre wurde Charles Flahaut, ein natürlicher Sohn Talleyrands.

Hortense musste ihren Charles mit Napoleon in den Krieg gegen Preußen ziehen lassen. Um dem Galan näher zu sein und sich bei der Mutter über ihren Gemahl zu beklagen, bat sie den Stiefvater, sie nach Mainz reisen zu lassen. Sie brachte den vierjährigen Napoleon-Charles mit. Großmutter Joséphine verhätschelte ihn, die Kaiserin betrachtete ihn als möglichen Erben des Kaisers und die Gattin Napoleons bedauerte es jedesmal, wenn sie ihn sah, dass sie nicht selbst einen so viel versprechenden Knaben ihrem Gatten geboren hatte.

Eine weitere unzufriedene Ehefrau kam nach Mainz: Stéphanie de Beauharnais, die erst einige Monate zuvor mit dem Erbprinzen und späteren Großherzog von Baden verheiratet worden war. In der Hochzeitsnacht hatte sie den ihr Angetrauten nicht in ihr Schlafzimmer gelassen. Dachte sie immer noch an Napoleon, mit dem sie kokettiert hatte? Kam sie nicht darüber hinweg, dass er sie mit dem unattraktiven Badener verheiratet hatte? Erst in Karlsruhe näherte sich Stéphanie ihrem Karl Ludwig, nachdem sie von Napoleon auf ihre Pflichten als künftige Landesmutter hingewiesen worden war. Als sie die Kaiserin in Mainz besuchte, war sie bereits schwanger, ein Umstand, der zur Melancholie der in ihrer zweiten Ehe kinderlos gebliebenen Joséphine beitrug.

Nur die Gewissheit, ihren Gemahl bald wiederzusehen, könnte ihre Tränen trocknen, sagte sie zu Talleyrand. Der

Außenminister suchte sie in Mainz auf, bevor er zum Kaiser nach Berlin weiterreiste. Dorthin wollte Napoleon die Gemahlin nicht kommen lassen. Der Empereur war vollauf damit beschäftigt, die Militärregierung im eroberten Teil Preußens zu organisieren, den Feldzug gegen das ihm die Stirn bietende Russland vorzubereiten und mit dem Dekret über die Kontinentalsperre dem Hauptfeind England einen Schlag zu versetzen – und kapitulationsbereite Berliner Damen für sich einzunehmen.

Immerhin fand Napoleon noch Zeit, der in Mainz trauernden Joséphine brieflich gut zuzureden. „Talleyrand trifft soeben hier ein", schrieb er ihr am 1. November. „Er sagte mir, dass Du fortwährend weinst. Weshalb? Was willst Du? Du hast Deine Tochter, Deine Enkel und gute Nachrichten. Das ist doch genug, um zufrieden und glücklich zu sein." Der Gedanke, dass sie sich in Mainz langweile, stimme ihn traurig, schrieb er am 16. November. „Wenn die Reise nicht so weit wäre, könntest Du hierher kommen." Das war eine Ausrede; denn er wollte sie in der Vorbereitung des Marsches nach Osten nicht bei sich haben.

Joséphine schickte ihm Brief auf Brief mit immer dringender werdenden Bitten, sie doch endlich zu ihm kommen zu lassen. Sie überwand ihre Schreibfaulheit wie ihre Scheu, aus sich herauszugehen und ihm entgegenzukommen. „Je höher man steht, umso geringer ist die Wahl, die man hat, und umso mehr ist man von den Ereignissen und Umständen abhängig", bedeutete er ihr am 3. Dezember aus seinem Hauptquartier in Posen. „Die Erregtheit in Deinem Brief beweist mir, dass ihr schönen Frauen keine Hindernisse kennt. Was ihr wollt, muss geschehen. Ich hingegen bin abhängig von einem Gebieter, der kein Erbarmen mit mir hat. Und dieser Gebieter ist die Natur der Dinge."

Der Krieg war für Napoleon „der Vater aller Dinge, aller Dinge König", und dieser Herr machte ihm nun schwer zu schaffen. Der Feldzug gegen die Russen verlief nicht wie gewünscht. Er hatte die Schwierigkeiten in diesen Breiten und zu dieser Jahreszeit unterschätzt, vor allem das unwegsame Gelände, das ihm nicht den Bewegungskrieg erlaubte, in dem er Meister war. Seine Armee erreichte Warschau, aber er konnte den Feind nicht stellen. Um die Weihnachtszeit kam es nur zu Einzelgefechten, nach denen sich die Russen zurückgezogen und die Franzosen im Schlamassel zurückließen.

Der frustrierte Feldherr schilderte Joséphine seine Lage rosiger als sie es war. Wie es wirklich um ihn stand, entnahm sie Berichten von Vertrauten, so des Generalstabschefs Marschall Berthier und Ménevals, des Privatsekretärs des Kaisers. Von Konfidenten in Paris erfuhr sie, dass Éléonore Denuelle de la Plaigne, die ihr Liebhaber Napoleon geschwängert hatte, am 13. Dezember 1806 einen Sohn gebar, der auf den Namen Léon getauft wurde und vom „abwesenden Vater", wie es in der Geburtsurkunde hieß, zunächst 30 000 Franc und später den Grafentitel erhielt.

Die Hiobsbotschaft erreichte Joséphine in Mainz und verdüsterte vollends ihr Gemüt. Dem Vorwurf, sie schenke Napoleon keinen Leibeserben, vermochte sie bisher entgegenzuhalten, dass sie ihrem ersten Mann zwei Kinder geboren hatte und es daher am zweiten Mann liegen könnte, wenn sie keine mehr bekäme. Selbst Napoleon schien von diesem Hinweis nicht unbeeindruckt geblieben zu sein. Nun aber hatte er seine Zeugungsfähigkeit bewiesen, und Joséphine musste befürchten, dass der Kaiser sich von seiner unfruchtbaren Gattin trennen würde, um mit einer anderen Kaiserin für einen Thronfolger zu sorgen.

Mit Napoleon war sie aufgestiegen, ohne Napoleon würde sie abstürzen, vielleicht alles, jedenfalls vieles verlieren, was ihr lieb und teuer geworden war. Sie legte sich Karten, um von ihnen eine Antwort über ihre Zukunft zu erhalten; Kammerdiener Douville musste ihr 148 Spiele besorgen. Sie wandte sich an die Wahrsagerin Lenormand, die schon die Französische Revolution vorausgesagt hatte und nun Joséphine Schlimmes prophezeite.

War sie von Napoleon nicht schon aufgegeben worden? Ihre Bitten, sie endlich zu ihm kommen zu lassen, erfüllte er nicht, beantwortete sie mit Ausflüchten. „Dein Schmerz rührt mich tief, aber Du musst Dich den Ereignissen fügen. Von Mainz bis Warschau ist es ein weiter Weg", beschied er sie am 3. Januar

1807, befahl ihr vier Tage später: „Kehre nach Paris zurück!" und fügte am 8. Januar hinzu: „In Mainz bist Du traurig. Gehe daher nach Paris, wo man sich nach Dir sehnt. Ich wünsche es. Glaube mir, ich ärgere mich mehr als Du darüber, denn ich hätte gern die langen Winternächte mit Dir geteilt."

Zu diesem Zeitpunkt hatte sich Napoleon bereits in eine Polin verschaut. Sie war am 1. Januar 1807 nach Blonie, der letzten Poststation vor Warschau gekommen, um den Franzosenkaiser, der das zwischen Russland, Preußen und Österreich geteilte Polen wiederzuvereinigen versprach, als Befreier zu begrüßen. Die blonde und blauäugige Schöne gefiel Napoleon auf den ersten Blick. Er zog Erkundigungen ein und erfuhr, dass die zwanzigjährige Marie, eine geborene Laczinska, seit 1804 mit dem siebzigjährigen Grafen Athanase Walewski verheiratet war und ein Jahr später einen Sohn geboren hatte.

Comtesse Marie Walewska wurde am 18. Januar 1807 zu einem in Warschau dem Kaiser gegebenen Ball eingeladen. Napoleon schrieb ihr am nächsten Morgen: „Ich habe nur Sie gesehen, nur Sie begehrt. Geben Sie mir rasch eine Antwort, die das Feuer zu löschen vermag, das mich verzehrt." Die Polin ergab sich nicht so schnell, wie es Napoleon gewohnt war – schließlich eher als Patriotin, die den Empereur für die polnische Sache einzunehmen suchte, denn als Frau, die an dem Mann Gefallen gefunden hatte.

Am 23. Januar, als Napoleon an sein Ziel gelangt war und Marie begann, von der Pflicht zur Neigung überzugehen, diktierte der Kaiser einen Brief an die Kaiserin: „Ich musste sehr lachen, als Du mir schriebst, Du habest Dir doch einen Mann genommen, um mit ihm zusammenzuleben. In meiner Unwissenheit nahm ich an, die Frau sei für den Mann da, der Mann aber fürs Vaterland." Da er für Frankreich in Polen tätig sei, dürfe er sie nicht dorthin kommen lassen und sich von ihr ablenken lassen. Ergo: „Kehre nach Paris zurück!"

Wohl annehmend, dass die Bemühungen ihres Gemahls in Polen auch einer Polin galten, arg enttäuscht, dass sie nicht nach Warschau kommen durfte und ihn dort in ihren Bann ziehen konnte, und in der zur Gewissheit werdenden Annahme, dass ihre Tage als Kaiserin gezählt waren, verließ sie Mainz am 26. Januar 1807. Sechs Tage später kam sie nach Paris, fest entschlossen, den ihr dort noch gebotenen Freudenbecher bis zur Neige auszukosten.

Zwölftes Kapitel

Impératrice auf Abruf

Das Jahr 1807 ließ sich für Joséphine nicht gut an. In Paris fand sie nicht das Vergnügen, das sie sich gewünscht hatte. Sie blieb in die Hofetikette eingezwängt, wurde von Beauftragten Napoleons überwacht, der ihr aus der Ferne vorschrieb, was sie zu tun und zu lassen habe, wann sie sich in den Tuilerien, in Saint-Cloud oder in Malmaison aufhalten könne, mit wem sie verkehren dürfe und wen sie meiden müsse.

„Ich wünsche, dass Du nur mit den Personen speisest, die auch zu meiner Tafel eingeladen würden; dass Du dieselben Personen auch zu Deinen Empfängen zulässest und in Malmaison im vertrauten Kreise niemals Gesandte und Fremde empfängst." Dieser Wunsch war ein Befehl. Wenn sie ihm zuwiderhandele, „ziehst Du Dir mein Missfallen zu". Vor allem habe sie die alte Freundin Tallien und nunmehrige Prinzessin von Chimay, diese „abscheuliche, verrufene Frau" zu meiden. Als er erfuhr, dass Joséphine gerne in Boulevardtheater ging, wies er sie zurecht: „Du darfst nicht in die kleinen Theater und noch dazu in eine einfache Loge gehen ... Du darfst nur die vier großen Theater besuchen und stets nur die große Galaloge mit dem Hof einnehmen." Eine Kaiserin könne eben nicht dasselbe wie eine Bürgerfrau tun, und eine Frau wie sie bedürfe ständiger Aufsicht und Anleitung: „Sie haben ein vortreffliches Herz, aber eine schwache Vernunft. Sie empfinden sehr tief, können aber nicht vernünftig denken."

Die Bevormundung ging Joséphine auf die Nerven, und

Nachrichten vom Kriegsschauplatz beunruhigten die Kaiserin. „Der Feind hat eine Schlacht verloren", schrieb ihr Napoleon am 9. Februar 1807, einen Tag nach der Schlacht von Preußisch-Eylau. „Er hat fürchterlich gelitten. Auch ich habe Leute verloren: 1600 Tote und 3–4000 Verwundete". Tatsächlich waren es 18 000 Tote und Verwundete. Der Kampf endete unentschieden, was für ihn, der auf Siege abonniert zu sein glaubte, wie für die Franzosen, die von ihm nur Erfolge erwarteten, einer Niederlage gleichkam.

In Paris, wo wegen der Kontinentalsperre Kaffee und Schokolade knapp wurden, munkelte man, die bei Preußisch-Eylau erlittenen Verluste seien weit höher gewesen als offiziell zugegeben worden war. Dem östlichen Winter sei der Empereur, der nur bei schönem Wetter zu operieren und zu triumphieren verstehe, nicht gewachsen. Selbst am Hofe ging Defätismus um. Als der Kaiser davon hörte, forderte er am 13. März die Kaiserin auf: „Bringe diese Leute doch zum Schweigen! Ich würde Dir sehr böse sein, wenn Du dieser Sache kein Ende machtest."

Noch mehr als die Gerüchte über Preußisch-Eylau bedrückte Joséphine das Gemunkel über das inniger werdende Verhältnis ihres Gemahls zu Marie Walewska. Ende April 1807 kam die Polin in Napoleons Hauptquartier nach Schloss Finckenstein an der Liebe. Die Gemahlin, die davon hörte, machte ihm Vorwürfe, die er mit seinem Schreiben vom 10. Mai nicht zu entkräften vermochte: „Ich erhalte soeben Deinen Brief. Was Du mir darin von Damen erzählst, mit denen ich in Verbindung stehen soll, verstehe ich nicht. Ich liebe nur meine kleine, schmollende und kapriziöse Joséphine, die bei allem, was sie tut, so anmutig ist, selbst wenn sie zankt. Denn sie ist immer liebenswürdig, außer wenn sie die Eifersucht packt, dann wird sie zur Teufelin."

Wie eine solche konnte und wollte sie sich nicht aufführen. Zum Aufbäumen fehlten ihr Kraft und Mut; über Unabänderliches vermochte sie nur noch zu klagen, sich als betrogene Ehefrau mehr zu bedauern als den untreuen Ehemann zu beschimpfen. Zudem erreichte sie eine weitere Hiobsbotschaft, von der sie noch mehr niedergedrückt wurde als von der

Unterrichtung über neueste Seitensprünge Napoleons, an die sie sich hatte gewöhnen müssen. In der Nacht vom 4. zum 5. Mai 1807 starb an Kehlkopfdiphterie ihr erster Enkel, der viereinhalbjährige Napoleon-Charles, der Prince royal von Holland.

Der Empereur hatte den ältesten Sohn seines Bruders Louis und seiner Stieftochter Hortense als seinen Nachfolger ins Auge gefasst. Da er nun ausfiel, musste Joséphine befürchten, dass Napoleon ihr verstärkt ihre Unfruchtbarkeit vorwerfen und sich – nachdem er sich als zeugungsfähig erwiesen hatte – vermehrt darum bemühen würde, mit einer neuen Gattin für einen Leibeserben zu sorgen.

Schon sah sie sich am Abgrund der Scheidung stehen. Wohl deshalb reagierte sie auf den Tod des kleinen Napoleon-Charles mit so tiefer Erschütterung und heftiger Klage. Sie sperrte sich drei Tage lang ein, weinte unaufhörlich, nahm fast nichts zu sich. „Niemals werde ich mich trösten können", schrieb Joséphine an Hortense. „Das Leid ist zu groß als dass es zu stillen wäre."

Joséphine raffte sich auf, Hortense bis Brüssel entgegenzureisen, um sich bei ihr und mit ihr auszuweinen. „Ich komme eben in Schloss Laeken an", schrieb sie am 14. Mai an ihre Tochter. „Ich erwarte Dich hier. Komm, um mir das Leben wiederzugeben." Sie wäre gern weiter bis Holland gefahren, wenn sie nicht von Müdigkeit und vor allem vom Schmerz überwältigt gewesen wäre. Die Tochter eilte zur Mutter und das Klagen beider Frauen wollte kein Ende nehmen.

Im fernen Polen erreichte Napoleon die Nachricht vom Tode des kleinen Napoleon-Charles, mit dem er Großes vorgehabt hätte, vielleicht auch deshalb, wie böse Zungen behaupteten, weil er sein Kind aus der Affäre mit Hortense gewesen sei. „Ihr Leiden bewegt mich tief, doch ich wünschte, Sie wären tapferer", schrieb er Hortense, und an Joséphine: „Ich wünschte, ich wäre bei Dir, damit Du Dich Deiner Trauer nicht zu sehr überließest. Dir ward das Glück zuteil, niemals Kinder zu verlieren."

Dieser Hinweis konnte ihre Trauer nicht mildern, musste sie verstärken. Zwar war ihr das Glück beschieden, dass

Eugène und Hortense, ihre Kinder aus erster Ehe, lebten, aber eben auch das Unglück, dass sie mit Bonaparte keine Kinder hatte und damit die Hoffnung auf einen Fortbestand ihrer Verbindung mit ihm mehr und mehr schwand.

Joséphine wusste, dass sie eine Impératrice auf Abruf geworden war. Darüber ließ sie sich nicht durch freundliche, ja liebevolle Briefe Napoleons hinwegtäuschen. „Ich leide sehr unter Deinem Schmerz und bin traurig, dass ich nicht bei Dir sein kann", schrieb er ihr am 26. Mai, und fügte am 2. Juni – „mit tausend zärtlichen Dingen" – hinzu: „Du weinst! Ich hoffe, Du überwindest bald Deinen Schmerz, damit Du nicht immer noch traurig bist, wenn wir uns wiedersehen."

Voraussetzung einer Rückkehr war eine siegreiche Beendigung des Feldzuges. Am 14. Juni 1807 schlug Napoleon die Russen entscheidend bei Friedland in Ostpreußen. „Diese Schlacht", meldete der Kaiser der Kaiserin, „wird für mein Volk ebenso berühmt, ebenso ruhmreich wie Austerlitz". Die Sonne von Friedland ging für den Sieger in Tilsit auf. Dort trafen sich zum Abschluss des Waffenstillstands und der Vereinbarung eines Friedens Empereur Napoleon I. und Zar Alexander I. Die erste Begegnung fand am 25. Juni auf dem Njemen, der Waffenstillstandslinie, statt, in einem Holzhaus, das auf einem Floß errichtet worden war. Als sich ihm die beiden Kaiser von der jeweiligen Flussseite her in Kähnen näherten, brach die Sonne durch die Regenwolken.

In Tilsit waren auch König Friedrich Wilhelm III. und seine Gemahlin Luise zugegen, die sich Hoffnungen machte, in einer Unterredung mit dem Empereur günstige Friedensbedingungen für das mit Russland geschlagene Preußen zu erlangen. „Die Königin von Preußen hat gestern mit mir gespeist. Ich musste mich tüchtig wehren, da sie durchaus wollte, ich solle ihr noch einige Zugeständnisse zugunsten ihres Mannes machen. Ich war zwar galant, hielt mich aber an meine Politik", schrieb Napoleon am 7. Juli an Joséphine, fügte am folgenden Tag hinzu: „Die Königin von Preußen ist wirklich reizend. Sie entwickelte mir gegenüber ihren ganzen Liebreiz. Doch habe keine Angst. Ich bin wie ein Wachstuch, an dem alles abgleitet."

An seine Politik sich haltend, diktierte der Kaiser der Franzosen dem König von Preußen am 9. Juli 1807 den Frieden: Das Königreich verlor die Hälfte seines Gebietes und über die Hälfte seiner Einwohner; auf ihm abgenommenen Territorien entstanden zwei Satellitenstaaten Frankreichs: im Osten das Herzogtum Warschau und im Westen das Königreich Westfalen unter Napoleons jüngstem Bruder Jérôme.

Am Tag zuvor, am 8. Juli 1807, hatten Napoleon I. und Alexander I. den Frieden von Tilsit geschlossen: Russland erkannte die napoleonische Neuordnung Europas an, den Rheinbund, Joseph Bonaparte als König von Neapel, Louis Bonaparte als König von Holland und Jérôme Bonaparte als König von Westfalen und schloss sich der Kontinentalsperre gegen England an. Frankreich begnügte sich mit der Gründung des Herzogtums Warschau, beließ Russland dessen polnische Gebiete, verzichtete auf eine Wiederherstellung Gesamtpolens, worum Napoleon von Marie Walewska flehentlich gebeten worden war.

„Es würde mich teuer zu stehen kommen, wollte ich den Ritterlichen spielen", hatte Napoleon über seine Begegnung mit der Bittstellerin Königin Luise an Joséphine geschrieben. Die Beziehung zu Marie Walewska versuchte er ihr zu verheimlichen. Doch schon ging es um mehr als um einen weiteren Ehebruch. Seit Tilsit wusste sie, dass ihre Tage als Kaiserin der Franzosen gezählt waren. Der Empereur hatte mit dem Zaren von gleich zu gleich verhandelt, die beiden mächtigsten Herrscher hatten den Kontinent in eine französische und in eine russische Interessensphäre geteilt, und schon schien Napoleon daran zu denken, die Koexistenz durch eine Kohabitation, eine Eheverbindung zwischen den Häusern Bonaparte und Romanow zu ergänzen.

Nachdem er am 27. Juli 1807 nach Saint-Cloud zurückgekommen war, sprach er mit Joséphine offen über „die mögliche Notwendigkeit" einer baldigen Trennung. Das habe ihm Murat während des Feldzuges eingeredet, schrieb sie an Eugène, der sie darauf aufmerksam machte, dass sich der Kaiser schon länger mit dem Gedanken einer Scheidung getragen habe. Wenn er eine neue Verbindung, „die ihm seine Politik und sein Glück gebieten", eingehen wolle, müsse sie auf einer entsprechenden Versorgung bestehen und die Erlaubnis erhalten, bei ihrem Sohn in Italien zu leben.

Sie baue weiterhin auf Napoleons „Gerechtigkeitssinn und seine Liebe", bekam Eugéne von Joséphine zu hören. Noch wahrte er den äußeren Schein. Gemeinsam mit der Kaiserin absolvierte er Haupt- und Staatsaktionen. Ganz groß begingen sie die Hochzeit Jérômes, des frisch gebackenen Königs von Westfalen, mit der württembergischen Prinzessin Katharina, galt es doch wieder einmal, die zivile Alliance eines Familienmitgliedes mit der Angehörigen einer alten Dynastie zu feiern. Bei der Ziviltrauung am 22. August 1807 in der Galerie de Diane der Tuilerien und dem anschließenden Banquet impérial genoss Joséphine zwar ihre Rolle als Kaiserin, aber sie befürchtete, dass sie schon bald ausgespielt haben könnte, nämlich dann, wenn der Kaiser selbst sich mit einer Prinzessin vermählen und sie verstoßen würde. Sie ahnte, dass Schönheit und Anmut, die sie immer noch besaß und nach wie vor hervorzukehren verstand, bei einer aus Dynastieräson erfolgten Auswahl einer neuen Kaiserin nicht ausschlaggebend wären. Der genussfreudige Jérôme hatte sich mit der rundlichen und gehemmten Katharina zu begnügen, der Joséphine erst beibringen musste, wie man sich am Hof kleiden, bewegen und benehmen sollte.

In Rambouillet, wohin sich der Hof vom 6. bis 16. September 1807 zurückzog, fühlte sich Katharina alles andere als wohl; im Schloss wähne sie sich in einem Gefängnis, schrieb sie ihrem Vater Friedrich I. nach Stuttgart. „Jeder hat ein winziges Zimmer, wohin man sich nur zum Ankleiden und Schlafen zurückzieht, Letzteres wenig, denn die ganze Zeit über, von elf Uhr vormittags bis zwei Uhr nachts" sei man mit zu Verpflichtungen werdenden Vergnügungen beschäftigt, so am Abend mit „Diner im Galopp, Spiel, Musik und Konversation mit der Kaiserin. Gewöhnlich tanzen die Prinzen und Prinzessinen, aber ich, die Gesetzte und Älteste, bleibe sitzen, schaue ihnen zu und sterbe vor Langeweile und Müdigkeit".

In Fontainebleau, wo der Hof vom 21. September bis 16. November 1807 weilte, war alles größer und prächtiger, doch kaum weniger eintönig und aufreibend. Napoleon hatte keine Kosten – über zehn Millionen Franc – gescheut, um das königliche Renaissanceschloss in ein kaiserliches Empireschloss umzugestalten und ein dem Empereur angemessenes Hofleben einzurichten. Mit dem Ergebnis war er nicht zufrieden. Er begreife nicht, dass sich die Höflinge nicht amüsierten, frustriert herumsäßen, obwohl er doch alles bestens organisiert habe, sagte er zu Talleyrand, der wusste, warum es nicht so klappte, wie er es sich wünschte: Das Plaisir könne er nicht wie ein Tambour mit Trommelschlag in Gang setzen, am Hofe nicht wie im Felde kommandieren: „Allons, Messieurs et Mesdames, vorwärts Marsch!“

Joséphine befolgte seine Befehle mit gemischten Gefühlen. Einerseits ließ sie sich nach wie vor nicht gern herumkommandieren, andererseits hätte sie es allzu gern hingenommen, wenn es so weitergehen könnte, sie nicht befürchten müsste, dass er ihr schon bald den Laufpass geben würde. So führte sie das Leben weiter, das ihr gefiel, im Bewusstsein, dass ihm Grenzen gesetzt, und im Bemühen, jeden Tag und jede Stunde, die ihr noch als Kaiserin vergönnt waren, voll und ganz auszukosten.

Sie widmete sich sorgfältiger denn je ihrer Toilette, ließ Lieferanten von Garderobe und Schmuck nach Fontainebleau kommen und mit vollen Auftragsbüchern nach Paris zurückkehren. Sie begleitete den Kaiser auf der Jagd in einem Kostüm aus amarantrotem, goldbesticktem Velours, in dem sie sich gefiel, auch wenn ihr missfiel, von ihrer offenen Kutsche aus der Hirschhatz zusehen zu müssen. Sie dinierte allein mit dem Kaiser, der nicht davor zurückscheute, das Mahl mit detaillierten Erzählungen über außereheliche Beziehungen zu würzen, wobei sie es zu vermeiden suchte, dass ihr ein Bissen im Halse stecken blieb. Bei Soireen thronte sie in steifer Würde neben dem Empereur und atmete auf, wenn er sich bald zurückzog und die um die Sitzende herumstehenden Herren sie zu unterhalten sich bemühten, was viele so ermüdete, dass sie mit dem Rücken an der Wand Halt suchten.

Frust und Furcht herrschten bei Hofe, bemerkte Madame de Rémusat. Napoleon hätte gerne beide verscheucht. Doch weder sein herrisches Auftreten noch die eine oder andere Maßnahme waren dazu förderlich. Vergebens versuchte er, um die Tristesse nicht noch zu vertiefen, die Nachricht vom Tode der Mutter Joséphines, Rose-Claire de Tascher de la Pagerie, die am 2. Juni 1807 auf Martinique gestorben war, geheim zu halten.

Die in Fontainebleau gegebenen Theaterstücke waren kaum geeignet, Fröhlichkeit aufkommen zu lassen. Von 18 Aufführungen waren 12 Tragödien, bei denen Höflinge und mitunter auch der Hofherr einschliefen. Dann musste er, wenn das Spiel zu Ende ging, von der hellwach gebliebenen Joséphine geweckt werden. Denn sie sah sich selber, etwa in Glucks „Iphigénie en Aulide", in der Rolle einer tragischen Figur.

Sie wusste, dass der letzte Akt in ihrem Drama anhob, als ihr – noch in Fontainebleau – Polizeiminister Fouché eröffnete: Das Wohl des Staates und die Festigung des Empires erforderten es, dass Napoleon sich von ihr, die ihm keinen Erben schenkte, trennen müsse; sie solle in die Scheidung einwilligen, ja, darum ersuchen. Zunächst sei sie rot, dann bleich geworden, berichtete Fouché; schließlich habe sie ihn gefragt, ob er im Auftrag des Kaisers ein derartiges Ansinnen an sie stelle. Als er verneinte, fuhr sie ihn an: In dieser Angelegenheit würde sie sich nur an die Weisungen ihres Gatten halten. Der Polizeiminister ließ nicht locker, wurde wenig später schriftlich bei ihr vorstellig: Wenn sie sich für Frankreich opfere, würde der Märtyrerin die Ehre der patriotischen Altäre gebühren.

Mit dem Kaiser habe er darüber nicht gesprochen, versicherte ihr Fouché. „Kein Minister", bemerkte der österreichische Gesandte Metternich, „wagt hier, etwas zu tun, was ihm nicht vom Kaiser befohlen ist", vor allem würde keiner eine Wiederholung riskieren. Auch Joséphine konnte es sich nicht vorstellen, dass Fouché eigenmächtig gehandelt habe. Selbst das Erstaunen, ja die Entrüstung, die Napoleon vorgab, als sie ihm ihr Befremden ausdrückte, konnte ihren Verdacht nicht zerstreuen, dass Fouché in seinem Auftrag gehandelt habe. Auch der Verweis, den der Kaiser dem Minister erteilte, vermochte sie nicht darüber hinwegzutäuschen, dass er sie, auch wenn er es noch abstritt, bereits abgeschrieben hatte. In der Tat: Seit der Empereur in Tilsit mit dem Zaren verhandelt hatte, dachte er daran, eine Schwester Alexanders I., die Großfürstin Katharina, zu freien.

Die Impératrice auf Abruf erhielt unverhofft Aufschub. Die Großfürstin Katharina war einem anderen, dem Prinzen Georg von Oldenburg, versprochen, ihre Schwester, die Großfürstin Anna, war noch zu jung, und die Zarinmutter Maria Feodorowna wollte ohnehin keine ihrer Töchter an den „blutdürstigen Tyrannen" ausliefern. Napoleon wusste, dass er – wenn er nicht zum Gespött werden wollte – vor einer Scheidung eine sichere Heiratskandidatin vorweisen musste.

So kam es dem Empereur nicht ungelegen, dass er eine mehrwöchige Inspektionsreise nach Italien anzutreten hatte und damit allen Spekulationen eine Zeit lang aus dem Weg ging. In Paris wurde weiter geredet und gemunkelt. „Am Hof, bei den Prinzen, in allen Kreisen der Gesellschaft spricht man von der Auflösung der Ehe der Kaiserin", hieß es in einem Polizeibericht. „In der kaiserlichen Familie herrscht nur eine Meinung: Sie ist einstimmig für die Scheidung. In den Adelskreisen herrscht die einhellige Meinung: Einzig legitime Kinder des Kaisers können der Dynastie die Dauer sichern."

Auch wenn Napoleon es für opportun hielt, in der jetzigen Situation sich vom Vorpreschen Fouchés zu distanzieren, so kam es ihm doch gelegen, dass der Minister Joséphine reinen Wein eingeschenkt hatte. Auch als Geschiedene müsste und würde sie vom Kaiser gut behandelt werden, suchte Eugène seine Mutter zu trösten. Sie bemühte sich, Contenance zu wahren, ließ sich am 20. Dezember 1807 auf dem Großen Ball in der Militärakademie sehen, bewundern und bemitleiden, hielt bis nach Mitternacht aus.

Joséphine besichtigte am 4. Januar 1808 Davids Gemälde „Le Sacre de Napoléon Ier à Notre-Dame". Eigentlich zeigte es nicht seine, sondern ihre Weihe, den Moment, in dem sich der Empereur anschickte, der vor ihm knieenden Gemahlin die Krone aufs Haupt zu setzen. Der Anblick des Bildes erfüllte sie mit Genugtuung, wie weit sie es gebracht habe, aber auch mit Bangen, weil sie darauf gefasst sein müsste, dass er ihr das Gegebene jeden Augenblick wegnehmen würde.

„Seit seiner Rückkehr von der Armee hat sich der Kaiser seiner Gemahlin gegenüber kalt und nicht ohne Verlegenheit verhalten", berichtete der österreichische Gesandte Metternich. Laurence Isabey, die Gemahlin des Malers, der die Kostüme für das Sacre entworfen hatte, erzählte herum, dass die Kaiserin immerzu in Tränen aufgelöst sei. „Du kannst Dir denken, dass ich genug Gründe zur Traurigkeit habe", schrieb Joséphine am 10. Februar 1808 an Eugène. Die Gerüchte über die bevorstehende Scheidung verdichteten sich, und so bleibe ihr nichts anderes übrig, als ihr Schicksal der Vorsehung und dem Willen des Empereurs anheim zu geben: „Meine einzige Verteidigung ist ein tadelloser Lebenswandel. Ich gehe nicht aus, gönne mir kein Vergnügen mehr."

Die Gattin bemühte sich, dem Gatten keinen Vorwand für eine Trennung zu liefern. Sie sei zu Napoleon besonders liebenswürdig gewesen, behauptete die Kammerfrau Avrillion, „sie passte sich seinen Stimmungen, seinen Launen in einer Weise an, wie ich sie noch nie erlebt habe".

Napoleon, der sich schon so oft von ihr getäuscht gesehen hatte, schien ihr weder ein derartiges Entgegenkommen noch die Beteuerungen eines einwandfreien Lebenswandels abgenommen zu haben. Als er in Italien erfuhr, dass sie mit dem Prinzen Friedrich Ludwig von Mecklenburg-Schwerin, der sie bewunderte und umschwärmte, das auf Revuen spezialisierte Théâtre Vaudeville besucht hatte, tadelte er ihr „skandalöses Benehmen", das ihn an Königin Marie-Antoinette erinnere und ihn der Gefahr aussetze, „Zielscheibe übler Scherze zu werden". Talleyrand erhielt Befehl, den um fünfzehn Jahre jüngeren Mecklenburger aus Paris auszuweisen.

Im letzten Akt ihres Ehedramas wurde kein jugendlicher Liebhaber mehr auf den Brettern geduldet, aber das Ende zog sich hin, weil der Gemahl auf anderen Bühnen zu agieren hatte. Am 2. April 1808 verließ er Saint-Cloud in Richtung Bayonne. Dorthin hatte er den spanischen König Ferdinand VII. und dessen von ihm gestürzten Vater Karl IV.

bestellt – angeblich, um den Zwist im spanischen Hause Bourbon zu schlichten, tatsächlich aber, um das Königreich seinem Empire anzuschließen.

Eigentlich wollte er Joséphine in Bayonne nicht dabei haben, doch weniger ihr Ersuchen, sie mitzunehmen, als die Einsicht, dass sie bei der Umgarnung der spanischen Königsfamilie nützlich sein könnte, veranlassten ihn, sie in das vor den Toren Bayonnes gelegene Schloss Marrac nachkommen zu lassen. Dort begegnete sie Karl IV., einem Kauz, der sich stets von einem Diener mehrere Uhren nachtragen ließ, selbst einige Taschenuhren bei sich hatte, als wollte er ganz genau wissen, was die Stunde für ihn schlug. Königin Maria Luisa wurde von Napoleon als hässlich, schmutzig, falsch, bösartig „und unvorstellbar lächerlich" bezeichnet. Joséphine bemitleidete sie, lieh ihr Kleider und Schmuck, schickte ihr den eigenen Friseur.

Mit diesem seltsamen Königspaar hatte Napoleon leichtes Spiel, und auch mit ihrem Sohn Ferdinand. Diesen bewog er, dem Vater die Krone zurückzugeben, und jenen, sie an den unehrlichen Makler weiterzugeben, der sie am 6. Juni 1808 seinem Bruder Joseph weiterreichte. Der Bonaparte hatte bereits in Neapel einen legitimen Monarchen aus dem Hause Bourbon abgelöst. Dorthin wurde nun Joachim Murat, der Gemahl von Caroline Bonaparte, versetzt.

So war es kaum verwunderlich, dass sich der Clanchef und Reichsvermehrer aufgeräumt gab, sich auch gegenüber Joséphine freundlich, fast liebenswürdig benahm, sodass sie versucht war, neue Hoffnung für den Fortbestand ihrer Ehe zu schöpfen. Indes bandelte Napoleon mit Mademoiselle Guillebeau an. Joséphine hatte die Tänzerin als Vorleserin nach Bayonne, in das Schloss Marrac mitgenommen, um, wie Napoleon behauptete, ihn „mittels einer Maîtresse halten zu können". Doch Joséphine las der Achtzehnjährigen die Leviten und schickte die neueste Eroberung ihres Gatten nach Paris zurück.

Auch Spanien, das Napoleon gewonnen zu haben glaubte, sollte er nicht behalten dürfen. Zwar gab es Spanier, die sich vom neuen Herrn einiges von den Errungenschaften der Französischen Revolution und des bonapartistischen Systems versprachen, aber die Mehrheit des Volkes sah in ihm den fremden Unterdrücker der eigenen Tradition. Bereits am 2. Mai 1808 erhoben sich Madrider gegen die dort bereits stehenden französischen Truppen. Den Aufstand wie seine Niederwerfung hat Goya in Kolossalgemälden dargestellt, die zu Altarbildern des spanischen Nationalismus wurden. König Joseph I. kam in ein Land, in dem der Aufruhr, der hier und dort aufflackerte, sich nach und nach zu einem Flächenbrand entwickelte, der den Thron des Königs von Napoleons Gnaden zu vertilgen und das Prestige des Kaisers der Franzosen zu versengen drohte.

Mit ersten Anzeichen wurde Napoleon bereits auf der Rückreise von Bayonne nach Paris konfrontiert. Eigentlich wollte er in Begleitung der dazu nützlichen Joséphine sein Renommee im Südwesten und Westen Frankreichs auffrischen und vertiefen, aber die Freude an den Ovationen, die man ihm und seiner Gemahlin wie erwartet entgegenbrachte, wurden durch schlechte Nachrichten aus Spanien vergällt. Am 19. Juli 1808 – das Kaiserpaar weilte noch in Marrac – besiegten spanische Freiheitskämpfer das Korps Dupont in Andalusien. Am 28. Juli – Napoleon und Joséphine waren gerade in Toulouse – kapitulierten 8000 Franzosen in Bailén.

„Dies ist der Tragödie fünfter Akt: Der Ausgang ist absehbar", schrieb Napoleon an Talleyrand. Damit meinte er nicht die bevorstehende Beendigung der Ehe mit Joséphine, sondern spielte auf das spanische Drama an. Indes hatte dessen erster Akt eben erst begonnen. Als der Vorhang nach dem letzten Akt gefallen war, musste er konstatieren: „Der spanische Krieg hat mich zugrunde gerichtet."

Als das Kaiserpaar am 14. August 1808 nach Paris zurückgekommen war, hegte Napoleon noch die Hoffnung, dass er mit den Spaniern, die ihm zu trotzen wagten, bald fertig werden könnte. Joséphine näherte sich bereits dem Ende des letzten Aktes ihres Ehedramas. Es beruhigte sie kaum, dass er sich mit ihr bei einem Konzert in Saint-Cloud und im neuen Théâtre de la Cour in den Tuilerien sehen ließ, an ihrer Seite unter den Arkaden der Rue de Rivoli promenierte, im Park beim Fangen ihr nachlief. Der Druck, der auf ihr lastete, schrieb sie Eugène, habe sie krank gemacht.

Ein schwacher Trost war für sie die Geburt des dritten Sohnes ihrer Tochter Hortense am 21. April 1808 gewesen. Joséphines dritter Enkel erhielt den Namen Louis-Napoléon. Niemand konnte annehmen, dass er als Napoleon III. das bonapartistische Vermächtnis weitertragen und es im Zweiten Kaiserreich erneuern sollte. Aber sie wusste, dass sie mit Napoleon I. kein Kind haben würde, das sein Empire erben könnte. Als die hochschwangere Hortense ihren Stiefvater besuchte, seufzte er bei ihrem Anblick: „Es schmerzt mich, Sie so zu sehen. Wie gerne würde ich Ihre Mutter in diesem Zustand sehen." Weil er dies nicht erleben dürfte, und das war für Joséphine zur Gewissheit geworden, würde er sich von ihr trennen müssen.

Ein weiterer Aufschub war ihr gewährt. Die Außenpolitik lenkte Napoleon von seiner Hauspolitik ab. Am 22. September 1808 brach er nach Deutschland ohne die Kaiserin auf, um auf halbem Wege zwischen Paris und Petersburg mit Alexander I. zusammenzutreffen. Er suchte die Rückendeckung Russlands bei seinem nach den ersten Niederlagen notwendig gewordenen verstärkten Engagement in Spanien.

Der Fürstentag in Erfurt erbrachte nicht das gewünschte Ergebnis. Zwar umgaben die als Statisten zusammengerufenen Satelliten den Empereur wie einen Strahlenkranz, aber der Zar begann sich vom Sonnenkaiser, von dem er sich in den Schatten gestellt sah, zu distanzieren. Es sei für ihn und Napoleon zusammen kein Platz in Europa, früher oder später müsse der eine dem anderen weichen, sagte Alexander zu seiner Schwester Maria Pawlowna, der Gemahlin des Erbprinzen Karl Friedrich von Weimar, und Napoleon sagte zu seinem Bruder Jérôme, dem König von Westfalen: „Dieser Phrasendrescher von Zar langweilt mich." Es erboste ihn, dass es der Russe ablehnte, mit dem Franzosen den Österreicher in die Zange zu nehmen; Napoleon warf seinen Hut zu Boden und trat auf ihn.

In seinem an die Impératrice zum Herumzeigen in Paris gerichteten Brief aus Erfurt gab sich der Empereur aufgeräumt: „Ich habe auf dem Schlachtfeld von Jena gejagt", schrieb er ihr am 9. Oktober. „Auch dem Ball in Weimar habe ich beigewohnt. Der Kaiser Alexander tanzt, ich jedoch nicht: 40 Jahre sind eben 40 Jahre!“ Joséphine fühlte sich daran erinnert, dass sie schon die 45 überschritten hatte und für sie der Kaiserwalzer bald zu Ende sein würde. Darüber ließ sie sich von der Grußformel „Ganz der Deine“ nicht hinwegtäuschen.

„In kurzem bin ich wieder bei Dir. Lass Dir's gut gehen, damit ich Dich dick und frisch wiederfinde“, hieß es in einem zweiten Brief aus Erfurt. Am 18. Oktober kam Napoleon nach Paris zurück, ohne Aussicht auf eine Zarenschwester als zweite Gemahlin, und in der Absicht, sich so bald wie möglich unter anderen Monarchentöchtern umzusehen. Dazu kam er vorerst nicht. Die Zeit reichte nur für die Eröffnung der Session der Gesetzgebenden Körperschaft und einen Besuch mit Joséphine im Salon zur Besichtigung des Gemäldes von Antoine-Jean Gros „Napoléon visitant le champ de bataille d'Eylau“, das auf die Schrecken des Krieges verwies. Mit diesen sahen sich die Franzosen nun in Spanien konfrontiert. Dort sei ein Feuer wie jenes von 1789 entbrannt, bemerkte der von seinem Bruder eingesetzte König Joseph I., der sich in Madrid nicht zu halten vermochte, sich mit der französischen Armee hinter den Ebro zurückzog.

Der Empereur glaubte, durch sein persönliches Eingreifen die Wende herbeiführen zu können. Er setzte sich an die Spitze von acht Armeekorps, der Garde und der Reservekavallerie, von über 200 000 Mann, um den Aufstand niederzuwalzen und die auf der Iberischen Halbinsel operierenden Engländer zurückzuwerfen. 160 000 Rekruten waren ausgehoben worden. Franzosen kritisierten, dass ihr Kaiser zum ersten Mal nicht gegen eine reaktionäre Macht, sondern gegen ein freiheitsliebendes Volk ins Feld zog. „Musst Du denn immer Krieg führen?“, fragte ihn Joséphine, als er sich am 29. Oktober 1808 an die Front begab.

Nach wie vor verstand er zu siegen. Er schlug die spanischen Truppen zurück, zog am 9. Dezember in Madrid ein. „Seit einigen Tagen verfolge ich die Engländer, die entsetzt vor mir fliehen“, schrieb er am 31. Dezember an Joséphine, mit dem Postskriptum: „Ein glückliches neues Jahr für alle“.

Doch 1809 wurde für Napoleon kein besonders gutes und für Joséphine ein ganz schlechtes Jahr. Der Widerstand der Spanier war nicht gebrochen, fast überall im weiten, nicht einzunehmenden Land entbrannte ein Partisanenkrieg. Englische Expeditionskorps kamen den Guerilleros zu Hilfe, rückten gegen die französischen Truppen vor; im Juli 1809 triumphierte Arthur Wellesley, der dafür zum Viscount of Wellington erhoben wurde, bei Talavera de la Reina.

Zu dieser Zeit war Napoleon schon längst nicht mehr in Spanien. Schlechte Nachrichten trieben ihn nach Hause. In Paris intrigierten Talleyrand und Fouché gegen den Kapitän des Staatsschiffes, dessen Renommee angeschlagen war und dessen Mannschaft zu murren anfing. In Deutschland zündete das Beispiel des spanischen Freiheitskampfes. Preußen bereitete sich durch Reformen auf eine Revanche für Jena und Auerstädt und eine Revision des Diktatfriedens von Tilsit vor. Österreich dachte an eine Berichtigung des Friedens von Pressburg und begann zu rüsten. Beflügelt vom erwachenden deutschen Nationalbewusstsein gedachte es gegen den Empereur, der in Spanien geschlagen zu sein schien, erneut Krieg zu führen.

Napoleon eilte aus Spanien nach Frankreich zurück. Am 16. Januar 1809 verließ er Valladolid, am 23. Januar erreichte er Paris. Er straffte die innenpolitischen Zügel, verstärkte seine Heeresmacht und sorgte auf diplomatischen Wegen für eine Isolierung des kriegsbereiten Österreich. Die Scheidung von Joséphine, wozu er fest entschlossen war, musste noch warten. Sie werde mehr als er geliebt, sagte er zu Fouché, binde einen Teil der Pariser Gesellschaft an ihn.

So zeigte er sich mit ihr vermehrt in der Öffentlichkeit, zog mit ihr in das Palais de l'Elysée, das der nach Neapel als König abkommandierte Murat ihm überlassen musste, feierte ihren Namenstag am 19. März in Malmaison mit einem Ball, einem Feuerwerk und der Aufführung der Komödie „La Coquette corrigée" („Die gezüchtigte Kokette").

Am 13. April 1809, nachdem die Nachricht vom Einmarsch der Österreicher in das mit Frankreich verbündete Bayern eingetroffen war, brach Napoleon zum Rhein auf und nahm Joséphine, die ihn flehentlich darum bat, auf die Reise mit, die ihre letzte gemeinsame sein sollte. In Straßburg, das sie am 15. April erreichten, trennten sich ihre Wege. Die Kaiserin blieb im Palais Rohan zurück, das für sie nach ihrem Geschmack neu eingerichtet worden war: weiß-goldene Möbel im Salon, in ihrem purpur-goldenen Schlafzimmer ein mit vier Schwänen verzierter Teppich. Der Kaiser verließ noch am selben Tage Straßburg und begab sich zu seiner Armee nach Deutschland.

„Da bin ich, wie der Blitz!", sagte Napoleon am 17. April, als er in Donauwörth eintraf. Ein Donnerwetter ließ er bei Abensberg und Eggmühl über den Feind hereinbrechen. Vor Regensburg streifte ihn eine Kugel am rechten Fuß. Joséphine, die Schlimmeres vermutet hatte, wurde durch seinen Brief vom 6. Mai beruhigt: „Die Kugel, die mich getroffen, hat mich nicht verwundet; sie hat kaum die Achillessehne gestreift." Der Brief war aus Enns datiert, am nächsten Tag stand er in Melk und am 9. Mai schrieb er ihr aus Sankt Pölten: „Morgen werde ich vor den Mauern von Wien stehen: genau einen Monat nach dem Tage, an dem die Österreicher den Inn überschritten und den Frieden gebrochen haben." Am 12. Mai zog er in Wien ein.

Doch die Zeiten waren vorbei, in denen die Einnahme der Hauptstadt des Feindes das Ende des Krieges bedeutete. Das österreichische Heer stand am jenseitigen Donauufer. Als die Franzosen den Strom überschritten, wurden sie von den Österreichern unter Erzherzog Karl am 21. und 22. Mai bei Aspern und Eßling geschlagen; es war Napoleons erste Niederlage in offener Feldschlacht. Davon schrieb er Joséphine nichts, aber die Vereinigung seiner Großen Armee mit der aus Italien erfolgreich vorstoßenden Armee Eugènes verschwieg er dessen Mutter nicht.

Der Kaiser erlaubte der Kaiserin, noch einmal nach Plombières zu gehen, wo sie am 12. Juni ankam und ihre Tochter Hortense, die Königin von Holland, mit ihren beiden Söhnen antraf. Er hoffe, die Kur „wird Deiner Gesundheit zuträglich sein", schrieb ihr Napoleon, ohne noch auf Heilung ihrer Unfruchtbarkeit zu hoffen. „Leb wohl, meine Freundin.

Du kennst meine Gefühle für Joséphine: sie sind unveränderlich", schloss er seinen Brief vom 19. Juni. Einen Tag später schrieb er Marie Walewska nach Krakau: „Bald werde ich frei sein, Marie. Dann hoffe ich Dich öfter sehen zu können. Habe Geduld!"

Es dauerte nicht mehr lange, bis der Feldherr zufrieden war und der Liebhaber befriedigt wurde. Am 5. und 6. Juli 1809 besiegte er bei Wagram die zahlenmäßig unterlegenen und unzulänglich geführten Österreicher. Sie mussten den Frieden von Wien schließen: Kaiser Franz I. verlor 100 000 Quadratkilometer Land und dreieinhalb Millionen Einwohner. Bayern erhielt Salzburg und das Innviertel, Russland – das Gewehr bei Fuß geblieben war – einen Teil von Ost-Galizien, das Herzogtum Warschau Westgalizien, Italien bzw. Frankreich den Löwenanteil: Triest, Friaul, Villach, Krain und ein Stück von Kroatien.

Zum politischen kam ein persönliches Erfolgserlebnis: Marie Walewska fand sich in seinem Hauptquartier Schönbrunn ein, begehrenswert wie eh und anschmiegsamer denn je. Sie eröffnete ihm, dass er sie während ihres Wiedersehens in Paris geschwängert hatte. Sohn Alexandre wurde am 4. Mai 1810 geboren, im Schloss Walewice ihres gehörnten Gemahls, des Grafen Athanase Walewski, der für den Sprössling des Empereurs seinen Namen hergab. Napoleon war zum zweiten Mal Vater geworden. Nun pressierte es ihm, sich von Joséphine scheiden zu lassen und sich eine neue Gattin zu nehmen, mit der er einen Erben zeugen könnte. Am liebsten würde er seine Maîtresse krönen lassen, sagte er seinem Bruder Louis, aber als Kaiser der Franzosen müsse er eine Ehe mit einem Mitglied einer alten Monarchenfamilie eingehen.

Joséphine war es nicht zu verheimlichen, dass Marie Walewska bei Napoleon in Schönbrunn weilte, auch wenn ihr die Schwangerschaft der Maîtresse noch verborgen blieb. Zum ersten Mal fühlte sie sich in ihrem Malmaison, wohin sie am 18. August aus Plombières zurückgekehrt war, nicht wohl. Dieses Paradies, sagte sie zu Laure Junot, werde für sie schon bald die Hölle sein; die bevorstehende Trennung von ihrem Gemahl werde sie töten. Sie fühlte sich verhöhnt, wenn Napoleon seine Briefe immer noch mit „Ganz der Deine" unterschrieb, und genarrt, wenn er, auf seine Rückkehr anspielend, ihr schrieb: „Ich rate Dir, besonders in der Nacht, auf Deiner Hut zu sein, denn in einer der nächsten Nächte wirst Du großes Gepolter hören" – dann nämlich, wenn der Gatte in das Zimmer der Gattin stürzen werde.

Doch noch aus Schönbrunn hatte der Kaiser befohlen, die Tür zwischen seinem und ihrem Appartement in Fontainebleau zuzumauern. Dorthin hatte er sie auf den 26. Oktober 1809 bestellt. Er traf um 9 Uhr morgens ein, sie – aus Malmaison kommend – erst um 6 Uhr abends. „Ach, da sind Sie ja, Madame", begrüßte er sie und übersah in ihrem Haar die Kornblume in der blauen Farbe der Treue.

Dreizehntes Kapitel

Die Scheidung

Im Wald von Fontainebleau fielen die Blätter, und der Stimmung Joséphines angemessen war auch die im Schloss aufgeführte Oper des Neapolitaners Antonio Zingarelli „Romeo e Giuletta". Sie hatte dabei eines ihrer Lieblingsbilder in Malmaison vor Augen, „Julias Grab", auf dem die Erinnerung an eine vergangene Liebe unter einem Berg von Blumen begraben lag.

Napoleon, der verflossene Romeo, wagte es immer noch nicht, ihr seinen längst feststehenden Entschluss, sich scheiden zu lassen, zu eröffnen. Feigheit vor dem Feind hatte er nie gekannt, aber die ihm fremd, ja lästig gewordene Gattin vor vollendete Tatsachen zu stellen, fehlte ihm der Mut. Er ging ihr aus dem Weg, und wenn er sich bei höfischen Anlässen mit ihr zeigen musste, setzte er eine finstere Miene auf. Joséphine bemühte sich, ihren Repräsentationspflichten wie bisher nachzukommen, aber das Lächeln, mit dem sie so viele bezaubert hatte, wirkte nun wie gefroren. Wenn sie allein war, weinte sie sich bei Hortense aus, die es kaum mehr ertrug, wie ihre Mutter von Napoleon rücksichtslos behandelt wurde: „Er quält sie."

Getrennt kehrten der Kaiser und die Kaiserin am 14. November nach Paris in die Tuilerien zurück. Napoleon hatte immer noch nicht die Courage, ihr gegenüber das Wort „Scheidung" auszusprechen. Endlich, am 30. November 1809, raffte er sich dazu auf.

Beim Abendessen schwieg er noch. Man habe nichts gehört

als das Geräusch von servierten und abservierten Tellern und Schüsseln, erzählte Kammerdiener Constant, und Palastpräfekt Bausset: Der Kaiser habe sich nicht, wie sonst immer, den Kaffee von der Kaiserin einschenken lassen, sondern dies selber getan. Anschließend wollte er mit ihr unter vier Augen sprechen. Vor der verschlossenen Tür hörten Bausset und Constant einen schrillen Schrei Joséphines. Der Kaiser öffnete die Tür und befahl dem Palastpräfekten, ihm zu helfen, die besinnungslos zu Boden gesunkene Kaiserin in ihr Appartement zu tragen. Auf der schmalen Treppe, die dorthin führte, wäre Bausset beinahe über seinen Degen gestolpert. Als er, um Joséphine nicht fallen zu lassen, sie enger umfasste, flüsterte sie ihm zu: „Nicht so fest." Es war nicht auszuschließen, dass sie, die darin geübt war, die Ohnmacht vorgetäuscht hatte.

Napoleon war sehr erregt, versuchte, wider seine Gewohnheit, dem Palastpräfekten den Grund dafür zu erklären: Auf den Ausbruch ihres Schmerzes sei er nicht gefasst gewesen. „Sie war verzweifelt, legte sich ins Bett und litt drei Tage lang, wobei sie teilweise Komödie spielte und Szenen machte", sagte Napoleon zu Bertrand auf Sankt Helena. Doch schon einen Tag später, am 1. Dezember 1809, kam die Kaiserin wie immer liebenswürdig und hoheitsvoll ihren Repräsentationspflichten nach, auf dem Empfang, den sie in Malmaison den zur Feier des Friedens mit Österreich gekommenen Königen von Sachsen, Württemberg, Neapel und Westfalen gab. Auch das weitere Programm stand sie mit Würde durch: am 3. Dezember das Tedeum in Notre-Dame und das Bankett in den Tuilerien, am 4. Dezember die Militärparade und die Soiree im Hôtel de Ville, am 11. Dezember das von Marschall Berthier, dem Fürsten von Wagram, veranstaltete Fest in Grosbois.

Dabei fiel es ihr nicht leicht, Haltung zu bewahren. Laure Junot bemerkte, dass sie im Rathaus bei dessen Betreten nicht offiziell empfangen wurde, sich allein zu ihrem Platz begab und sich so rasch hinsetzte, als befürchtete sie, die Beine könnten ihr den Dienst versagen. In Grosbois vermeinte die Comtesse Victorine de Chastenay Spuren von Tränen in ihrem wie stets freundlichen Gesicht zu erblicken.

Der Kaiser behandelte sie bereits so, als wäre sie schon gar nicht mehr die Kaiserin. In Notre-Dame durfte sie sich nicht neben ihn setzen. In das Hôtel de Ville ließ er sich von seiner Schwester Caroline begleiten. In Grosbois wurde sie nur von einem Adjutanten begrüßt, der sie seiner Anteilnahme versicherte und zu dem sie sagte: „Nicht wahr, Sie vergessen mich nicht" – wobei sie das Sie betonte. Ob nun versehentlich oder absichtlich, Berthier hatte zur Unterhaltung der Gäste ein Boulevardstück ausgewählt, in dem der Hauptdarsteller deklamierte: „Es ist schmerzlich für einen Mann wie mich, niemanden zu haben, dem er seinen Ruhm zu vererben vermöchte. Jawohl, ich lasse mich scheiden und werde mir eine junge Frau nehmen, mit der ich Kinder haben kann."

Am 13. Dezember erschien die Impératrice zum letzten Mal bei einem Grand Cercle. In der Galerie de Diane der Tuilerien nahm sie an einem Tisch Platz, an dem die geladenen Herren vorbeidefilierten, die von ihr, wie immer, mit einem graziösen Nicken bedacht wurden, auch Étienne-Denis Pasquier. Ihr einstiger Nachbar in Croissy bewunderte die Contenance Joséphines, die wusste, dass dieser Cercle der letzte sein würde und sie schon kurz danach Thron und Schloss zu räumen hätte.

Am 14. Dezember 1809 wurde der Scheidungsakt als Staatsakt vollzogen. Die Zeugen waren auf 9 Uhr abends in das Grand Cabinet der Tuilerien geladen. Die Familie Bonaparte, an der Spitze Madame Mère, vermochte ihre Befriedigung über den Fall der verhassten Beauharnais nicht zu verhehlen und verdrängte die Sorge, dass ein Spross aus einer neuen Eheverbindung des Sohnes und Bruders die Erbfolge des einen oder anderen Mitgliedes des Clans vereiteln könnte. Hortense, die Königin von Holland, litt mit ihrer Mutter, während ihr Bruder Eugène, der Vizekönig von Italien, die Neigung zu seiner Familie der Pflicht gegenüber dem Kaiser der Franzosen und König von Italien unterordnete.

Joséphine erschien in schlichtem weißen Kleid, ein Band im Haar, ohne jeglichen Schmuck, betrat, auf den Arm Hortenses gestützt, das Grand Cabinet, wo Napoleon sie erwartete. Der Kaiser verkündete den Versammelten den Beschluss, „den zu fassen die Kaiserin und ich gezwungen waren. Wir trennen uns". Ihm sei dieser Entschluss sehr schwer gefallen, doch sei ihm nichts anderes übrig geblieben, als das Interesse Frankreichs über sein persönliches Glück zu stellen.

Dass dieser Entschluss Joséphine noch viel schwerer gefallen war, ließ sich aus der Erregung schließen, die sie daran hinderte, die ihr aufgesetzte Erklärung nach den ersten Worten weiter zu verlesen. Staatssekretär Regnaud de Saint-Jean d'Angély fuhr fort: „Jeglicher Hoffnung auf Kinder beraubt", die den Bedürfnissen des Kaisers wie den Interessen Frankreichs dienlich wären, „erbringe ich ihm den größten Beweis der Zuneigung und Ergebenheit, der je auf Erden erbracht wurde." Sie stimme der Auflösung der Ehe zu, „die dem Wohle Frankreichs nur hinderlich ist, da sie ihm das Glück vorenthielte, künftig von den Nachfahren des großen Mannes regiert zu werden".

Der große Mann unterzeichnete die Scheidungsurkunde mit schwungvollem Federstrich, die der Dynastieräson unterlegene Frau mit einem kaum leserlichen Gekritzel. Anschließend unterschrieben die Familienmitglieder, die alle, außer Joseph, anwesend waren, ferner der Erzkanzler und der Staatssekretär der kaiserlichen Familie.

„In den Augen aller Zuschauer standen Tränen", resümierte Napoleon auf Sankt Helena. Solche bemerkte die Augenzeugin Rémusat nicht nur bei der geschiedenen Ehefrau, sondern auch bei dem Ehemann, der die Scheidung herbeigeführt hatte. Sie hätte dies mit Genugtuung vermerkt, schrieb die Hofdame ihrem Gatten, aber sie mochte sich gefragt haben, ob der Kaiser nicht Krokodilstränen vergossen hatte.

Larmoyant und pathetisch verlief auch der zweite Teil des Scheidungsaktes. Am nächsten Tag, dem 15. Dezember, trat der Senat unter Vorsitz des Erzkanzlers Cambacérès zusammen, um die Trennung zu sanktionieren. Eugène trat ans Rednerpult und sprach, sichtlich bewegt: „Die Tränen, die den Empereur dieser Entschluss kostete, tun der Ehre meiner Mutter Genüge." Mit 76 gegen 7 Stimmen bei 4 Enthaltungen erklärte der Senat die Zivilehe für aufgelöst.

War dieser Beschluss rechtmäßig? Die Ehe galt als bürgerlicher Akt wie als kirchliches Sakrament. Schon die Auflösung der Zivilehe stimmte nicht mit einem Paragraphen des Code civil überein, der die Scheidung von einer über fünfundvierzigjährigen Frau untersagte; Joséphine war am 13. Juni sechsundvierzig geworden. Doch der Code civil war nicht von ungefähr 1807 in Code Napoléon umbenannt worden: Der Wille der Empereurs galt nun als oberstes Gesetz.

Die kirchliche Ehe, die Napoleon und Joséphine am Vorabend der Kaiserkrönung eingegangen waren, warf ein gravierendes Problem auf. Der Empereur hielt es für gelöst, weil er sein Ja-Wort unter moralischem Druck, nicht vor Trauzeugen und nicht vor dem Gemeindepfarrer abgegeben hatte. Diese Argumentation übernahmen das bischöfliche wie das erzbischöfliche Offizialat in Paris als Begründung für die im Januar 1810 erklärte Ungültigkeit der kirchlichen Sakramentshandlung. Auch die französische Kirchenbehörde wusste, was sie ihrem Kaiser schuldig war.

Joséphine zerbrach sich über die zivil- wie kirchenrechtliche Problematik ihrer Scheidung nicht den Kopf. Mehr noch als der Verlust des Ehegatten machte ihr zu schaffen, dass sie den Kaiserthron räumen musste, auf dem sie so stolz posiert, und das Kaiserschloss verlassen musste, in dem sie so gerne repräsentiert hatte.

Noch am 15. Dezember 1809 war es so weit. Sie bestieg, tief verschleiert und ein Taschentuch zum Tränentrocknen in der Hand, im Hof der Tuilerien ihre Kutsche. Napoleon hatte sie „Opal" getauft, ihr den Namen des Schmucksteins gegeben, den er für ein Symbol „des Unglücks und der Hoffnung" hielt. Sie fuhr ab, gefolgt von den Wagen mit dem verbliebenen Gefolge, ihrem Papagei und ihren Hunden. Joséphine warf keinen einzigen Blick zurück. Unter strömendem Regen kam sie in Malmaison an, das vom Lustschloss der Herrscherin zum Austragssitz der Geschiedenen geworden war.

Der Exgatte hatte sich von ihr, im Beisein seines Privatsekretärs Méneval, kurz verabschiedet und bald nach ihr die Tuilerien verlassen, um sich in den Großen Trianon zurückzuziehen. Doch schon am Tag darauf zog es ihn nach Malmaison. Das Schloss betrat er nicht, aber er ging mit seiner Exgattin im Garten auf und ab. Nach Versailles zurückgekehrt, schrieb er ihr noch am selben Tag: „Meine Freundin, ich habe Dich heute verzagter gefunden, als Du sein solltest." Sie dürfe sich „keinem verderblichen Trübsinn überlassen", sondern müsse zufrieden sein und vor allem ihre Gesundheit pflegen. „Lebe wohl, meine Freundin; schlafe wohl, und denke daran, dass dies mein Wunsch ist."

„Sage mir bitte, was Du heute getan hast", schrieb Napoleon ihr am 19. Dezember, und am Tag darauf: Der Polizeiminister Savary „sagt mir, dass Du fortwährend weinst; das ist nicht recht! ... Ich muss Dich zufrieden wissen und hören, dass Du wieder Zuversicht gewinnst". Das Zureden war nicht geeignet, die Kränkung, die er ihr angetan hatte, in Vergessenheit geraten zu lassen; vielmehr wurde sie immer wieder schmerzlich daran erinnert. Deshalb möge man dem Kaiser nahe legen, dass er – obgleich er dabei kein Wort zu viel verliere – die schriftlichen „Ausdrücke seines Bedauerns mäßige", schrieb Madame de Rémusat, die bei Joséphine geblieben war, an ihren Gemahl, Napoleons Palastpräfekten. Jedenfalls sollten seine Briefe nicht an den Abenden eintreffen, denn ihre Lektüre würde ihr „abscheuliche und schreckliche Nächte bereiten".

Schon bald erholte sich Joséphine von dem Schlag, der sie getroffen hatte, und begann ihr Gleichgewicht wiederzufinden. Gefasst folgte sie am 25. Dezember 1809 mit Hortense und Eugène der Einladung Napoleons zu einem Weihnachtsessen im Großen Trianon. Die letzte Mahlzeit, die Exgatte und Exgattin gemeinsam einnahmen, stand sie beherrscht durch. „Mir schien, dass es ihr schon viel besser ging", bemerkte Eugène. Dies lasse ihn annehmen, „dass sie in ihrer neuen Lage glücklicher sein werde als zuvor".

Der Sohn, der sie besser kannte als alle anderen, täuschte sich nicht. Schon bald bekam sie es satt, die klagende Verstoßene zu spielen. Joséphine begann Vorzüge eines Lebens in Unabhängigkeit von einem ebenso gebieterischen wie treulosen Ehemann und ohne die Zwänge der Hofetikette wie der Staatsräson zu erkennen und zu genießen.

Impératrice des Français durfte sie sich nicht mehr nennen, doch der Verzicht auf den Herrschertitel Kaiserin der Franzosen fiel ihr, die sich kaum für Politik interessierte und von Staatsgeschäften ferngehalten worden war, nicht besonders schwer. Sie blieb die Impératrice Joséphine, und mit dem stolzen Titel, der ihrem Selbstbewusstsein genügte, waren ein protokollarischer Rang und eine materielle Ausstattung verbunden, die ihr die erwünschte Selbstverwirklichung ermöglichten.

Die finanziellen Mittel, mit denen sie reichlich bedacht wurde, erwiesen sich jedoch, wegen des aufwendigen Lebensstils, den sie beibehielt, als unzureichend. Den Thron verließ sie mit zwei Millionen Franc Schulden, die Napoleon, wegen überhöhter Preise der Lieferanten von Garderobe und Schmuck, auf 1 400 000 Franc zusammenstrich und die Begleichung Joséphine überließ. Dazu wäre sie, wenn sie haushalten vermocht hätte, in der Lage gewesen. Zusätzlich zu der ihr vom Senat aus dem Staatsschatz bewilligten 2 Millionen Franc Jahresrente zahlte ihr der Kaiser 1 Million Franc, sodass sie mit 3 Millionen Franc Jahreseinkommen rechnen konnte. Indessen gab sie in den dreieinhalb Jahren vom 1. Januar 1810 bis zum 1. Juni 1814 an die 14 Millionen Franc aus, also beinahe 4 Millionen mehr als ihr zugeteilt worden waren.

Sie hielt Hof fast noch so, als wäre sie Hofherrin geblieben. Sie führte nach wie vor das kaiserliche Wappen, ihre Bediensteten trugen die kaiserliche Livree und sie fuhr sechsspännig wie der Empereur. Sie hatte einen Premier Aumônier, eine Dame d'honneur, einen Ersten Kammerherrn, einen Ersten Stallmeister, einen Ehrenkavalier, einen Generalintendanten, fünf Kämmerer, vier Stallmeister, eine Schmuckbeschließerin, eine Vorleserin, vier Pagen, zwei Kapläne, vier Ärzte, einen Apotheker, vier Kammerfrauen, sechs Kammerdiener, einen Konzertmeister samt Kapelle und eine Menge gewöhnlicher Bedienter. Der ganze Hof zählte an die 130 Personen, für den ein Viertel des Jahresbudgets aufzuwenden war.

Der Impératrice Joséphine verblieb ihr Lieblingssitz Malmaison, wo ihr nun jedes Bild, jede Blume und jedes Tier ganz allein gehörten. Dort wollte sie, ohne wie ehedem durch Eigenheiten und Einsprüche Napoleons behelligt zu werden, tun und lassen, was ihr gefiel, und mit Leuten verkehren, deren Gesellschaft sie schätzte.

Bereits kurz nach der Scheidung, Anfang Januar 1810, hatte sie nach Malmaison die Fürstin von Caraman-Chimay eingeladen. So hieß, nach ihrer dritten Verheiratung, Thérèse Tallien. Mit der ehemaligen „Notre-Dame de Thermidor" hatte Kaiser Napoleon seiner Gemahlin jeglichen Umgang verboten. Nun konnte sie mit der Freundin, die sie neun Jahre lang nicht gesehen hatte, Erinnerungen an ihr flottes Leben im Directoire austauschen. Zu Besuch kam auch Rousselin de Saint-Albin, der ehemalige Sekretär des Generals Hoche, der die Briefe, die von ihr an diesen Heißgeliebten geschrieben worden waren, Madame Bonaparte ausgehändigt und sie damit vor einer Kompromittierung bewahrt hatte. Nun saß die Geschiedene stundenlang mit Rousselin zusammen, ohne zu ahnen, dass er Polizeispitzel war.

Joséphine blickte in die Vergangenheit zurück und schaute in die Zukunft voraus. Napoleon, der sie über die Scheidung mit der Bemerkung hinwegzutrösten suchte, dass er sich genötigt sehe, „einen Bauch" zu heiraten, der ihm Kinder austragen könne, hatte sich auf die Suche nach einer gebärfähigen zweiten Frau begeben. Da er keine russische Großfürstin bekam, dachte er an eine österreichische Erzherzogin, Marie-Louise, die Tochter des Kaisers Franz I. Mit der achtzehnjährigen Habsburgerin, die ihm als gesund und munter beschrieben wurde, glaubte sich der Emporkömmling gleicherweise legitime Vorfahren wie legitime Nachfahren verschaffen zu können.

Am 31. Dezember 1809, zwei Wochen nach der Scheidung von Joséphine, bat Napoleon die Gräfin Eleonore Metternich zu sich, die Frau des ehemaligen österreichischen Gesandten in Paris und nun österreichischen Außenministers, die noch nicht nach Wien abgereist war. Ihr Gatte, sagte er ihr, „kennt unser Land hier sehr gut, er wird ihm von Nutzen sein können". Worauf der Empereur anspielte, wusste der von seiner Gattin informierte Metternich ganz genau: Der Franzose wollte die Erzherzogin Marie-Louise haben, und der Österreicher war bereit, sie ihm zu geben. „Unsere Sicherheit", hatte er nach der Niederlage von 1809 erklärt, „werden wir nur in unserer Anschmiegung an das triumphierende französische System suchen können". Das Anschmiegen meinte er ganz wörtlich: Der Sieger sollte, wenn er sie wollte, die Habsburgerin zur Frau bekommen.

Um den Abschluss der Eheverbindung zwischen den Häusern Bonaparte und Habsburg zu beschleunigen, scheute Napoleon nicht davor zurück, seine geschiedene Frau und deren Kinder zur Brautwerbung heranzuziehen. Eleonore Metternich wurde auf den 2. Januar 1810 nach Malmaison eingeladen. Dort empfingen sie Eugène und Hortense, die der Gräfin eröffneten: „Sie wissen, dass wir alle im Herzen Österreicher sind." Nach diesem Prolog, berichtete Eleonore, erschien Joséphine und sagte den Haupttext auf: „Ich habe einen Plan, der mich ausschließlich beschäftigt und dessen Gelingen allein mich hoffen lässt, dass das gerade von mir gebrachte Opfer nicht gänzlich nutzlos wäre: Der Empereur sollte Ihre Erzherzogin heiraten, ich habe zu ihm gestern davon gesprochen und er hat mir gesagt, dass seine Wahl noch nicht feststehe, doch glaube ich, sie würde so ausfallen, wenn er sicher wäre, bei Ihnen angenommen zu werden." Dem Antrag folgte die Drohung: „Man muss Ihrem Kaiser vorstellen, dass sein und seines Landes Ruin sicher ist, wenn er nicht zustimmt."

Warum gab sich die verstoßene Frau dazu her, die Werberin für ihre Nachfolgerin zu spielen? Glaubte sie, wenn sie dem Wunsch des Exgatten nicht nachkomme, Einbußen an materiellen Zuwendungen zu erleiden? Hoffte sie, dadurch mit dem Wohlwollen der neuen Kaiserin einen Zugang zum Kaiserhof zu gewinnen? Oder war sie es nur gewohnt, dass Wünsche Napoleons, die Befehlen gleichkamen, ohne Zögern befolgt werden mussten?

Joséphine blieb nicht unbelohnt. „Ich habe Deine Sachen nach dem Elysée bringen lassen", schrieb er ihr am 3. Februar 1810. „Du kannst beständig nach Paris kommen, musst aber ruhig und zufrieden sein und vollkommenes Vertrauen zu mir haben." Noch am selben Tag bezog sie das ihr überlassene

Palais de l'Elysée, wo sie 1808 und 1809 einige Zeit gewohnt hatte. An zwei Vorbesitzerinnen erinnerte sie sich: an Madame de Pompadour mit Sympathie, an die Schwägerin Caroline mit Missbehagen. Immerhin hatte deren Gatte Murat das Palais von den Architekten Vignon und Thibault prunkvoll restaurieren lassen, sodass es Joséphine als Stadtresidenz nicht unwillkommen war. Doch nicht lange sollte sie sich dieses Wohnsitzes mitten in der Hauptstadt erfreuen können.

Am 7. Februar 1810 erschien Eugène beim österreichischen Gesandten Fürst Schwarzenberg und erklärte, der Empereur sei bereit, die Erzherzogin zu heiraten, wenn der Ehevertrag unverzüglich unterzeichnet werde. Am folgenden Tag unterschrieb der Gesandte. Am 11. März fand in Wien die Prokura-Trauung statt, und zwei Tage später machte sich Marie-Louise auf den Weg nach Frankreich.

VIERZEHNTES KAPITEL

Ein Leben danach

„Lebe wohl, meine Freundin“, schrieb Napoleon am 23. Februar 1810 an Joséphine. Dem Polizeiminister befahl er, dafür zu sorgen, dass die Zeitungen nicht mehr die Impératrice Joséphine erwähnten. Die Verflossene sollte nicht mehr in Paris, im Elysée, auch nicht in der näheren Umgebung, in Malmaison, anzutreffen sein, wenn die neue Kaiserin der Franzosen in der Hauptstadt ankam. Am 29. März – Napoleon hatte zwei Tage zuvor in Compiègne Marie-Louise empfangen – hieß es für die Exkaiserin: „Ab nach Navarre!“ Das Schloss bei Évreux samt dem umliegenden Besitztum hatte er Joséphine kurz zuvor, unter Erhebung zum Herzogtum Navarre, überschrieben. Die Herzogin von Navarre möge darin „einen neuen Beweis meines Wunsches erblicken, Dir gefällig zu sein“, hatte er sie, gleichzeitig mit dem Befehl zur Abreise, wissen lassen.

Immerhin wurde sie in Évreux so empfangen, als ob sie noch Kaiserin der Franzosen gewesen wäre. Zwar hatte Napoleon durch den Innenminister Anweisung gegeben, von der Ankunft der Exkaiserin kein Aufheben zu machen, aber der Präfekt konnte und wollte die bereits getroffenen Anordnungen nicht mehr rückgängig machen. Eine Ehrengarde empfing Joséphine, Ehrenjungfrauen knicksten, Nationalgardisten präsentierten, der Präfekt versicherte ihr immer währende Ergebenheit, eine Volksmenge jubelte, Kanonen donnerten und Glocken läuteten. Die Geehrte, die sich in vergangene Zeiten zurückversetzt fühlte, grüßte „auf die charmanteste Art“ nach allen Seiten.

Aus den Wolken fiel sie, als sie ihr in einem Sumpfland gelegenes Schloss Navarre erblickte. Ende des 17. Jahrhunderts war es auf den Ruinen einer spätmittelalterlichen Burg von Hardouin-Mansart für den Herzog von Bouillon errichtet worden, der Meister jedoch zeigte sich dabei nicht auf der Höhe seines Schaffens. Der würfelförmige Bau, dem eine abgeflachte Kuppel aufgesetzt worden war, wurde von den Einheimischen „Kochtopf" genannt. Im Innern fand die Schlossherrin nichts, was sie über den misslichen äußeren Eindruck hätte hinwegsehen lassen. Die feuchten Räume mit vermodernder Holzverkleidung waren kaum möbliert, durch die Fenster zog es, und in der riesigen Zentralhalle heulte der Wind.

„Sie schauen drein, als wollten Sie mir Ihr Beileid bezeugen", sagte Joséphine zur Kammerfrau Avrillion. Die Höflinge maulten über die unzulänglichen Unterkünfte im Hauptbau wie in dem „kleines Schloss" genannten Nebengebäude, das noch unwohnlicher als das „große Schloss" war. „Navarre müsste von Grund auf renoviert werden", klagte Joséphine der Tochter Hortense, und ersuchte den Empereur, das Château bedürfe einer Instandsetzung, „die für meine Gesundheit wie für die meiner Umgebung unbedingt nötig ist."

An eine Hofhaltung, wie sie es gewöhnt war, war hier nicht zu denken. Sie war kaum in der Lage, die mitgebrachte Garderobe unterzubringen: 673 Kleider, 73 Korsetts, 400 Schals, 498 Hemden, 198 Paar Seidenstrümpfe, 685 Paar Schuhe, 980 Paar Handschuhe und 87 Hüte. Mitglieder ihres Hofstaates quittierten den Dienst, einige waren erst gar nicht nach Navarre mitgekommen, andere erfanden Ausflüchte, um es so rasch wie möglich wieder zu verlassen. Den Weg von Paris nach Navarre fanden Lieferanten, die weiterhin Geschäfte mit einer ihrer besten Kundinnen zu machen hofften, doch nicht mehr voll und ganz auf ihre Kosten kamen.

Einen Tröster fand Joséphine: Lancelot-Théodore Turpin de Crissé. Der achtundzwanzigjährige Graf war ein attraktiver Mann mit großen Augen, die stets Neues und Schönes zu entdecken suchten, und mit einer ranken und schlanken Figur, die Joséphine an ihren Husaren Hippolyte Charles erinnerte. Der Vorname Lancelot ließ sie an den Ritter der Tafelrunde denken, der Königin Guenièvre, die Gemahlin des Königs Artus, aus der Unterwelt herausholte, in die sie der Bösewicht Meleaguant entführt hatte. Der neue Lancelot vermochte Joséphine nicht aus der Verbannung, in die sie Napoleon geschickt hatte, zu befreien, aber sie ihr erträglicher zu machen.

Was mochte ihr Exgatte sich dabei gedacht haben, als er den unverheirateten Kavalier ihr als Kämmerer mitgab? Jedenfalls wurde Lancelot sogleich ihr Liebhaber und – bis zu ihrem Tode – ein ständiger Begleiter. Ohne ihn hätte sie es in Navarre kaum ausgehalten, und ohne ihn wäre die Achtundvierzigjährige nicht so aufgeblüht, wie es der Porträtist Bausset an seinem Modell gewahrte: Sie sei anmutig wie keine zweite Frau auf der Welt, ihr Lächeln bezaubere, ihr vollkommener Körper sei geschmeidig, und so „wirke sie weitaus jünger, als sie in Wirklichkeit sei".

Dennoch wollte sie so rasch wie möglich – aber nicht ohne ihren Lancelot – aus Navarre fort. Sie musste sich gedulden, bis die Hochzeit Napoleons mit Marie-Louise gefeiert worden war, wobei der Empereur seine Exgattin nicht in der Nähe wissen wollte, und warten, bis die neue Kaiserin sich in den Tuilerien eingelebt hatte und dabei nicht von ihrer Vorgängerin aus dem Elysée beobachtet werden sollte. Erst dann genehmigte der Empereur Joséphines Rückreise, zwar nicht in ihre Stadtresidenz, aber auf ihren in Stadtnähe gelegenen Landsitz.

„Sire" – so förmlich sprach sie nun Napoleon an – „durch meinen Sohn erhalte ich die Versicherung, dass Eure Majestät meine Rückkehr nach Malmaison billigt." Zu seiner Beruhigung fügte sie hinzu: „Ich habe die Absicht, sehr kurze Zeit in Malmaison zu bleiben und mich bald nach den Bädern zu begeben. Eure Majestät kann jedoch sicher sein, dass ich während meines Aufenthaltes in Malmaison ebenso leben werde als wäre ich tausend Meilen von Paris entfernt."

Am 16. Mai fuhr sie nach Haus zurück, wo sie ihr Papagei mit dem Ruf „Bonaparte, Bonaparte!" empfing und sie ein Schreiben ihres Exgemahls vorfand, in dem er ihr seinen baldigen Besuch ankündigte und beteuerte: „Zweifle nie an der ganzen Wahrheit meiner Gefühle für Dich; sie werden bis ans

Ende meines Lebens immer die gleichen sein, und Du wärst sehr ungerecht, wenn Du daran zweifeltest." Am 13. Juni kam er um 10 Uhr 15 nach Malmaison und verließ es um 11 Uhr 45. Nur noch kurze Zeit und wenige Zeilen hatte der Neuvermählte für die Verstoßene übrig.

Auch weiterhin wollte er sie weit weg von Paris wissen. Durch seinen Leibarzt Dr. Corvisart ließ er ihr nahe legen, diesmal die Bäder nicht in dem knapp 400 Kilometer entfernten Plombières, wo Hortense kurte, zu nehmen, sondern im fast 600 Kilometer entfernten Aix-les-Bains in Savoyen, dessen Schwefelquellen zur Heilung überstrapazierter Nerven empfohlen wurden.

Dorthin reiste sie am 19. Juni 1810 unter dem Decknamen Comtesse d'Arberg, begleitet nur von ein paar Damen und Zofen sowie zwei Herren, dem Stallmeister Pourtalès und ihrem Liebhaber Lancelot. In Aix stieg sie am 24. Juni im Maison Dommanget nahe den Thermen ab. Der Kurtag verlief mit seinen Obliegenheiten und Zerstreuungen: Bäder und Duschen am Vormittag, am Nachmittag Gesellschaften, in denen konversiert und kokettiert wurde, und Promenaden am Ufer des malerischen und romantische Stimmungen weckenden Lac du Bourget. Um 20 Uhr wurde diniert, anschließend oft musiziert; um 23 Uhr war offiziell Schluss, doch das musste nicht heißen, dass für Joséphine, die ihren Lancelot dabei hatte, und für ihre Hofdame d'Audenarde, deren Liebhaber Pourtalès mit von der Partie war, schon die Stunde schlug.

Joséphine war glücklich, fand Aix entzückend, die Bäder wohltuend, ihren Umgang reizend und die Promenaden einladend. Diese Vorzüge schilderte sie ihrer in Plombières weilenden Tochter und bat sie inständig, nach Aix zu kommen. Hortenses Gemahl Louis, der als König von Holland mehr die Interessen seiner Untertanen als jene Frankreichs vertreten hatte, wurde von seinem Bruder Napoleon zum Rücktritt veranlasst; das Königreich wurde dem Kaiserreich einverleibt. Louis zog sich nach Österreich zurück, Hortense, die froh war, ihn losgeworden zu sein, begab sich nach Aix-les-Bains, wo sie nicht nur von ihrer Mutter, sondern auch von Charles de Flahaut erwartet wurde. Für das Liebespaar mietete Joséphine die Villa Chevaley hoch über Aix, mit weitem Blick über See und Berge und von der nächsten Umgebung durch Platanen abgeschirmt.

Am Tag vor der Ankunft Hortenses, am 26. Juli, hatte Joséphine einen Abstecher nach der Abtei Hautecombe am anderen Ufer des Lac du Bourget gemacht. Doch die Abgeschiedenheit des Ortes war nicht nach ihrem Geschmack, die berühmte Fontäne, die nur ab und zu sprudelte, tat ihr nicht den Gefallen, zur Feier ihrer Anwesenheit zu sprühen, und in der düsteren Kirche, der Begräbnisstätte der Fürsten von Savoyen, ließ sie der Gedanke an die Vergänglichkeit des Lebens erschaudern. Ihr eigenes geriet bei der Rückfahrt in Gefahr. Ein plötzlich aufkommender Sturm brachte ihr Boot beinahe zum Kentern. Für sie, die mitten im Ozean aufgewachsen war, meinte Napoleon, wäre es fatal gewesen, in einem See umzukommen.

Andere Ausflüge verliefen glücklicher. In Genf traf sie Sohn Eugène und Schwiegertochter Auguste Amalie, genoss ein Seefest, bei dem ihre Barke, von zwei Schwänen geleitet, zwischen zahlreichen Kähnen dahinglitt. Am Ufer wurde ein Feuerwerk abgebrannt. Noch mehr als die emporsteigenden Raketen begeisterten sie die Rufe „Vive l'Impératrice!", die ihr entgegenschallten: Sie habe sich sehr gefreut, so empfangen zu werden; „es ist tröstlich, geliebt zu werden".

An Liebesbezeigungen, öffentlichen wie privaten, mangelte es nicht bei der Reise durch die Schweiz und Savoyen, die sie im Anschluss an die zweimonatige Kur in Aix-les-Bains unternahm. Sie fuhr um den Genfer See, stieg von Chamonix zum Gletscher der Mer de la Glace hinauf, besuchte Neuchâtel, Bern, Thun und Interlaken. Im Oktober 1810 erwarb sie für 185 000 Franc einen Besitz in Prégny-la-Tour bei Genf. Sie legte Wert auf ein Absteigequartier in dieser Gegend, in der es ihr so gut gefiel.

Hin- und hergetrieben von der Vorstellung, dass Marie-Louise schon bald einen Thronfolger zur Welt bringen könnte, was ihr selber versagt geblieben war, wollte sie darüber Genaueres wissen. Nachdem ihr zu Ohren gekommen war, dass die Kaiserin in anderen Umständen sei, hatte sie Napoleon schriftlich um eine Bestätigung gebeten. Am 14. September teilte er seiner am Genfer See weilenden Exgattin mit: „Die Impératrice ist tatsächlich im vierten Monat ihrer Schwangerschaft. Sie befindet sich wohl und ist mir sehr zugetan."

Da ihr Aufenthalt in der Schweiz und in Savoyen sich dem Ende zuneige, würde sie gerne wissen, wohin sie sich dann wenden dürfte, schrieb sie Napoleon. Am liebsten würde sie nach Paris zurückkehren, aber wenn diese Hoffnung unerfüllt bliebe, frage sie sich, wo sie den Winter über bleiben sollte. – Jedenfalls nicht in Malmaison und schon gar nicht im Elysée zu Paris, erwiderte Napoleon, sie könne nach Mailand zu ihrem Sohn oder nach Navarre in ihr Schloss gehen.

Wenn sie nach Italien ginge, dann würde sie der Kaiser wohl nicht mehr nach Frankreich zurücklassen, befürchtete Joséphine und entschied sich deshalb wohl oder übel für Navarre. Sie wusste, dass – trotz finanziellem Engagement Napoleons – dieses Schloss wenig Komfort bot und die Normandie im Winter kalt und feucht war: „Aber dort werde ich wenigstens in Frankreich sein."

Immerhin wurde ihr erlaubt, sozusagen zum Kofferpacken, zwischen dem 5. und 22. November 1810 nach Malmaison zu kommen. Traurig verließ sie ihren Lieblingssitz, doch nicht ohne ihren Liebhaber Lancelot, von dem sie überall Trost erwartete. Als sie am Abend in Navarre ankam, war das Schloss vom Nebel eingehüllt.

Der Hofstaat bestand zwar immer noch aus Dutzenden von Personen, aber die Hofhaltung entsprach alles andere als den gewohnten hohen Ansprüchen Joséphines. Sie führe nicht das Leben einer Schlossherrin, sondern das einer Burgfrau, schrieb sie Eugène. Sie verschwieg ihm, dass sie ihren Troubadour bei sich hatte. Aus der Not der Verbannung suchte sie eine Tugend zu machen: „Welch köstliches Gut ist die Stille!", versicherte sie dem Sohn. „Nur Ehrgeiz könnte sie stören, und an diesem Übel leide ich Gott sei Dank nicht."

Mitunter schien sie sich als Vestalin zu fühlen, so bei dem Besuch von Gasparo Spontini, der ihr seine Oper „La Vestale" gewidmet hatte, die 1807 in der Académie impériale zu Paris glanzvoll uraufgeführt worden war. Welch ein Unterschied zum Laientheater, das nun der Komponist während seiner Visite in Navarre arrangierte! Szenen aus der Großen Oper wurden von Damen und Herren ihrer Umgebung mehr schlecht als recht wiedergegeben. Auch die Feste, die sie im Schloss gab, oder die ihr zu Ehren in Èvreux gegeben wurden, waren vom Prunk der einstigen Hoffeste so meilenweit entfernt wie das Château de Navarre vom Kaiserschloss der Tuilerien in Paris.

Behörden der Hauptstadt ließen Joséphine überwachen und achteten darauf, dass ihr keine Ehrungen zuteil würden, die einer Impératrice „außer Diensten" nicht zukämen. Auf einem Ball in Évreux musste ein für sie vorgesehener Thron durch einen Sessel ersetzt werden. Als der Präfekt ihr eine Ehrengarde bereitstellte, wurde er vom Innenminister gerüffelt: Er erwarte, dass dies das letzte Mal gewesen sei, dass er einen derartigen Missgriff beanstanden müsse.

Zerstreuungen à la campagne, wie sie in einem Landschloss nicht unangemessen waren, verdeutlichten nur den Unterschied zwischen einst und jetzt. Wenn es das Wetter erlaubte, fanden Preisfischen statt. Wenn die Teiche zugefroren waren und Schnee die Gegend bedeckte, wurden Schlittenfahrten veranstaltet. Am 1. Januar 1811 organisierte Joséphine eine Lotterie, wobei sie jedem Teilnehmer ein Gewinnlos zuschanzte. An ihrem Namenstag am 19. März brachten ihr als Landleute verkleidete Höflinge ein Ständchen, und Lancelot schenkte ihr ein von ihm bemaltes Spiel Karten, auf denen sie als Herzdame und er als Karobube dargestellt waren.

Am Abend des 20. März 1811 fand in Évreux eine Nachfeier ihres Namenstages statt. Joséphine schickte Höflinge dorthin, blieb selbst aber mit Madame d'Arberg im Schloss zurück. Aus der nahen Stadt drangen Kanonenschüsse herüber. War das ein Salut für das Namenstagskind? Gegen Mitternacht erfuhr sie, wem dieser Ehrengruß galt: Als Kurier des Kaisers erschien bei ihr der Comte de Lavalette, Generaldirektor der Post, und überbrachte die Nachricht von der Geburt des Sohnes Napoleons und Marie-Louises.

Sie sei konsterniert gewesen, habe sich aber rasch gefasst und – wie Lavalette berichtete – ihm erklärt: Der Kaiser könne sicher sein, dass sie an seinem Glück teilhabe, denn das seine werde immer auch das ihre sein. Auf der Stelle griff sie zur Feder, um ihm zu gratulieren. Napoleon antwortete ihr: „Mein Sohn ist dick und befindet sich wohl ... Ich hoffe, es wird etwas Rechtes aus ihm. Er hat meine Brust, meinen Mund und meine Augen. Hoffentlich erfüllt er seine Bestimmung“ – als Nachfolger des Empereurs und Erbe des Empires.

Am 23. März kam, von Napoleon geschickt, Eugène nach Navarre, um Einzelheiten über die Geburt des „König von Rom“ genannten Kronprinzen zu berichten und Näheres über die Reaktion Joséphines zu erfahren. Am Abend des 19. März hatte die große Glocke von Notre-Dame das Einsetzen der Wehen angekündigt, doch die in den Tuilerien versammelten Familienmitglieder und Würdenträger mussten die ganze Nacht ausharren, die Schmerzensschreie Marie-Louises anhören, bis sie schließlich, am Morgen des 20. März 1811, um 9 Uhr 20, von einem Sohn entbunden wurde.

Joséphine, die zwei Kinder geboren hatte, kannte die Qualen einer werdenden Mutter. Doch die Erleichterung, dass sie ihr ein drittes Mal erspart geblieben waren, wurde durch die Tatsache getrübt, dass sie dem Kaiser keinen Kronprinzen zu schenken vermochte und deshalb Gatten und Thron verloren hatte.

Dennoch gab die erste Kaiserin der Franzosen am 24. März aus Anlass der Geburt des „Königs von Rom“ ein Fest, das glänzendste, das sie in Navarre je veranstaltete. Auf ihm erschien Joséphine in einer Hofrobe aus Silberlamé und mit einem funkelnden Diadem, gefolgt von ihrem Hofstaat, der sie wie die Sonnenstrahlen die Sonne umgab. Sie nahm Platz auf einem Fauteuil, der sich kaum von einem Thron unterschied. In den reich geschmückten Sälen wurde getafelt und bis zum frühen Morgen getanzt. Es war fast wie einst in den Tuilerien, aber eben nicht mehr dort, sondern in der normannischen Provinz, in die sie verwiesen worden war, um der neuen Herrin wie dem alten Herrn in Paris aus dem Wege zu sein.

Nach Malmaison durfte Joséphine im April 1811 zurückkehren. Sie richtete sich wieder in ihrer gewohnten und geliebten

Umgebung ein. Das Frühlingsgrün des Gartens versprach ihr Befriedigung und Beglückung. Gestört wurde das Idyll durch Napoleon, der am 18. Juni von 12 Uhr 10 bis 13 Uhr 51 bei ihr vorbeischaute, weniger um sich über das Befinden der Verflossenen zu erkundigen als um seine Genugtuung über die neue Gattin auszudrücken, die ihm den Sohn und Nachfolger geschenkt hatte.

Ein Vergleich zwischen den beiden Frauen fiel nicht unbedingt zum Vorteil Joséphines aus. Schon nach der ersten Nacht mit Marie-Louise, die er als Jungfrau vorgefunden hatte, schwärmte Napoleon: „Heiratet eine Deutsche, sie sind sanft, gut, unverdorben und frisch wie die Rosen". Das hatte er von der Kreolin nicht behaupten können, deren Charme ihn zwar entzückt und deren Erfahrung in Liebesdingen ihn befriedigt, aber deren Verstellung und Verschwendung, ganz zu schweigen von ihren Seitensprüngen, ihn zunehmend irritiert hatten.

An Joséphine, resümierte er, sei alles Kunst und Koketterie, die „brave petite Louise" sei „die Unschuld selber" gewesen. Die Erste „brachte alles zur Anwendung, was die Kunst zur Erhöhung äußerer Reize nur erfinden kann; sie wusste dies so geschickt zu verstecken, dass man nichts merkte". Die Zweite „wusste nicht einmal, dass man durch harmlose Kunstmittel im Äußeren gewinnen kann". Joséphine „war stets der Wahrheit mehr oder weniger fern, ihr erster Impuls war stets die Negation". Marie-Louise „wusste nichts von Verstellung, bei ihr gab es kein Abweichen von der Wahrheit". Die Erste „ersuchte ihren Mann nie um etwas, war aber überall Geld schuldig". Die Zweite „nahm keinerlei Anstand, das zu fordern, was sie brauchte; etwas zu nehmen, ohne dafür zu zahlen, wäre ihr unmöglich gewesen".

Auch Hofmaler stellten die Unterschiede heraus. Prud'hon porträtierte die erste Kaiserin in einem ihre Reize mehr entblößenden als verdeckenden Kleid. Gérard malte die zweite Kaiserin in hochgeschlossener Robe, mit Rosen im Haar, ihr Kind an der Seite. Joséphine galt als Mannequin der Empire-Mode, Marie-Louise ging durch die Einführung baumwollener Unterwäsche in die Modegeschichte ein.

Viele Höflinge vermissten an der zweiten Kaiserin den kreolischen Charme und den Pariser Geschmack der ersten, deren gesellschaftliche Gewandtheit, den Aufwand, den sie trieb und an dem ihre Umgebung partizipierte, sowie die Leichtfertigkeit, die ihnen zupass kam. Marie-Louise suchte ihre Schüchternheit und Unsicherheit hinter einer hochmütigen Miene zu verbergen und mit einem gestelzten Auftreten zu überspielen. Leutselig zeigte sie sich nicht, ganz im Gegensatz zu Joséphine. Eine Hofbedienstete der neuen, die der alten Kaiserin zum ersten Mal begegnete, stellte überrascht fest: „Die ist aber nett!"

Eifersüchtig waren sie beide, die eine auf die Frau, deretwillen Napoleon sie verlassen hatte, und die andere auf die Vorgängerin, die ihr nicht gegebene Vorzüge aufwies. Neugierig wie Joséphine war, hätte sie die erfolgreiche Rivalin gern einmal gesehen und gesprochen, schon deshalb, um ihre Annahme bestätigt zu finden, dass sie, trotz des beträchtlichen Altersunterschiedes, die Attraktivere sei. Die hochgeborene Habsburgerin fühlte sich zwar über die ehemalige Vicomtesse hoch erhoben, aber befürchtete, den natürlichen Begabungen der Kreolin wenig gewachsen zu sein. Sie habe es vorgezogen, gestand Marie-Louise, ihr nicht zu begegnen; sie habe ihren Einfluss auf Gemüt und Herz des Kaisers fürchten müssen. „Ich wollte sie eines Tages nach Malmaison bringen", bestätigte Napoleon, „doch bei diesem Vorschlag brach sie in Tränen aus."

Noch näher als im zwei Meilen von Paris entfernten Malmaison wollte Marie-Louise ihre Vorgängerin nicht wissen. Sie sorgte dafür, dass Joséphine das ihr zugesprochene Palais de l'Elysée, das unweit der Tuilerien lag, gegen das Château de Laeken bei Brüssel eintauschen musste. Dort hatte sie 1807 mit ihrer Tochter Hortense, der Königin von Holland, acht Tage verbracht. Das Schloss und vor allem der Park mit seinen Gewächshäusern hatten ihr zugesagt. Doch der von Napoleon erzwungene Tauschhandel missfiel ihr, in Malmaison gefiel es ihr ohnehin besser, und so kam es, dass sie sich nie mehr in das siebenunddreißig Poststationen entfernte Laeken verfügte.

Zwar nicht unbedingt die neue Impératrice, aber deren Kind wollte Joséphine kennen lernen. Der Kaiser besprach sich mit der Gouvernante des Königs von Rom. Die Comtesse de Montesquiou arrangierte eine Zusammenkunft mit Billigung Napoleons hinter dem Rücken Marie-Louises – mit aller gebotenen Vorsicht, um diese nicht zu alarmieren und jenen nicht zu desavouieren.

An einem Frühlingstag des Jahres 1812 unternahm die Gouvernante eine Spazierfahrt mit dem einjährigen Kronprinzen zum Schlösschen Bagatelle im Bois de Boulogne. Dort könnte sie den König von Rom sehen, hatte sie Joséphine wissen lassen. „Sie wartete im kleinen Hinterzimmer", berichtete die Comtesse de Montesquiou, „und bat uns sofort herein. Vor dem Kind fiel sie auf die Knie, zerfloss in Tränen, küsste ihm die Hände und sagte: ‚Mon cher petit, eines Tages werden Sie das Opfer verstehen, das ich Ihnen gebracht habe'."

Mutter eines Sprösslings Napoleons zu werden, war Joséphine nicht beschieden gewesen. Als Großmutter vermochte sie sich der Kinder der Tochter Hortense und des Sohnes Eugène aus der ersten Ehe mit Beauharnais erfreuen. Da die Exkönigin von Holland, von Exkönig Louis getrennt, im nahen Schloss Saint-Leu residierte, auch öfter auf Reisen war, konnte Joséphine in Malmaison oft die beiden Enkelsöhne, den 1804 geborenen Napoleon-Louis und den 1808 geborenen Louis-Napoleon bei sich haben, sie umsorgen und verwöhnen. Grand-maman brachte sie neben ihren Gemächern unter, überwachte die Hauslehrer, ließ sie mit sich speisen, besorgte ihnen Spielzeug, so zwei goldene Miniatur-Hühner, die auf Knopfdruck silberne Eier legten, ließ ein Marionettentheater und eine Laterna magica kommen und einen dressierten Elefanten, der ihren Rasen zertrampelte. Im beheizten Gewächshaus durften die Enkel Stücke vom Zuckerrohr abschneiden und daran knabbern.

„Mein Bruder und ich konnten tun und lassen, was wir wollten, wenn wir in Malmaison waren", erinnerte sich der „Qui-Qui" genannte Louis-Napoleon, der – sein Bruder starb 1831 – Chef des Hauses Bonaparte und als Napoleon III.

Erneuerer des Empire werden sollte. Ein weiteres Kind ihrer Tochter bekam die Großmutter nicht zu Gesicht: den 1811 im schweizerischen Saint-Maurice geborenen Charles, dessen Vater Hortenses Geliebter Flahaut war und den sein Halbbruder Napoleon III. zum Herzog von Morny sowie zum Innenminister und Präsidenten der Gesetzgebenden Versammlung erhob.

Sohn Eugène und Schwiegertochter Auguste Amalie hatten bereits drei Kinder: Joséphine (geboren 1807), die spätere Königin von Schweden, Eugénie (geboren 1808), die einen Fürsten von Hohenzollern-Hechingen heiratete, und Auguste (geboren 1810), der sich mit einer Königin von Portugal vermählte. Als 1812 die Schwiegertochter erneut einer Niederkunft entgegensah, fuhr Joséphine zu ihr nach Mailand, wo sie am 27. Juli ankam. Ihren Sohn, den Vizekönig von Italien, traf sie nicht an; er kommandierte das Vierte Korps der Grande Armée im Russlandfeldzug. Am 31. Juli wurde sein viertes Kind, die Tochter Amalie geboren, die zukünftige Kaiserin von Brasilien.

Die Großmutter, obschon von der langen und beschwerlichen Reise erschöpft, war bei der sich von Mitternacht bis vier Uhr morgens hinziehenden Geburt zugegen. Seine kleine Amalie, schrieb Joséphine an Eugène, berechtige „zu den schönsten Hoffnungen", und auch von seinen anderen Kindern, die sie zum ersten Mal sah, sei sie „immer mehr begeistert". Die fünfjährige Joséphine habe die Schönheit ihrer Mutter geerbt, die vierjährige Eugénie sei lebhaft und aufgeweckt, und der zweijährige Auguste verspreche ein kleiner Herkules zu werden.

Diese Enkel zu verhätscheln fiel ihr nicht so leicht wie in Malmaison; in Mailand waren schon die Kleinsten dem Protokoll eines Hofes unterworfen. Joséphine, einst Herrin des Kaiserhofes, war im Palais des Vizekönigs von Italien nur noch Gast der Familie. Mit Wehmut erinnerte sie sich an die Zeiten, in denen Madame Bonaparte hofiert worden war. Der Vergangenheit begegnete sie auch auf der Rückreise. In Aix-les-Bains traf sie Desirée, geborene Clary, Gemahlin des zum schwedischen Kronprinzen gekürten Marschalls Bernadotte, die Napoleons Jugendliebe gewesen war. In Genf sah sie Charles de Constant, einen Cousin des Schriftstellers und Politikers Benjamin Constant, den sie im Salon ihrer Freundin Tallien kennen gelernt hatte.

Ihre Villa Prégny bei Genf, in der sie nicht heimisch geworden war, verließ sie am 21. Oktober 1812, um nach Malmaison zurückzukehren, das ihr Zuhause war und blieb. Dort hatte sie die Söhne Hortenses um sich, während sie die Kinder Eugènes nie mehr sehen sollte. Nach Malmaison lud sie alte Freunde und neue Bekannte ein, sogar Marie Walewska, die Geliebte Napoleons und Mutter seines illegitimen Sprösslings Alexandre, den sie mit Geschenken überhäufte. Eine andere der Gespielinnen ihres Gatten hatte sie beständig bei sich, Madame Gazzani, die ihr als Vorleserin diente. Auf die Maîtressen des Kaisers war sie nicht mehr eifersüchtig, doch weiterhin auf die zweite Gattin Napoleons, deretwillen sie auf Krone und Hof verzichten musste, und die eben viel jünger war als sie, die sich den fünfzig näherte.

Ihren Charme, den ihr nicht nur Schöntuer bestätigten, hatte Joséphine noch nicht verloren, doch an Gewicht, das ihre Erscheinung beeinträchtigte, nahm sie ständig zu. Sie wurde zwar nicht „so fett wie eine gute Bäuerin der Normandie", wie ihr Napoleon ungalant vorhielt. Aber sie wurde korpulenter, und auch die mit Fischbein verstärkten Korsetts vermochten die Körperfülle nicht genug zu bändigen. Um dies zu kaschieren, verzichtete sie auf mehr enthüllende als verbergende Stoffe, auf bis an die stark gewordenen Hüften geschlitzte Röcke. Sie aß noch weniger als früher, marschierte täglich zwei Stunden durch den Park oder einen nahen Wald. Dem Marschall Oudinot nahm sie ein Kompliment über ihre Figur nicht ab, entgegnete ihm resigniert: „Wie gut, dass ich, wie ich nun aussehe, nicht mehr das Empire zu repräsentieren habe."

Ihr Malmaison wurde vergrößert und verschönert. Durch Zukäufe – Buzenval, La Chaussée, Bois-Préau – vermehrte sie ihre Domäne auf 726 Hektar. Der Erwerb des Teichs von Saint-Cucufa verschaffte ihr ein Reservoir für die Wasserfälle des Parks. Der Viehbestand des Landgutes war im Jahr

1812 auf 2167 Tiere angewachsen. In den Gärten blühten immer mehr Rosen, und das Schloss wurde durch weitere Kunstwerke bereichert. Im Gesellschaftszimmer entfernte sie die den düsteren Ossian-Mythos beschwörenden Bilder von Gérard und Girodet, die Napoleon geschätzt hatte, und ersetzte sie durch eine Dekoration in Weiß und Gold sowie Medaillons mit Schäferszenen, die ihrem Geschmack entsprachen.

Ihr Schlafzimmer ließ sie gänzlich neu gestalten, die Wände mit purpurnem Wollstoff beziehen und die Decke mit einer goldverzierten Kuppel versehen. Darunter stand das 1810 von Jacob-Desmalter geschaffene Prunkbett mit zwei Schwänen am Kopfteil und zwei Füllhörnern am Fußteil. Darüber, auf dem ovalen Baldachin, breitete der napoleonische Adler seine Schwingen aus. Die Erinnerung an das von ihr mitbeherrschte Empire ließ die Exkaiserin in dem ihm angemessenen Stil vergolden – zu einer Zeit, da es sich dem Wendepunkt näherte, dem Erreichen des Gipfels und dem Beginn des Abstiegs.

Fünfzehntes Kapitel

Dem Ende entgegen

Das Kaiserreich war – nach der Einverleibung des Kirchenstaates, Hollands, des Wallis, der Mündungen der Ems, Weser, Elbe und Trave – von 83 auf 130 Départements angewachsen. Die gewaltige Ländermasse erstreckte sich von Rom und Turin über Straßburg, Brüssel und Amsterdam bis Hamburg und Lübeck. Das Empire war von Satelliten umgeben: den Königreichen Italien, Neapel und Spanien, der Helvetischen Republik, den Illyrischen Provinzen, dem Herzogtum Warschau und den Rheinbundstaaten mit den Königreichen Westfalen, Bayern, Württemberg und Sachsen. Österreich, Preußen und Dänemark hatten sich mit Frankreich verbünden müssen.

Seit dem Römischen Reich hatte es kein so gewaltiges Imperium mehr gegeben. Die Dynastie war durch die Geburt eines Sohnes und Erbens gefestigt. Dennoch war Napoleons Landhunger noch nicht gestillt und seine Eroberungslust nicht befriedigt. „Obwohl er die Macht hat, dem Lauf der Welt Einhalt zu gebieten, hat er nicht die Kraft, sich selbst Einhalt zu tun“, bemerkte der Schriftsteller Chateaubriand. Einfacher, wenn auch kaum weniger zutreffend, drückte es Joséphine aus: „Der Kaiser ist so glücklich, dass er gewiss viel streiten wird.“ Sie wusste, dass sich der Empereur in der Welt nicht anders benehmen würde wie der Pascha zu Haus.

In der Tat, auf dem Gipfel seines Glücks erklärte er: Wie Alexander der Große werde er sich Indiens bemächtigen und auf dem Wege dorthin Russland zerschmettern. Mit 600 000

Mann seiner Grande Armée eröffnete er am 22. Juni 1812 den Krieg gegen das Reich des Zaren, der sich aus der Umarmung von Tilsit und Erfurt gelöst und sich dem Empereur zu widersetzen begonnen hatte. Wie es Napoleon gewohnt war, ging der Feldzug zügig voran: Am 27. Juli war er in Witebsk, am 17. August in Smolensk, am 7. September siegte er bei Borodino an der Moskwa und am 14. September zog er in Moskau ein.

Vom Ruhm der Grande Armée hörte Joséphine in Mailand, Aix-les-Bains wie in der Schweiz, und sie schien nicht daran gezweifelt zu haben, dass den Siegen der Endsieg folgen würde. Sorge bereitete ihr, dass Eugène, der als Korpskommandant mit nach Russland gezogen war, etwas zustoßen könnte. Am 8. Oktober besuchte sie in Genf ein Tedeum zum Dank für die Erfolge in Russland und war anschließend Ehrengast auf einem Empfang, bei dem sie Komplimente für ihren Sohn und ihren Exgatten entgegennahm, die sie zuversichtlich stimmten.

Noch war die Nachricht nicht zu ihr gedrungen, dass am 16. September der Brand von Moskau die Wende des Feldzuges signalisierte. Der Rückzug hatte begonnen, als Joséphine am 23. Oktober auf der Rückreise nach Malmaison mit einer schlechten Nachricht aus Paris konfrontiert wurde: Auf der Poststation in Melun erfuhr sie vom Putschversuch des republikanisch gesinnten Generals Malet, der zwar noch am selben Tag vereitelt wurde, aber anzeigte, dass es für Napoleon auch in Frankreich nicht zum Besten stand. Die wachsende Zahl der Rekrutenaushebungen wie die steigenden Ziffern der Kriegsverluste beunruhigten auch Anhänger des Kaisers; Wirtschaftskrise, Missernte und Arbeitslosigkeit bedrückten alle Franzosen.

In einem Brief an Eugène, der sich zum Herzeigen an Napoleon eignete, bekundete Joséphine ihre Ergebenheit für den Kaiser und seine Dynastie: Hätte durch Malet für den König von Rom und die Kaiserin Marie-Louise eine Gefahr bestanden, wäre sie spontan mit Hortense zu ihnen geeilt und hätte ihnen beigestanden. Malet hatte seinen Umsturzversuch mit der Behauptung begründet, der Empereur sei in Russland umgekommen und deshalb müsse eine neue Regierung gebildet werden. Auch das Dementi der Todesnachricht enthob Joséphine nicht der Sorge, dass Napoleon nicht mehr heimkäme. „Sage dem Kaiser", schrieb sie Eugène, „er darf sich nicht in russischen Schlössern einquartieren, ohne sich vergewissert zu haben, dass sie nicht unterminiert sind."

Sie bangte um den Kaiser und vor allem um sich. Was würde aus ihr werden, wenn er fiele? Wären Nachfolger à la Malet gewillt, ihre Privilegien zu bestätigen, die finanziellen Zuwendungen weiterzugewähren und sie in ihren Besitztümern zu belassen? Könnte nicht Tochter Hortense in Mitleidenschaft gezogen werden? Was passierte der Familie, wenn Eugène im Felde bliebe? „Sei um Deine Sicherheit besorgt", beschwor sie den Sohn, doch sie befürchtete, dass er eines der zahlreichen Opfer des Krieges werden könnte.

Die Nachrichten vom Desaster der Grande Armée verbreiteten in Malmaison Angst und Schrecken. Dort seien alle umso mehr erschüttert gewesen, bemerkte die Kammerfrau Avrillion, weil sie nach der ununterbrochenen Reihe von großen Erfolgen Rückschläge und Niederlagen nicht mehr für möglich gehalten hätten. Joséphine wurde krank vor Kummer und Sorge, und mit jeder Hiobsbotschaft verschlechterte sich ihr Zustand.

Der Rückzug aus Russland wurde zur Flucht und endete in Vernichtung. Nach und nach ging das Gros der Grande Armée verloren – erschossen, erschlagen, verhungert, erfroren, Verwundungen erlegen und von Krankheiten dahingerafft. Von den 600 000 Mann, die ausgezogen waren, kamen 400 000 Mann in Russland um. Allein beim Übergang über die Beresina waren an die 25 000 Kaiserliche ums Leben gekommen.

Marschall Murat, der König von Neapel, der die Kavallerie befehligt hatte, verließ unter dem Vorwand einer Erkrankung die todgeweihte Armee. Joséphine, die mit dem Schwager gegenseitige Abneigung verband, wunderte seine Fahnenflucht nicht. Dass aber auch der Empereur seine Soldaten im Stich ließ und sich in der Nacht vom 5. zum 6. Dezember davonstahl, erleichterte sie eher. Aber die Übergabe des Oberkommandos an Eugène ließ sie das Schlimmste befürchten.

Der Sohn, den sie behalten wollte, und der Exgatte, den sie als Protektor und Finanzier benötigte, blieben am Leben. Eugène führte die kläglichen Reste der Grande Armée von Posen nach Lützen. Napoleon gelangte am 18. Dezember 1812, kurz vor Mitternacht, nach Paris, wohin er sein Bulletin vorausgeschickt hatte: „Das Wohlbefinden Seiner Majestät des Kaisers ist nie besser gewesen."

Napoleon gab sich nicht geschlagen. Er habe einen großen Fehler gemacht, erklärt er, aber er besitze die Mittel, um ihn gutzumachen. Im Januar 1813 wurden 350 000 und im April weitere 180 000 Mann zu den Fahnen gerufen. Denn der von ihm im Vorjahr begonnene Krieg war nicht beendet. Russland, das seine Grande Armée „mit Mann und Ross und Wagen" geschlagen hatte, setzte sein Heer nach Westen in Marsch. Verstärkt wurde es durch Preußen, das Revanche für Jena und Auerstädt nehmen sowie eine Revision des Diktatfriedens von Tilsit erreichen wollte.

Er sei noch der alte Löwe, der mit seinen Pranken zuzuschlagen wüsste, fauchte Napoleon. Am 15. April 1813 begab er sich zu seinen Truppen nach Deutschland und begann den Frühjahrsfeldzug gegen die verbündeten Russen und Preußen. Joséphine hätte es lieber gesehen, wenn er daheim geblieben und zum Frieden bereit gewesen wäre, der ihr die wachsende Zukunftsangst genommen hätte.

Es beruhigte sie kaum, dass der Löwe noch zu kämpfen verstand, in Sachsen siegte und nach Schlesien vordrang. Der Ruhm war mit Blut erkauft. Joséphine beklagte den Tod zweier guter Bekannter. Bei Weißenfels fiel Marschall Bessières, der ein gern gesehener Gast in Malmaison gewesen war. An einer bei Görlitz erlittenen Verwundung starb Marschall Duroc, den Hortense geliebt, doch nicht bekommen hatte. Sie sei sehr bestürzt, schrieb Joséphine der Witwe, über den Verlust eines Mannes, den sie so gut gekannt und dessen ausgezeichnete Eigenschaften sie so sehr geschätzt habe.

Auch Hortense trauerte, weniger um den einst favorisierten Duroc, dessen Stelle längst Flahaut eingenommen hatte, als um ihre Busenfreundin Adèle de Broc, die vor ihren Augen in den Gorges du Sierroz ertrunken war. Zum Kondolieren sandte Joséphine ihren Lancelot Turpin de Crissé zur Tochter nach Aix-les-Bains, mit der Botschaft: Sie sei schwer geprüft worden, aber das widerfahre auch anderen – nicht zuletzt ihr selbst. Auf Lancelots Rückkehr musste sie nicht lange warten, und die bei ihr weilenden Enkelsöhne erheiterten sie: „Es vergeht kaum ein Tag, an dem die beiden mir Freude bereiten und mich, der eine wie der andere, mit ihrer Zärtlichkeit rühren."

War sie nicht in Malmaison auf einer Insel der Stille inmitten der Stürme der Zeit? Ihr schöner Garten sei in diesem Frühling mehr als ihr Salon besucht, mindestens dreißig Pariser ergingen sich im Moment, in dem sie dies schriebe, im Park, berichtete sie Eugène. Auch sie schienen das Refugium zu suchen, in dem sie sich eingeschlossen, von den Schrecken des Krieges abgeschlossen hatte.

Nachrichten aus Deutschland ließen Joséphine hoffen, dass „Napoleon nicht mehr von seiner Armee Gebrauch machen wird". Am 4. Juni 1813 schloss der Empereur einen Waffenstillstand und erklärte sich zu Verhandlungen bereit. Das neutrale Österreich suchte einen Frieden zu vermitteln, mit dessen Bedingungen Russen und Preußen einverstanden waren: Auflösung des Rheinbundes, Aufhebung der für Preußen wie Österreich nachteiligen Verträge, Bestätigung Napoleons als Herrscher über ein Frankreich in dessen in der Revolution erreichten „natürlichen Grenzen".

Joséphine wäre dies recht gewesen. Dem Kaiser verbliebe ein Frankreich, das größer und mächtiger als unter dem Ancien Régime geworden war. Aus dessen reichen Ressourcen flössen ihr weiterhin die Mittel zu, die sie für ihren Lebensstil benötigte. Aber Napoleon war nicht bereit, vom hohen Ross des Beherrschers Europas herabzusteigen: „Meine Herrschaft überdauert den Tag nicht, an dem ich aufgehört habe, stark und folglich gefürchtet zu sein", erklärte er dem österreichischen Vermittler Metternich, der ihm prophezeite: „Sie sind verloren. Sie gehen Ihrem Untergang entgegen." Nach dem Scheitern des Friedenskongresses in Prag seufzte der französische Unterhändler Caulaincourt, enttäuscht über die unnachgiebige Haltung Napoleons: „Da man nie zur Zeit nachgeben will, verdirbt und verliert man alles."

Österreich trat an die Seite Russlands, Preußens, Englands und Schwedens. Ihren vereinten Kräften war die zahlenmäßig unterlegene Armee Napoleons nicht gewachsen. Vom 16. bis 19. Oktober 1813 wurde sie bei Leipzig entscheidend geschlagen – in einer Staatenschlacht, die auch eine Völkerschlacht war; denn die Monarchen hatten es wie Napoleon verstanden, nationale Kräfte zu mobilisieren. Ihre Feldherren hatten vom Empereur gelernt: Man müsse rasch aufmarschieren, den Gegner schnell umfassen und sogleich vernichtend schlagen.

Als sie die Hiobsbotschaft von Leipzig erhalten habe, sei sie in Tränen ausgebrochen, schrieb Joséphine an Napoleon. „Kehren Sie nach Frankreich zurück, identifizieren Sie sich mit den Franzosen", die sich um ihren Kaiser scharen würden. Napoleon hastete aus Deutschland nach Frankreich zurück, gelangte am 10. November nach Saint-Cloud, ohne sich sicher zu sein, ob auf seine Grande Nation noch Verlass wäre. Für eine weitere Unterstützung stellte die Gesetzgebende Versammlung die Bedingung, dass er „den Franzosen die Rechte der Freiheit und die Sicherheit des Eigentums und der Nation die ungeschmälerte Ausübung ihrer politischen Rechte garantiere". Napoleon schloss das Parlament, erklärte, die Volksvertretung sei er selbst, führte neue Steuern ein und hob weitere Rekruten aus. Mit dem Rücken zur Wand war er entschlossen, den Krieg bis zum Äußersten fortzuführen.

Zwei Wochen nach seiner Rückkehr schickte Napoleon seinen Sekretär Fain nach Malmaison, um Joséphine über das Vorgefallene zu unterrichten. Beruhigen konnte er sie nicht. Sie wurde krank aus Sorge um das Land, seinen Herrscher und ihr von ihm gesichertes Fortkommen. Eine Schreckensmeldung nach der anderen brach über sie herein. Der Rheinbund löste sich auf, seine Mitglieder schlossen sich den Gegnern Frankreichs an. Die Holländer erhoben sich gegen die Franzosen. In Spanien näherten sich die vorrückenden Engländer den Pyrenäen. Die französische Herrschaft in Italien brach zusammen. Murat, der König von Neapel, lief zum Feind über, Vizekönig Eugène vermochte den angreifenden Österreichern nicht standzuhalten.

Vergebens hatte ihr Sohn auf einen rechtzeitigen Friedensschluss zu glimpflichen Bedingungen gedrängt. Um entsprechende Unterstützung hatte Hortense die Mutter ersucht, die am 4. November 1813 der Tochter mitteilte: „Ich habe Deinen Rat befolgt und dem Kaiser geschrieben." Aus der beiliegenden Kopie könne Hortense ersehen, dass sie sich an ihre Vorlage gehalten habe. Selbst in dieser prekären Situation war Joséphine nicht imstande, eigene politische Gedanken zu entwickeln und selbstständig die Initiative zu ergreifen.

Die von der Mutter nur halbherzig mitgetragenen Bemühungen ihrer Kinder, Napoleon zu einer Beendigung des Krieges und zum Abschluss eines Friedens zu bewegen, scheiterten am Durchhaltewillen des Empereurs. Er verwarf ein weiteres Friedensangebot der Alliierten, die nach der Befreiung Deutschlands am Rhein stehen geblieben waren und ihm erneut die Sicherung seiner Dynastie und die Erhaltung Frankreichs in dessen „natürlichen Grenzen" zwischen Rhein, Alpen und Pyrenäen zugestanden. Daraufhin beschlossen die Alliierten, den Krieg fortzusetzen und nach Frankreich hineinzutragen. Am 20. und 21. Dezember 1813 überschritt die Hauptarmee unter dem Österreicher Schwarzenberg den Rhein zwischen Schaffhausen und Basel. Die Schlesische Armee unter dem Preußen Blücher ging am 1. Januar 1814 bei Mannheim, Kaub und Koblenz über den Rhein, der nach dem Willen von Patrioten nicht Deutschlands Grenze bleiben, sondern Deutschlands Strom werden sollte.

Silvester und Neujahr konnte Joséphine nicht so feiern, wie sie es gerne getan hätte: im Rückblick auf ein passables Jahr und in Vorschau auf eine erträgliche Zukunft. In Malmaison stand sie um Mitternacht am Fenster, zählte die Schläge vom Turm der Kirche in Rueil mit und vermeinte ein Totengeläute zu vernehmen. Sie wusste nicht, dass sie in dem eben begonnenen Jahr sterben würde, aber sie ahnte, dass in ihm das napoleonische Empire und die bonapartistische Dynastie zu Grabe getragen würden.

Nach außen hin glaubte Joséphine Zuversicht zeigen zu müssen. Sie hoffe, schrieb sie am 3. Januar 1814 an Caulaincourt, dass alle Franzosen für ihren Kaiser und ihr Vaterland die gleichen Gefühle hegten wie sie und der Außenminister. Doch dieser hätte wie sie sich gewünscht, dass ein rechtzeitiger Friedensschluss zu den annehmbaren Bedingungen der Alliierten es den Franzosen erspart hätte, den Krieg im eigenen Lande zu führen und – angesichts der Überlegenheit der Feinde – voraussichtlich zu verlieren.

Im Auftrag Napoleons beschwor sie Eugène, aus Italien, das nicht zu halten wäre, sich nach Frankreich zurückzuziehen, das zu seiner Verteidigung jeden Mann benötige. Der Sohn war damit nicht einverstanden, ließ den Auftraggeber über seine Mutter wissen: Der Vizekönig von Italien dürfe seine Stellung in dem ihm anvertrauten Land nicht aufgeben. Das ändere nichts an seiner Treue zu Kaiser und Reich, suchte Joséphine den Kaiser zu beschwichtigen. Sie hätte Eugène gerne bei sich gehabt, und auch die Schwiegertochter Auguste Amalie, die 1814 ihr fünftes Kind Théodelinde gebar. Glücklicherweise weilte Hortense mit ihren beiden Söhnen in ihrer Nähe, aber die Schwarzmalerei der Tochter war dazu angetan, ihre persönliche wie die Zukunft ihres Landes in noch ungünstigerem Licht zu sehen.

Noch klammerte Joséphine sich an jeden Strohhalm, in der Hoffnung, von der hereingebrochenen Flut nicht mitgerissen zu werden. In Paris sei von einem Kurier aus London die Rede, der die englische Zustimmung zu einem Friedensschluss überbringe, und einen solchen hätte Frankreich nötiger denn je, schrieb sie am 24. März an Eugène.

Doch wenige Tage vorher waren die Friedensverhandlungen in Châtillon-sur-Seine gescheitert, weil Napoleon das allerletzte Friedensangebot der Alliierten ablehnte, das Frankreich nur noch die Grenzen von 1792 und nicht mehr die von der Revolution erreichten „natürlichen Grenzen“ zugestand. Der Empereur glaubte, an die militärischen Anfangserfolge anknüpfen zu können. Aber die Franzosen wurden bei Bar-sur-Aube, Laon und Fère-Champenoise geschlagen, und die Alliierten marschierten auf Paris, das ihnen am 30. März 1814, nach der Erstürmung des Montmartre, zu Füßen lag.

Am Tag zuvor hatten die Kaiserin Marie-Louise die Hauptstadt und die Exkaiserin Joséphine Malmaison verlassen. Hortense, die sich ebenfalls nach Süden absetzte, hatte der Mutter die Flucht nahe gelegt. „Ich werde Deinen Rat befolgen und morgen nach Navarre aufbrechen", schrieb sie der Tochter am 28. März. „Ich habe hier nur sechzehn Mann Schlosswache, alles Invaliden." Möglichst viel von ihrem Hab und Gut wollte sie in Sicherheit bringen: noch vorhandenes Geld, Garderobe und Schmuck; die wertvollsten Pretiosen ließ sie sich in den Saum ihres Unterrocks einnähen. Alle Pferde und Kutschen nahm sie mit, nicht alle ihre Höflinge, von denen sie schon viele verlassen hatten. Am Morgen des 29. März setzte sich der Konvoi in Bewegung. Joséphine warf einen letzten Blick zurück und brach in Tränen aus, weil sie befürchtete, ihr Malmaison vielleicht nie wiederzusehen.

Viel zu langsam kam man voran. Wenige Meilen hinter Malmaison brach die Achse ihrer Leibkutsche Opal. Die Reparatur dauerte und dauerte. Von weitem tauchten Reiter auf. Waren es russische Kosaken oder preußische Ulanen? Joséphine flüchtete von der Straße in das Feld, von einem Diener gefolgt, der ihr zurief: Es seien französische Husaren! In Mantes verbrachte sie eine unruhige Nacht. Endlich, am späten Abend des 30. März, erreichte sie Navarre, ihr ungeliebtes Schloss in der Normandie, das ihr nun Geborgenheit zu bieten schien.

Am Tag darauf gelangte Hortense mit ihren beiden Kindern nach Navarre. Joséphine war froh, sie bei sich zu haben und sich auf die Tochter stützen zu können, um unter dem Gewicht der Hiobsnachrichten nicht zusammenzubrechen. Als sie hörte, dass die Brücke von Neuilly vom Feind besetzt sei, seufzte sie: Das sei nicht weit entfernt von Malmaison, wo sich noch all das befände, was sie nicht hatte mitnehmen können: Möbel, Bilder, Statuen, Tiere und Pflanzen. Sie sah im Geiste Kosaken vor sich, die ihr Schloss plünderten.

Zur Angst um ihren Besitz kam die Sorge um das Schicksal Eugènes und die Zukunft der Dynastie. Ein aus Paris nach Navarre gelangter Kammerdiener berichtete vom Einzug der Alliierten in die Hauptstadt, die sich, in Erwartung des in ihrem Tross mitgeführten Bourbonen, in Lilienweiß geschmückt hatte. Auch Damen und Herren aus Joséphines

Freundeskreis liefen zu Ludwig XVIII. über. Madame de Rémusat verteilte weiße Kokarden. Lancelot Turpin de Crissé, der von Joséphine in Kavaliersdienst genommen und von Napoleon zum Baron d'Empire ernannt worden war, bemühte sich um die Gunst des neuen Regimes, das ihm einen Posten in der Inspection des Musées verschaffen sollte. Über all dieser Undankbarkeit breche ihr das Herz, bemerkte Joséphine, und die Treulosigkeit von Franzosen, die nicht rasch genug von Napoleons Fahne weglaufen konnten, bringe sie fast um den Verstand.

Das Chamäleon Talleyrand, der nach dem napoleonischen Blau-Weiß-Rot wieder Bourbonenweiß angenommen hatte, bildete eine provisorische Regierung. Senat und Gesetzgebende Versammlung erklärten den Empereur für abgesetzt, und der Rat von Paris kommentierte: An allem Übel sei ein Einziger schuld – Napoleon Bonaparte, der sich als Retter der Nation empfohlen und als Verderber Frankreichs erwiesen habe. Von den Franzosen aufgegeben und von den alliierten Siegern gedrängt, dankte der Kaiser ab, zuerst, am 4. April 1814, zugunsten seines Sohnes, und endgültig am 11. April, als er für sich und seine Nachkommen den Thronen Frankreichs und Italiens entsagte.

„Alles ist zu Ende", seufzte Joséphine. Doch weder die Bonapartes noch die Beauharnais wurden an die Ausgangspunkte zurückgeworfen, von denen sie aufgestiegen waren. Napoleon behielt den Kaisertitel, erhielt als Souverän die Insel Elba und zwei Millionen Franc jährliche Rente aus der französischen Staatskasse. Marie-Louise wurde mit den italienischen Herzogtümern Parma, Piacenza und Guastalla abgefunden, und ihr Sohn als Herzog von Reichstadt in die Habsburgerfamilie aufgenommen.

„Die Kaiserinmutter, die Brüder, Schwestern, Neffen und Nichten des Kaisers behalten überall, wo sie sich befinden, ihre Titel als Mitglieder der kaiserlichen Familie", bestimmte Artikel II des Vertrages von Fontainebleau vom 11. April 1814, der ihnen Domänen und Renten zusicherte. Letizia Bonaparte, Madame Mère, zog sich in einen römischen Palazzo zurück. Joseph Bonaparte, der Exköng von Spanien, emigrierte in die

Vereinigten Staaten von Amerika, wo er sich unter dem Namen Comte de Survilliers in der Nähe von Philadelphia niederließ. Lucien Bonaparte, der sich frühzeitig von seinem Bruder Napoleon distanziert hatte, fand im restaurierten Kirchenstaat als Fürst von Canino und Musignano sein Auskommen. Louis Bonaparte, der Exkönig von Holland, lebte, von seiner Frau Hortense getrennt, in Rom und Florenz, wo er sich die Zeit mit Schriftstellerei vertrieb. Jérôme, der Exkönig von Westfalen, spielte nun den Exkönig Lustig in der Schweiz, in Österreich und Italien.

Die Schwestern Napoleons mussten nicht, wie er ihnen prophezeit hatte, ohne seine Protektion Orangen in den Straßen von Ajaccio verkaufen. Elisa Bonaparte, die Exgroßherzogin von Toskana, lebte als Gräfin von Compignano in Triest. Pauline Bonaparte residierte im Palazzo Borghese und in der Villa Paolina in Rom. Caroline Bonaparte, die Exkönigin von Neapel, fand als Gräfin von Lipona Aufnahme im Österreich Metternichs, dessen Geliebte sie gewesen war. Joachim Murat, ihr Gemahl, der sich 1814 mit den Österreichern verbündet hatte, wurde 1815 bei dem Versuch, das wieder bourbonisch gewordene Neapel zurückzugewinnen, gefangen genommen und erschossen.

Eugène de Beauharnais, der Vizekönig von Italien, hatte bis zum bitteren Ende zu seinem Stiefvater Napoleon gehalten und für ihn gekämpft. Am 9. April 1814, nach einem letzten Erfolg gegen die Österreicher, schrieb ihm seine Mutter Joséphine: „Alles ist aus", der Empereur danke ab, „Du aber bist nun frei und Deines Treueides entbunden; es wäre nutzlos, sich weiter für ihn einzusetzen." Eugène, hieß es im Vertrag von Fontainebleau, werde „eine geeignete Niederlassung außerhalb Frankreichs angewiesen". Diese wurde ihm 1817 von seinem Schwiegervater König Maximilian I. Joseph in Bayern besorgt, die Landgrafschaft Leuchtenberg mit dem Herzogstitel und das Fürstentum Eichstätt.

Auch Hortense stand bis zuletzt zu ihrem Stiefvater Napoleon. Sie verabscheute die Franzosen, die sich nicht schnell genug dem Bourbonen andienen konnten, vor allem jene hoch gestellten Damen, die sich in einer Weise benahmen, „die

Frauen der untersten Klasse hatte erröten lassen". Immerhin ließ sich die Exkönigin von Holland herbei, von Ludwig XVIII. den Titel einer Herzogin von Saint-Leu und eine Jahrespension von 400 000 Franc entgegenzunehmen.

Joséphine kam verhältnismäßig besser weg als die Beauharnais-Tochter und die Bonaparte-Verwandten. Artikel VII des Vertrages von Fontainebleau bestimmte: „Das jährliche Einkommen der Kaiserin Joséphine wird auf eine Million Franc an Domänen oder eine dauernde Rente aus der Staatskasse Frankreichs herabgesetzt. Sie bleibt in vollem Besitz aller ihrer beweglichen und unbeweglichen Güter, über die sie gemäß den französischen Gesetzen verfügen kann." Das war zwar weit weniger, als sie bislang bekam, aber noch genug, um ein standesgemäßes Leben weiterzuführen – wenn sie es fertiggebracht hätte, ihre Ausgaben mit den Einnahmen in Einklang zu bringen. Was sie bisher schon nicht vermocht hatte, war jetzt erst recht nicht zu erwarten.

Warum wurde sie von den Bourbonen wie von den Alliierten bevorzugt behandelt? Nicht wenigen aus der restaurierten Aristokratie galt die ehemalige Vicomtesse als Verfolgte der Revolution. Die von Napoleon verstoßene Frau erschien so manchem französischen Gegner des Kaisers wie etlichen dessen ausländischen Besiegern als ein Opfer des Tyrannen. Zar Alexander I., der ein Kriegsheld geworden und ein Frauenheld geblieben war, fühlte sich als Kavalier dieser attraktiven und unglücklichen Frau verpflichtet. Metternich erinnerte sich an die Dienste, die sie ihm bei seinem Vorhaben erwiesen hatte, den Imperator so lange hinzuhalten, bis die Gelegenheit zur Revanche für die Erniedrigung Österreichs gekommen sei.

Talleyrand, nun der französische Mann der Stunde, verschloss sich nicht der Bitte Joséphines, ihr und ihren Kindern beizustehen. Caulaincourt, der den Vertrag von Fontainebleau aushandelte, half mit, ihren Tränenfluss, von dem sie ihm geschrieben hatte, wenn schon nicht aufzuhalten, so doch zu vermindern. Postdirektor Lavalette besorgte eine Wachmannschaft für Malmaison. Der Duc de Berry, Neffe Ludwigs XVIII., der in Cherbourg gelandet war, schickte den Comte de Mesnard nach Navarre, um Joséphine seinen Respekt wie seine Sympathie zu bekunden und ihr eine Ehrengarde anzubieten.

Die Bourbonen, die vielen Franzosen nicht willkommen waren, gaben sich der Hoffnung hin, mit der ehemaligen Vicomtesse und nachmaligen Impératrice eine Vermittlerin zwischen dem royalistischen und dem bonapartistischen Lager gewinnen zu können. Sie übersahen, dass Joséphine sich selbst als Kaiserin so weit wie möglich der Politik fern gehalten hatte und sich nun erst recht nicht in sie hineinziehen lassen wollte. Mehr denn je dachte sie zunächst an sich, auch an ihre Kinder und Enkel, gedachte nach ihrem Gusto zu leben, wie es ihr, wenn auch eingeschränkt, nach der Katastrophe wieder möglich geworden zu sein schien. Daher eilte sie nach der Abdankung Napoleons und der Regelung ihrer Vermögensverhältnisse zurück nach Malmaison, wo sie all das wiederzufinden hoffte, was ihr lieb und teuer war.

Rote Rosen und schwarze Schwäne

Daheim in Malmaison war sie wieder am 15. April 1814. Joséphine fand eine russische Schutzwache vor, die das Anwesen einigermaßen unversehrt erhalten hatte. Bereits am nächsten Tag machte ihr der Herrscher aller Reußen seine Aufwartung. Der sechsunddreißigjährige Alexander I. war ein rotblonder, blauäugiger Beau in schmucker Uniform, den Frauen anziehend fanden und der sich zu jeder, die ihn das spüren ließ, hingezogen fühlte.

Daran ließ es Joséphine nicht fehlen. Doch der Zar, der so viel Gutes und Schönes über sie gehört hatte und auf sie neugierig geworden war, zuckte zusammen, als er die an der Schwelle der fünfzig stehende, früh gealterte Frau erblickte. Aber galant, wie er war, setzte er sogleich sein gewinnendes Lächeln auf, und die Art und Weise, wie sie zu konversieren verstand, ließ ihn erkennen, dass er eine außergewöhnliche Frau vor sich hatte.

Besser gefiel ihm freilich die einunddreißigjährige Tochter Hortense, die nach Malmaison kam und die Mutter mit ihrem Besucher spazieren gehend im Park antraf. Die Exkönigin von Holland, die ihrem Stiefvater Napoleon immer noch zugetan war, hatte für den Zaren zwar Höflichkeit, aber nicht Liebenswürdigkeit übrig. Das warf ihr hinterher Joséphine vor, die den als Nothelfer erwünschten Russen nicht verstimmt sehen wollte. Doch dies war nicht zu befürchten. „Ich bin nach Paris mit Animosität gegen Ihre Familie gekommen, aber nur in deren Milieu finde ich die Douceur de vivre (Annehmlichkeit des Lebens)", ließ er Hortense wissen, und an Joséphine schrieb er:

Sie brauche sich um ihre Zukunft keine Sorgen zu machen, und er werde sie gern und bald wieder in Malmaison besuchen.

Auch des Zaren Bruder, Großfürst Konstantin, kam nach Malmaison, zusammen mit seinem Schwager Leopold von Sachsen-Coburg, dem späteren König der Belgier, der als russischer General ein Fürsprecher der Exkaiserin und Exkönigin geworden war. Auch König Friedrich Wilhelm III. fand sich ein. Aber mehr als Joséphine, die für ihn keinem Vergleich mit seiner geliebten, zu früh verstorbenen Gattin Luise standhielt, gefielen dem Preußen die Musterschäferei spanischer Merinos und die schwarzen Schwäne aus Australien. Kaiser Franz I. von Österreich kam nicht, entschuldigte sein Fernbleiben: Er möchte als Vater Marie-Louises, der die erste Kaiserin der Franzosen weichen musste, sie nicht daran erinnern. „Aber er hat doch nicht mich", bemerkte Joséphine, „sondern seine Tochter vom Thron gestürzt."

Sie war wieder, noch einmal, in ihrem Element. Sie sah sich hofiert, umschmeichelt und geschätzt. Sie kleidete sich neu ein, gab mehr Geld aus, als sie, nach der Kürzung der Zuwendungen, noch besaß, versuchte in Malmaison, als residiere sie noch in den Tuilerien, die Grande Dame zu spielen. Nach außen hin schien sie sich mit der neuen Rolle nicht nur abgefunden zu haben, sondern sie auch voll und ganz auszufüllen. Wie es jedoch in ihr aussah, gestand sie Hortenses Vorleserin Louise Cochelet: Sie bemühe sich, die Traurigkeit über ihr Schicksal und die Zweifel an der Zukunft zu verbergen. Der Zar sei ihr zwar gewogen, aber was werde aus ihr und ihren Kindern, wenn er fortgehe?

Noch war Alexander da, beehrte sie mit seinen Besuchen und suchte ihr Zuversicht zu geben. Am 14. Mai schwänzte er die Seelenmesse für Ludwig XVI. und Marie-Antoinette, promenierte stattdessen in Saint-Leu mit Joséphine, Hortense und Eugène, der sich bei Mutter und Schwester eingefunden hatte. Es waren die Tage der Eisheiligen. Die wie stets leicht gekleidete Joséphine fröstelte im Park, suchte, zurück im Schloss, eine Erkältung durch einen mit einem Schuss Orangenblütenaufguss angereicherten Lindenblütentee aufzuhalten. Sie legte sich eine Weile hin, schleppte sich dann in den

Speisesalon, nahm jedoch beim Diner keinen Bissen zu sich. Sie verbrachte eine unruhige Nacht in Saint-Leu und kehrte krank nach Malmaison zurück.

In den nächsten Tagen empfing sie ihre Gäste, denen sie nicht absagen wollte, mit einem um Kopf und Hals gewickelten Schal. Die von den Ärzten verschriebenen Aufgüsse verschafften kaum Erleichterung. Am 21. Mai fühlte sie sich so schlecht, dass sie den Zaren nicht auf einem Ausflug nach Marly begleiten konnte, ihn mit Eugène, Hortense und deren beiden Kindern allein fahren lassen musste. Am 24. Mai ließ sie es sich nicht nehmen, den für Alexander und seine Brüder Nikolaus und Michael in Malmaison gegebenen Ball zu eröffnen, obgleich sie kurz zuvor einen Schwächeanfall erlitten hatte und auf Anweisung ihres Leibarztes Dr. Horeau das Bett hüten sollte. Sie hatte Hofgala angelegt, war tief dekolletiert, tanzte mit dem Zaren und promenierte dann mit ihm, erhitzt wie sie war, im nachtkühlen Park.

Das starke Fieber, das sie befiel, beunruhigte Eugène. Der Arzt behauptete zwar, es sei nur ein Katarrh, aber der Sohn befürchtete Schlimmeres. Auch Hortense war alarmiert. Das Zugpflaster, das Dr. Horeau, von ihr gedrängt, am Hals der Bettlägerigen anlegte, erbrachte nicht die erhoffte Erleichterung. Die Patientin konnte kaum mehr sprechen, ihr Puls war schwach und unregelmäßig, der Husten trocken, die Mundhöhle stark gerötet. Aus Paris herbeigerufene Ärzte diagnostizierten eine eitrige Angina.

An diesem 28. Mai erschien der Zar wieder in Malmaison. Von dem vor Aufregung unpässlich gewordenen Eugène in dessen Schlafzimmer empfangen, beschlossen sie, der Schwerkranken Alexanders Besuch zu verheimlichen. In der Nacht begann die Agonie, um 11 Uhr morgens erhielt Joséphine die Sterbesakramente, und am Mittag des 29. Mai, dem Pfingstsonntag, verstarb die Einundfünfzigjährige in ihrem Schlafzimmer, in dessen pompösem Empirestil sie die verlorene Kaiserherrlichkeit festzuhalten versucht hatte. Darin wurde die einbalsamierte Leiche aufgebahrt, nachdem bei der Autopsie als Todesursache Lungenentzündung und eine „nekrotisierende Angina" festgestellt worden war.

„Arme Joséphine, nun ist sie glücklich", bemerkte Napoleon, der auf Elba von ihrem Ableben erfuhr. Der zuständige Beamte in Rueil bezeichnete die Verstorbene im Totenschein als „Ehefrau von Napoleon Bonaparte, Oberbefehlshaber der Italienarmee". Den Tod von „Madame de Beauharnais" meldete Innenkommissar Beugnot König Ludwig XVIII.: „Tief unglücklich während der Regierung ihres Ehemannes, suchte sie vor seinen Brutalitäten und seiner Vernachlässigung Zuflucht im Studium der Botanik ... Die Öffentlichkeit ist ihr dankbar dafür, dass sie ihm bei dem Versuch, das Leben des Herzogs von Enghien zu retten, zu Füßen gefallen ist."

Am 2. Juni 1814 wurde Joséphine in Rueil zu Grabe getragen. Sohn und Tochter nahmen, gemäß der Hofetikette, an der Beerdigung nicht teil, aber die Kinder Hortenses, der zehnjährige Napoleon-Louis und der sechsjährige Louis-Napoleon, der 1852 als Napoleon III. das Zweite Kaiserreich begründete. An der Spitze des langen Trauerzuges marschierten russische Kaisergardisten; der nach England aufgebrochene Zar ließ sich von einem General vertreten. In der schwarz verhangenen Kirche Saint-Pierre–Saint-Paul vermied der Erzbischof von Tours, Monsignore Barral, in seiner Grabrede eine Würdigung der Kaiserin der Franzosen, pries sie als Engel der Barmherzigkeit, die sich um Verfolgte der Revolution wie des Empire gekümmert habe.

Auch das Grabmal, das ihr die Kinder elf Jahre später in der Kirche von Rueil errichteten, konnten die Erneuerer des Bundes von Thron und Altar billigen. Auf ihm war Joséphine knieend, mit gefalteten Händen dargestellt, die Frau, die in ihrem Leben so wenig gebetet hatte. Wie wäre das Monument gestaltet worden, wenn Napoleon, der, 1815 von Elba nach Frankreich zurückgekehrt, an der Macht geblieben wäre? Wie hätte sich Joséphine verhalten, wenn sie die Wiederbelebung des Empire noch erlebt hätte? Wäre sie, wie Hortense, für Napoleon eingetreten, die dafür, nach dem Ende der „Hundert Tage", mit Verbannung bestraft wurde? Oder hätte sie sich in Malmaison eingeschlossen, um die Wiederkehr der Bourbonen abzuwarten?

Antworten ersparte ihr der frühzeitige Tod. Auf Sankt

Helena, wo Napoleon nach seinem zweiten und endgültigen Sturz gefangen gesetzt worden war, sagte er zu General Bertrand: „Sie war immer nur auf ihr eigenes Wohl bedacht." Vergessen konnte er sie nicht. Vor seinem Tode im Jahre 1821 sagte er zu General Montholon: Sie sei ihm erschienen, aber „sie verschwand in dem Augenblick, als ich sie umarmen wollte".

Joséphine hinterließ drei Millionen Franc Schulden und ihr Malmaison mit all den darin angehäuften Schätzen. Allein der Schmuck wurde auf drei Millionen Franc taxiert. Hortense, die ihn erbte, musste etliches verkaufen; ein Diamantkollier wurde von Alexander I. erworben, ein Saphirgeschmeide ging in den Besitz des Hauses Orléans über. Tochter und Sohn verblieben, nach Begleichung der Schulden, immerhin noch 4 Millionen 600 000 Franc an Vermögenswerten, die sie unter sich aufteilten.

Malmaison erhielt Eugène, der es nie wiedersah. Von Bayern aus, wo er als Herzog von Leuchtenberg residierte, verfügte er den Verkauf von im Schloss befindlichen Kunstwerken. Die weiß-goldenen Sessel aus dem Gesellschaftszimmer kamen nach München. Nach Eugènes Tod (1824) wurde Malmaison von seiner Witwe Auguste Amalie im Jahre 1828 veräußert.

„In diesen Gärten, wo ehedem die Füße der Menge den Sand der Alleen aufwirbelten, grünten Gras, Unkraut und Dornengestrüpp", bemerkte der Malmaison besuchende Chateaubriand. „Schon gingen die exotischen Bäume durch mangelnde Pflege zugrunde. Auf den Kanälen schwammen nicht mehr die schwarzen Schwäne Ozeaniens, in den Käfigen gab es keine tropischen Vögel mehr; sie waren davongeflogen ..."

Die Erinnerungen blieben, an Joséphine, die dort ihr Leben genossen und beendet hatte, und an Napoleon, der, bevor er nach Sankt Helena aufbrechen musste, noch einmal nach Malmaison gekommen war und vermeinte, dort Joséphine immer noch Blumen pflücken zu sehen, die roten Rosen, die sie so sehr geliebt hatte.

Zeittafel

1763 23. Juni: Geburt von Marie-Joseph-Rose de Tascher de la Pagerie – der späteren Kaiserin Joséphine – in Trois-Îlets auf Martinique.

1779 Heirat mit Alexandre de Beauharnais in Noisy-le-Grand bei Paris.

1781 Geburt des Sohnes Eugène, des späteren Vizekönigs von Italien und Herzogs von Leuchtenberg, in Paris.

1783 Geburt der Tochter Hortense, der späteren Königin von Holland, in Paris. – Trennung Joséphines von Alexandre de Beauharnais.

1788–90 Aufenthalt auf Martinique.

1794 Alexandre und Joséphine im Revolutionsgefängnis des Karmeliterklosters in Paris. Hinrichtung des Vicomte und Freilassung der Vicomtesse de Beauharnais.

1795 Maîtresse von Direktor Paul Barras. Einzug in eine Villa in der Rue Chantereine, der späteren Rue de la Victoire.

1796 9. März: Ziviltrauung mit Napoleon Bonaparte, dem Chefgeneral der Italienarmee. Joséphine reist ihm mit ihrem Liebhaber Hippolyte Charles nach Oberitalien nach, bleibt bis Ende 1797.

1798 Fährt mit Napoleon nach Toulon, begleitet ihn aber nicht nach Ägypten.

1799 Kauf des Landschlosses Malmaison bei Paris. – Ehekrise nach der Rückkehr Napoleons aus Ägypten. – Staatsstreich Bonapartes, der Erster Konsul wird.

1800 Das Konsulpaar in den Tuilerien. – Beginn der Neuordnung Frankreichs. – Sieg Napoleons bei Marengo. – Beide entgehen dem Attentat in der Rue Saint-Nicaise.

1802 Heirat Hortenses mit Louis Bonaparte. Geburt ihres ersten Sohnes, des ersten Enkels Joséphines. Napoleon Erster Konsul auf Lebenszeit.

1803 Reise Joséphines mit Napoleon nach Nordfrankreich und Belgien.

1804 1. Dezember: Kirchliche Heirat des Kaiserpaares. – 2. Dezember: Napoleon krönt sich und Joséphine in Notre-Dame.

1805 Reise nach Mailand zur Krönung Napoleons als König von Italien. – Krieg mit Österreich, Russland und England. Der Empereur siegt in der Dreikaiserschlacht bei Austerlitz. – Die Impératrice reist nach München.

1806 Eugène de Beauharnais heiratet die Tochter Auguste Amalie des Königs Maximilian I. Joseph von Bayern. – Joséphine begleitet Napoleon zum Feldzug gegen Preußen bis Mainz. Sieg bei Jena und Auerstädt.

1807 Tod des ersten Enkels Napoleon-Charles. Die Großmutter in Laeken bei Brüssel. – Napoleons Sieg über die Russen bei Friedland. Frieden in Tilsit mit Russland und Preußen.

1808 Joséphine in Bayonne, wo Napoleon die spanischen Könige absetzt, um die Krone seinem Bruder Joseph zu übergeben. Beginn des Krieges in Spanien. – Geburt des Enkels Louis-Napoleon, des späteren Kaisers Napoleon III.

1809 Krieg mit Österreich, Niederlage Napoleons bei Aspern und Sieg bei Wagram. – Auch die fünfte Kur in Plombières verhilft Joséphine nicht dazu, dem Kaiser einen Erben zu schenken. – 14. Dezember: Scheidung von Napoleon.

1810 Der Empereur heiratet die Habsburgerin Marie-Louise. – Joséphine im Schloss Navarre in der Normandie. – Frankreich wird über Holland bis zur Ostsee ausgedehnt.

1811 Geburt des Königs von Rom, des Sohnes Napoleons und Marie-Louises. – Joséphine in Malmaison und Navarre.

1812 In Mailand bei Sohn und Schwiegertochter. – Krieg mit Russland. Die Grande Armée dringt bis Moskau vor, muss unter großen Verlusten den Rückzug antreten.

1813 Joséphine bleibt in Malmaison. – Russland, Preußen, Österreich, England und Schweden ziehen gegen Napoleon. Niederlage bei Leipzig und Rückzug nach Frankreich.

1814 Die Exkaiserin flieht vor den in Frankreich einmarschierten Alliierten nach Navarre. – Nach der Abdankung Napoleons Rückkehr nach Malmaison. Besuche Alexanders I. von Russland und Friedrich Wilhelms III. von Preußen. Bei einem Fest für den Zaren erkältet sich Joséphine, stirbt am 29. Mai und wird am 2. Juni in Rueil beigesetzt.

Bibliographie

Diese auf dem gegenwärtigen Forschungsstand basierende Biografie Joséphines ist für einen breiteren Leserkreis geschrieben. Sie enthält keinen wissenschaftlichen Apparat, doch wird im Folgenden auf einschlägige, vom Autor benützte und weiterführende Quellen und Literatur verwiesen.

Joséphine

Correspondance de l'Impératrice Joséphine. 1782–1814. Hrsg. von Bernard Chevallier, Maurice Catinat und Christophe Pincemaille. Paris 1996. – Napoléon: Lettres d'amour à Joséphine. Presenté par Jean Tulard, préface de Jean Favier, établie par Chantal Tourtier-Bonazzi. Paris 1981. Dt. Ausgabe Frankfurt/Berlin 1985. – Napoleon I.: Briefe an Frauen. Hrsg. von Gertrude Aretz. Olten/Leipzig/Wien 1938.

Masson, Frédéric: Joséphine de Beauharnais. Paris 1898. – Ders.: Madame Bonaparte. Paris 1920. – Ders.: Joséphine Impératrice et Reine. Paris 1899. – Ders.: Joséphine répudiée. Paris 1900. – Driault, Édouard: L'Impératrice Joséphine. Paris 1928. – Knapton, Ernest John: Empress Joséphine. Cambridge, Mass. 1963. – Castelot, André: Joséphine. Paris 1964. Dt. Ausgabe München 1970. – Chevallier, Bernard und Christophe Pincemaille: L'Impératrice Joséphine. Paris 1988. Dt. Ausgabe München 1991. – Bruce, Evangeline: Napoleon und Joséphine. Bern/München/Wien 1996. – Wagener, Françoise: L'Impératrice Joséphine. Paris 1999. – Chevallier, Bernard: „Douce et incomparable Joséphine". Paris 1999.

Sainte-Croix de la Roncière: Joséphine Impératrice des Français (primär über Martinique). Paris 1934. – Imbert de Saint-Amand, Arthur-Léon: La Jeunesse de l'Impératrice Joséphine. Paris 1883. –

Dr. Rose-Rosette: Les Jeunes années de l'Impératrice Joséphine. – Paris 1992. – Hanoteau, Jean: Joséphine avant Bonaparte: Le ménage Beauharnais. Paris 1935. – Turquan, Joseph: La Générale Bonaparte. Paris 1895. – Imbert de Saint-Amand, Arthur-Léon: La Cour de l'Impératrice Joséphine. Paris 1884. – Séguy, Philippe: La Mode à la Cour des Tuileries. Paris 1987. – Kunstler, Charles: La Vie privée de l'Impératrice Joséphine. Paris 1939. – Fleischmann, Hector: Joséphine infidèle. Paris 1910. – Hastier, Louis: Le Grand amour de Joséphine (Hippolyte Charles). Paris 1955. – Gavoty, André: Les Amoureux de l'Impératrice Joséphine. Paris 1961. – Janssens, Jacques: Joséphine amoureuse. Paris 1978. – Chevallier, Bernard: L'Art de vivre au temps de Joséphine. Paris 1998. – Impératrice Joséphine et les sciences naturelles. Paris 1997. – Mauguin, Georges: L'Impératrice Joséphine, anecdotes et curiosités. Paris 1954.

Hubert, Gérard: Malmaison. Paris 1980. – Chevallier, Bernard: Malmaison, château et domaine. Paris 1989. – Stojkovic Mazzario, Emma: Das Schloss Malmaison bei Paris. Herrsching 1989. – Savine, A.: Les Jours de la Malmaison. Paris 1909. – Grandjean, Serge: Inventaire apres décès de l'Impératrice Joséphine à Malmaison. Paris 1964.

Hanoteau, Jean: Les Beauharnais et l'Empereur. Paris 1936. – Beauharnais, Hortense: Mémoires de la Reine Hortense. 3 Bde., Paris 1927. Dt. Ausgabe München 1927. – Castries, Duc de: La Reine Hortense. Paris 1984. – Wagener, Françoise: La Reine Hortense. Paris 1992. – Wright, Constance: Hortense. Hamburg 1963. – Kühn, Joachim: Die Königin Hortense und ihre Söhne. Stuttgart 1965. – Bayern, Adalbert von: Eugène Beauharnais. Berlin 1940. – Arthur-Lévy: Napoléon et Eugène de Beauharnais. Paris 1926. – Gouyé-Martignac, G. und M. Sementéry: La Descendance de Joséphine Impératrice des Français. Paris 1964.

Napoleon

Tulard, Jean: Napoléon ou le mythe du sauveur. Paris 1977, 2/1986. Dt. Tübingen 1978. – Fournier, August: Napoleon I., 3 Bde., Wien/Leipzig 1886–1889, 2/1904–1906, 4/1926. – Herre, Franz: Napoleon Bonaparte. Wegbereiter des Jahrhunderts. München 1988. – Mistler, Jean: Napoléon et l'Empire. 2 Bde., Paris 1968. – Godechot, Jacques: Napoléon. Paris 1969. – Dufraisse, Roger: Napoléon. Paris 1987. Dt. München 1994. – Lefebvre, Georges: Napoléon. Paris 1935, 6/1969.

Dt. Stuttgart 1989. – Kircheisen, Friedrich M.: Napoleon I. Sein Leben und seine Zeit. 9 Bde., München 1911–1934.

Bourgoing, Jean de: Marie Louise. Wien/Zürich 1949. – Schiel, Irmgard: Marie Louise. Stuttgart 1983. – Chastenet, Geneviève: Marie-Louise. Paris 1983. – Herre, Franz: Marie Louise. Köln 1996.

Masson, Frédéric: Napoléon et les femmes. Paris 1894. Dt. Berlin 1913. – Aretz, Gertrude: Die Frauen um Napoleon. Zürich/Dresden 1912. – Gläser, Stefan: Frauen um Napoleon. Regensburg 2001. – Turqan, Joseph: Napoléon amoureux. Paris 1897. Dt. Berlin o.J. – Sutherland, Christine: Marie Walewska. München 1981. – Masson, Frédéric: Napoléon chez lui. Paris 1894. Dt. Leipzig o.J. – Zieseniss, Charles-Otto: Napoléon et la Cour impériale. Paris 1980.

Las Cases, Emmanuel: Mémorial de Sainte-Hélène. Hrsg. von Marcel Dunan. 2 Bde., Paris 1951. Dt. Auswahl Berlin o.J. – Bertrand, Henri-Gatien: Cahiers de Sainte-Hélène. Hrsg. von Paul Fleuriot de Langle. 3 Bde., Paris 1949–1959. – Gourgaud, Gaspard: Journal de Sainte-Hélène. Paris 1889. Neuausgabe 1947. – Montholon, Charles: Récits de la captivité del Empereur Napoléon a Sainte-Hélène. Paris 1847.

Masson, Frédéric: Napoléon et sa famille. 13 Bde., Paris 1897–1913. – Amelunxen, Clemens: Der Clan Napoleons. Berlin 1995. – Widl, Robert: Napoleons verhängnisvolle Familie. Wien 1992. – Aronson, Theo: Die goldenen Bienen. Affären, Finanzen, Frauen der Familie Bonaparte. Frankfurt 1964. – Weiner, Margery: Die Schwestern Napoleons. München 2/1981. – Kühn, Joachim: Pauline Bonaparte. Stuttgart 1966. – Bertaut, Jules: Le Ménage Murat. Paris 1958. – Girod de l'Ain: Joseph Bonaparte. Paris 1970. – Amelunxen, Clemens: Louis Bonaparte. Köln 1989.

Zeitgenossen

Abrantès, Duchesse d' (Laure Junot): Mémoires. Souvenirs historiques sur la Rèvolution et le Directoire. Paris 1928. – Mémoires sur Napoléon, sa cour et sa famille. Paris 1838.

Alexander I.: Troyat, Henri: Alexander Ier. Paris 1980. – Palmer, Alan: Alexander I., Esslingen 1982.

Avrillion, Marie-Jeanne-Pierette: Mémoires sur la vie privée de Joséphine, sa famille et sa cour. Paris 1969.

Barras, Paul: Mémoires. Paris 1946.

Bausset, Louis-François-Joseph: Mémoires anecdotiques sur l'intérieur du Palais. 4 Bde., Paris 1827–1829.
Bourrienne, Louis-Antoine: Mémoires. 10 Bde., Paris 1829.
Caulaincourt, Armand-Augustin: Mémoires. Hrsg. von Jean Hanoteau. 3 Bde., Paris 1933–1934. Dt. Auswahl Stuttgart 1956.
Chastenay, Victorine: Mémoires. 1771–1815. Paris 1987.
Châteaubriand, Francois-René: Les Mémoires d'Outre-Tombe. 2 Bde., Paris 1948. Dt. Ausgabe von Sigrid von Massenbach. München 1968.
Cochelet, Louise: Mémoires sur la Reine Hortense et la famille impériale. Paris 1836.
Constant, Wairy: Mémoires. 6 Bde., Paris 1830–1831.
Ducrest, Georgette: Mémoires sur l'Impératrice Joséphine. 3 Bde., Paris 1828.
Fain, Agathon-Jean-François: Mémoires. Paris 1908.
Fouché, Joseph: Mémoires. Paris 1957. – Madelin, Louis: Fouché. Paris 1969. Dt. Frankfurt 1970. – Tulard, Jean: Fouché. Paris 1998.
Lavalette, Antoine-Marie: Mémoires et Souvenirs. Paris 1905.
Méneval, Claude-François: Mémoires. 3 Bde., Paris 1893–1894.
Metternich: Srbik, Heinrich von: Metternich. 3 Bde., München 1925–1954. – Herre, Franz: Metternich. Köln 1983.
Murat: Tulard, Jean: Murat. Paris 1983.
Pasquier, Étienne-Denis: Mémoires. 6 Bde., Paris 1908.
Rémusat, Madame de: Mémoires. 1802–1808. 3 Bde., Paris 1880. – Dt. 1880–1882. Auswahl 1941. Neuausgabe 1952. – Lettres. 1804–1814. 2 Bde., Paris 1881.
Talleyrand: Orieux, Jean: Talleyrand. Paris 1970. Dt. Frankfurt 1972.
Tallien: Castelnau, Jacques: Madame Tallien. Paris o. J.
Thiébault, Paul-Charles: Mémoires. Paris 1894–1910.

Allgemeine Geschichte

Dictionnaire Napoléon. Hrsg. Jean Tulard. Paris 1987. Supplément 1989. – Histoire et Dictionnaire de la Révolution française. 1789–1799. Von Jean Tulard, Jean-François Fayard, Alfred Fierro. Paris 1987. – Histoire et Dictionnaire du Temps des Lumières. Von Jean de Viguerie. Paris 1995. – Tulard, Jean: Bibliographie critique des mémoires sur le Consulat et l'Empire. Paris 1971.

Madelin, Louis: Histoire du Consulat et de l'Empire. 16 Bde., Paris 1936–1954. – Bergeron, Louis: L'Épisode napoléonien. Aspects intérieurs. Paris 1972. – Lovie, Jacques und Palluel-Guillard, André. L'Épisode napoléonien. Aspects extérieurs. Paris 1972 (Bde. 4 und 5 der „Nouvelle Histoire de la France contemporaine"). – Souboul, Albert: Le Directoire et le Consulat. Paris 3/1980. – Ders.: Le Premier Empire. Paris 2/1980. – Benoît, F.: L'Art français sous la Révolution et l'Empire. Paris 1975.

Tulard, Jean: Frankreich im Zeitalter der Revolutionen. 1789–1851. Stuttgart 1989. (Bd. 4 der „Geschichte Frankreichs", hrsg. von Jean Favier. Franz. Paris 1985). – Bergeron, Louis, François Furet und Reinhart Koselleck: Das Zeitalter der europäischen Revolutionen 1780–1848. Frankfurt 1969 und 1987. – Andreas, Willy: Das Zeitalter Napoleons und die Erhebung der Völker. Heidelberg 1955. – Herre, Franz und Erich Lessing: Die Geschichte Frankreichs. München 1989. – Gaxotte, Pierre: Die Französische Revolution. München 1949 und 1975. Franz. Neuauflage Paris 1975. – Furet, François und Denis Richet: Die Französische Revolution. Frankfurt 1968. Franz. Paris 1965 und 1966. – Schulin, Ernst: Die Französische Revolution. München 1988.

Personenregister

Kursive Seitenzahlen weisen auf Abbildungen hin.

Bildnachweis

Archiv für Kunst und Geschichte, Berlin: 145 o. (Foto: Laurent Lecat), 145 u. (Foto: Laurent Lecat),146 (Foto: Laurent Lecat), 147, 148, 149 (Foto: Visioars), 150, 151, 152 (Laurent Lecat), 156 (Foto: Laurent Lecat), 157 (Foto: Laurent Lecat), 158, 159 (Foto: Laurent Lecat), 160 (Foto: Laurent Lecat)
Bildarchiv Foto Marburg: 154
Bildarchiv Preußischer Kulturbesitz, Berlin: 153, 155

Stammtafel Joséphine

Joseph-Gaspard de Tascher de la Pageriea (1735–1790) — ⚭ — Rose-Claire des Vergers de Sannois (1736–1807)

Marie-Joseph-Rose (später „Joséphine“) (1763–1814) — ⚭ — 1) 1779 Alexandre de Beauharnais (1760–1794)
2) 1796 Napoleon Bonaparte ⚮ 1809; ⚭ 2. 1810 Marie Louise v. Habsburg-Lothringen

Catherine-Désirée (1764–1777)

Marie-Françoise (Manette) (1766–1791)

1)

Eugène de Beauharnais (1781–1824) ⚭ 1806 Auguste Amalie v. Bayern, T. v. Kg. Max I. Joseph v. Bayern

Hortense de Beauharnais (1783–1837) ⚭ 1802 Louis Bonaparte, später Kg. v. Holland

Napoleon-Charles (1802–1807)

Napoleon-Louis (1804–1831) ⚭ 1826 Charlotte Bonaparte, T. v. Joseph Bonaparte

Louis-Napoleon (Napoleon III.) ⚭ Eugénie de Palafax, Gfn. v. Teba

Joséphine (1807–1876) ⚭ 1823 Oscar I., Kg. v. Schweden

Eugénie (1808–1847) ⚭ 1826 Friedrich Wilhelm v. Hohenzollern-Hechingen

Auguste (1810–1835) ⚭ 1835 Maria II. da Gloria, Kgn. v. Portugal

Amélie (1812–1873) ⚭ 1829 Pedro I. Ks. v. Brasilien

Théodolinde (1814–1857) ⚭ 1841 Gf. Wilhelm v. Württemberg

Maximilien (1817–1852) ⚭ 1839 Marie Gfstn. v. Russland